Cœurs à contre-courant

*

Deux bébés dans la tourmente

ADDISON FOX

Cœurs à contre-courant

Traduction française de
CATHERINE VALLEROY

BLACK ROSE

HARLEQUIN

Collection : BLACK ROSE

Titre original :
THREATS IN THE DEEP

HARPERCOLLINS FRANCE
83-85, boulevard Vincent-Auriol, 75646 PARIS CEDEX 13
Service Clients — https://www.harlequin.fr/contenu/contactez-nous
ISBN 978-2-2805-2242-7 — ISSN 1950-2753

Édité par HarperCollins France.
Composition et mise en pages Nord Compo.
Imprimé en novembre 2025 par ScandBook UAB en Lituanie
en utilisant 100% d'électricité renouvelable.
Dépôt légal : décembre 2025.

FSC
www.fsc.org
MIXTE
Papier | Pour une gestion forestière responsable
FSC® C021394

Pour limiter l'empreinte environnementale de ses livres, HarperCollins France s'engage à n'utiliser que du papier fabriqué à partir de bois provenant de forêts gérées durablement et de manière responsable.

1

Groupe de travail spécial.

Ces mots tournaient dans l'esprit de Gavin Hayes, qui passait la matinée sur les eaux de New York.

Il contempla l'étendue majestueuse du pont Verrazzano-Narrows. Le bateau de police se dirigeait vers la statue de la Liberté, entre Brooklyn et Staten Island. Témoins de l'ingéniosité humaine, les hauts pylônes du pont se perdaient dans le ciel d'un bleu printanier.

Bien que la patrouille n'ait pas de mission définie pour l'instant, Gavin ne doutait pas que quelque chose se présenterait avant la fin de la journée. Il avait effectué deux missions de récupération la veille et avait procédé à des vérifications structurelles le jour d'avant. C'était un changement agréable de pouvoir simplement admirer la ville.

Ce moment de calme lui permettait aussi de réfléchir à la proposition que lui avait faite le capitaine Reed de se joindre à un groupe de travail spécial constitué de membres du FBI, de la Garde côtière et du bureau du procureur.

Une distraction bienvenue dans les pensées moroses qui l'accompagnaient depuis le nouvel an, quand cette magnifique rouquine avait pris la fuite.

Tourne la page, Hayes.

Des défis plus importants l'attendaient. Sur lesquels il pouvait agir, contrairement au fait de s'être retrouvé seul après les ébats les plus passionnés de sa vie. Sans compter les dix-huit heures extraordinaires qu'il avait passées avec elle.

Sera.

Il avait encore son prénom sur les lèvres, il voyait encore une mèche de ses cheveux roux barrer sa joue pendant son sommeil.

Il devait l'oublier. Il sentit les embruns soulevés par le bateau lui humecter le visage comme pour le gifler.

Il avait une nouvelle opportunité devant lui et il savait que ce ne serait pas facile. Un groupe de travail constitué d'entités gouvernementales était une grosse affaire. Dès qu'on mélangeait les juridictions, les choses devenaient compliquées.

À New York, c'était différent, néanmoins. Si chacun regagnait son coin à la fin de la journée, ils savaient tous que la gouvernance et la sécurité de la plus grande ville d'Amérique avaient quelque chose d'unique.

Cela ne faisait qu'ajouter à son excitation. Il avait travaillé d'arrache-pied pour intégrer la patrouille du port et adorait ce qu'il faisait, mais ce groupe de travail allait lui offrir des perspectives. Les hommes et les femmes qui formaient la patrouille du port étaient certes des plongeurs aguerris, mais aussi des policiers. Et, en tant que tel, il voulait passer inspecteur et poursuivre sa carrière.

Le groupe ferait beaucoup pour favoriser cette ambition. C'était aussi l'occasion de montrer de quoi était capable la patrouille du port. Car la singularité de son travail n'était pas bien comprise par les partenaires extérieurs. Se joindre à une équipe utilisant des ressources aussi bien locales que fédérales lui donnerait l'opportunité de promouvoir leur service.

Le travail, les juridictions, la politique, quand on comprenait tout cela, songea Gavin, les yeux fixés sur la statue de la Liberté qui se rapprochait, on pouvait peser sur les choses et favoriser le changement.

— Gav !

Il se retourna pour regarder leur chef, l'inspecteur Wyatt Trumball.

Wyatt était lui aussi une force de changement dans la patrouille du port, car il avait dirigé plusieurs affaires de haute volée ces dernières années. Notamment l'affaire des coffres-forts, grâce à laquelle il avait rencontré sa femme, Marlowe McCoy. Petite-fille de l'un des inspecteurs les plus respectés du commissariat et technicienne en coffres-forts, Marlowe était une légende à elle seule dans le quartier de Sunset Bay.

Malheureusement, cette affaire avait aussi révélé que son grand-père avait abusé de son autorité pour cacher les méfaits de son père. Ils avaient tous été déstabilisés par cette révélation, et les conséquences n'avaient pas encore disparu. Mais Wyatt avait tenu bon, de même que sa femme. Anderson McCoy avait avoué et, bien que pas totalement exonéré, avait pu éviter la prison. Pour s'acquitter de sa dette, il faisait du bénévolat dans le cadre d'un programme pour les jeunes à risque plusieurs jours par semaine.

Était-ce de la justice ?

Gavin savait que plusieurs personnes au 86 ne le pensaient pas. Mais d'autres, qui avaient été témoins d'une amélioration chez ces jeunes, pensaient que l'échange était équitable.

— Hé...

Ils se serrèrent la main. Wyatt était dans la timonerie lorsque Gavin avait embarqué, aussi ne s'étaient-ils pas encore salués. Wyatt s'adossa au bastingage, tandis que le bateau poursuivait sa route.

— J'ai entendu parler du groupe de travail.

— Les rumeurs vont vite.

Wyatt sourit en haussant les épaules.

— Quand le capitaine m'a demandé si j'avais quelqu'un à recommander, personne d'autre que toi ne m'est venu à l'esprit.

Bien qu'ils aient toujours eu de bonnes relations, cet appui lui fit chaud au cœur.

— Merci.

— Tu vas déchirer, dans cette fonction.

— Ça va réduire mes horaires dans la patrouille durant quelques mois.

C'était le seul point noir, et Gavin avait soupesé cet aspect lorsque le capitaine Reed lui en avait parlé.

— Ce sera une perte pour nous, reconnut Wyatt, mais il faut que tu le fasses. C'est une grande chance et, franchement, il est temps que tu déploies tes ailes. La seule manière de nous améliorer est de développer nos compétences et d'élargir nos perspectives.

L'état d'esprit était un élément clé du management de Wyatt. En fait, c'était la philosophie de tout le commissariat du 86. Sous la direction du capitaine Dwayne Reed, tous ceux qui les méritaient bénéficiaient d'opportunités.

— Oui, je crois que je peux faire bouger les choses, dit Gavin.

Il en était convaincu au fond de lui.

— Je sais que tu le peux.

— En parlant de ça, comment c'est d'être marié ?

Wyatt était revenu de son voyage de noces quelques semaines auparavant.

— C'est formidable. Marlowe est incroyable. Elle m'a encore prouvé sa générosité en me laissant plonger dans les îles Caïmans pour notre voyage de noces.

C'était bon de voir son ami aussi heureux. Et c'était encourageant de se dire qu'il avait dépassé la crise. L'affaire qui les avait rapprochés, Marlowe et lui, avait été difficile en termes de travail, mais aussi parce que le père de Marlowe avait été assassiné.

Gavin était bien conscient que ce genre de chagrin était dur à surmonter, et c'était bon de voir des gens pour qui il avait de l'affection se soutenir avec amour.

Parfois, les bonnes personnes se trouvaient effectivement.

Une pensée qui lui ramena à l'esprit l'image de grands yeux bleus et d'une épaisse chevelure rousse.

Se secouant, Gavin donna une tape cordiale à Wyatt.

— Alors tu as passé deux semaines avec une femme formidable dans des eaux claires comme du cristal, et te voilà de retour.

Wyatt et lui se retournèrent pour contempler l'Hudson. Bien que la rivière se soit considérablement améliorée durant la dernière décennie, elle avait toujours une teinte grise et recelait toutes sortes de choses indésirables.

Wyatt hocha la tête, avec un large sourire.

— Un vrai rêve.

Un cri s'éleva de la timonerie. Ils devaient se diriger vers le pont George-Washington afin de remonter une pièce à conviction.

Dix minutes plus tard, après s'être glissé dans l'eau froide sanglé des pieds à la tête dans sa combinaison, Gavin ne put retenir un sourire. Il vivait un rêve, pas de doute. Un rêve éveillé. S'il pouvait éliminer une certaine rouquine de ses pensées, tout irait bien.

Serafina Forte prit le mouchoir en papier qu'elle avait eu la présence d'esprit de fourrer dans sa poche et s'essuya la bouche en se redressant. Elle avait de la chance, les toilettes pour dames du tribunal étaient vides, et elle n'avait pas à s'inquiéter d'être entendue.

Mais elle n'aurait pas toujours cette chance. Une femme ne pouvait feindre une gastro-entérite qu'un certain nombre de fois. Le seul avantage de ses visites quotidiennes aux toilettes – quel imbécile avait appelé cela les nausées *matinales* alors qu'elle y allait à n'importe quelle heure ? – était qu'elle n'avait pas pris beaucoup de poids. Son corps changeait tout de même, elle le voyait à la manière dont tombaient ses tailleurs. Le destin allait la rattraper avant qu'elle ne s'en aperçoive.

Avec un soupir, elle posa le front contre le carrelage froid.

Qu'allait-elle faire ?

Cette question ne la lâchait plus depuis deux mois, quand elle avait découvert qu'elle était enceinte. Jusque-là, elle n'y avait répondu que par « un pied devant l'autre ».

Peut-être aurait-elle dû se souvenir de : *ne pas faire l'amour avec un homme que tu ne connais que depuis quelques heures.* Cela semblait éminemment sensé maintenant, mais ce bon sens n'avait pas réussi à s'imposer au réveillon du nouvel an. Ce soir-là, tout ce qu'elle voulait, c'était se rapprocher autant que possible de Gavin.

Gavin.

C'était tout ce qu'elle savait. Il s'appelait Gavin et il était policier. Ils s'étaient rencontrés dans un bar de Brooklyn et avaient entamé une conversation si absorbante qu'il leur avait fallu un moment pour s'apercevoir que leurs amis étaient partis.

Aucun d'eux n'en avait été désolé.

Ils s'étaient mis d'accord pour ne parler de leurs métiers que dans les grandes lignes, et elle lui avait simplement dit qu'elle était avocate. Et lui qu'il était policier. Comme le NYPD employait plus de 36 000 personnes, c'était la proverbiale aiguille dans la botte de foin.

Même s'il avait voulu la revoir, elle n'avait pas rendu cela facile en fuyant son appartement après des ébats qui l'avaient laissée le souffle coupé.

Et effrayée.

Parce qu'on n'éprouvait pas des choses comme ça aussi vite. N'avait-elle pas appris cela très jeune ? N'en avait-elle pas payé le prix ? Comme cette pensée ne lui apportait que de la tristesse, Sera la repoussa et réfléchit, une fois encore, à la manière dont elle aurait pu agir autrement.

Ils étaient allés à son appartement, qui était rempli de cartons. Quand elle l'avait taquiné sur ses capacités de décorateur, il lui avait dit qu'il déménageait dans quelques semaines. Puis le désir qu'ils avaient l'un de l'autre avait pris le dessus, et ils s'étaient embrassés parmi lesdits cartons en oubliant les questions. C'est pourquoi elle était maintenant dans une impasse, sans nom de famille, sans téléphone et sans adresse. Et enceinte de son enfant.

En soupirant, elle se décolla du mur et lissa sa jupe. Elle prit une pastille à la menthe dans son autre poche et arrangea ses cheveux.

Entre son écrasante charge de travail, ses nausées aléatoires et ses interminables ruminations à propos de Gavin, elle avait l'impression de dériver. Il fallait qu'elle reprenne le contrôle d'elle-même.

L'affaire du jour était importante, car ils avaient l'occasion de faire condamner plusieurs trafiquants de drogue. Elle s'était bien préparée et avait un dossier en béton. Il était temps qu'elle se concentre et repousse ces souvenirs. Et sa stupidité.

Le crime ne cessait jamais dans cette ville. Qu'elle soit damnée si elle laissait son manque de discernement l'empêcher de travailler.

Elle se débrouillerait. Même si ce n'était pas ce qu'elle avait prévu, dans quelques mois elle aurait un enfant. Elle était déjà excitée à l'idée de le rencontrer. C'était sur cet enfant qu'elle devait se concentrer. Pas sur son père. Ni sur la manière dont elle était tombée enceinte.

Même si elle l'avait cherché dans le quartier. Elle était retournée plusieurs fois au bar où ils s'étaient rencontrés et avait attendu devant une eau gazeuse, le souffle court chaque fois que la porte s'ouvrait.

En vain. Gavin était un souvenir et resterait un souvenir. Leur enfant était son avenir à elle.

Prise d'un regain d'énergie, Sera gagna la porte et se dirigea vers la salle d'audience. Elle fut étonnée de croiser son patron dans le couloir.

— Sera ?

— David, bonjour !

Le procureur David Esposito faisait figure de forte présence dans les tribunaux de Brooklyn, excellant autant dans son travail que dans ses apparitions publiques. Grand et élégant, il avait juste assez de cheveux gris pour donner une impression de sérieux et ses larges épaules remplissaient ses costumes à la perfection. Les médias l'adoraient. C'était un fin esprit juridique et il était le héros de ses assistants, elle comprise.

— Vous avez une minute ?

— Bien sûr.

Elle voulut s'asseoir sur l'un des bancs alignés dans le couloir, mais il lui fit signe d'entrer dans une petite salle.

— Venez par là. Je veux vous parler de quelque chose.

— De l'affaire Landers ?

Il sourit en la laissant passer devant lui.

— J'ai lu votre dossier. Vous l'avez bien en main.

Bien que le compliment lui fasse plaisir, cela ne fit qu'ajouter à sa confusion. Résolue à le laisser parler, elle prit un siège à la petite table.

— Je sais combien vous travaillez dur, Sera.

— C'est mon métier.

Elle haussa légèrement les épaules.

— Et je l'adore.

— C'est de cela que je veux vous parler.

Bien qu'on attende beaucoup des avocats en termes de comportement, la barre était encore plus haute s'agissant du bureau du procureur. Ses assistants étaient évalués selon des critères extrêmement stricts. Sera s'était toujours crue à la hauteur de la tâche, mais elle savait que quand sa grossesse se verrait il y aurait des haussements de sourcils. Elle ne serait pas licenciée - de cela elle était convaincue -, mais elle essuierait des regards et des sous-entendus. Exacerbés par le fait qu'elle n'avait personne dans sa vie.

Était-ce de cela que David voulait parler ? Ses vomissements aux toilettes avaient-ils été entendus ? Les pensées se bousculaient dans sa tête, et elle faillit manquer les paroles de David.

— Je suis fier de tous mes assistants, mais vous devez savoir, Sera, à quel point votre travail sort du lot. Votre dévouement et votre passion sont remarquables. Notre ville s'en trouve mieux, et mon bureau s'en trouve mieux.

— Merci.

— C'est pourquoi je suis disposé à vous détacher pour que vous profitiez de cette opportunité.

— Me détacher ?

Il sourit, ce qui éclaira son visage normalement sérieux.

— Je vous ai inscrite à un groupe de travail à l'échelle de l'arrondissement. Il y aura des membres de mon cabinet, du NYPD, de la Garde côtière et de plusieurs agences fédérales.

— Quel en est l'objet ?

— Le trafic de drogue est devenu hors de contrôle. Le gouverneur et le maire sont entrés en pourparlers avec les fédéraux et veulent monter une équipe pour évaluer ce qui peut être fait à ce propos.

— Mais je ne suis pas policière. Je ne sais pas comment on appréhende les criminels.

— C'est pourquoi vos apports sont si précieux. C'est un problème qu'il faut attaquer sous tous les angles. Nous avons besoin de tous les cerveaux et de toutes les bonnes volontés pour devancer les criminels qui ont fait de New York leur foyer.

C'était une demande énorme, et sa grossesse lui revint en mémoire en un éclair. Elle faillit refuser. Mais pourquoi ? Quel exemple cela donnerait-il à son enfant ? Et qu'est-ce que cela dirait d'elle-même ? Elle était enceinte, pas morte. Maternité mise à part, elle comptait bien avoir une longue carrière. C'était le pire moment pour refuser une offre pareille.

— J'ai évidemment des questions, mais vous savez que je suis partante, David.

— Je l'espère. C'est pourquoi il vous faudra être dès lundi matin au 86, fraîche et pimpante.

David se pencha en avant et posa une main sur les siennes.

— Vous me manquerez au bureau, mais nous redistribuerons vos dossiers. Je veux que vous gardiez l'affaire Landers ainsi que celle des meurtres Nicholson, mais tout le reste sera réparti entre vos collègues.

Sera calcula mentalement sa charge de travail. Bien que ces deux affaires soient énormes, la reprise de ses autres dossiers serait la bienvenue.

— C'est une formidable opportunité, David. Je ne vous laisserai pas tomber.

Il lui pressa brièvement la main avant de se lever, mettant fin à leur entretien.

— Cela ne m'est jamais venu à l'esprit.

En sortant du métro, Sera parcourut les dernières centaines de mètres sous son parapluie. Les averses d'avril faisaient un retour en force, et la ville donnait l'impression d'être sous l'eau. Elle évita ce qui ressemblait à un petit lac devant le commissariat de la 86e Rue.

Elle avait opté pour un tailleur-pantalon, mais les lourdes bottes de pluie qu'elle avait enfilées gâchaient tout. Elle avait cependant préféré cela à avoir les pieds mouillés toute la journée. Elle fourrerait les bottes dans un coin de la salle de réunion et enfilerait ses escarpins.

Elle n'avait guère passé de temps au 86, mais elle y était déjà venue. Le capitaine Dwayne Reed dirigeait une équipe remarquable, et elle avait toujours apprécié la collaboration avec ses hommes.

Le style de direction du capitaine Reed avait fait recette, et un vent de changement soufflait sur les autres quartiers, qui s'efforçaient d'imiter le 86.

Nous avons besoin de tous les cerveaux et de toutes les bonnes volontés pour devancer les criminels qui ont fait de New York leur foyer.

Le petit discours de David lui était revenu à l'esprit tout le week-end. Elle voulait prendre un bon départ et faire bonne impression aux professionnels avec lesquels elle allait collaborer les prochains mois. Pourraient-ils devancer les criminels ?

Si elle n'avait pas une tournure d'esprit négative, elle s'avouait des moments de frustration et de désillusion. Trop de criminels dans les rues, trop peu de gens pour les arrêter et les poursuivre en justice. Et une vie insupportable pour ceux qui étaient incarcérés dans des établissements pénitentiaires dont le personnel était loin d'être toujours animé de bonnes intentions.

Elle l'avait toujours su, mais elle était également convaincue que le travail qu'elle accomplissait au service de la justice avait de bons résultats. Même si sa grossesse l'avait fait s'interroger sur le monde dans lequel elle allait faire naître son enfant.

Ses propres parents n'avaient pas été un bon exemple pour elle, et elle avait dû se frayer son propre chemin. Ce n'était que récemment qu'elle avait commencé à se demander si sa poursuite acharnée de la justice n'était pas due à cela.

— Sera !

Tirée de ses pensées, elle leva les yeux et vit un ancien camarade de faculté la saluer de la main. Pressant le pas, Sera se dirigea vers lui.

— Sam, comment vas-tu ?

Ils échangèrent une brève accolade.

— C'est génial de te voir, mais quelles étaient les chances que nous nous rencontrions ici ?

— Assez bonnes, puisque nous faisons partie du même groupe de travail.

— Ah bon, toi aussi ?

Il sourit avant de désigner la salle de réunion.

— Je suis arrivé tôt et j'ai vu ton nom sur la table. Je suis ravi que nous travaillions à nouveau ensemble. Je représente la branche locale du FBI.

— Oui, j'avais entendu dire que les fédéraux t'avaient recruté. Tant mieux pour eux.

— Tant mieux pour moi. J'adore ce boulot.

Bien qu'elle ait toujours su qu'elle voulait travailler au cabinet du procureur, Sera était heureuse pour lui. Son agilité d'esprit et son goût des cas complexes faisaient sûrement de Sam un atout.

— Moi aussi, mais je suis déçue par nous.

— Ah bon ?

Il écarquilla ses yeux bleus.

— Nous sommes coupables de ce péché courant qui consiste à passer tout notre temps ensemble pendant trois ans, puis à nous laisser tomber dès que nous commençons à travailler.

— Preuve qu'ils ne nous mentaient pas sur ce travail.

Elle secoua la tête sans pouvoir retenir un sourire.

— Je ne voudrais pas que ce soit autrement.

— Moi non plus.

Ils prirent des sièges et, après avoir déposé leurs affaires, revinrent au buffet prendre leurs badges et choisir un petit déjeuner. Sera contempla avec prudence les pâtisseries et fut soulagée de voir qu'il y avait aussi des œufs durs et des toasts. Elle n'avait rien pu avaler ce matin-là. Un œuf dur, un toast avec un peu de miel et une tasse de thé tiède feraient beaucoup pour tromper ses nausées matinales.

— Tu as toujours mangé sainement, murmura Sam d'un air de conspirateur.

— Tout le monde ne peut pas engloutir des beignets au petit déjeuner.

Elle contempla son assiette, qui ressemblait à la sienne.

— Qu'est-ce qui se passe ?

Bien qu'il ait toujours été aimable, Sam rayonnait comme jamais auparavant.

— Régime et sport. Je me marie dans trois mois.

— Sam ! C'est merveilleux !

Sera posa son assiette et lui tendit les bras.

— Dis-moi tout.

— Elle s'appelle Alexandra. Alex.

Il sourit, le regard un peu brouillé par l'émotion.

— Nous nous sommes rencontrés au Bureau. Elle a longtemps résisté en prétextant que nous ne devions pas mélanger le personnel et le professionnel.

— C'est une avocate aussi ?

— Non, une agente de terrain. Nous appartenons au même service, mais nous ne travaillons pas ensemble.

Son bonheur était contagieux, et Sera s'efforça de réprimer un élan de tristesse en pensant à Gavin.

L'oublierait-elle un jour ? Et d'ailleurs le voulait-elle ?

Elle repoussa ces pensées pour offrir une autre embrassade à Sam. Elle aurait tout le temps d'être triste. Une si bonne nouvelle ne méritait que de la joie.

Aussi fut-elle un peu ébranlée par un toussotement et un « excusez-moi » grognons. Se dégageant des bras de Sam, elle se retourna et vit, à un mètre d'elle, l'homme qu'elle n'arrivait pas à oublier.

2

Sera.

Elle était là. En train de serrer un autre homme dans ses bras.

En contournant le couple, Gavin se demanda ce qui était le plus embarrassant : le choc de la rencontre ou la jalousie dévorante qu'il éprouvait.

Ce n'est qu'une accolade.

Avec un type qui avait l'air de sortir d'un magazine de mode. *Salopard.*

Ayant oublié son parapluie, Gavin sentait le chien mouillé, après sa course depuis le métro.

Le parfait spécimen de la loi se retourna et tendit la main.

— Bonjour. Je m'appelle Sam Baxter. Bureau local du FBI.

— Gavin Hayes. NYPD.

Il se tourna vers Sera avec une expression neutre.

— Je m'appelle Gavin.

— Serafina Forte. Bureau du procureur de Brooklyn.

Sa main glissa dans la sienne, et il se rappela immédiatement leurs doigts enlacés, le soir du réveillon, tandis qu'ils marchaient vers son appartement.

Quelque chose de viscéral vibra entre eux, que Gavin repoussa délibérément. Quoi qu'il se soit passé entre eux, cela n'avait pas sa place ici. Sa nomination dans ce groupe de travail était une chance, une étape essentielle dans son ambitieux plan de carrière.

Et, en l'espace d'une minute, il était passé de la jalousie à la gêne. Ce n'était pas ce qu'il avait envisagé pour son premier jour.

Et pourtant ils étaient là. Il n'aurait jamais imaginé qu'elle travaillait pour le bureau du procureur. Ils avaient évité de parler de leurs jobs respectifs. Cela lui avait semblé fascinant à l'époque, que ce soit trop banal pour la passion qui les consumait.

C'était seulement maintenant qu'il prenait conscience que cela aurait facilité les mois écoulés. S'il avait su qu'elle travaillait au cabinet du procureur, il aurait... Quoi ? Il serait allé la voir pour lui demander pourquoi elle était partie ?

Ridicule. Parce qu'une chose était incontestable : si elle avait voulu le revoir, elle en aurait trouvé le moyen.

Malgré cela, il avait du mal à lutter contre une attirance instinctive. La couleur de sa chevelure, encore plus riche qu'il ne s'en souvenait. La plénitude de sa lèvre inférieure, qui lui donnait envie de la mordiller. Ses yeux d'un bleu liquide et d'une profondeur insondable...

Une poésie idiote, se dit-il, qui ne faisait qu'ajouter à la mauvaise humeur qui lui tenaillait l'estomac.

Il avait pensé à elle chaque jour depuis le 1er janvier, et elle surgissait le jour le plus important de sa vie professionnelle ?

— Nous allions justement attaquer le petit déjeuner.

Sera désigna les aliments et les thermos.

— Servez-vous donc.

Sa voix était grave et polie. Gavin eut envie de barbouiller un peu cette perfection. C'était irrationnel et injuste. Mais qu'est-ce qui était juste, dans cette situation ? Avant qu'il ait eu le temps d'y réfléchir, l'animatrice leur indiqua de se servir, de prendre leur badge et de choisir une place autour de la table.

— Allons-y pour le premier round, plaisanta Sam.

En entendant le petit rire de Sera, Gavin froissa le cahier qu'il portait. Mais cela suffit pour le tirer de ses pensées. Il était temps de se servir un café et de s'asseoir aussi loin que possible de *Serafina Forte.* Il devait se concentrer sur son avenir et mettre de côté le passé.

Gavin était là. Dans cette pièce. Dans ce fichu groupe de travail. Gavin *Hayes.*

Il était policier et, dans un tour du destin qu'elle aurait dû voir venir, il travaillait au commissariat de son quartier.

Quelles étaient les chances que ça se produise ?

Alors même que la question lui traversait l'esprit, elle dut admettre qu'elles étaient plutôt bonnes. Ils s'étaient rencontrés dans un bar du quartier, après tout. D'une certaine façon, c'était surprenant qu'elle ne l'ait pas revu plus tôt.

Mais…

Il était là. De retour dans sa vie alors qu'elle embarquait dans l'une des opportunités les plus importantes de sa carrière. Un groupe de travail de trois mois, leur avait dit l'animatrice, avec un allongement possible à quatre mois.

Et elle était enceinte de l'enfant de Gavin.

Elle irait au bout de ce travail, elle n'en doutait pas. Mais elle ne pourrait pas le faire sans qu'on s'aperçoive qu'elle était enceinte. Ce qui voulait dire que Gavin le saurait aussi.

N'était-ce pas ce qu'elle avait voulu ?

Elle était retournée plusieurs fois au bar dans l'espoir de le revoir. Alors elle pouvait… quoi ? S'excuser de s'être enfuie ? D'avoir eu peur ?

— L'objectif de ce groupe de travail est de favoriser et renforcer la coopération et la collaboration.

La voix de l'animatrice s'introduisit dans ses pensées, et Sera s'ordonna de se concentrer.

— Nous avons la chance que les agences fédérales et locales se soutiennent mutuellement dans cette ville, mais cet appui doit être encore plus marqué. C'est la seule manière de maximiser nos forces. Un plus un fera trois.

Sera faillit s'étouffer avec son thé, tandis que les paroles de l'animatrice planaient dans la pièce. Son regard dériva involontairement vers Gavin et elle eut une envie absurde de rire.

Parce que, dans leur cas, un plus un avait bien fait trois.

L'animatrice désigna l'écran. Une nouvelle diapositive apparut. Sera reporta son attention sur ce qu'elle disait.

La première semaine du groupe de travail était destinée à faire connaissance et à élaborer un plan d'action. Chaque équipe noterait des idées sur la manière de traiter le crime, développer les services sociaux et étudier les tenants et les aboutissants légaux. Une équipe serait entièrement locale, une autre entièrement fédérale, et deux autres seraient un mélange des deux. C'était, leur expliqua l'animatrice, une chance de réfléchir collectivement à la manière dont leur collaboration pouvait se développer.

Sera avait commencé à envisager le travail qu'elle pourrait faire si on l'associait à Sam. Ils avaient déjà travaillé ensemble à la faculté de droit. Elle était certaine que leur collaboration serait fructueuse.

— Serafina Forte, bureau du procureur, et Gavin Hayes, patrouille du port du NYPD, vous faites équipe.

Évidemment.

L'envie de laisser tomber sa tête sur la table fut forte, mais son regard ne vacilla pas et elle adressa un petit sourire à l'animatrice. Depuis trois mois, rien n'était normal ou habituel dans sa vie. Pourquoi aurait-ce dû changer ?

Elle nota la salle de réunion où Gavin et elle allaient s'installer avant de rassembler ses affaires.

Gavin l'attendait dans le couloir.

— Allons-y, collègue, lui lança-t-elle en agitant la main.

— Suis-moi.

Quelle était la blague de Sam sur le premier round ?

Elle lui emboîta le pas vers l'ascenseur. Plusieurs autres membres du groupe de travail étaient avec eux, et leur présence lui permit de différer les échanges quelques instants. Jusqu'à ce qu'ils se retrouvent seuls, descendant au rez-de-chaussée.

— Serafina, c'est ça ?

— Sera. C'est comme ça… qu'on m'appelle.

Elle n'allait pas bafouiller, en plus !

— Serafina est mon nom de baptême, mais on m'appelle Sera.

Le voyant hocher simplement la tête, elle reprit la parole :

— Et tu appartiens à la patrouille du port ? Tu plonges ?

L'ascenseur s'arrêta, et les portes s'ouvrirent sur un étage silencieux.

— Oui, je plonge.

— Mais tu es policier ?

— Oui.

Il s'engagea dans le couloir, et elle crapahuta derrière lui dans ses fichues bottes grinçantes.

Il avait une attitude détachée, presque militaire. Il se tenait très droit et gardait délibérément le regard fixé devant lui.

Parfait. Elle pouvait l'imiter.

Une pensée lui vint soudain et elle manqua trébucher dans ses bottes. Et s'il ne se souvenait pas d'elle ?

Gavin la rattrapa par le coude au moment où elle agrippait le cadre de la porte. Elle se redressa, sans prêter attention à la chaleur qui irradiait dans son bras.

— Merci.

Il laissa retomber sa main et se contenta de hocher la tête. Mon Dieu, pourquoi se sentait-elle aussi maladroite ?

Elle n'avait pas été maladroite trois mois auparavant. Bien sûr, elle était un peu nerveuse, mais le temps qu'ils avaient passé ensemble avait dissipé ses craintes. C'était seulement Gavin et Sera, et cela avait été… merveilleux. Et maintenant ils étaient là et devaient en tirer le meilleur parti.

Mais comment avait-elle pu oublier son odeur fascinante ? La largeur de ses épaules ? Et…

Et elle devait reprendre ses esprits parce qu'il n'était pas question de laisser ce qui leur était arrivé gâcher tout cela. Elle était hautement compétente, et ce groupe de travail était un tremplin pour son avenir professionnel.

Aussi pénétra-t-elle dans la pièce la tête haute, d'une démarche quasi royale. Elle *pouvait* y arriver, se dit-elle, sentant monter en elle une rectitude féroce. Elle *y arriverait*.

La salle de réunion avait plus ou moins la taille d'un placard à balais, mais elle choisit le siège le plus éloigné pour poser ses affaires. Gavin se tenait toujours sur le seuil, le regard fixé sur elle, quand elle leva finalement les yeux.

— Serafina ?

— Je te l'ai dit, on m'appelle Sera.

— D'accord. Sera ? Cette pièce t'ira ?

— Ce sera très bien.

Elle le dévisagea, prenant soudain conscience de son erreur. Elle n'aurait pas dû s'asseoir au fond. Elle n'avait pas d'autre solution que de le contourner pour s'échapper.

Encore un signe qu'elle était troublée. Pire, elle eut l'impression d'être une proie, en voyant son regard sombre la toiser. Où était l'homme rencontré le jour de l'an ? Celui qui avait des yeux gentils, un grand sourire et des mains douces ? N'avait-il été qu'une illusion ?

Elle avait vécu avec les conséquences de son manque de jugement momentané pendant trois mois, mais elle ne s'était jamais dit qu'elle s'était donnée à un abruti.

Un étranger, peut-être, mais pas un abruti.

Résolue à y penser plus tard, elle tapota le dossier qu'elle avait posé sur la table.

— Revenons à nos moutons. Nous constituons l'équipe locale. Entre ta perspective policière et ma perspective juridique, je pense que nous devrions pouvoir élaborer un solide plan de collaboration.

— Je suis certain que ce sera le cas.

Une lueur enflammée passa dans son regard, mais Sera l'ignora et poursuivit :

— Nous avons tous été témoins des difficultés de nos équipes vis-à-vis des budgets, des contraintes de personnel et du volume global de criminalité qui court les rues.

Prenant conscience d'un faux pas potentiel, elle ajouta :

— Ou les eaux.

— En effet, à longueur de journée.

— Alors par où devons-nous commencer ?

Il s'assit finalement, sans toucher le dossier qu'on leur avait remis. Son attention était posée sur elle, l'épinglant presque à sa chaise.

— Je pense qu'il faut commencer par le passé.

— Ah bon ?

Elle sentit faiblement le piège se refermer sur elle.

— La ville a bien une histoire, approuva-t-elle. Mais ce groupe de travail s'intéresse à l'avenir.

— Bien sûr. Mais je parle de toi et moi. Et des raisons pour lesquelles tu es partie sans même un au revoir.

Gavin éprouva une certaine satisfaction en voyant Sera déglutir. Mais cette satisfaction fut de courte durée. Ils étaient là – comme elle l'avait dit – pour se concentrer sur l'avenir. Pourquoi revenir sur des événements qui n'auraient plus rien dû signifier pour lui ?

Il n'était en général pas intéressé par les aventures d'un soir, mais il ne pouvait pas dire non plus qu'il n'avait jamais couché avec une femme qu'il ne connaissait pas bien. Et comme il n'avait jamais eu de relation à long terme il ne comprenait pas les émotions étranges que cette femme suscitait en lui.

Et pourtant c'était le cas. De ses pensées incessantes à son sujet jusqu'à son élan de jalousie en la voyant étreindre un autre homme, il n'avait visiblement pas avancé sur la bonne voie. Peut-être que tout mettre sur la table l'aiderait à tourner la page.

— Pourquoi je suis partie ?

— Oui. Nous avons passé une nuit formidable. Je ne crois pas t'avoir suggéré que tu devais partir, mais si c'est le cas je suis désolé.

Visiblement troublée, elle leva une main pour lisser son corsage.

— Nous étions deux adultes consentants, accueillant la nouvelle année. C'était super, mais toutes les bonnes choses ont une fin, non ?

S'il ne l'avait pas observée de près, il l'aurait crue sur parole. Mais les battements de son pouls sur sa gorge et le chevrotement de sa voix étaient révélateurs.

— Et maintenant ? questionna-t-il enfin.

— Maintenant quoi ?

— Nous travaillons ensemble. Les bonnes choses n'ont pas encore pris fin, apparemment.

— Est-ce que tu suggères que nous reprenions là où nous nous sommes arrêtés ?

Déstabilisée, peut-être, mais elle pouvait devenir glaciale. Tenaillé par une émotion aiguë, il était conscient que ce groupe de travail était une énorme chance pour lui. Pour tous les deux. Voulait-il tout gâcher avec une liaison ? Son corps hurlait oui, mais sa maîtrise de soi finit par prendre le dessus.

— Je suggère d'aborder ce partenariat en reconnaissant pleinement ce qui s'est passé. Il s'agit d'une étape majeure dans ma carrière. Je pense que c'est la même chose pour toi. Ne pas traiter le passé serait imprudent à l'extrême.

Il se pencha légèrement en avant.

— Tu n'es pas d'accord ?

Les pulsations de son pouls n'avaient pas cessé et, s'il avait été porté aux élucubrations, il aurait dit qu'il entendait battre son cœur. Mais il ne donnait pas dans le fantasme.

Il ne s'attendait pas à ce qu'elle capitule aussi facilement, ni à ce que son regard glacial se réchauffe soudain avec une sincérité brute.

— Nous avons passé une nuit fantastique, Gavin. Que je ne regrette en rien. Mais une nouvelle journée était là.

Elle secoua la tête.

— Une nouvelle *année* était là, et je me suis dit que m'attarder chez une conquête d'un soir n'était pas une bonne idée. Pour aucun de nous, mais surtout pour moi.

— Tu avais envie de partir ?

— Il était temps que je parte.

Ce n'était guère une réponse, mais c'était celle qu'elle était prête à faire. Il pouvait continuer d'insister, mais dans quel but ?

Un coup à la porte le tira de ses réflexions et, en se retournant, il vit Wyatt sur le seuil.

— Inspecteur, le salua Gavin en se levant. Comment ça va ?

— Bien. Je voulais te parler de la plongée de demain matin. Désolé si je vous interromps.

Wyatt jeta un coup d'œil à Sera avec un grand sourire.

— Le groupe de travail a démarré aujourd'hui.

— Oui.

Wyatt pénétra dans la petite salle et tendit la main à Sera, qui s'était levée pour le saluer.

— Wyatt Trumball, NYPD.

— Sera Forte. Je travaille au cabinet du procureur.

— Alors vous représentez tous deux l'équipe locale.

Rien n'échappait à cet inspecteur chevronné.

— C'est nous, oui. Nous allons présenter des solutions sur la manière dont les ressources municipales peuvent fonctionner ensemble, dit Sera. Je sais que tout le monde pense que le mieux est de travailler avec les fédéraux, mais je suis enthousiaste à l'idée de montrer ce que nous pouvons faire ici aussi.

— On pense toujours que plus c'est grand, mieux c'est. Mais

la meilleure collaboration que j'ai vue était le fait d'équipes locales qui connaissaient leur quartier et se donnaient la main.

— Moins d'ego ? lança Gavin, dans l'intention de plaisanter.

Il fut surpris de voir le comportement de Wyatt changer.

— Les fédéraux ont beaucoup à offrir, mais ils se mettent aussi en travers de notre chemin. Ils pensent que nous sommes des ploucs qui ne voient pas plus loin que le bout de leur nez.

Venant d'un homme qui était l'incarnation de l'esprit d'équipe, ces paroles valaient leur pesant d'or. Mais Gavin avait déjà été témoin de cette attitude dans la matinée. Les fédéraux prenaient la pose, s'efforçant de faire valoir leur singularité.

— Nous veillerons à ne pas baisser la garde, intervint Sera. Il se trouve que j'aime beaucoup mon quartier. Et je crois avoir une approche du travail plutôt sophistiquée, moi aussi.

Le sourire de Wyatt revint, encore plus large.

— Alors allez-y ! Je sais que vous ferez du bon travail tous les deux. Dites-moi seulement si vous avez besoin de quelque chose.

Gavin faillit laisser Wyatt partir avant de se rappeler quelque chose.

— Et la plongée demain ?

— Je venais juste t'annoncer que nous plongerons à Hell Gate.

Gavin sentit l'intérêt de Sera s'éveiller, mais il ne voulut pas donner à Wyatt l'impression que quelque chose clochait. Aussi eut-il recours à son humour habituel.

— Quelle chance ! Avec toute cette pluie, ce sera sûrement agité et dégoûtant à souhait.

— C'est pour ça qu'on ne peut pas plonger aujourd'hui. La météo devrait s'améliorer dans la soirée, ce qui nous permettra de récupérer la pièce à conviction. Les criminels adorent jeter des armes depuis les ponts.

— Ce sont des trains qui passent sur le pont Hell Gate, dit Gavin. Quelqu'un a été assez stupide pour traverser les rails à pied ?

— Pas tout à fait, mais guère mieux. Il a traversé le pont Robert-Kennedy.

— Au milieu de la circulation ?

— Oui. Il s'est arrêté en se rendant compte que les flics le rattrapaient. Il est sorti de voiture et a couru au milieu de la circulation jusqu'à la première brèche qu'il a pu trouver dans la clôture. Et il a jeté l'arme aussi fort qu'il pouvait en direction du nord.

Wyatt sourit et leva les mains en un geste d'impuissance.

— Et c'est nous qui allons devoir la retrouver.

Il leur dit au revoir, et ce ne fut qu'en reprenant son siège que Gavin croisa le regard de Sera.

— Ça s'appelle vraiment Hell Gate ? questionna-t-elle, le front barré d'un petit pli.

— Oui. La partie supérieure de l'East River. Nous serons sous le pont Robert-Kennedy et un peu plus au nord, probablement.

— Waouh. Je...

— Quoi ?

— Ça a l'air dangereux.

— C'est l'une des voies les plus dangereuses, et c'est pourquoi nous plongeons en duos et avons une équipe qui nous surveille.

— Bien sûr. C'est juste que...

Elle s'arrêta à nouveau, semblant rassembler ses pensées.

— Je ne m'étais pas rendu compte à quel point ton travail est difficile. N'importe qui travaillant dans la police affronte des risques évidents. Mais, là, c'est encore plus périlleux.

Bien qu'il apprécie son inquiétude, il ne comprenait pas bien d'où elle sortait.

— C'est un métier auquel je suis formé. Et je continue de m'entraîner régulièrement. Nous ne nous reposons pas sur nos lauriers.

— Non, bien sûr que non.

— Fais attention.

Il venait d'ouvrir le dossier pour en tirer le résumé de la matinée. Il faillit se maudire pour avoir ouvert la bouche. Ses émotions avaient autant de finesse qu'un bulldozer.

— Attention à quoi ?

— Toute cette sollicitude. Continue comme ça, et je vais commencer à penser que tu n'es pas si indifférente que ça.

3

Je vais commencer à penser que tu n'es pas si indifférente que ça.

Cette réplique lui était restée à l'esprit toute la journée. Et, bon sang – Sera jeta la manique sur le plan de travail après avoir versé les pâtes bouillantes dans la passoire –, elle avait fait mouche.

Oui, ça avait été inattendu de le voir dans cette salle de réunion. Et, oui, elle avait été déstabilisée quand on leur avait attribué la même équipe.

Mais cette remarque ? Sérieusement ?

Quel crétin !

Mais ce n'était pas un crétin, malgré l'irritation qu'il suscitait en elle. Elle en aurait mis sa main à couper. L'homme avec qui elle avait passé la nuit n'était pas un crétin. L'homme que le NYPD avait choisi pour le représenter n'était pas un crétin. L'homme qui *avait engendré son enfant* n'était pas un crétin.

Difficile de gérer sa réapparition ? Oui, elle devait lui concéder cela. Mais il n'était pas un mauvais homme. Aucune vantardise ne changerait son opinion sur ce point.

Ce qui voulait dire qu'elle devait mettre les bouchées doubles. Laisser son irritation à la maison et se concentrer sur l'avantage de travailler ensemble.

Oh oui… et lui dire qu'elle était enceinte de lui.

Mais comment ?

Il aurait été facile de réduire leur rencontre à une flambée d'attirance mais, si leur nuit avait été aussi torride, cela n'avait rien à voir avec le sexe et tout avec la proximité émotionnelle.

Ils avaient parlé librement et sans contrainte. Et c'était la seule raison pour laquelle elle était allée chez lui, si elle devait être honnête. Elle avait besoin de cette proximité pour sentir qu'il valait la peine d'aller plus loin.

Elle avait beaucoup ri, et ils avaient énormément discuté. De leur travail à grands traits, mais davantage de ce qui les attirait dans ce métier. Comment ils avaient trouvé leur chemin dans la vie. Ce qui les poussait en tant qu'êtres humains.

Cela avait été merveilleux de parler de son ambition sans se sentir jugée. Il lui avait posé des questions et avait paru sincèrement intéressé par ses réponses. Et, pour elle, il n'y avait pas de plus grand aphrodisiaque.

Elle égoutta les pâtes avant de se servir et d'ajouter la sauce qu'elle avait préparée. Bien qu'elle ait toujours du mal à manger le matin, à l'heure du dîner elle avait faim.

Elle allait s'installer à sa petite table, quand un coup se fit entendre à la porte.

Sera déposa son assiette et gagna l'entrée. Son appartement n'était pas immense, mais elle avait suffisamment de place. Elle le devait à la générosité d'un oncle qui possédait l'immeuble et lui avait offert un loyer avantageux.

« Quiconque défend ma ville mérite d'avoir un bon espace de vie », avait entonné oncle Enzo en lui tendait son contrat de bail.

Elle s'attendait à ce que ce soit lui et sa femme Robin, car ils lui rendaient visite à l'occasion.

Mais c'était Gavin.

— Salut.

Il resta là, sur le seuil, avec ses larges épaules, et elle sentit son cœur faire un bond. Bon sang, pourquoi était-il aussi séduisant ? Grand, large et musclé. Mais ce n'était rien en comparaison du sourire qui relevait les coins de sa bouche. Il tenait un petit bouquet de fleurs et, malgré sa carrure, elle devina sa nervosité à la manière dont il piétinait le sol.

— Hé...

Elle réprima un sourire, qui aurait contredit sa réserve.

— Désolé de te déranger.

— Tu ne me déranges pas.

Elle recula et tendit la main pour l'inviter à entrer.

— Bien que je me demande comment tu m'as trouvée. Je travaille pour le bureau du procureur, mon adresse n'est pas dans l'annuaire.

— Sunset Bay est un annuaire éternellement à jour.

La voyant lui jeter un regard curieux, Gavin ajouta :

— Connaissant ton nom de famille, j'ai additionné deux et deux. Ton oncle, Enzo Forte, est mon propriétaire. Je l'ai croisé ce soir avec ta tante, et j'ai mentionné que nous travaillions ensemble.

— Mon oncle t'a donné mon adresse ?

— Je lui ai dit que je m'étais comporté comme un abruti et que je te devais des excuses. Ta tante s'est empressée de me la donner.

Il leva la main.

— Elle m'a dit aussi que tu aimes les gerberas.

— C'est vrai.

Elle prit le bouquet – une solide offre de paix, bien que des fleurs ne résolvent pas tout – et désigna la cuisine.

— J'allais me mettre à table. Tu veux te joindre à moi ?

— Ça ne t'ennuie pas ?

Elle se contenta de lui jeter un bref coup d'œil et se dirigea vers la cuisine. En quelques minutes, elle arrangea les gerberas dans un vase et posa celui-ci au bord de la table. Ils s'assirent l'un en face de l'autre.

Il se servit la portion de pâtes qu'elle avait réservée pour son déjeuner du lendemain mais, en le regardant poser une serviette en papier sur ses genoux, Sera s'avoua que cela ne l'ennuyait pas.

Les pâtes n'étaient pas extraordinaires, mais Gavin s'y attaqua comme un homme affamé. Si elle s'attendait à ce qu'il se plaigne que sa sauce manque de viande, elle s'aperçut rapidement que ce ne serait pas le cas.

— C'est vraiment bon.

— Merci.

Elle prit une gorgée d'eau gazeuse avant de revenir au sujet précédent.

— Mon oncle et ma tante t'ont vraiment dit où j'habitais ?

— Je dois admettre que ça m'a surpris, mais j'imagine que je respire l'honnêteté.

Il lui adressa un grand sourire.

— Le fait que je sois locataire dans leur immeuble de la 11e y a sans doute contribué. Ils savent que je suis à jour de mes loyers et connaissent mon numéro de téléphone *et* mon adresse. Ils sauraient comment me retrouver, au cas où.

— Je suppose que oui.

Mais il était clair qu'elle allait devoir faire la leçon à Robin.

— Dès que je les ai vus, j'ai fait le lien avec ton nom de famille.

Comme Sera imaginait l'étincelle dans le regard de sa tante, elle opta pour changer de conversation.

— Tes pâtes sont assez chaudes ?

Sa question partait d'une bonne intention, mais elle ne servait qu'à révéler son extrême nervosité vis-à-vis de sa présence dans sa cuisine.

— Elles sont parfaites. Ce n'est pas pour ça que je suis là, même si je ne refuse jamais un dîner avec une belle femme.

— De la flatterie ?

— Elle fonctionne ?

Elle ne voulait pas être flattée. Pire encore, elle ne voulait pas s'absorber à nouveau en lui. N'était-ce pas ainsi que tout avait commencé ? Ce regard séduisant, ce don de lui faire sentir qu'elle était la seule femme au monde ?

— Je ne suis pas venu te baratiner, enchaîna-t-il d'un ton gentil, mais te présenter les excuses que tu méritais.

— Oh...

— Je n'étais pas vraiment moi-même aujourd'hui. Je m'en rendais compte, mais je ne parvenais pas à faire abstraction de ma réaction, et je suis désolé.

Il posa sa fourchette.

— Sincèrement désolé.

Si ces excuses étaient surprenantes, Sera dut admettre qu'elles correspondaient à l'homme dont elle se souvenait.

— Pour être honnête...

Son regard dériva vers le bouquet.

— Je dois dire que ces fleurs sont une délicate attention.

— Je suis heureux que tu les aimes.

— Mais je n'étais pas moi-même non plus. J'ai été surprise de te voir. Et puis on nous a mis ensemble pour la durée de ce groupe de travail...

Elle ne put retenir tout à fait un soupir.

— Ma vie personnelle faisait irruption dans ma vie professionnelle, et je n'ai pas aimé ça.

— Pareil pour moi.

— Ce groupe de travail est une étape importante dans le développement de ma carrière. Je suis sûre que c'est aussi important pour toi.

— Oui, c'est vrai.

— Alors il va falloir trouver le moyen de mettre ce qui s'est passé derrière nous.

— Vraiment ?

La question plana entre eux, comme un point d'interrogation clignotant au-dessus de leurs têtes.

— Vraiment quoi ?

— C'est vraiment derrière nous ?

Une envie irrationnelle d'éclater d'un rire hystérique la prit, et elle sentit un instant qu'elle allait y céder. Parce que cette nuit était peut-être finie, mais rien n'était derrière eux. En fait, dans six mois, les conséquences de leur choix seraient là.

Elle s'était abandonnée à leur nuit justement à cause de l'absence de liens. D'attachement. Ou de toute conséquence autre qu'un désir naturel. Elle n'était pas particulièrement habituée à ce genre de choses, mais cela lui avait fait du bien de faire ça juste pour elle.

Sa vie avait surtout consisté à étudier et à vivre selon un code de conduite strict. Elle ne deviendrait *pas* sa mère. Cela ne l'intéressait pas de gaspiller sa vie en excès.

Et pourtant Gavin avait trouvé d'une manière ou d'une autre le moyen de contourner cela. Sur le moment, il lui avait fait l'effet d'une impulsion, pas d'un excès.

Aussi fixa-t-elle sa fourchette un long moment.

— Tout ça est derrière nous. Bien sûr que ça l'est.

— Les choses se sont terminées un peu abruptement.

La distraction que lui procurait son assiette s'évanouit, et elle le dévisagea franchement.

— Nous avons eu une aventure d'un soir, Gavin. La définition même de cette sorte d'aventure est d'être courte. C'est un point dont je pensais qu'il était clair, étant donné qu'aucun de nous n'a retrouvé l'autre ces derniers mois.

— Tu as essayé de me retrouver ?

Tout comme le matin, c'était un piège dans lequel elle avait foncé tout droit. Même si une part d'elle avait envie de s'envelopper d'une armure émotionnelle et de refuser la vérité, elle s'aperçut qu'elle ne le pouvait pas.

— Je suis retournée plusieurs fois au bar dans l'espoir de te croiser. Mais, comme tu n'es jamais venu, je me suis dit que je n'étais pas destinée à te revoir.

Une série d'émotions traversèrent son visage, révélant qu'il éprouvait quelque chose, mais elle ne pouvait les déchiffrer, ce qui restait très frustrant.

La trouvait-il pathétique ? Optimiste ? Était-il content qu'elle ait essayé de le retrouver ? Ou était-ce au contraire la preuve que ce qu'ils avaient eu était destiné à ne durer que quelques heures ? Elle fut donc surprise quand il reprit la parole d'une voix éraillée.

— Si tu voulais me revoir, pourquoi es-tu partie ?

Avait-elle eu tort ? Comme il était impossible de le savoir, elle insista, le forçant à comprendre ses explications.

— Encore une fois, Gavin. Le jour de l'an. Une aventure d'un soir. Deux étrangers. C'est la définition même de la gêne.

— Il n'y avait pas de gêne.

— Non, en effet.

Et quand ses yeux noirs croisèrent les siens elle dut admettre que, même maintenant, ce n'était pas gênant du tout. Au contraire, c'était libérateur. Cette étrange connexion entre eux, qui n'avait aucune raison d'exister et existait pourtant.

— Je voulais te revoir, Sera. Je te cherchais chaque fois que je sortais. Chaque fois que je marchais dans le quartier. Chaque fois que je prenais le métro.

Il l'avait cherchée ? Il avait espéré la revoir ? Ces moments solitaires, durant lesquels elle lui avait ordonné de se montrer, n'avaient pas servi à rien. Même s'ils n'avaient pas d'avenir en commun, il y avait une joie spéciale à savoir qu'il n'avait pas été indifférent. Et, à cette idée, elle ne put retenir un petit sourire, dont elle soupçonnait qu'il exprimait aussi le chagrin de ce qui aurait pu être.

— Et voilà. Tout ce que tu avais besoin de faire, c'était appeler ma tante et mon oncle. Penses-y la prochaine fois que tu partiras en quête d'une aventure d'un soir.

— Pourquoi voudrais-je partir en quête de quelqu'un d'autre ?

Tout l'humour qu'elle gardait s'évanouit, et quelque chose d'aigu la traversa devant l'expression sérieuse de son visage.

— Ça ne peut aller nulle part, dit enfin Sera, même si elle aurait voulu avoir tort. Surtout avec le groupe de travail. Il y a un conflit d'intérêts, maintenant.

— Comment ça ?

— Que veux-tu dire par « Comment ça » ? Nous sommes partenaires dans un important projet professionnel.

— Un projet qui ne sera pas éternel. Nous ne travaillons pas dans le même service. Nous ne travaillons même pas pour la même entité. Que je sache, les employés de la Ville de New York peuvent sortir les uns avec les autres.

— Nous ne...

Elle s'arrêta abruptement, avant de faire une autre tentative.

— Ce que nous avons fait n'était pas sortir ensemble. Ne feignons pas de croire qu'il y a davantage entre nous que ce qu'il y a eu en réalité.

Sera ne savait pas bien qui elle essayait de convaincre, mais elle devait défendre sa position. Parce qu'elle avait voulu le revoir. Et, une fois le choc passé, cela lui avait fait du bien d'être à nouveau en sa présence. Cela lui faisait du bien de voir ce visage, qui était resté gravé dans son esprit, de l'autre côté de la table.

Mais elle ne pouvait pas céder à cela. Pas plus qu'elle ne pouvait s'illusionner en se disant que tout cela finirait bien. Ils s'étaient jetés l'un sur l'autre dans un accès de désir brûlant, puis avaient repris leurs vies. Mais maintenant il y avait un grand secret entre eux. Un secret dont elle savait qu'elle devait le lui dire. Mais peu importe qu'elle le retourne dans son esprit, elle ne parvenait pas à trouver les mots.

— Mais *il y a* quelque chose entre nous, Sera.

Malgré ses interrogations sur la manière étrange dont ils étaient entrés dans la vie l'un de l'autre et étaient ressortis, il y avait bien quelque chose, là. Cette conversation n'en était-elle pas la preuve ?

Bien sûr, les choses étaient devenues très personnelles, très vite. Cela avait été vrai depuis le début. Mais maintenant elles étaient trop sérieuses. Aussi, avec sa formation de plongeur et de policier, Gavin fit ce qu'il savait le mieux faire. Pivoter et attaquer sous un nouvel angle.

— Allons manger une glace.

— Maintenant ?

— Tu as déjà entendu parler de dessert, Forte ?

— Bien sûr, mais...

Il fixa son assiette vide avant de relever les yeux.

— Tu as de la glace dans ton congélateur ?

— Non.

Il secoua la tête et clappa de la langue.

— Un crime en soi, mais nous nous en occuperons plus tard. Allons manger une glace.

Gavin s'attendait à ce qu'elle proteste mais, vingt minutes plus tard, ils entraient dans le drugstore de Sunset Bay et se dirigeaient vers le comptoir.

— Les meilleurs sundaes de Brooklyn.

Gavin renifla l'odeur de sucre, de crème et de chocolat tandis qu'ils prenaient deux tabourets au comptoir. Sera s'assit à côté de lui, et il lui prit son manteau, qu'il alla suspendre à un petit portemanteau au fond du bar.

— Merci.

— Je t'en prie.

En se rasseyant, il ne put s'empêcher de remarquer leur reflet dans le grand miroir. Bien qu'ils ne se touchent pas, ils avaient l'air d'être ensemble, avec cette légère tension sur leurs visages.

— Cet endroit en a vu beaucoup, dit-il après un bref coup d'œil au menu.

— C'était le cœur de Sunset Bay dans mon enfance. Tante Robin me raconte encore qu'oncle Enzo l'amenait là quand ils ont commencé à se fréquenter.

Intéressant. Elle avait parlé plusieurs fois de sa tante et son oncle au cours de la soirée, sans jamais mentionner ses parents. Étaient-ils absents ? Morts ?

Il était sur le point de lui poser la question quand un adolescent morose s'approcha pour prendre leur commande.

— Qu'est-ce que vous prendrez ? demanda-t-il à Sera.

— Une boule chocolat avec de la sauce beurre de cacahuète.

— Un banana split pour moi.

L'adolescent s'éloigna, les laissant à leur conversation. L'absence d'autres clients leur permit de revenir à leur conversation inachevée.

— Alors, à propos de ce quelque chose entre nous...

Elle était en train d'accrocher son sac sous le comptoir, mais Gavin vit son visage se plisser d'inquiétude.

Cela se dissipa quand elle reporta son regard sur lui. Elle était assise très droite, et sa voix avait cette note magistrale dont il imaginait qu'elle se servait au tribunal.

— Il n'y a rien de plus.

— Bien sûr que si.

— Une nuit unique ? Ça ne devrait pas se mettre en travers de ce que chacun de nous veut accomplir.

— Pourquoi insistes-tu pour lier les deux choses ?

— Oh ! allez, Gavin. Bien sûr que c'est lié.

Elle se pencha plus près pour lui murmurer :

— Nous nous sommes vus tout nus.

— Ça ne fait pas de doute.

— Sois sérieux.

— Je ne ris pas. En fait, je me rappelle certaines choses en détail.

— Tu es impossible.

— Et tu combines les deux choses comme si elles devaient s'annuler l'une l'autre. J'aimerais savoir pourquoi.

— Mon travail est important pour moi.

— Le mien aussi.

— Nous avons couché ensemble. Tu penses qu'on va nous prendre au sérieux dans ce groupe de travail si nous entamons tout à coup une liaison ?

L'irritation montait en lui de s'entendre continuellement repousser, mais il fit effort pour garder un ton insouciant. Si elle ne voulait pas sortir avec lui, il s'en remettrait. Mais ses arguments étaient centrés sur le qu'en-dira-t-on, *pas* sur un désintérêt de sa part. Il ne pouvait tout simplement pas laisser tomber.

— Deux célibataires qui entament une relation, ce n'est pas une liaison.

— C'est une liaison quand ils travaillent ensemble et en font un secret.

— Alors il faut le rendre public.

En disant cela, Gavin prit conscience que c'était tout à fait vrai.

— Comme je le disais, ce n'est pas un crime pour des employés municipaux de sortir ensemble.

— Ça n'empêche pas les gens de parler.

— Alors laissons-les parler.

Leurs glaces arrivèrent, interrompant la dispute qui montait. Il n'arriverait à rien en se comportant comme un enfant gâté. Et il n'avait certainement pas envie de fréquenter quelqu'un qui n'avait pas envie d'être avec lui.

Alors pourquoi insistait-il ?

Il n'avait jamais dramatisé les entreprises romantiques. On voyait quelqu'un, on l'aimait bien, on passait du temps avec lui ou elle. Était-ce simpliste ? Sans doute. Mais il avait toujours eu des priorités plus importantes dans la vie, et personne ne lui avait jamais donné de raison d'en changer.

Jusqu'à Sera.

Quelque chose dans les heures qu'ils avaient passées ensemble l'avait bouleversé. Il haïssait la vulnérabilité, mais il haïssait plus encore l'idée que leur métier leur dicte leur comportement en privé.

Sera avait déjà pris quelques bouchées de sa glace, et il décida d'attaquer son banana split, espérant que le mélange de sucre et de crème refroidirait l'atmosphère de plusieurs degrés.

— Est-ce qu'on peut mettre ça sur le compte d'une situation compliquée que nous ne sommes pas forcés de résoudre maintenant ? dit-elle finalement.

— Oui, on peut faire ça.

S'il n'était pas prêt à reculer complètement, Gavin reconnaissait qu'ils étaient devant une grosse difficulté et qu'un peu de temps pour y réfléchir ne leur ferait pas de mal.

— Comment est ta glace ? demanda-t-il quand la conversation retomba.

Il l'avait amenée là pour lui faire plaisir, et c'était agréable d'être assis en sa compagnie.

— Délicieuse. Ça faisait longtemps que je n'étais pas venue ici. Le dessert était une bonne idée.

— Le sucre résout la plupart des problèmes. Ou, en tout cas, il les rend moins stressants.

— Vu que c'est mon métier de résoudre des problèmes, j'aimerais pouvoir dire que nous sommes plus évolués que ça en tant qu'espèce, mais...

Elle fixa sa glace et tapota la coupe métallique avec sa cuillère.

— ... il est difficile de nier l'effet thérapeutique du sucre.

Le dessert semblait avoir dissipé la tension, et ils retombèrent dans la conversation aisée qu'ils avaient eue la première fois.

Elle se déroula sans effort jusqu'à ce qu'ils se rendent compte que leurs coupes avaient été remportées par le serveur alors qu'ils n'avaient pas tout à fait fini les glaces.

Le moment étant passé, Gavin alla chercher leurs manteaux et ils reprirent leur chemin dans la nuit printanière.

— Merci pour la glace.

— Tout le plaisir était pour moi.

Gavin réprima le désir de poser une main au creux de ses reins et la fourra à la place dans sa poche. Les lumières du drugstore se répandaient sur le trottoir, illuminant les tons rouges des cheveux de Sera.

La pluie qui les harcelait depuis des jours s'était arrêtée, et un vent frais s'était levé, annonçant le printemps, même si l'hiver n'avait pas encore renoncé à son emprise.

— Je pense toujours que l'absence de glace chez toi constitue un crime, mais je ferai de mon mieux pour réserver mon jugement.

— Peut-être que je préfère simplement manger de la glace en compagnie d'autres gens.

Une rafale de vent se leva quand ils passèrent devant la ruelle entre le drugstore et le vieux magasin de chaussures. L'adolescent qui les avait servis était en train de fermer. Il sortit deux gros sacs noirs, et l'odeur des ordures emplit l'air.

— Peut-être que nous…

Il s'interrompit en la voyant changer de figure, la couleur disparaissant de ses joues.

— Sera ?

Mais elle s'était déjà élancée vers une poubelle au coin de la rue. Des bruits reconnaissables entre tous s'élevèrent. Il arriva juste à temps pour lui tenir les épaules tandis qu'elle vomissait une seconde fois.

— Oh ! mon Dieu !

Son sanglot étranglé lui déchira le cœur, mais ce furent les paroles qui suivirent qui lui coupèrent le souffle.

— Je croyais en avoir fini avec ça !

4

Gavin était assis sur le canapé, fixant la télévision sans la voir. Sera avait eu envie de dire quelque chose de significatif, mais elle avait opté pour allumer la télévision, lui dire qu'il pouvait choisir la chaîne qu'il voulait et qu'elle revenait tout de suite.

L'odeur des ordures avait eu un effet immédiat sur elle. Et, bien que Gavin et elle doivent parler, sa priorité était de se brosser les dents et de se rafraîchir.

L'heure était venue de lui dire la vérité. Depuis la découverte de sa grossesse elle passait son temps à envisager scénario après scénario pour lui parler du bébé. Mais maintenant que le moment était venu son esprit était vide.

— Les Nets ont bien joué ?

— Hmm ?

Il arracha son regard du match de basket à l'écran.

— Peu importe.

Elle cueillit la télécommande, coupa le son et s'assit à l'autre bout du canapé.

— Je crois qu'il faut qu'on parle.

L'expression de Gavin suggérait une approbation ironique, mais ses paroles prirent un tout autre ton.

— Depuis combien de temps le sais-tu ?

— Environ deux mois.

— Tout ce temps...

Sa voix se perdit, et son visage devint bizarrement neutre.

— Je voulais te le dire, Gavin. Vraiment. Mais je n'ai pas pu te retrouver, et je ne savais pas comment faire. Tu avais déménagé, et il n'y avait aucun moyen de savoir où tu étais allé.

— C'est une excuse ?

— Eh bien, oui. C'est la vérité.

— Tu connaissais mon prénom.

— Ton prénom. Et le fait que tu es policier. Tu te rends compte de la taille du NYPD ?

Il ne parut pas convaincu. En fait, son argument eut l'air de rallumer quelque chose en lui.

— Peut-être que tu ne voulais pas me retrouver.

— Pardon ?

— Tu es partie en milieu d'après-midi, pendant que je dormais. Tu n'avais aucunement l'intention de revenir.

Quoi qu'elle se soit imaginé de sa réaction à l'annonce de cette nouvelle, elle ne s'attendait pas à ce mur de colère.

— Tu n'arrêtes pas de me jeter ça à la figure. Qu'est-ce qui t'irrite autant ? Le fait que je suis enceinte, ou le fait que ta fierté est blessée parce que je suis partie ?

— Tu es enceinte ! J'avais le droit de le savoir.

— Je ne discute pas ce fait. Cette bêtise consistant à prétendre que nous n'avions rien d'autre que le moment était peut-être enivrante, mais plutôt malcommode quand j'ai essayé de te retrouver. Et ton déménagement n'a pas arrangé les choses.

À ces mots, il se leva, les poings serrés, et se mit à faire les cent pas. Elle aurait voulu le réconforter, de la même manière qu'elle aurait voulu être réconfortée le jour où elle avait découvert la nouvelle – mais quelque chose la retenait sur le canapé.

Sa fureur ? Bien qu'elle soit intense, elle n'avait pas peur de lui. Alors qu'était-ce ? Pourquoi avait-elle soudain envie d'une dispute ? Une dispute qui soulagerait enfin la colère qu'elle éprouvait depuis trois mois.

— Tu peux jouer les saints autant que tu veux, mais ce n'est pas comme si tu avais fourni des efforts pour me retrouver non plus.

— J'ignorais comment te retrouver.

— Moi aussi !

Il s'immobilisa et la dévisagea. Et à cet instant elle vit toute l'excitation, la confusion et l'émotion qu'elle avait elle-même ressenties.

— Un bébé.

— Oui.

— Mais nous avons fait attention... Bien sûr, il y a eu cette fois, juste avant l'aube.

Les souvenirs embrumèrent son regard, et elle vit qu'il se rappelait quelque chose.

— Mais nous...

— Nous avons fait des efforts vaillants, mais nous avons jeté toute précaution au vent lors de celle-là.

Et c'était vrai. Immense et merveilleux, ce qu'il y avait entre eux leur avait presque fait perdre la tête. Cela ne lui ressemblait pas du tout en ce qui la concernait – elle était vigilante en matière de sexe –, mais leur conversation avait pris un tour plus personnel quand ils avaient tous deux avoué qu'ils veillaient à faire régulièrement des analyses. Et elle s'était crue à l'abri grâce à la pilule.

Une pilule qu'elle avait oublié de prendre durant l'agitation des fêtes.

— Je n'ai jamais voulu te le cacher, Gavin. Quoi que tu croies par ailleurs, s'il te plaît, souviens-t'en.

— Quand allais-tu me le dire ? Nous avons passé la soirée ensemble et, si tu n'avais pas vomi, je serais encore aveugle au fait que je vais devenir père.

— J'essayais de trouver la manière et le moment, mais il ne m'avait jamais traversé l'esprit de ne pas te le dire.

Il cessa de faire les cent pas pour la dévisager. Son grand corps, qu'elle avait tellement admiré, à la fois avec et sans ses vêtements, lui apparut comme transformé. En un éclair, elle le vit avec un enfant niché contre sa vaste poitrine. Elle le vit tenir fermement un bambin essayant de marcher. Et elle le vit, un genou à terre, ajustant le sac à dos de leur enfant pour son premier jour d'école.

Ils étaient liés à cette petite personne qui serait là dans six mois. Une bénédiction et un cadeau, offerts à deux personnes qui ne savaient rien l'une de l'autre.

Mais elle le vit tordre la bouche, ce qui la tira rudement de ses pensées.

— Oh ! allez ! Tu veux dire que tu ne voulais pas m'annoncer la nouvelle dans une salle de réunion de la taille d'une boîte de crackers ?

Sera ne put retenir un sourire.

— Je pensais en fait l'annoncer à la prochaine réunion plénière du groupe de travail.

— Ce serait certainement donner un nouveau sens au partenariat.

Cette fois, le fou rire la prit. Gavin s'approcha du canapé et se laissa tomber à côté d'elle. Son rire se joignit au sien, et ce fut après un long moment qu'ils reprirent leur respiration.

Mais ce furent ses profonds yeux bruns, croisant les siens, qui firent taire ce qui restait d'amusement.

— On va vraiment avoir un bébé ?

— Oui, vraiment.

— Mis à part l'odeur des ordures, comment te sens-tu ?

— Je vais très bien.

Un sourcil se haussa.

— Essaie encore, parce que j'ai du mal à te croire. Comment te sens-tu pour de bon ?

— J'ai des bons et des mauvais jours. C'est plutôt dans la journée, pour être honnête. Et j'ai plus ou moins compris comment l'éviter.

— Tout ça toute seule.

— Eh bien, oui.

— Ta tante et ton oncle le savent ?

Ce fut son tour de lui jeter un regard noir.

— Tu crois qu'ils auraient été aussi accueillants envers toi ?

— Sans doute pas.

Il attendit quelques secondes avant de demander :

— Et tes parents ?

— Ils ne sont pas un problème.

Il eut l'air de vouloir dire autre chose, mais s'interrompit. Cela la toucha qu'il déchiffre aussi facilement son malaise.

Mais elle resta silencieuse. Ils avaient peut-être en commun une nuit de passion et un enfant, mais il y avait des limites qu'elle ne pouvait pas encore franchir. Il était impossible qu'elle lui parle de cet aspect de sa vie.

Il tendit la main pour recouvrir la sienne.

— Quelles que soient les inquiétudes que chacun de nous éprouve pour cet enfant, tu peux ôter l'abandon de la liste.

Il se tourna vers elle pour fouiller ses yeux du regard.

— J'ai bien l'intention d'être un père pour lui.

Il allait être père.

Cette pensée allait et venait dans son esprit au rythme de sa respiration. Inspiration : *Je vais être...* Expiration : ... *père.*

Ses partenaires et lui inspectaient les eaux autour de Hell Gate.

C'était une pensée incongrue dans un endroit encore plus incongru, mais c'était la sienne, songea Gavin en fouillant la vase de ses mains gantées, après avoir vu son détecteur de métaux sonner. En comprenant qu'il ne s'agissait que d'un porte-clés, il poursuivit son chemin.

Ses écouteurs lui délivraient le flot constant d'activité de l'équipe en surface. Des instructions arrivaient jusqu'à Wyatt et lui, avec des détails distincts pour l'autre duo de plongeurs, Kerrigan Doyle et Jayden Houston.

Ils ne prenaient aucun risque quand ils plongeaient dans cette zone. Ils y allaient toujours à deux équipes, et ils étaient rappelés en surface dès qu'il leur restait dix minutes d'oxygène. C'était une série de précautions sur lesquelles le capitaine Reed avait insisté, après qu'une plongée sous sa surveillance avait abouti à la mort de membres de la patrouille du port.

Bien que Gavin ait eu de la chance tout au long de ces années, il appréciait ces précautions supplémentaires. Si la journée se déroulait plutôt bien, il était conscient que les choses pouvaient changer en l'espace d'une minute.

Les eaux sous le pont Hell Gate étaient en fait une passe où la confluence de l'Upper New York Bay, du Long Island Sound et de la Harlem River contribuait à l'agitation incessante. Et le résultat était que la marée haute était dangereuse, tandis que la marée basse ne faisait qu'inverser le flux, repoussant l'eau dans la direction opposée.

Ils avaient délibérément choisi le début d'après-midi pour éviter le plus fort de la marée, mais il fallait qu'ils se dépêchent. Et, avec les pluies des derniers jours et les courants déjà forts, la pièce à conviction qu'ils s'efforçaient de repêcher pouvait être n'importe où.

Une aiguille dans une botte de foin, leur avait dit l'un de leurs chefs dans leurs écouteurs.

— Mais vous avez déjà vérifié douze quadrants. Hayes et Trumball, allez vers l'ouest, Doyle et Houston, vers le sud. Nous allons couvrir encore une zone avant que vous remontiez. Le submersible s'occupe de la zone au nord du pont.

Leur briefing avant la plongée correspondait à la description de Wyatt la veille dans la salle de réunion. Quelqu'un avait jeté une arme du pont Robert-Kennedy, et on estimait qu'elle avait atterri sous le pont Hell Gate. Le suspect était déjà en garde à vue, et deux flics avaient été témoins du jet de l'arme depuis le pont. Il n'était pas idéal de laisser un élément matériel au fond de la rivière, mais les efforts généraux devaient être mis en relation avec les avantages.

Un étrange contrepoint à sa vie du moment. Qui était aussi un exemple d'efforts en proportion des avantages.

Sera avait prétendu qu'elle lui aurait parlé du bébé. Mais l'aurait-elle vraiment fait ?

Elle l'avait rassuré à plusieurs reprises mais, s'ils n'avaient pas intégré tous deux le groupe de travail, comment l'aurait-elle retrouvé ?

Cette idée l'avait hanté toute la nuit. Comment aurait-ce été ? D'avoir un enfant de lui vivant quelque part sans qu'il le sache ?

Il devait reprendre ses esprits – ils s'étaient revus, et il savait –, mais la réalité de ce qui aurait pu se passer le rongeait.

— Hayes !

La voix de Wyatt était brouillée par son embout buccal, mais Gavin saisit l'essentiel. Encore davantage quand Wyatt lui agrippa le mollet. Ils disposaient d'un grand nombre de signaux auxquels se fier, mais celui-ci était très direct.

Il stoppa son mouvement, laissant Wyatt le rattraper. L'eau était trouble, mais leurs lampes frontales et les rayons du soleil traversant l'eau lui donnaient une vision correcte du visage de son partenaire.

Gavin désigna le fond de la rivière, puis leva les mains pour signifier qu'il n'avait rien trouvé.

Mais ce fut le visage de Wyatt, visible à travers son masque, qui poussa Gavin à y regarder à deux fois. Il leva une arme, dont la forme était parfaitement reconnaissable dans l'eau trouble.

Et, malgré sa voix brouillée, ses paroles furent très claires.

— Attends de voir ce que j'ai trouvé.

Ce qu'ils avaient trouvé, c'était un amas d'armes qu'ils allaient mettre des heures à remonter, pensa Gavin en fixant le tas étalé sur le pont du bateau de police.

Aucune arme n'était destinée à tirer des fleurs, mais celles-ci étaient de la pire espèce. Des fusils bricolés pour causer le maximum de dégâts, tous sans numéro de série.

Ils avaient fait appel à une seconde équipe de plongée, qui travaillait dans les profondeurs, tandis que Kerrigan, Jayden, Wyatt et lui prenaient une pause.

— Quel bazar !

Wyatt secoua la tête en se levant. Il avait appelé des renforts, et Gavin vit Arlo Prescott, l'un des inspecteurs les plus décorés du 86, embarquer sur le bateau après avoir fait la traversée en ferry.

Arlo et Kerrigan sortaient ensemble, et Gavin les vit se parler brièvement, la main d'Arlo caressant tendrement l'épaule de Kerrigan avant qu'il ne continue son chemin vers eux.

Il poussa un sifflement en s'accroupissant dans la même position que Wyatt.

— Ça donne un tout nouveau sens au repêchage de pièces à conviction.

— Sans blague.

Wyatt désigna trois fusils à canon scié en bordure du tas.

— Le détecteur de métaux a répondu positivement, mais dès que j'ai vu la crosse du premier j'ai compris de quoi il s'agissait. Et pas un seul numéro de série dessus.

Arlo leva les yeux, les sourcils froncés.

— Kerrigan me dit qu'elle déteste plonger à Hell Gate, mais vous le faites quand même assez régulièrement. Depuis combien de temps tu penses qu'elles sont là ?

— L'équipe scientifique va les analyser, répondit Gavin. Mais, vu l'état de décomposition du métal, je dirais plus de six mois. Peut-être même davantage, étant donné que c'était l'hiver.

— Tu penses qu'on trouvera des empreintes ?

— Nous avons fait attention en les remontant.

Gavin haussa les épaules.

— Mais c'est difficile à dire.

Ils avaient été prudents, conscients qu'avec autant de pièces à conviction il était probable de découvrir des empreintes ou un numéro de série partiel. Et pourtant... quelque chose le tarabustait.

— Une quantité aussi importante ? dit-il finalement. Ceux qui ont fait ça devaient savoir que cela allait attirer l'attention un jour ou l'autre.

Arlo le dévisagea, un léger sourire aux lèvres.

— Tu supposes que ça a été fait par des têtes pensantes. Mais les gens en panique font des choses stupides. C'est pour ça que nous élucidons beaucoup d'affaires sans grande difficulté.

— Peut-être...

Gavin laissa sa pensée inachevée. Quelque chose le troublait, mais il n'avait pas encore mis le doigt dessus.

— Dis-moi ce qui t'ennuie, Gav, insista Wyatt. Est-ce la manière dont nous gérons les pièces à conviction ?

Une équipe était en route pour venir s'occuper de la chaîne de préservation et des aspects plus sensibles de la manipulation d'armes. La patrouille était formée au repêchage de base, mais ils respiraient tous mieux quand les pièces à conviction étaient remises à ceux qui étaient chargés de les gérer.

— Non, ce n'est pas ça. Nous l'avons fait dans les règles. C'est juste le volume que cela représente. Et le lieu.

Il jeta un coup d'œil à Arlo et sourit d'un air sombre.

— Ce ne sont pas des criminels ordinaires ni des comparses de bas étage. Détruire des pièces à conviction comme ça ? Précisément à Hell Gate ? Il me semble que ceux qui ont fait ça savent comment nous travaillons.

— Qu'est-ce que tu veux dire ? questionna Wyatt.

— Les marées, pour commencer. Hell Gate n'a pas seulement

un nom effrayant. Ce détroit a toujours été difficile, et nous avons des protocoles spécifiques pour y plonger.

Wyatt approuva d'un air sévère.

— Tu tournes autour du pot. Continue.

— C'est le volume, Wyatt. Il faut du temps pour jeter toutes ces armes, mais il faut aussi savoir que cette zone est idéale pour les cacher. Les marées travaillaient en leur faveur.

— Dis-m'en plus, intervint Arlo. C'est toujours un peu flou pour moi.

Wyatt le conduisit vers l'une des grandes cartes affichées dans la timonerie, représentant l'East River, et fit signe à Gavin de s'approcher.

— S'il te plaît, Hayes, continue.

— Les cycles des marées sont compliqués.

Il désigna plusieurs points, et la manière dont les masses d'eau se combinaient.

— Alors la marée haute ne nous est pas favorable, mais la marée basse ne l'est pas tellement plus, commenta Arlo.

— Exactement.

Gavin hocha la tête.

— L'eau qui arrive vite et fort se retire de la même manière. Ce qui veut dire que, si Wyatt n'avait pas accidentellement découvert cette arme, il y avait toutes les chances pour que cette décharge reste inconnue. Avec le temps, surtout si des choses s'étaient accumulées par-dessus, les armes auraient inévitablement été déplacées par les courants.

— En parlant de ça, intervint Wyatt, nous devons faire remonter l'équipe. La marée basse va commencer à agir. Nous redescendrons plus tard.

Wyatt se dirigea vers le maître de plongée, et Arlo se détourna de la carte, son regard allant droit aux armes.

— Nous n'avons pas capté de signe récent que le trafic d'armes se soit réveillé. Avec ce que vous avez trouvé là-dessous, tu penses avoir quoi, une cinquantaine d'armes ?

Gavin acquiesça.

— C'est une estimation initiale, mais je pense qu'on va dépasser ce nombre.

— C'est beaucoup pour un seul lieu, mais ce n'est pas énorme. À l'échelle de la ville, on en saisit autant chaque week-end.

Arlo avait raison. Dans le tableau d'ensemble du crime, cinquante armes n'étaient que la pointe de l'iceberg. Et pourtant... serait-ce approprié pour le groupe de travail ?

Cette pensée lui avait traversé l'esprit mais, quand il y réfléchit, il se rendit compte que ce serait un sujet intéressant pour le projet sur lequel Sera et lui travaillaient. Une affaire réelle qu'ils pourraient présenter afin de mettre à contribution les ressources intellectuelles de plusieurs services.

Il résolut d'y penser plus tard quand un cri s'éleva depuis le bateau de police. La deuxième équipe de plongeurs avait fait surface, avec d'autres pièces à conviction. Arlo et Gavin s'avancèrent pour donner un coup de main.

Wyatt ayant pour objectif de planifier une seconde plongée, les responsabilités de Gavin s'en trouvèrent modifiées pour le reste de la journée. Il élabora un plan pour les équipes de plongée du lendemain, posta des agents en tenue aux deux extrémités du pont et fit venir un bateau de police pour surveiller le lieu de décharge sous l'eau.

C'était du bon travail. Du travail de police fiable. Mais tandis que le jour déclinait, les lumières du pont s'allumant au-dessus d'eux, Gavin revint à l'idée de mettre le groupe de travail et Sera à contribution.

Toujours Sera.

Après le travail, il frappa donc à sa porte, le dîner en main.

Sera jeta un coup d'œil à son ordinateur avant d'aller ouvrir. Robin avait parlé de passer la voir. Cela serait une pause bienvenue dans ce dossier juridique infernal.

L'affaire des meurtres Nicholson lui donnait la migraine. Elle appréciait normalement cette partie de son travail consistant à organiser ses pensées et à dégager l'approche qu'elle adopterait pour requérir. Mais pour une raison quelconque elle n'y arrivait pas.

— Si c'est la clarté que tu recherches, tu devrais peut-être rédiger un dossier juridique sur Gavin, se marmonna-t-elle en se dirigeant vers la porte.

Le fait qu'il s'agisse de Gavin de l'autre côté de la porte fut donc inattendu.

— Tu n'es pas tante Robin.

— Pas que je sache.

Il leva un sac, qui dégageait un délicieux arôme.

— Mais j'ai apporté le dîner.

Elle reconnut le logo sur le sac.

— Tu as pris des chawarmas.

— En rentrant chez moi, je me suis dit que j'aimerais manger ça pour le dîner. J'ai pensé que tu aimais ça aussi.

— J'adore.

— Alors j'ai bien choisi.

Il se pencha en avant, comme pour regarder dans l'appartement.

— Je peux entrer ?

— Oh ! oui !

Elle l'invita à entrer, la surprise lui ayant fait oublier ses bonnes manières.

— Je travaillais un peu.

— À l'heure du dîner ?

La question était anodine, mais elle perçut une note de désapprobation. Avant qu'elle puisse réagir, il se tourna vers elle.

— Désolé. Je pensais à toi et au bébé.

— Comme c'est le bébé qui m'a empêchée de manger ces

derniers mois, je dirais que tes reproches s'adressent à la mauvaise personne.

Il eut l'air sincèrement chagriné, et elle décida de faire preuve d'indulgence.

— Mais, comme nous avons tous les deux faim, tu tombes à pic. Et le fait que je ronchonne alors que tu as apporté l'un de mes trois aliments préférés est la preuve que je suis affamée.

Sur ce, elle se dirigea vers le placard pour en sortir des assiettes.

— Sers-toi à boire dans le frigo. J'ai encore de la bière et quelques bouteilles de vin, ainsi que des sodas de régime.

— Tu es sûre pour la bière ?

— Sers-toi, je t'en prie.

— Ça ne t'ennuie pas que je boive alors que tu ne le peux pas ?

Son ton était si sincère qu'elle le regarda.

— Non, ça ne m'ennuie pas du tout. Mais merci de poser la question.

C'était une petite attention, mais touchante. Et ce fut seulement en s'asseyant à la petite table pour le deuxième soir d'affilée que Sera vit l'épuisement sur le visage de Gavin.

— Est-ce que tout va bien ?

— Bien sûr. Pourquoi ?

— On dirait que tu as eu une dure journée.

Elle s'interrompit, se rappelant la conversation de la veille.

— Aujourd'hui, vous êtes allés à Hell Gate. Comment c'était ?

— Dur, comme d'habitude. Cet endroit l'est toujours.

Elle avait lu des choses dessus la veille au soir, après son départ. La confluence des eaux et l'histoire du lieu avaient suscité son inquiétude, et elle avait rapidement refermé son ordinateur.

Gavin sourit en déballant son wrap.

— Tu as l'air bien préoccupée face à ce délicieux sandwich.

— Je...

Cela lui était si souvent arrivé durant les trente-six heures écoulées qu'elle aurait dû y être habituée, mais, en posant son dîner, Sera eut l'étrange sensation de ne pas savoir quoi dire. Ou, plutôt, elle sentait qu'elle avait quelque chose à dire, mais qu'elle ignorait comment le dire.

— Pourquoi ne commences-tu pas par le début ? dit-il gentiment.

— Je me suis inquiétée pour toi, aujourd'hui. C'était inattendu. Ton métier est… dangereux.

— Oui.

— Et puis tu as l'air fatigué, et tu critiques mon alimentation, alors que…

Elle agita la main.

— … j'ai dépassé ça. Vraiment. Mais je ne sais pas quoi faire de toi.

— Quoi faire de moi ?

Il sourit jusqu'aux oreilles.

— Je ne suis pas une pile de linge.

— Je…

Elle le dévisagea, ne sachant pas s'il se moquait d'elle.

Gavin et elle ne connaissaient pas leurs traits de caractère mutuels. Parce que cela venait avec le temps. Pas après une nuit de passion, qui avait abouti à des conséquences… eh bien, éternelles.

— Je maintiens ça, dit-elle enfin, d'un air pitoyable.

— Alors je suppose que c'est à mon tour d'affirmer quelque chose.

— Quoi donc ?

Avant qu'elle comprenne de quoi il retournait, il se leva et, passant de l'autre côté de la table, lui tendit la main.

— Que fais-tu ?

— N'est-ce pas évident ?

Il lui prit la main, qu'il tira légèrement.

— Lève-toi.

— D'accord.

Ce fut le dernier mot à franchir ses lèvres et, reconnut-elle plus tard, sa dernière pensée cohérente pour un bon moment.

Dès qu'elle se leva, Gavin passa un bras autour de sa taille. Et, en moins d'une fraction de seconde, ses lèvres capturèrent les siennes dans un baiser si intense qu'elle ne put que nouer les bras autour de son cou.

5

Ce n'était peut-être pas sa décision la plus sage, pensa Gavin tandis que le baiser se prolongeait, mais c'était la meilleure de la journée.

Il avait eu envie de reprendre Sera dans ses bras, et la tension entre eux réclamait d'être domptée.

Et il était ravi de sentir ses bras autour de son cou, et sa bouche s'ouvrir sous la sienne en un accueil chaleureux.

Parce que quoi qu'il en soit par ailleurs, pensa Gavin en laissant une de ses mains descendre le long de son dos, Sera Forte lui donnait l'impression d'être chez lui. Elle lui avait donné cette impression dès qu'ils s'étaient rencontrés.

Un petit soupir monta dans sa gorge quand leurs langues se mêlèrent. Ses fantasmes ne pouvaient se comparer à la réalité. Rien ne ressemblait à Sera dans ses bras.

Il modifia l'angle du baiser et ne put s'empêcher de sourire de sa réaction. Quoi qu'il en soit de leur relation par ailleurs, ils avaient cela. Même s'il avait failli tout bousiller.

Son comportement le premier jour du groupe de travail l'irritait encore. Oui, il avait été choqué de la voir, mais il avait été encore plus choqué par l'élan d'émotion qui l'avait traversé. Et avec ces sentiments qu'il n'aurait pas dû éprouver venaient les questions qui le hantaient depuis le nouvel an.

Pourquoi était-elle partie ? Aurait-il pu agir autrement ? Et peut-être la plus effrayante de toutes : pourquoi cela comptait-il autant pour lui ? Ce fut cette confusion persistante qui le fit reculer.

Je ne sais pas quoi faire de toi.

Ces mots s'attardaient dans son esprit, même s'il avait quelques idées quant à ce qu'ils pourraient faire. Mais pour être honnête, pensa Gavin, il y avait aussi trop de non-dits pour qu'ils retournent au lit. Mais, oh, cette tentation...

Tentation était trop simple. Les sentiments qu'il avait pour elle le harcelaient. Lui donnaient envie d'un avenir avec elle, alors que, selon toute vraisemblance, elle n'en voulait pas avec lui. Son attitude était ridicule. Tout chez lui était ridicule.

— Gavin ?

Sa voix était douce, et son visage arborait un air de perplexité.

— J'ai interrompu le dîner. Nous devrions y revenir.

La perplexité laissa place à une légère confusion, et Gavin reconnut, une fois de plus, que son comportement était tellement hors norme que c'en était risible. Il n'était tout simplement pas fait pour les grands sentiments. Son enfance à Park Avenue avait veillé à ce qu'il mesure ses réactions en toutes circonstances.

Une série d'émotions traversèrent le visage de Sera, dont il déchiffra certaines, tandis que les autres demeuraient un mystère. Elle reprit finalement la parole.

— Pourquoi as-tu reculé ?

— C'est tellement évident.

— Pas plus que mes hésitations. Alors pourquoi ne prends-tu pas une autre bière, et n'avons-nous pas la conversation que nous devrions avoir ?

— Sur le bébé ?

— Non.

Elle secoua la tête.

— Sur nous, Gavin. Nous devons parler de nous.

Sera avait toujours considéré sa capacité à traiter les conflits comme l'un de ses plus grands atouts dans la pratique du droit. Elle avait très tôt compris que ce que les gens disaient ou ne disaient pas cachait souvent autre chose. C'était évident lorsque les paroles ne correspondaient pas aux actes.

Parfois, bien sûr, les gens faisaient simplement des bêtises. Mais s'interroger éclairait davantage que de supposer le pire. C'était la perspective à laquelle elle se cramponnait, même dans les pires affaires. Trouver l'humanité chez autrui. Croire qu'elle existait. C'était essentiel pour elle. Elle en avait besoin comme elle avait besoin d'air.

Pour donner du sens à son passé. Pour se convaincre qu'elle faisait bouger les choses. Pour dépasser les actes de ses parents.

Elle n'avait pas été vraiment elle-même ces derniers jours, mais elle restait quelqu'un de correct. C'était d'autant plus pertinent de questionner Gavin sur ce qui le motivait.

Elle prit son siège et attendit qu'il se rasseye pour se lancer.

— Je sais que nous ne pouvons pas vraiment parler d'un « nous », mais il y a beaucoup de choses que nous ignorons l'un sur l'autre.

— Y a-t-il quelque chose de particulier que tu aimerais savoir ?

C'était une bonne question. Parce qu'il y avait un abîme entre prétendre qu'elle voulait « parler de nous », et savoir exactement quoi dire sur le sujet.

— Tu es né à New York ? Pourquoi la police et la plongée en particulier ? Pourquoi Brooklyn ?

Elle leva les mains en souriant d'un air triste.

— Qui es-tu, Gavin Hayes ?

— Un futur père.

C'était tellement touchant qu'il commence par là. Sera sentit son cœur se serrer. Surtout à cause de l'air émerveillé avec lequel il avait prononcé ces mots.

— Et comme tu l'as dit je suis flic.

Voyant qu'elle se contentait de hocher la tête, il poursuivit :

— Ce n'était pas mon rêve d'enfant. Je ne me voyais pas flic. Mais...

Il haussa les épaules. C'était un geste anodin, mais Sera éprouva une souffrance à laquelle elle ne se serait pas attendue.

Cependant, elle avait réussi à le faire parler, et son instinct lui disait que, si elle insistait trop, il se refermerait complètement. Elle réprima donc sa curiosité pour suivre ce qu'il était prêt à raconter.

— Mais quoi ?

— Mais c'était ce que j'étais destiné à faire.

— Et la plongée ?

Un sourire bref effaça tout vestige de mélancolie sur son visage.

— C'est la partie la plus amusante dans le fait d'être flic.

— Risquer ta vie et plonger dans ces eaux dégoûtantes, c'est amusant ?

— Pourquoi est-ce que tout le monde s'arrête là-dessus ?

Gavin s'empara de son sandwich et en prit une grosse bouchée, le thème de la conversation n'ayant apparemment aucune influence sur son appétit.

— La saleté ?

— Oui.

Il attendit d'avoir fini de mâcher.

— Ce n'est plus aussi grave.

— Par rapport à quoi ? Une cuve de déchets toxiques ?

Elle mordit le coin de sa pita, incapable de cacher un sourire.

— Ou est-ce une insulte pour les déchets toxiques ?

— Ce n'est pas aussi terrible. Et, oui, on nous dit de ne pas ouvrir la bouche et de ne pas laisser d'eau franchir nos lèvres. J'ai aussi des rappels de vaccins tous les ans.

Sera frémit en entendant cela.

— Et encore ce n'est que l'eau. Et les autres risques ?

Elle écarquilla les yeux en y pensant.

— Les animaux ? Les requins ? Les anguilles ?

— Pas de requins. Des anguilles, oui. Et d'énormes poissons rouges.

— Pas possible ! Les poissons rouges peuvent être énormes ?

— Absolument. J'en ai vu certains qui pesaient dans les deux kilos. Où crois-tu que vont tous ces innocents petits poissons rouges gagnés dans les foires ?

— Je croyais que le voyage dans les toilettes et les égouts leur était fatal.

Gavin posa sa serviette en papier et s'appuya au dossier de sa chaise.

— Beaucoup de gens pensent que relâcher leurs poissons rouges dans l'eau est une bonne idée. Mais ça ne l'est pas.

— Je ne sais pas si je vais pouvoir continuer à manger.

— Un autre fait important : on recommande aux femmes de moins de cinquante ans d'éviter de manger du poisson pêché dans les eaux de la région.

Sera ne put s'empêcher de le taquiner.

— Et pour les femmes de plus de cinquante ans ?

— Elles composent leur menu à leurs risques et périls.

C'était une conversation anodine, et Sera y prenait plaisir, à sa grande surprise. Surtout parce que, lorsqu'ils l'avaient engagée, le besoin de le questionner, de le connaître, pesait très lourd.

— Tu vois, dit-elle en retenant un sourire, ce n'était pas si difficile. Quelques faits amusants à propos de Gavin.

— Et maintenant c'est mon tour. Permis, impôts, titre, dit-il en agitant l'index. Allez...

Elle savait que ce moment viendrait. Mais que lui dire ? Qu'elle était un bourreau de travail, obsédé par le besoin de faire ses preuves ? Une solitaire, qu'une grande timidité privait d'amitiés ?

Ou peut-être devait-elle tout lui révéler et le regarder s'en aller ? Après tout, qui ne s'interrogeait pas sur quelqu'un qui avait été abandonné par ses parents ?

Bizarrement, elle éprouvait le besoin de lui dire toutes ces choses et bien plus encore. C'était une première pour elle, et bien qu'elle sache qu'il l'écouterait son habitude de ne pas parler de tout ça la retenait.

— Je suis avocate, tu le sais déjà. Mais tu ne sais peut-être pas pourquoi j'ai choisi de travailler dans le public.

— Je suppose que c'était ton besoin insatiable de justice et d'équité.

— Bien tenté.

— Alors quoi ?

— Les gens, Gavin. J'ai besoin de croire aux gens. À leur bonté innée. À leur capacité de bien se conduire quand ils sont dos au mur. Au fait qu'ils ne se résument pas aux mauvaises décisions qu'ils prennent.

— Et toi, Sera ?

— Quoi, moi ?

— Tu t'accordes le même crédit ?

La conversation s'était approfondie beaucoup plus vite qu'il ne s'y attendait.

Et pourtant... Quelque chose dans son regard, dans sa posture, dans la sincérité de sa voix... Ces émotions parlaient d'autre chose que de passion. Elles parlaient de désespoir.

Peut-être était-il resté trop centré sur lui-même pour comprendre ce qui s'était passé le jour du nouvel an. Sa fierté l'avait empêché de comprendre qu'elle était partie pour d'autres raisons que son manque d'intérêt envers lui. Quelle leçon d'humilité de se rendre compte qu'il n'avait pas seulement été à côté de la plaque, il avait perdu trois mois par pure bêtise.

Après une pause trop longue, Sera reprit :

— Je ne sais pas de quoi tu parles.

— Ce besoin de croire aux autres. Tu t'accordes le même crédit ?

— Oui, bien sûr.

— Alors pourquoi es-tu partie le jour du nouvel an ? La vraie raison, pas le fait que ça aurait été embarrassant.

Il voulait la vérité, voilà pourquoi il insistait. Il avait besoin de savoir. Il voulait entendre ses raisons, au lieu de vivre avec celles qu'il s'était inventées. Peut-être ne les aimerait-il pas, mais ce serait la vérité, pas quelque chose qu'il aurait fabriqué par vanité.

— C'était une aventure d'un soir.

Bien qu'elle n'y mette pas autant de conviction que la veille, Gavin sentit qu'elle s'accrochait à cet argument.

— Oui, c'est vrai.

— La plupart des gens préfèrent qu'elles restent sans lendemain.

— Je ne parle pas de la plupart des gens, je parle de nous. Du lien qui s'est créé entre nous dès le début.

Parce que, quoi qu'il pense ou croie par ailleurs, il ne pouvait se débarrasser de ce sentiment d'appartenance qu'il avait éprouvé avec elle.

Ce n'était pas une sensation familière, et cela l'avait frappé ces derniers mois. Cela l'avait bouleversé, en fait, parce que pour la première fois de sa vie il avait éprouvé du désir dans le sillage immédiat du sentiment qu'il *correspondait* à une autre personne. Et il s'était délecté de ce sentiment durant ces heures avec Sera. Du sentiment d'être compris. D'être naturellement fait pour elle.

Sera poussa un gros soupir, qui fit voleter ses cheveux autour de son visage.

— Tu te rends compte qu'il y a un millier d'articles dans la presse féminine qui recommandent de ne pas investir émotionnellement dans une aventure d'un soir. Et dix fois plus de mises en garde sur les réseaux sociaux.

— Tu supposes que ce qu'il y a eu entre nous était anodin ? Qu'il s'agissait de gratter une écorchure ?

— Gratter une écorchure ?

Un petit aboiement de rire lui échappa.

— Quelle éloquence !

— Céder au désir, alors ?

— Quelle importance ?

— C'est important, Sera. J'étais attiré par toi, oui. Il y avait une sacrée dose de désir.

Il tendit la main pour la poser sur les siennes, l'implorant de comprendre ce qui était si difficile à mettre en mots.

— Mais rien de ce qui s'est passé entre nous n'était anodin.

Elle resta là, le regard posé sur leurs mains, un long moment. Les progrès qu'il croyait avoir faits avec elle semblèrent se dissiper, s'évanouissant comme de la fumée.

Jusqu'à ce qu'elle retourne sa main sous la sienne.

— Ce n'était pas anodin, d'accord.

Elle fixa sur lui des prunelles aussi bleues qu'un jour de printemps.

— Mais nous ne nous connaissons pas. Une seule nuit, même si elle n'avait rien d'anodin, ne peut pas compenser le fait que nous ne nous connaissons pas.

— On va faire connaissance.

— Le destin semble nous pousser dans ce sens. Entre le bébé et le groupe de travail, nous allons passer beaucoup de temps ensemble.

— Alors mettons-le à profit.

Elle acquiesça, sans retirer sa main.

Gavin s'accorda encore quelques instants pour s'en réjouir avant que sa journée lui revienne en mémoire.

— Au cas où tu penserais que je suis juste le tombeur du quartier, je suis venu t'apporter des informations qu'on pourrait utiliser pour notre projet du groupe de travail.

— Le tombeur du quartier ?

Elle retira sa main d'un geste vif.

— Du calme, Hayes.

— C'est bien ce que je suis, mais dis-moi que tu n'es pas intriguée quand même.

L'intimité qui les unissait depuis le baiser commença à décliner quand ils orientèrent leurs pensées vers le travail.

— Oh ! je suis intriguée. Alors dis-m'en plus sur la manière dont nous allons élaborer le meilleur plan de tous.

— Nous avons eu une grosse journée à Hell Gate.

— Vous avez découvert un banc d'énormes poissons rouges ?

— Non, nous avons trouvé bien mieux.

Avec l'économie de mots dont il avait appris à user, il lui expliqua rapidement la décharge sous-marine qu'ils avaient découverte.

Avec son esprit juridique pénétrant et sa connaissance de la criminalité locale, Sera saisit rapidement de quoi il s'agissait.

— Quelqu'un devait savoir que c'était l'endroit parfait pour se débarrasser d'armes illégales. Des eaux difficiles, des marées hautes...

— Sans aucun doute. Ajoute à cela que nous n'avons pas trouvé un seul numéro de série sur ce que nous avons remonté.

— Les fédéraux vont vouloir s'en mêler.

— C'est pourquoi c'est un sujet parfait pour notre projet au sein du groupe de travail. C'est un cas concret, et nous pouvons l'utiliser pour élaborer un plan d'action en temps réel.

— Ça me plaît mais, Gavin, quelles seront les implications ? Pour une décharge de cette taille ?

Il avait tourné et retourné l'affaire dans son esprit, mais ce ne fut pas avant qu'elle renchérisse sur les implications dans le monde réel qu'il comprit ce qu'il avait raté. Il s'était tellement focalisé sur la réussite de ce groupe de travail qu'il n'avait pas réellement pris en compte les avancées que cette affaire fournirait par elle-même.

— Ce sera carton plein, pas de doute.

— Plus que ça, Gavin.

Cette fameuse soif de justice éclairait son regard.

— Ceux qui se sont débarrassés de ces armes ne s'attendaient pas à être pris.

Les nouvelles du 86 avaient été longues à arriver, mais elles étaient néanmoins pertinentes, pensa l'Organisateur.

Cette fichue patrouille du port avait encore fait des siennes.

La décharge de Hell Gate avait été une approche inspirée du problème des armes à faire disparaître. Cela faisait un bon bout de temps qu'ils y avaient recours.

Jusqu'à ce que les cow-boys du 86 y mettent leur nez.

Maintenant qu'ils savaient, il était temps de trouver une nouvelle décharge et de gérer les conséquences de celle-ci. Il jeta un coup d'œil aux objets étalés sur son bureau. Ceux qu'il gardait soigneusement pour lui, ne les sortant que quand il était seul.

Le téléphone prépayé dont il changeait religieusement chaque semaine. La feuille de papier sur laquelle il notait les mots de passe, qui changeaient aussi tous les sept jours. Et le numéro de téléphone qu'il avait prévu de ne jamais utiliser.

Il avait mémorisé ce numéro par cœur, mais il tirait une grande fierté de ne jamais l'avoir composé.

L'Organisateur tapota le téléphone prépayé du doigt, réfléchissant.

Aucune de ces armes n'avait de numéro de série. C'était une exigence sur laquelle il avait insisté dès le début, de même que sur le cloisonnement de l'opération. Et les choses s'étaient déroulées sans heurt.

Il était habile à tirer les ficelles. Et, en tant que tel, il comprenait ses options. Il savait comment retourner la situation à son avantage.

C'était un simple contretemps. Ces armes étaient intraçables, de toute façon. Il trouverait simplement une autre façon de s'en débarrasser.

6

Le capitaine réfléchissait à ce que Arlo, Wyatt et Gavin venaient de lui relater.

Il avait d'abord écouté leur récit, puis il s'était absorbé dans le rapport que Gavin avait écrit le matin même.

Il se concentrait. Un comportement qui démontrait à la fois son respect envers son équipe et ses capacités intellectuelles aiguës. Il écoutait, réfléchissait et ne manquait jamais de poser des questions pertinentes.

Kerrigan et Jayden étaient déjà repartis plonger. Gavin ayant été écarté de la patrouille du port pour participer au groupe de travail, Wyatt lui avait donné l'opportunité de mettre le capitaine au courant.

C'était le style de Wyatt. Il aimait faire part du travail de toute l'équipe, mettre chacun en valeur. Peut-être était-il leur chef de facto, mais il s'assurait que la direction du 86 savait que le travail dans le port était un effort collectif.

— C'est du bon travail, Gavin.

Le capitaine Reed leva les yeux. Des rides profondes marquaient sa peau noire, encadrant sa bouche, son front et ses yeux. Bien qu'il assume ses responsabilités de bon gré, la pression du travail ne cessait jamais.

— Et cette décharge est une sacrée affaire. D'après ce que vous avez ici, vous pensez qu'elle n'aurait pas été détectée pendant quelque temps ?

— Oui, monsieur. La plongée était une mission de repêchage et, si les eaux n'avaient pas été aussi agitées à cause de la tempête, nous ne nous serions pas déplacés dans la zone où les armes ont été découvertes.

Gavin s'était efforcé d'être bref et il vit une lueur d'approbation dans les yeux de Wyatt.

— Quelqu'un pouvait-il savoir dans quels quadrants vous plongeriez ? questionna le capitaine.

C'était évidemment le cœur du sujet. Gavin avait élaboré une théorie à propos de cela.

— Nous ne rendons pas nos plongées publiques, pas plus que les schémas que nous suivons. La gestion des quadrants dépend autant de la manière dont nous cartographions la zone que du lieu réel.

— Donc vous ne les auriez pas trouvées pendant une durée indéterminée ? insista le capitaine Reed.

— Non. Le fond rocheux où nous les avons trouvées n'est pas facilement accessible en jetant quelque chose du pont Hell Gate. Ni du pont Robert-Kennedy, au sud. Pour positionner les armes à cet endroit, il faut le faire délibérément et quasiment à la surface de l'eau.

— Ce n'est pas non plus une zone où nous recherchons des engins incendiaires, ajouta Wyatt.

Dwayne Reed se leva, fit le tour de son bureau et se percha dessus.

— J'aimerais que vous vous en occupiez, Gavin. Je sais que c'est beaucoup vous demander et je ne veux pas vous éloigner du groupe de travail, mais j'espère que votre séjour loin de l'eau vous donnera le temps de mener l'enquête.

Gavin se sentit rempli d'excitation et de fierté. Le capitaine Reed était toujours juste dans la répartition du travail. Gavin ne s'était jamais senti négligé, mais le groupe de travail et maintenant cette opportunité démontraient qu'il était de plus en plus prêt pour le rang d'inspecteur.

— Je ferai le maximum.

Le capitaine sourit, pour la première fois de la matinée.

— Je n'en doute pas.

— Le groupe de travail est peut-être le bon canal pour cette affaire, suggéra Arlo. Un thème sur lequel échanger.

En entendant ces mots, Gavin pensa à Sera. Son impatience de la revoir crût. Leur conversation de la veille avait été une révélation. Même leur baiser n'avait pas nui à leur capacité à se parler. À écouter leurs opinions mutuelles et à partager leurs pensées de bon cœur.

Il n'était pas habitué à cela. Il avait été élevé dans un milieu où les enfants devaient se taire et, après avoir dépassé le stade où ces injonctions ne comptaient plus, sa vie avait pris un tour qui l'avait poussé à tout garder pour lui au lieu d'en parler aux autres.

Et n'était-ce pas le miracle avec Sera ? Ils ne se connaissaient pas, et la route était longue vers ce que leur réservait l'avenir, mais il avait le sentiment qu'ils se débrouilleraient.

Ce fut Wyatt qui répondit le premier, clairement amusé par les paroles d'Arlo.

— Une suggestion étonnante de la part d'un homme qui aime boucler ses affaires avec aussi peu d'aide que possible.

— J'accepte l'aide, je n'en ai juste pas besoin, rétorqua Arlo avec une bonne humeur révélatrice de leur longue amitié.

— J'aimerais bien t'entendre dire ça devant Kerrigan.

Le capitaine Reed interrompit leur badinage.

— Même si l'image de loup solitaire de l'inspecteur Prescott est un peu écornée, je pense que l'argument est valable. Profitez de ce temps, Gavin. Parlez aux autres et voyez ce qu'ils en pensent. Collaborer sur une affaire n'est jamais une mauvaise idée.

Une perspective différente débouche parfois sur un nouveau raisonnement.

— Je le ferai, monsieur. Et je vous remettrai demain un rapport mis à jour. Je me rendrai sur le site cet après-midi.

Leur capitaine acquiesça avant de retourner à son fauteuil, signalant la fin de leur réunion. Ils le remercièrent, avant qu'il ne rappelle Gavin.

— Quelques minutes, Hayes ?

— Bien sûr, monsieur.

Arlo et Wyatt poursuivirent leur chemin sans se retourner, signe de leur confiance, pensa Gavin. Il était chargé de cette affaire et il s'en occuperait bien. C'était bon de savoir que ses collègues le croyaient aussi.

Dwayne Reed tapota le rapport de Gavin.

— C'est du bon travail.

— Merci.

— Vous avez compris tout de suite les implications et suggéré plusieurs pistes.

Il hocha la tête, curieux de savoir où le capitaine voulait en venir.

— La suggestion d'Arlo est bonne. Servez-vous de vos partenaires. Demandez-leur leurs impressions.

— Je le ferai, monsieur. Je...

Il s'interrompit, pour choisir prudemment ses mots.

— Je l'avoue, je suis un peu surpris. Êtes-vous ouvert à ce que d'autres juridictions participent à cela ?

— « Résigné » serait peut-être un meilleur terme.

— Résigné comment ?

Les rides du capitaine se creusèrent un peu.

— Ces armes sont préoccupantes. Elles vont attirer l'attention. Une découverte comme celle-là va forcément impliquer le FBI. Ça sent le réseau criminel sur plusieurs États.

— Je comprends.

Bien qu'il évite de manifester sa déception, Gavin savait qu'il aurait voulu gérer cela tout seul. Sans interférence fédérale.

— Si vous prouvez dès le début que vous êtes ouvert à la collaboration, cela mettra de l'huile dans les rouages. Montrez que vous pouvez diriger une opération et collaborez avec les autres.

— Oui, monsieur.

Le sourire de Reed, normalement doux et gentil lorsqu'il parlait à son équipe, se fit carnassier.

— Et, lorsque vous aurez bien communiqué, j'aurai la possibilité de m'en mêler et de veiller à ce que vous gardiez le contrôle de l'affaire. C'est le moment de briller, officier Hayes. Vous avez mon entière confiance.

Sera exhiba son autorisation à l'accueil et fit passer son sac à main et sa mallette dans le scanner à l'entrée du 86. Cette journée de printemps était claire et fraîche, et elle avait seulement enfilé un imperméable pour sortir.

Elle pénétra de bonne humeur dans la petite salle de réunion que Gavin avait réservée pour eux. Il n'était pas dans la pièce, mais son agenda et ses dossiers étaient posés au bout de la table, avec une note à son intention, disant qu'il revenait tout de suite.

Sera lut le message et faillit ramasser le morceau de papier pour suivre son écriture du doigt. Mais elle se reprit. Pour quelqu'un qui faisait de son mieux pour maîtriser son cœur, elle avait des moments de sensiblerie étonnants.

La soirée de la veille avait été… spéciale. Même si par moments, elle avait senti l'intimité la tirailler, frappant aux portes de son passé.

C'était une pensée idiote, s'avoua Sera, mais elle correspondait à ce qu'elle ressentait. Et la discussion de la veille l'avait rendue encore plus consciente du fait que, si elle voulait des réponses de la part de Gavin, elle devait être prête à en donner aussi.

N'était-ce pas pour cette raison qu'elle avait évité de bâtir des relations, sexuelles ou autres ? Ses amitiés étaient de surface. Même son oncle Enzo et sa tante Robin restaient à l'écart de sa vie personnelle.

Ils faisaient des tentatives pour se rapprocher d'elle, et Sera tolérait une certaine familiarité de la part de Robin lorsqu'il s'agissait de parler de la vie en général ou de la sienne en particulier, mais cela n'allait pas plus loin.

Elle s'était toujours dit que c'était une question de respect de sa vie privée, mais était-ce bien le cas ? N'était-ce pas plutôt un mécanisme de défense ?

— Sera !

Elle leva les yeux et vit Wyatt Trumball dans l'encadrement de la porte.

— Bonjour, Wyatt.

— Je suis passé voir une équipe, et j'ai vu que tu attendais Gavin. Nous venons d'avoir une courte réunion avec le capitaine, et il avait besoin de quelques minutes encore pour l'achever.

— Je comprends. Et j'ai tout ce qu'il faut pour m'occuper.

Il parut sur le point de repartir, puis changea d'avis.

— Gavin m'a dit qu'il t'avait parlé de notre découverte d'hier et qu'il aimerait la soumettre comme sujet de réflexion au sein du groupe de travail.

— Elle semble taillée sur mesure pour ce que nous faisons. Comment délimiter les juridictions, communiquer sans heurt et nous transmettre les dossiers en va-et-vient…

— Ce qui m'intrigue, c'est que tu l'aies poussé à se focaliser sur cette affaire.

— C'est-à-dire ?

— J'ai compris que ce groupe de travail est important. Tous ceux qui ont été sélectionnés l'ont été par leur direction, et c'est le signe que vous êtes pressentis pour en faire davantage. Encourager Gavin à travailler sur cette affaire plutôt que de donner la priorité au groupe de travail, c'est à porter à ton crédit, Sera.

— Merci. Je…

Elle ne savait pas bien quoi dire face à cet éloge, aussi se contenta-t-elle de parler de son ressenti.

— J'apprécie l'opportunité de développer ma carrière. Mais la raison première pour laquelle nous sommes dans ce groupe de travail ? C'est parce que nous devons garder la ville en sécurité. Aucune dose d'ambition ne peut résister à cela.

— Tout le monde ne dirait pas ça. J'espère que tu sais que cela ne fait que renforcer les raisons pour lesquelles tu as été sélectionnée. Je veillerai à ce que le capitaine Reed en fasse également part à ton procureur.

— Merci, Wyatt. C'est très gentil de ta part.

Ce dernier repartit aussi vite qu'il était arrivé. Mais son soutien lui resta à l'esprit. Cette sorte d'encouragement était spéciale. Et, si elle n'aurait pu dire que David Esposito n'offrait pas d'encouragements à ses assistants, la compétition était claire au sein de sa propre équipe. Cela venait du rythme et de l'ambiance que David leur imposait à tous.

— C'est quoi, ce froncement de sourcils ?

Elle leva les yeux et vit Gavin debout derrière son siège.

— Froncement de sourcils ?

— Oui, tu avais l'air à mi-chemin entre l'irritation et la tristesse.

Il posa une main sur son cœur.

— Qu'est-ce que j'ai fait ?

— Toutes mes pensées ne tournent pas autour de toi, répliqua-t-elle.

— Dommage.

Gavin retira son téléphone et l'épais étui en cuir qui contenait son insigne de ses poches avant de s'asseoir.

— Pourquoi penses-tu que je suis irritée ?

— Je ne sais pas. Tu avais juste l'air énervée quand je suis entré.

— Wyatt est passé me dire que tu étais retardé par ta réunion. Et il m'a dit quelque chose de très gentil.

Sans savoir pourquoi, elle lui répéta les paroles de Wyatt.

— Et c'est ça qui a mis cette expression sur ton visage ?

— Oui. J'ai pris conscience qu'il y a beaucoup de compétition dans mon équipe. J'imagine que je l'ai toujours vu comme une bonne chose, mais ça m'embête, maintenant que j'y réfléchis.

— Les équipes sont constituées de personnalités. Je le vois dans la patrouille du port. Mais je l'ai vu aussi durant ma formation à l'académie. Nous étions...

Il haussa les épaules.

— ... disons que j'ai entendu plus d'une personne dire que ma classe comportait beaucoup de personnalités exigeantes.

Des personnalités exigeantes. N'était-ce pas la définition même d'un avocat ? Pourtant, au-delà de la nécessité d'élaborer des stratégies et de formuler des contre-arguments, Sera sentait qu'il y avait autre chose.

— Eh bien, j'imagine que je n'ai jamais pris conscience que notre personnalité collective, au bureau du procureur, relevait un peu de la meute de loups enragés.

Avec un petit serrement d'estomac, elle ajouta :

— Ou de combien j'aime en apparence courir avec la meute.

— Je ne serais pas trop dur avec moi-même, à ta place. Un peu de compétition n'a jamais fait de mal à personne.

— Peut-être bien.

Gavin avait sa manière à lui d'aller directement à la racine du problème et de pointer ce qui la tracassait.

— Tu sais, ce serait un angle intéressant à appliquer au groupe de travail, dit-elle.

— La compétition ?

— Oh ! nous en avons bien assez. Je parle des dynamiques de groupe vues par le prisme des personnalités.

Bien qu'ils gardent une attitude toute professionnelle, il n'échappa pas à Sera que le regard sombre de Gavin se chargeait d'intérêt.

— Des dynamiques interdépartements, tu veux dire ?

— Pas *ce* genre de dynamique.

Son sang coulait plus vite dans ses veines. Elle était impuissante à nier l'attraction magnétique que cet homme exerçait sur elle. De fait, sa voix chevrotait, et l'espace lui parut rétrécir. C'était une sensation enivrante, qu'elle n'avait jamais eu à juguler dans un environnement professionnel. En fait, s'avoua-t-elle, dans n'importe quel environnement.

— De quoi parles-tu, Sera Forte ?

Son regard était de plus en plus fiévreux, et elle aurait pu jurer qu'il effleurait son corps comme une caresse.

Bien sûr, elle sentait cette fièvre, mais elle percevait aussi de l'humour. Bien qu'elle n'ait jamais qualifié ses relations passées de guindées, maintenant qu'elle avait rencontré Gavin, elle devait avouer qu'il y avait une dimension à laquelle elle ne serait jamais attendue. De la gaieté.

Aussi fut-ce avec facilité qu'elle répliqua :

— Tu sais exactement de quoi je parle, Gavin Hayes. Le genre *nu*.

Le genre nu.

Les implications de ces mots le frappèrent comme un tsunami. Gavin savait que c'était de la folie, mais il était impuissant à détourner le désir frémissant que lui inspirait Sera. C'était ainsi depuis le début avec elle.

Elle était entrée dans le bar et avait demandé si ses amies et elles pouvaient partager sa table haute. Il avait accepté volontiers, et ses amis avaient ouvert le cercle pour accueillir les nouvelles arrivantes. Les deux groupes avaient entamé la conversation, et un de ses amis avait reconnu en une des amies de Sera une connaissance mutuelle. À partir de là, la glace avait été brisée.

Tous deux s'étaient immédiatement entendus, une entente fondée autant sur l'attirance que sur le plaisir d'échanger. Ils avaient brièvement parlé de leurs métiers, avant de dévier sur leurs musées favoris et les séries qu'ils préféraient. Quel que soit le sujet, la conversation avait roulé sans heurt.

Cela faisait longtemps qu'il n'avait pas parlé d'autre chose que son métier. Il adorait son boulot, mais un groupe de flics avaient tendance à en parler de manière obsessionnelle.

Quant au temps qu'il passait dans sa famille, il était… tendu.

Pourtant, avec Sera, il n'avait rien ressenti de tout cela. Pour la première fois, il s'était senti lui-même. Pas le Gavin Hayes flic, ni le Gavin Hayes survivant, mais lui-même.

Ce rappel le poussa à s'abstraire de cet échange sexy. Il était temps de se remettre sur les rails. Prenant un ton faussement désabusé, et ajoutant un clin d'œil pour faire bonne mesure, il dit :

— Pour autant que j'aimerais investiguer cette ligne de raisonnement, mademoiselle Forte, je crains que nous n'ayons du travail.

— En effet.

Ils se mirent mutuellement au courant de ce qu'ils avaient fait chacun de leur côté. Bien qu'ils aient décidé de mettre leurs ressources en commun pour créer le projet final, ils avaient aussi convenu qu'il serait utile de cartographier la manière dont chacune de leurs équipes interagissait avec l'autre.

— Ça, là.

Sera désignait les étapes de remise des pièces à conviction, que Gavin avait notées sur le tableau blanc.

— La chaîne de préservation des preuves. Il y a un risque là.

— Un risque comment ?

— Ton équipe recueille une pièce à conviction, qui passe par plusieurs zones de documentation au sein du commissariat. Tous ces détails sont transmis au bureau du procureur, où nous avons des règles correspondantes de manipulation. Mais la transmission elle-même, est-elle claire ?

— Il y a une procédure standard. Tout est noté et documenté.

— Mais n'est-ce pas un hiatus ? Nous parlons de juridictions situées en ville, mais quand les fédéraux sont impliqués ? Ou s'il y a quelque chose qui doit être revu entre deux juridictions ?

Gavin réfléchit à ce qu'elle disait. Bien que les pièces à conviction soient prises très au sérieux, ceux qui les géraient n'étaient que des êtres humains. Et les moments où ces éléments passaient d'une juridiction à une autre étaient ceux qui comportaient le plus de risques.

— Nous pourrions nous servir de l'affaire sur laquelle je travaille. Le capitaine nous soutient pour que nous la traitions au sein du groupe de travail, et honnêtement j'accueillerais avec plaisir une paire d'yeux qui n'est pas celle d'un flic.

— La découverte des armes ?

Elle s'éloigna du tableau blanc et s'assit à côté de lui.

— Ce serait logique qu'on s'en serve. Résume-la-moi.

Comme il lui avait déjà fourni les éléments les plus importants lors du dîner de la veille, il se concentra sur le repêchage des pièces à conviction et leur transmission.

— Donc ton équipe la remonte, avec les règles que vous suivez lors d'une récupération.

— Oui, c'est ça. Il y a presque toujours un manipulateur sur le bateau de police, qui veille à noter tout ce qui se passe.

— C'est vous qui apportez la pièce à conviction, ou c'est une équipe qui vient à vous ?

— Ça dépend de ce que nous avons repêché. Hier, nous sommes sortis pour retrouver une seule arme. Si c'était tout ce que nous avions trouvé, nous l'aurions remise à l'équipe qui s'occupe de l'admission des pièces à conviction.

— Mais dans ce cas ?

— Parce que c'était une découverte énorme et que la zone de repêchage devait aussi être photographiée, c'est une équipe qui est venue à nous.

Il la regarda, fasciné, réfléchir à ce qu'il venait de lui dire. Il pouvait presque la voir examiner l'information sous tous ses angles. Mais ce fut sa question suivante qui lui fit comprendre que Sera n'était pas du genre à rester les bras ballants. C'était une femme d'action.

— On pourrait sortir avec l'équipe des pièces à conviction ? Voir comment ils gèrent ce que ton équipe remonte ?

Il consulta sa montre, mais il savait qu'ils en avaient le temps. Kerrigan et Jayden avaient entamé leur service environ une heure auparavant, et ils seraient probablement là jusqu'en début d'après-midi.

— Tu es sûre qu'être sur l'eau ne va pas te rendre malade ?

— J'en suis sûre.

Elle baissa les yeux sur son ventre, très légèrement arrondi.

— Je pourrais faire des montagnes russes sans problème. C'est l'odeur de nourriture qui me rend malade.

Elle releva les yeux.

— Ou dois-je dire *nous* rend malades ?

Ce qui avait débuté comme une simple question acquit de la profondeur quand il prit conscience que c'était son enfant qui existait sous la paume de sa main. De son enfant qu'ils parlaient. Son enfant, dans ce petit espace entre eux.

— La bonne nouvelle, c'est qu'il n'y a pas de nourriture sur les bateaux. Mais je ne peux pas te promettre qu'il n'y ait pas d'odeur. C'est l'East River.

— Je suis prête à prendre le risque. Je veux vraiment voir tout fonctionner.

Gavin laissa son regard s'attarder encore quelques secondes sur son ventre avant de poser les yeux sur le tableau blanc. Il s'empara de son téléphone pour prendre quelques photos avant de tout effacer.

Lorsqu'il se retourna, elle avait déjà rassemblé ses affaires, un air d'impatience sur le visage.

— On va battre le groupe de travail, Hayes.

7

Bien qu'elle sache que la patrouille du port était basée au commissariat du 86, Sera ne s'était jamais rendu compte de l'étendue des quais ni de leur impressionnante configuration.

Gavin la conduisit sur un quai situé à environ cinq cents mètres du commissariat. Ils avaient rangé ses affaires dans son casier, et elle se sentait un peu nue avec seulement son sac à main, un petit calepin rangé à l'intérieur.

Mais waouh !

Elle aurait dû imaginer ça, pensa-t-elle en contemplant cet étalage de bateaux et d'équipements entretenus à la perfection, rangés autour d'une structure à l'air libre. La patrouille du port était une unité modeste en comparaison de la taille globale du NYPD, mais c'était tout de même une opération d'importance, chargée de couvrir des centaines de miles. Leur équipement en témoignait.

— Alors c'est là que ça se passe.

Elle se tourna vers Gavin, surprise de le voir l'observer de près.

— C'est là que tout commence.

— C'est une sacrée organisation. Bien plus grande que je ne l'imaginais.

— Nous avons un nombre incroyable d'outils à notre disposition. C'est un privilège de travailler au sein d'une équipe aussi bien dotée.

Elle n'aurait jamais discuté ce point – et elle était très soulagée qu'il y ait une infrastructure à même de le garder en sécurité.

— Je me demande si tu te rends compte que ça se voit sur ton visage dès que ton cerveau se met à travailler.

Ces mots avaient été prononcés sur un ton grave et avec une note d'intimité qui la toucha immédiatement. Elle le regarda.

— Je suis désolée.

— Ne le sois pas. C'est fascinant.

Il tendit un doigt pour suivre un de ses sourcils avant de lisser une mèche de cheveux égarée par la brise.

— La manière dont tu plisses le front quand tu réfléchis...

— Oh ! adorable...

Elle l'avait voulu comme une plaisanterie, mais cela ressemblait plus à un coassement. Sa peau la brûlait là où il l'avait touchée.

— C'est adorable, oui. Et incroyablement mignon.

— Merci.

Merci ? *C'est tout ce que tu peux dire à un homme sexy qui te touche à 10 heures du matin ?*

Elle voulait avoir l'air détachée. Elle voulait être de ces femmes qui se comportaient comme si elles dévoraient les hommes au petit déjeuner. Ces femmes à qui le flirt venait sans difficulté. Ces femmes qui ne souffraient pas des cicatrices de l'abandon.

Mais elle n'était pas comme ça. C'est pourquoi elle recula, tandis qu'ils s'approchaient des quais.

— Eh bien, oui, je réfléchissais en fait...

Gavin parut sentir ses réticences.

— Vas-y ?

— Et les autres juridictions ? Il y a des côtes interminables autour de ce pays. Comment font-elles le même travail ? C'est un dispositif impressionnant que vous avez là, mais je ne peux pas imaginer que ce soit aussi sophistiqué dans d'autres endroits.

— La plupart des grandes villes ont le même. Los Angeles et San Francisco sont bien pourvues. Miami et Washington aussi.

Il s'interrompit et parcourut du regard ce qui se trouvait devant eux, des bateaux aux équipements, en passant par un navire encore plus gros, stationné devant un surplomb, et qui possédait une grue et un pont surdimensionné, assez large pour abriter plusieurs véhicules.

— Mais, oui, nous sommes incroyablement chanceux d'avoir tout ça. D'autres côtes s'en sortent juste avec ce qu'elles ont. Plusieurs ont des services bénévoles, aussi. Des plongeurs expérimentés, qui choisissent de passer des certifications de sauvetage.

— J'ai vu quelque chose à propos de ça récemment, fit-elle remarquer. Un reportage dans le comté de Bucks, l'été dernier. Des bénévoles ont sauvé la vie de plusieurs personnes lors d'une crue du Delaware.

— C'est ça. Beaucoup de municipalités bénéficient de ce genre de soutien.

— Ce qui nous ramène à notre point de départ. Comment les pièces à conviction sont-elles gérées dans ces lieux ?

— Cela fait partie de la formation.

— Bien sûr, mais j'imagine que votre formation et les attentes professionnelles que l'on a à votre égard sont considérablement plus pointues.

— C'est certain. Ces groupes sont plus orientés sur les secours et les sauvetages que sur le repêchage de pièces à conviction. Même si nous aimerions que tous les criminels soient attrapés, beaucoup s'en sortent. Et remonter correctement les pièces à conviction vous facilite le travail, à tes collègues et à toi.

Comme pour ponctuer ce point, un éclat de rire sonore s'éleva et une équipe apparut, marchant le long du quai. Plusieurs d'entre eux avaient de gros sacs jetés sur l'épaule et, malgré leur évidente camaraderie, leur comportement était empreint de sérieux tandis qu'ils se dirigeaient vers le bateau devant lequel Gavin et elle se tenaient.

— Nous avons choisi le bon moment, dit ce dernier. Voici l'équipe technique et scientifique. Nous embarquerons avec eux si tu es toujours partante.

— Absolument.

Après de brèves présentations, Gavin et elle montèrent à bord d'un gros bateau portant l'emblème du NYPD. S'ensuivirent des contrôles de sécurité et une rapide visite pour elle, puis ils partirent.

Gavin engagea la conversation avec le chef de l'équipe scientifique, se mettant au courant de la journée de la veille. Sera profita de cet intervalle pour se diriger vers l'arrière du bateau. L'emplacement qu'ils venaient de quitter s'amenuisa à mesure qu'ils s'éloignaient de Sunset Bay et entamaient leur trajet vers le port de New York et l'entrée de l'East River.

La ville se dressait majestueusement au loin, l'iconique ligne de gratte-ciel se découpant sur un ciel d'un bleu pur. L'air était positivement glacial dans le vent qui se levait, et elle croisa les bras, peu désireuse de rentrer dans la timonerie et de manquer ce spectacle.

Aussi se réjouit-elle de sentir une veste se poser sur ses épaules, réchauffée par la chaleur corporelle de Gavin. D'autant plus qu'elle put inhaler son odeur. Elle n'aurait pas pu mettre un nom dessus, mais elle était assez enceinte pour savoir que c'était une bonne dose de phéromones qui faisait faire des heures supplémentaires à ses hormones.

Qui aurait cru que son sens de l'odorat accru, qui lui avait rendu si difficile de garder la nourriture, amplifierait l'odeur de Gavin de si merveilleuse manière ?

— Il fait froid ici.

— C'est une trop jolie vue et une trop belle journée pour rester à l'intérieur.

Il lui désigna quelques points autour du rivage de Brooklyn avant qu'ils ne virent vers l'East River.

— Ce n'est plus très loin, tu vas pouvoir voir l'équipe en action.

Elle regarda à nouveau autour d'elle. Les gratte-ciel de Manhattan à l'ouest, le pont de Brooklyn et le pont de Manhattan au-dessus d'eux, et l'East River devant eux, tandis qu'ils se dirigeaient vers le nord.

— Nous y sommes presque.

— Je n'arrive pas à croire que tu fais ça tout le temps.

Elle se tourna vers lui et fut à nouveau captivée par la chaleur de son regard. De son regard *affamé*, se corrigea-t-elle.

Chacune de leurs rencontres ne faisait que croître en intensité. Cela rendait ce qu'ils avaient partagé au nouvel an encore plus tangible.

Comme si le bébé n'avait pas déjà fait cela.

Elle avait réussi à séparer sa grossesse de ses sentiments pour Gavin. Elle aimait déjà le bébé et l'avait fait dès la première minute. Mais son père... Ce qu'elle ressentait pour Gavin était complexe, déroutant et... merveilleux. Elle s'efforçait d'ignorer ce fait, mais y revenait pourtant sans cesse. Elle aimait sa compagnie.

Aussi, tandis qu'ils se tenaient là, côte à côte à l'arrière d'un bateau naviguant sur l'East River, Sera baissa la garde et s'appuya contre lui.

Et ne s'écarta pas quand il lui passa un bras autour des épaules pour la serrer contre lui.

Les caméras de surveillance captaient le travail près de Hell Gate avec une clarté exquise. Preuve qu'en payant on obtenait ce qu'on voulait, pensa l'Organisateur en regardant une vidéo si nette qu'il distinguait l'haleine des plongeurs sortant de l'eau.

Ces caméras avaient été un risque : leur découverte était toujours une possibilité. Mais elles en valaient la peine. Il n'avait pas regretté une minute de les avoir fait installer.

Il avait une vue très claire des travaux pour sortir de l'eau les armes qu'il y avait cachées. Et il avait observé l'équipe, pensant déjà à la manière dont il s'occuperait de chacun d'eux.

Des boulets.

Alors même que son fantasme de violence se déployait, il sut que ce n'était que ça, un fantasme. Quelle que soit votre colère, vous ne pouviez tout simplement pas éliminer une dizaine d'officiers du NYPD sans que personne s'en aperçoive.

Mais quelqu'un allait devoir payer.

Il ne savait pas bien quand ni comment, mais il y aurait des représailles.

Son cercle intérieur lui donnait une large marge de manœuvre. Ils savaient tous que son tempérament soigneusement maîtrisé pouvait se retourner contre eux, et chacun gardait ses distances, cherchant activement d'autres sites de décharge.

Rien ne serait aussi parfait, mais il y en aurait d'autres.

L'activité avait été forte autour de la décharge, et il avait catalogué ce qui sortait de l'eau et la vitesse à laquelle cela se déroulait. Au rythme où ils allaient, ils auraient sans doute les dernières armes à la fin du jour.

Ce qui voulait dire qu'il devait mettre en œuvre ses plans à l'égard de l'équipe des pièces à conviction.

Il avait presque éteint la vidéo quand un mouvement au bord de l'écran attira son attention. Un bateau apparut, avant de disparaître hors champ.

Mais ce furent les silhouettes à l'arrière de ce bateau qui accrochèrent son regard. Deux personnes, blotties l'une contre l'autre. Il mit la vidéo sur pause, et le jour se fit dans son esprit quand il fixa la mince silhouette enveloppée dans une veste trop grande pour elle. En zoomant, il vit Sera Forte remplir l'écran, l'homme qui se tenait contre elle ressemblant bien davantage à un compagnon qu'à un collègue. Que faisait une assistante du procureur de Brooklyn à l'arrière d'un bateau destiné aux pièces à conviction ?

Et pourquoi avait-il le pressentiment que son plan de la mettre sur le groupe de travail pour l'écarter venait de redresser la tête pour le mordre ?

Contrairement à son fantasme d'élimination de ses ennemis, cette trahison particulière devait être réglée. Il devrait y réfléchir, mais il trouverait le bon moment. Dans l'intervalle, cela valait la peine d'imaginer une diversion pour leur barrer la route.

Il détestait agir sur une impulsion, mais son instinct lui disait que cela exigeait une action rapide. Et il était sûr de savoir ce qui ébranlerait le plus ces gens quand ils rentreraient chez eux.

Le site ressemblait à une ruche. Gavin observa l'activité après avoir aidé Sera à entrer dans la cabine au sommet du bateau. Une part de lui avait grandement envie d'être dans l'eau avec Kerrigan, Jayden et le reste de l'équipe, mais il savait que les opportunités qu'on lui offrait à terre comptaient davantage.

La confiance que le capitaine Reed mettait en lui était primordiale. Et, si cela voulait dire qu'il passerait moins de temps dans l'eau les prochaines semaines, il devait l'accepter.

L'équipe de gestion des pièces à conviction qui avait rejoint la patrouille était en train de se retirer pour regagner le commissariat et continuer de cataloguer les armes. Leur bateau accosta le bateau du NYPD, qui était l'épicentre du travail de la patrouille du port.

— C'est un sacré dispositif.

Sera regardait autour d'elle, avec un émerveillement perceptible.

— Nous n'envoyons généralement pas autant de bateaux et de personnel dans un même lieu. Normalement, notre travail s'étale tout autour de la ville, mais cette affaire est une priorité.

— Ho, Gav !

En se retournant, il vit Kerrigan lui faire signe depuis l'eau. Elle était entièrement équipée, et seul son sourire était visible sous le masque.

— Tu as tout le département à tes ordres, Doyle ! Les équipes vont et viennent pour toi.

Son sourire s'élargit encore tandis que Kerrigan faisait signe qu'elle allait monter sur le bateau.

En se retournant, Gavin vit Sera contempler la scène, les mains sur les hanches.

— Tu es surpris qu'une femme fasse son métier avec compétence, Hayes ?

Elle l'avait déjà appelé Hayes par jeu, mais cette fois Gavin ne manqua pas la note de défi dans sa voix.

— Jamais.

— Tant mieux. Je ne veux pas m'être trompée sur toi.

En se dirigeant vers l'échelle fixée au flanc du bateau, il prit conscience qu'il ne voulait pas non plus que Sera se soit trompée sur lui.

— Kerrigan est une de nos meilleures plongeuses, dit-il avec une sincérité absolue. Et c'est une policière incroyable. C'est Arlo et elle qui ont démantelé ce réseau criminel en formation l'automne dernier.

— Un boulot superbe, que nous traitons toujours au bureau du procureur. Wendy Parker a fait beaucoup de dégâts dans sa quête pour s'élever au sommet du syndicat du crime de New York.

— C'était une femme déterminée. Et elle a littéralement laissé un sillage de destruction derrière elle. Je frémis de penser à ce qu'elle aurait pu faire si Kerrigan et Arlo n'avaient pas compris qu'elle était à l'origine de tout ça.

Kerrigan vint vers eux après s'être débarrassée de son masque et de ses bouteilles.

— Tu parles de mon ancienne camarade d'école ?

— Vous êtes allée à l'école avec Wendy Parker ? s'étonna Sera.

Kerrigan acquiesça en ouvrant sa combinaison jusqu'à la taille.

— Ben oui. Même si nous n'avons jamais été proches, je n'aurais jamais cru qu'elle aspirerait un jour à être un baron du crime.

Kerrigan se mordilla la lèvre.

— Ou faut-il dire baronne du crime ?

— Je ne suis pas sûre que ça ait de l'importance, dit Sera en riant et en lui tendant la main. Sera Forte. Je travaille au bureau du procureur et je collabore avec Gavin dans un groupe de travail interjuridictionnel. J'adorerais en savoir davantage sur ce que vous faites.

— Il ne vous a pas déjà cassé les oreilles avec ça ?

Bien que Kerrigan se montre amicale, Gavin l'avait vue remarquer avec intérêt le fait que Sera portait sa veste.

— Je me suis dit que ce serait une bonne occasion pour Sera d'avoir une connaissance de première main de la manière dont nous gérons les pièces à conviction, intervint-il vivement. C'est un angle que nous comptons inclure dans notre projet du groupe de travail. Surtout les moments où les pièces à conviction sont transmises d'une juridiction à une autre.

Les spéculations auxquelles Kerrigan se livrait peut-être s'évanouirent quand elle désigna la proue du bateau.

— Laissez-moi vous montrer comment nous avons procédé. Je pense que cela vous donnera une bonne image des étapes que nous suivons, bien que nous soyons encore sur les protocoles du NYPD, pas sur une transmission à un autre service.

Kerrigan s'arrêta, le regard fixé sur l'eau, le pont Hell Gate au loin.

— Vous savez, c'est vraiment une bonne affaire à utiliser. Ce n'est ni théorique ni anodin, et ça peut contribuer à améliorer notre travail. C'est une bonne chose que vous soyez là en personne pour le voir.

— Merci, dit Sera. C'est l'une des choses que je trouve impressionnantes jusqu'ici au sein du groupe de travail. Il a été monté pour aller au-delà de la théorie. Nous travaillons sur des problèmes qui ont des applications pratiques.

— Je pense que vous tirerez beaucoup de l'affaire Parker. Le volume des pièces à conviction, la remontée du bateau, tout ça c'est un cas d'école de la gestion des pièces à conviction.

— Je serais ravie de vous écouter m'en parler.

Kerrigan et Sera échangèrent encore quelques questions avant que l'action ne débute sur le bateau. Jayden et un autre plongeur, Marco Hennessy, étaient sur le point de remonter d'autres armes.

Gavin réfléchissait à la découverte initiale et à leurs estimations de ce qui se trouvait au fond de l'eau.

— Combien est-ce qu'il en reste là-dessous ?

— Ça doit être la trente-cinquième ou la trente-sixième, dit Kerrigan depuis l'endroit où elle recevrait le lot de pièces à conviction des mains de Marco. Je pense qu'il y en a encore environ une quinzaine à remonter.

— Et vous les remontez une par une ?

— Une par une ? répéta Jayden en retirant sa bouteille d'oxygène. Si ça ne tenait qu'à elle, nous les remonterions deux par deux.

Kerrigan tira la langue à l'intention de Jayden, le membre d'équipage dont elle était le plus proche.

— Nous avons pensé faire descendre un container pour y mettre plusieurs pièces, mais après en avoir parlé nous avons décidé qu'il valait mieux préserver au maximum l'intégrité de chaque pièce. Alors nous les mettons en sachet individuellement en bas, et nous les remontons une par une.

— C'est une tâche fastidieuse.

Le sourire revint. L'excitation et l'enthousiasme de Kerrigan étaient gravés dans ce large sourire.

— Oh oui, mais ça en aura valu la peine quand on coincera ces salopards avec des pièces à conviction irréfutables.

Irréfutables.

Elle avait déjà entendu Kerrigan user de ce terme, et en contemplant l'étalage sur le pont du bateau Sera se dit que c'était bien le but.

La fin de la matinée avait laissé place à l'heure du déjeuner puis au début d'après-midi tandis que le travail se poursuivait autour d'elle : des photos, des mémos enregistrés par les plongeurs chaque fois qu'ils remontaient une pièce, et le cliquetis des ordinateurs des agents qui enregistraient les choses au fur et à mesure.

Après ses observations initiales, Sera avait demandé en quoi elle pouvait aider et avait été rapidement mise au travail sur un ordinateur, pour cataloguer les pièces en ajoutant ses impressions. Elle se donnait du mal pour décrire chacune des armes, puis ajoutait les impressions dont elle se serait servie pour rédiger un dossier.

En relisant ses notes, Sera éprouva la fierté d'avoir contribué au processus. Elle ignorait peut-être comment évaluer les durées de décomposition, mais elle savait utiliser des statistiques pour bâtir une affaire autour de l'intention, du mobile et de la culpabilité.

— Tu veux manger quelque chose ?

En levant les yeux, elle vit Gavin debout devant elle, une assiette en carton avec un sandwich et des chips à la main.

— Quelle heure est-il ?

— Presque 14 h 30. Je t'avais dit qu'il n'y avait pas de nourriture sur le bateau mais, quand la dernière équipe est arrivée pour prendre la relève, elle a apporté des sandwichs.

— Oui, je serais ravie de déjeuner.

Elle écarquilla les yeux en entendant son estomac émettre un fort gargouillement.

— Pour la première fois depuis deux mois, ce travail m'a fait oublier de manger. C'est nouveau, crois-moi.

Elle referma doucement l'ordinateur et le posa sur le banc à côté d'elle, faisant signe à Gavin de prendre place de l'autre côté. Il s'était également servi une assiette, et ils mangèrent sous le soleil vif, dans un silence amical.

— Tu leur as fait forte impression à tous, dit Gavin en prenant une chips.

— Je peux dire que c'est réciproque. Je n'ai jamais douté que le travail de ton équipe était impressionnant, mais ça va au-delà de mes imaginations les plus folles. C'est éreintant, et ça ne semble pourtant pas entamer leur motivation.

— Nous formons une bande un peu à part.

— Vous formez une famille.

Sera le vit absorber cette remarque d'un air choqué. Elle comprit alors un des ressorts de la personnalité de Gavin. Son attitude parfois piquante, ces moments où il avait du mal à formuler ce qu'il voulait. Elle l'avait senti depuis le début, mais n'avait pas pu mettre des mots dessus. Maintenant elle savait : la notion de famille ne lui était pas familière.

Elle ne lui était pas familière non plus. Et pourtant ils étaient là, formant une famille à eux.

— Il est certain que nous nous couvrons les uns les autres.

Ce qui, faillit-elle ajouter, était la définition même de la famille, mais elle se retint. Inutile d'insister, elle pourrait y revenir plus tard.

— Je me demande si tu sais combien c'est exceptionnel, dit-elle seulement.

— Je travaille avec des gens formidables.

Cette subtile résistance – il n'acquiesçait pas pleinement à ce qu'elle disait – la poussa à reprendre son sandwich. Elle avait eu sa part d'interlocuteurs insistants, et le besoin de s'envelopper d'une armure lui était familier. La vraie surprise était que sa propre armure commençait à lui peser.

Si elle voulait se mêler des affaires de Gavin, elle devait accepter de s'ouvrir également. Et, étrangement, cela ne la remplissait pas de panique comme par le passé.

Il était impossible d'avoir un enfant avec quelqu'un qui ignorait qui elle était ou ce qu'elle avait vécu. Il méritait de savoir, et elle devait trouver le moyen de lui parler des expériences qui l'avaient façonnée.

Et tandis qu'ils étaient là, profitant de ces quelques minutes de répit, elle eut pour la première fois le sentiment que tout irait bien. Elle y arriverait.

8

Quelque chose avait changé.

Ce jour-là, quelque chose avait modifié le cours de sa relation avec Sera, songea Gavin. Quelque chose qui allait au-delà de leur aventure du nouvel an, du groupe de travail ou même du bébé.

Il la voyait parler avec Kerrigan, toutes deux penchées sur les pièces à conviction. Il les avait rejointes au début mais, perturbé par ses pensées, il avait prétexté qu'il devait s'entretenir avec le chef d'équipe et les avait laissées à leur discussion.

Vous formez une famille.

Cette remarque anodine le hantait. Pour un homme dont les liens familiaux étaient plutôt distendus, il était déstabilisant de se rendre compte qu'il en avait d'autres par ailleurs.

— Hé, Gav !

Ce salut fut ponctué d'une légère tape dans le dos, et Jayden Houston vint s'accouder à côté de lui au bastingage.

Jayden était un membre formidable de la patrouille du port, où il excellait grâce à sa forme physique et ses compétences en plongée. Mais c'était sa gentillesse et son empathie innées qui le distinguaient par-dessus tout.

Néanmoins, Gavin ne fut pas dupe de son attitude décontractée. S'il était venu le voir, c'était qu'il voulait lui dire quelque chose. Inutile de le presser toutefois, car Jayden choisissait toujours son moment.

— C'était du beau travail aujourd'hui. Le repêchage s'est bien passé, dit-il.

— Merci. Tout le crédit vous revient, à Wyatt et à toi, qui étiez les premiers sur place. Vous avez tout de suite compris de quoi il s'agissait.

Gavin poussa un long soupir.

— Un sacré morceau.

— En effet. Des théories sur ceux qui ont fait ça ?

— Pas une seule. J'ai briefé le capitaine ce matin. Il m'a chargé de l'enquête, étant donné que je suis déjà détaché sur le groupe de travail.

— C'est formidable !

Les yeux noirs de Jayden s'éclairèrent, même si ses traits étaient tirés par l'épuisement.

— Et ne me raconte pas que c'est juste parce que tu es à terre. Tu as le vent en poupe, Gavin, et personne ne le mérite plus que toi.

C'était du Jayden tout craché – un homme qui avait suffisamment confiance en lui pour se réjouir pour autrui.

Vous formez une famille. La remarque s'insinua à nouveau dans ses pensées.

— Le groupe de travail est une super expérience jusqu'ici.

Jayden inclina la tête en direction du bateau.

— Si Sera est représentative du calibre des gens qui ont été choisis, tu es en bonne compagnie. Elle est formidable, mon vieux. Vive, intelligente et super intéressée par le travail.

— Elle est formidable, oui.

Il reprit à peine sa respiration avant de poursuivre :

— Et c'est Mlle Réveillon-du-Nouvel-An.

Jayden, qui regardait le pont de Brooklyn, tourna la tête vers lui.

— Quoi ?

— La femme dont je vous ai parlé. Du jour du nouvel an.

Gavin ne savait pas bien pourquoi il disait cela. Peut-être parce que Jayden le lui aurait fait avouer de toute façon. Ou parce qu'il avait été tellement dans les nuages la semaine précédente qu'il avait besoin de s'en libérer.

— Je croyais que tu ne savais pas comment la retrouver.

— Je ne le savais pas. Mais, quand je suis arrivé à la réunion du groupe de travail lundi matin, elle était là, devant le buffet, parlant avec un type avec lequel elle est allée en fac.

Jayden secoua la tête.

— Le monde est vraiment petit.

— Minuscule, parfois.

— Et d'une vastitude étourdissante quand on cherche quelqu'un.

Encore maintenant, Gavin ignorait pourquoi il avait parlé de Sera à Jayden et Kerrigan. Il avait cru dépasser le chagrin éprouvé durant les premières semaines de l'année. Mais il s'était surpris à déballer son récit d'infortune autour de quelques bières, après une journée difficile.

Comme une andouille, pensa Gavin. Après coup, il avait essayé d'en plaisanter tandis qu'ils marchaient vers le métro, mais aucun d'eux n'avait été dupe. Ils s'étaient aussi abstenus de souligner qu'il aurait pu demander le nom et le numéro de téléphone de la femme mystère.

— Eh bien, maintenant que je l'ai rencontrée, poursuivit Jayden, je comprends pourquoi tu n'avais pas envie de la laisser partir. Elle est géniale, Gav.

— Elle est enceinte.

Il fut surpris par l'éclat de rire et l'étreinte affectueuse de son ami.

— Gavin, c'est merveilleux ! Mes félicitations, vieux.

Il ne l'avait révélé à personne jusque-là, et cette euphorie lui fit du bien. Il ne put cacher son sourire.

— Oui, c'est formidable. Tout récent mais formidable.

— Je suis très heureux pour toi. Ma mère le dit toujours, et c'est une des choses les plus vraies du monde : les bébés sont une merveilleuse nouvelle.

— Comme Mama Houston ne se trompe jamais, je vais prendre ça comme la meilleure des validations quand la panique me saisira à la gorge.

— Elle va être au septième ciel en entendant cela. Attendez-vous à une invitation à dîner dimanche soir, Sera et toi.

L'appréhension de Gavin dut se voir, car Jayden ajouta :

— T'inquiète, ma mère se fiche de ce qui se passe entre vous. Elle trouvera quand même le moyen de vous passer un savon. C'est normalement quand elle t'amène sous le porche arrière, là où elle cuisine, que ça se passe.

Gavin se représenta la petite cuisine d'été installée à l'arrière de la maison des Houston, à Sunset Bay. Il ferait front, non seulement parce que c'était inspiré par l'amour, mais parce qu'il le méritait.

— Un homme averti en vaut deux.

— Je t'ai déjà raconté comment elle m'a remonté les bretelles à propos de Darius ?

— Je ne crois pas.

Jayden sourit, tout à son histoire.

— Ça faisait quelques mois que nous sortions ensemble. Ma famille savait que j'étais gay, mais je préférais ne pas leur parler de mes relations.

— Parce qu'ils n'étaient pas d'accord ?

— Non, c'est moi qui me faisais des nœuds tout seul dans ma tête. J'ai failli perdre Darius à cause de ça. Mais, bon, Mama a entendu des rumeurs comme quoi c'était sérieux. Elle m'a traîné par la peau du cou jusqu'à sa cuisine et m'a agité une cuillère en bois sous le nez. Elle m'a dit que, si je cachais ce qui m'arrivait de mieux à ma grande et belle famille noire, je n'étais pas digne de l'avoir, qu'ils m'aimaient, moi et celui que j'aimais, et que je les insultais en le leur dissimulant.

— Cette femme qui m'accueille toujours à bras ouverts et me charge de nourriture pour une semaine quand je m'en vais ?

— Ne te laisse pas berner. Si tu te conduis comme un imbécile, elle fera en sorte que tu le saches.

— Darius est un homme bien. Ça aurait été dommage de le laisser filer.

— J'y pense chaque jour, mon vieux.

Jayden se retourna pour contempler le bateau. Sera était visible à travers les hublots, discutant toujours avec Kerrigan.

— Chaque jour.

Le regard de Gavin suivit celui de Jayden avant de se reposer sur lui.

— Et la poupe de ce navire est l'équivalent de la cuisine de ta mère ?

Jayden éclata de rire, un éclair de dents blanches dans son visage tiré par la fatigue.

— Elle adorerait la comparaison, mais personne n'a autant de toupet qu'elle.

Jayden lui asséna une claque dans le dos quand ils se retournèrent pour contempler l'eau.

— Et puis je n'ai pas de cuillère en bois.

Gavin rit de cette image tandis qu'ils effectuaient le dernier virage pour pénétrer dans les eaux menant aux quais.

Vous formez une famille. C'était un compliment à tous égards, comprit-il.

Et, tandis que lui et son frère d'armes se dirigeaient vers les cordages pour amarrer le bateau, Gavin se dit qu'il valait la peine de s'appuyer là-dessus.

— Eau gazeuse pour toi, dit Kerrigan en déposant les boissons sur la table haute du Case Closed.

Ce bar avait été ouvert deux décennies auparavant par un inspecteur à la retraite qui savait que les flics aimaient avoir un endroit à eux où se retrouver. Tout le monde était le bienvenu, mais certaines tables étaient réservées aux policiers, en particulier ceux du 86.

— Les nouvelles vont vite, commenta Sera.

— Les bonnes nouvelles le font certainement.

Kerrigan entrechoqua sa bouteille de bière avec le verre de Sera.

— Alors… toi et mon copain Gavin…

— Eh oui.

Kerrigan l'avait surprise en lui murmurant qu'elle savait tandis qu'ils marchaient tous vers le Case Closed. Sera avait été trop stupéfaite pour nier et trop heureuse d'avoir été invitée pour protester.

Mais elle s'interrogeait sur son apparence. De femme enceinte oui, mais aussi de femme enceinte qui ne pouvait s'empêcher de regarder Gavin.

— C'est un type bien, continua Kerrigan. Sa coquille est un peu dure, mais ce n'est pas un ours.

Il était intéressant d'entendre le point de vue de Kerrigan. Plus qu'intéressant, s'avoua Sera. Elle était avide d'informations.

— Il n'est certainement pas ronchon ou désagréable.

— C'est là que tu te trompes !

Kerrigan claqua des doigts.

— Tu penses qu'il est le sel de la terre, la décontraction même, et puis tu ouvres les yeux et tu réalises combien il est tortueux.

— Comment ça ?

— Cet homme-là a des profondeurs insoupçonnées, et il ne laisse personne s'y aventurer.

Ce n'était pas ainsi qu'elle l'aurait décrit, mais en y réfléchissant Sera dut admettre que cette remarque avait du sens. N'avait-elle pas deviné sa réticence à parler de sa famille ? Même durant leurs conversations, elle avait eu le sentiment d'être tenue à distance. Ce n'était ni froid ni lointain, juste…, eh bien, pour adopter le terme de Kerrigan : tortueux. Comme s'il savait comment orchestrer les choses afin de demeurer invisible.

Comme quelqu'un que tu connais, Forte ?

Peut-être était-ce au fondement du lien entre eux, cette capacité à se fondre dans la masse sans rien révéler d'eux. C'était aussi une leçon d'humilité de se rendre compte à quel point elle voulait pénétrer ces profondeurs.

— Je ne voulais pas te contrarier, à propos, en mentionnant ta grossesse. Je viens d'une grande famille et je renifle les hormones de grossesse à cinquante pas. Je te promets de garder ça pour moi.

— Non, ça va. Je n'ai rien dit à mon travail, mais j'en suis déjà à trois mois, alors ce n'est qu'une question de semaines avant que je ne puisse plus le cacher.

— Je comprends. On suppose toujours que nous sommes fragiles. Ajoute l'inquiétude que ça influence la manière dont on nous voit au travail, et je ne te reproche pas de ne pas divulguer l'information.

— Le bébé est de Gavin.

— J'avais bien compris.

— Parce que je portais sa veste ?

— Pas du tout. Comme je l'ai dit, c'est un type bien. Si quelqu'un a froid, il lui prête sa veste.

La jeune femme prit une gorgée de bière.

— C'est la manière dont il te regarde.

— Oh... eh bien... comment est-ce qu'il me regarde ?

— Comme si tu étais précieuse.

Elle ne s'était jamais sentie précieuse. Compétente, efficace, oui. Mais précieuse ? Cela la rendit humble de savoir que quelqu'un avait cette sorte d'attention pour elle. Comme si elle comptait.

— Hé, mais si ce n'est pas la princesse de Hell Gate...

Un grand homme blond aux yeux bleu vif venait de prononcer ces mots. Il prit Kerrigan dans ses bras pour lui donner un baiser sonore.

L'amie effrontée que Sera s'était faite cet après-midi-là fondit comme cire et se suspendit au cou de l'homme pour lui rendre son baiser. Mais il s'aperçut qu'ils avaient un public et, changeant d'attitude, il tendit la main.

— Je m'appelle Arlo Prescott.

Sera se présenta, et Kerrigan expliqua que Sera faisait partie du même groupe de travail que Gavin.

Arlo était bienveillant et attentif mais, comme la conversation changeait autour de la table, Sera remarqua qu'il baissait la voix pour demander à Kerrigan, toute trace d'humour envolée :

— J'ai entendu dire que la journée a été dure. Comment ça va ?

— Je vais bien.

Sera détourna le regard pour leur laisser de l'intimité et se présenta rapidement à un nouveau venu à la table. Un Noir superbe, vêtu comme pour conquérir Wall Street, lui tendit la main.

— Je m'appelle Darius Saint Germaine.

Il déposa un bref baiser sur la tête de Jayden.

— Et celui-ci est mon mari.

— Sera Forte.

— Comment vous êtes-vous retrouvée avec cette bande hétéroclite ?

— Par chance ?

— Qui peut le nier ?

Darius s'assit à côté d'elle avec un whisky *on the rocks,* le sourire aux lèvres.

— Vous faites partie de la patrouille du port ?

— Non, je suis assistante au bureau du procureur de Brooklyn. Je participe à un groupe de travail interjuridictionnel avec Gavin, et il a été assez gentil pour m'emmener au repêchage prévu aujourd'hui. C'est lié à l'approche que nous adoptons au sein du groupe de travail.

Darius hocha la tête.

— Ce qu'ils font est très intense.

— Et ils l'orchestrent d'une manière stupéfiante. J'ai pu assister au remontage de nombreuses pièces à conviction. Ce sont des athlètes, avec tout leur équipement.

— C'est ce que je dis tout le temps à Jay. Il est à moitié poisson.

Darius adressa un clin d'œil à son mari, de l'autre côté de la table. C'était un moment chaleureux. Intime même, sans être déplacé. Comme quand Arlo était venu enlacer Kerrigan.

Elle les enviait. Il n'y avait pas d'autre mot. Elle enviait cette intimité sans heurt après une longue journée. Une intimité qui n'avait rien d'ouvertement sexuel, plutôt une conscience affectueuse de l'autre. Et le plaisir absolu d'être ensemble.

Comme elle n'était pas dans la même situation avec Gavin, elle repoussa cette émotion et se tourna vers le très intéressant M. Saint Germaine.

— Et vous, que faites-vous ?

Elle tapota légèrement son bouton de manchette, visible maintenant qu'il avait suspendu sa veste au dos de sa chaise.

— Pas de la plongée, je présume ?

Darius éclata de rire.

— Oh ! Seigneur, non ! Je n'aime même pas mettre la tête sous l'eau.

Tous deux se mirent à converser avec aisance, et ce ne fut que vingt minutes plus tard, quand une seconde tournée arriva sur la table, que Sera s'aperçut qu'elle s'était fait un nouvel ami.

Depuis leur arrivée, Gavin gardait ses distances, ne voulant manifestement pas s'afficher avec elle devant ses amis. Ils avaient tous deux pris soin de parler de leur partenariat dans le groupe de travail, et cela avait paru dissiper les curiosités.

En tout bon sens, elle aurait dû en être soulagée. Gavin et elle ne se connaissaient pas bien, et ils en avaient vu de dures cette semaine. Alors pourquoi se sentait-elle de plus en plus irritée qu'ils soient les seuls à ne pas être en couple à cette table ? Ils étaient seulement deux personnes qui avaient couché ensemble et qui allaient avoir un bébé.

Elle entendit Darius et Jayden entamer une conversation sur la journée de travail et la difficulté de la plongée. Sachant qu'elle avait monopolisé Darius jusque-là, elle les laissa à leur échange.

Restait donc Gavin. Elle devait trouver le moyen de contrôler son irritation croissante. Soudain, il lui semblait primordial qu'ils parlent de ce qu'ils étaient l'un pour l'autre. Elle n'aimait pas la sensation de ne pas savoir.

— Je crois que je vais y aller, dit Sera, souhaitant y avoir pensé avant.

— Nous venons d'arriver. Pourquoi t'en aller ?

— C'était une longue journée, et...

Elle s'interrompit. Il était tentant de se servir de sa grossesse comme excuse. Mais elle avait envie de partir, de s'extraire du groupe que formaient Gavin, ses amis et leurs moitiés.

— Je rentre chez moi.

— Alors je te raccompagne.

— Inutile.

Elle jeta un regard appuyé à la tablée.

— Reste avec tes amis.

— Tu ne vas pas rentrer à pied toute seule.

Elle savait qu'ils parlaient trop fort, et la dernière chose qu'elle voulait était faire une scène. Aussi essaya-t-elle d'arrondir les angles.

— Tu es là avec tes amis. Profites-en pour décompresser. Vous en avez tous besoin. C'était une dure semaine.

Elle pensait la conversation finie et, avec un sourire, elle s'excusa auprès de Jayden et Darius, et Kerrigan et Arlo. Elle promit même de reprendre contact avec Kerrigan à propos de sa grande affaire. C'était gentil, responsable et sympathique.

Mais l'insistance de Gavin à la raccompagner suffisait à l'exaspérer. Ils n'avaient aucun droit l'un sur l'autre. Elle savait se déplacer seule ; elle le faisait depuis ses quatorze ans.

Sera traversa le bar bondé. Émergeant de la cohue, elle tira la porte d'un grand geste et prit pied dans la rue. L'air était froid, survivance de l'hiver.

— Sera ! Tu vas t'arrêter ?

Elle fit halte au bord du trottoir et, faisant volte-face, affronta Gavin.

— Qu'est-ce que tu as ? Je rentre chez moi. Je t'ai dit que tu n'avais pas besoin de me suivre.

— Je veux savoir ce qui ne va pas. Une minute on s'amuse, et la suivante tu fuis comme si le diable était à tes trousses. Que s'est-il passé ?

— Il ne s'est rien passé.

— Alors pourquoi t'en vas-tu ?

Elle repoussa impitoyablement l'idée de lui mentir.

— C'est justement ça, Gavin. Il ne s'est rien passé. Nous étions là avec deux couples, tous deux affectueux et attentionnés. Et ça m'a fait réaliser...

Elle s'arrêta, consciente que ce soudain accès de franchise venait d'une journée stressante coiffant une semaine stressante. Gavin était de retour dans sa vie, elle était enceinte et, selon Kerrigan, elle ne le cachait pas bien. Et puis celle-ci lui avait dit cette chose incroyable, que Gavin la regardait comme si elle était précieuse.

Voulait-elle même cela ? Une petite voix lui murmura que oui, c'était bien ce qu'elle voulait.

— Ça t'a fait réaliser quoi ?

— Que nous ne sommes pas un couple. Nous avons fait l'amour et nous allons avoir un bébé, mais nous ne sommes pas un couple. Et je ne sais pas quoi faire à ce propos.

Pour quelqu'un qui avait réponse à tout, c'était nouveau. En fait, elle était la proie d'une telle confusion qu'elle ne se comprenait pas elle-même et peinait à s'expliquer.

Ce qui rendit son geste suivant d'autant plus étonnant. Au milieu du trottoir, elle se colla contre lui, lui noua les bras autour du cou et plaqua sa bouche sur la sienne.

Un désir chauffé à blanc électrisa son corps quand Gavin referma les bras sur elle. Il s'abandonna à la sensation de sa bouche sur la sienne, et s'efforça de faire passer ce qu'il ressentait.

La confusion qui l'habitait n'était pas près de se dissiper, mais il devait avouer qu'il préférait de beaucoup cette version de Sera à celle qui était sortie comme une furie du bar, le laissant dans son sillage.

Même si la question derrière tout ça était *pourquoi* ? Un point que son corps préférait ignorer, tandis que le baiser se prolongeait, insuffisant et même un peu triste. Ce fut cette tristesse qui le poussa à redresser la tête, sans la quitter du regard.

— Je serais heureux de continuer à t'embrasser toute la semaine, mais qu'est-ce qui se passe, Sera ? Parle-moi.

Sera se glissa hors de ses bras. Il répugnait à la laisser s'éloigner, car il savait qu'ils se tenaient sur un terrain dangereux. Un territoire miné comprenant une nouvelle vie, dont ils n'avaient pas beaucoup parlé. Était-ce cela qui la mettait en colère ?

— Sera, je suis désolé. Je sais que nous devons parler du bébé. De son avenir. Une soirée dans un bar n'était sans doute pas ce dont nous avions besoin.

— Il faut effectivement parler du bébé.

Elle hocha la tête, tout en regardant de l'autre côté de la rue.

— Mais ce n'est pas pour ça que je voulais partir.

— Alors qu'est-ce qui t'a contrariée ?

— Je ne suis pas contrariée, je suis en plein chamboulement émotionnel. Et ça devrait être à propos du bébé, mais je ne sais pas… nous y pourvoirons. Je veux ce qu'il y a de meilleur pour cet enfant, et même si je ne te connais pas beaucoup j'en sais assez pour savoir que tu veux la même chose. Nous nous débrouillerons.

— Alors qu'est-ce qui ne va pas ?

Elle fixa l'autre trottoir une fois encore avant de se tourner vers lui, soudain emportée par ses émotions.

— C'est nous, Gavin ! J'essaie de comprendre ce que nous

sommes l'un pour l'autre. Nous sommes attirés l'un par l'autre, c'est sûr. Mais nous n'avons pas de relation. Nous ne nous connaissons pas !

Cette dernière phrase avait franchi ses lèvres avec une note de supplication. Avant qu'il puisse répondre, elle poursuivit :

— J'étais à table avec deux couples qui se connaissent si bien qu'ils se déchiffrent sans peine. Et moi, je vais avoir un bébé avec un homme que je ne connais pas. Ni lui, ni ses humeurs, ni même ce qu'il aime pour le petit déjeuner !

Son regard dériva à nouveau, et Gavin se retourna pour distinguer ce qu'elle regardait.

— Nous y arriverons, Sera. Tout ça est nouveau, mais j'ai bien l'intention d'apprendre à te connaître. Et de te laisser faire de même.

— C'est sérieux ?

— Oui, bien sûr.

— Alors pourquoi t'es-tu renfermé quand je t'ai dit que vous formiez une famille dans la patrouille du port ? Et pourquoi ne m'as-tu jamais parlé d'un seul membre de ta famille ? Pas une fois, même par hasard ?

Elle détourna à nouveau les yeux, et Gavin sentit sa colère monter devant sa distraction.

— Qu'est-ce qu'il y a de si important, là-bas ? Et, pendant ce temps, tu me reproches de ne pas te parler !

Elle secoua la tête, revenant à lui.

— Il y a quelque chose qui bouge là-bas. J'ai vu un éclat de lumière.

Il était irrité parce qu'il avait voulu lui poser les mêmes questions. Où était sa famille ? Au-delà d'Enzo et de Robin, elle n'en avait dit mot. Avait-elle dit à ses parents qu'elle était enceinte ? Parce que rien jusque-là ne le suggérait.

Mais malgré l'importance de cette conversation son instinct de flic se mit en route.

— Un éclat de lumière ?

— Je ne sais pas. Probablement le sac ou les chaussures de quelqu'un. Quelque chose m'a attiré l'œil.

Gavin reporta son attention de l'autre côté de la rue, essayant de discerner quelque chose dans l'obscurité, mais il ne vit qu'une rangée de vitrines et un petit renfoncement donnant sur un escalier.

Il n'était pas armé, et il devrait demander à Arlo de l'accompagner s'il voulait enquêter. Il s'apprêtait à le dire et à demander à Sera de le suivre, quand Darius les contourna.

Le téléphone à l'oreille, il recommandait de satisfaire un client, tout en invitant celui ou celle à qui il parlait à ne pas s'impliquer dans les problèmes dudit client. S'il n'avait pas été aussi concentré, Gavin lui aurait demandé de rester avec Sera pendant qu'il investiguait. Mais il ne pouvait l'interrompre.

— Il faut que je vérifie ce qui t'a distraite.

— Pourquoi ça ?

— Parce que je suis flic. Je vais demander à Arlo de venir avec moi.

— Écoute, tout va bien. Je vais...

Elle n'avait pas fini sa phrase qu'une série de coups de feu éclatèrent. Gavin se jeta instinctivement sur elle tandis qu'elle hurlait. Il se débrouilla pour amortir leur chute et lui éviter de heurter trop durement le trottoir. Avant qu'il puisse reprendre son souffle, tout parut se mettre en mouvement.

Les autres personnes présentes sur le trottoir coururent en criant vers le carrefour suivant. Gavin ne lâcha pas Sera, de crainte que les tirs ne recommencent.

Mais ce furent des cris et des visages familiers qui le firent finalement bouger. Arlo, Kerrigan et Jayden étaient sortis en trombe du bar en entendant la fusillade. Tous trois se tenaient maintenant au-dessus de Sera et lui, criant des ordres.

Que s'était-il passé ? Gavin se rejoua la scène tandis que ses trois collègues regardaient autour d'eux, évaluant la situation.

Mais ce fut le cri de Jayden qui déchira l'air, un cri d'agonie. Il se précipita vers son mari.

— Darius !

9

Sera frotta le tissu de sa blouse d'hôpital et fixa ses pieds. On l'avait examinée et on lui avait fait passer une échographie. Maintenant, elle attendait qu'on lui donne l'autorisation de retourner en salle d'attente, où toute la patrouille du port veillait.

L'un des leurs avait été touché. Et un autre priait pour sa vie. Sans que personne sache pourquoi.

Gavin avait aussi été examiné, et Kerrigan était venue la voir plusieurs fois, mais Sera avait passé la plus grande partie de l'heure précédente seule. Seule avec ses pensées et une frayeur glaçante pour le bébé, mais aussi pour Darius.

Après l'échographie, le médecin lui avait assuré que le bébé allait bien, ce qui était un grand soulagement. Mais cela n'avait pas diminué ses autres sujets d'inquiétude. Pourquoi leur avait-on tiré dessus ?

— Sera !

Pénétrant dans la chambre, Gavin accourut à son chevet.

— Je suis désolé de ne pas avoir été là. Je n'arrêtais pas de leur demander de me laisser te voir, mais ils ne voulaient pas.

— Le bébé va bien. Je vais bien. Tout est…

Ce qu'elle allait dire fut étouffé par sa poitrine quand il la serra contre lui.

— Le bébé va vraiment bien ?

— Tout à fait.

Ses mots étaient brouillés, mais le soulagement qu'elle tirait de son corps faisait beaucoup pour calmer sa tension. Elle se cramponna à lui. Gavin desserra les bras sans la lâcher et s'assit sur le lit à côté d'elle.

— Il y a des nouvelles de Darius ? demanda-t-elle. Kerrigan est venue me voir plusieurs fois, mais tout ce qu'elle sait c'est qu'il est au bloc opératoire.

— Il n'y a rien encore. Je suis venu tout droit, mais Kerr me tient au courant par textos. La famille de Jayden est avec lui, ils prient dans la salle d'attente.

— Que s'est-il passé ?

— Arlo essaie de le découvrir. Il est resté sur place et a appelé la moitié des agents du 86 pour l'aider à passer le quartier au peigne fin.

— Rien, alors ?

— Rien. Pas même une douille. Comme si le tireur était un fantôme.

— Les fantômes ne produisent pas d'éclats de lumière. Je l'ai vu, Gavin. C'est sûrement ce qui attirait mon attention de l'autre côté de la rue.

Même si « vu » était un peu exagéré. Elle avait vu un éclair et une silhouette, mais elle n'avait pas aperçu de visage.

— Il portait un masque, dit-elle soudain.

— Tu te rappelles autre chose ?

— Juste ça. Je ne faisais pas vraiment attention, mais il y avait bien quelqu'un. Je n'ai pas vu son visage. J'ai cru que c'était à cause d'une capuche, mais je me rends compte maintenant que c'était un masque.

Gavin lui serrait les mains, caressant sa chair du pouce. C'était un simple geste, mais qui lui apportait beaucoup de réconfort. Elle ne se sentait plus seule.

— J'aurais dû le poursuivre.

— Non, Gavin. Il t'aurait fait du mal.

— Et il en a fait à Darius à la place. J'aurais pu le désarmer, empêcher ça.

Il avait besoin de le dire. Pour sa propre paix d'esprit. Mais la pensée de Gavin traversant la rue et affrontant un inconnu armé la glaça tout entière. Surtout parce qu'elle était convaincue qu'ils étaient la véritable cible de cet homme.

— Ce n'est pas ce que je veux dire. Il n'aurait pas dû faire du mal à quiconque. Mais c'est nous qui sommes sortis les premiers. Nous étions dans sa ligne de mire. C'est une terrible erreur d'avoir tiré sur Darius, mais c'est nous qui étions visés. J'en suis persuadée.

— Pourquoi ? Pour quelle raison voudrait-on tirer sur nous ?

— C'est ce que nous devons découvrir. Mais j'ai vu le reflet de la lumière de son arme. Et je sais qu'il se concentrait sur nous. C'est pour ça que je n'arrêtais pas de le regarder.

— Alors il attendait que nous sortions du bar ?

Ce dont elle était certaine quelques instants auparavant devint un peu flou. Était-ce une agression aléatoire ? Darius était-il sorti au mauvais moment ? Ou était-ce autre chose ?

— Mademoiselle Forte ?

Le médecin tapota légèrement l'encadrement de la porte avant d'entrer.

— Je suis le Dr Monroe, le médecin de garde, j'ai regardé vos examens.

Gavin se leva, laissant la femme se pencher sur Sera. Cette dernière répondit aux questions que l'interne et l'infirmière lui avaient déjà posées, et le médecin lui donna l'autorisation de sortir.

— Euh, docteur, commença Sera, en faisant signe à Gavin de revenir auprès d'elle. Notre ami est ici, au bloc opératoire, pour une blessure par balle.

Le médecin hocha la tête d'un air grave.

— Il est toujours en salle d'opération, mais je peux vous obtenir des nouvelles.

— Merci. Mais, eh bien, je voudrais être là. Avec le groupe qui attend les nouvelles.

Sera posa une main sur son ventre, un geste qu'elle avait souvent fait au cours de l'heure écoulée.

— Mais ce n'est pas dangereux pour le bébé ?

— Le bébé va très bien. Votre chute a été amortie, et vos examens indiquent qu'il n'y a aucun motif d'inquiétude. Je suis désolée pour le traumatisme, mais vous pouvez cesser de vous tourmenter. Votre bébé se développe comme il faut.

Sera acquiesça avant de regarder Gavin.

— Notre bébé. C'est le nôtre.

Le médecin se tourna vers Gavin et lui posa une main sur l'épaule.

— Votre rapidité de réaction les a protégés. Je sais qu'il n'y a guère de réconfort ce soir, mais vous pouvez vous féliciter de cela.

Gavin hocha la tête et, une fois encore, elle éprouva un soulagement palpable. Leur petite famille était saine et sauve.

Elle ignorait ce que l'avenir leur réservait en tant que couple, mais la soirée avait prouvé que Gavin, elle et leur bébé formaient une famille et le feraient le restant de leurs jours.

Des larmes et des prières.

C'était ce dont il se souviendrait de cette nuit, pensa Gavin. Contrairement à tous ceux qui étaient là, il avait déjà vécu cela. Il était le seul à connaître cette horreur. Le seul à s'en souvenir. La peur et l'espoir si étroitement mêlés qu'ils ne formaient qu'une seule émotion, le besoin lancinant d'espérer.

La famille de Jayden était rassemblée dans la salle d'attente, avec sa mère, ses frères et sœurs, leurs épouses et leurs maris. Leurs visages arboraient une expression de choc, et leurs voix se réduisaient à des murmures monotones.

Il avait appris que Darius était le fils unique de parents aujourd'hui décédés, originaires du Connecticut, et qu'il était sorti de Yale avec une mention très bien. Il avait également compris que, s'il était apparenté à la famille Houston par alliance, il faisait autant partie des enfants de Mama Houston que ceux qu'elle avait élevés elle-même.

Gavin avait proposé de raccompagner Sera chez elle et de revenir, mais elle n'avait pas voulu en entendre parler. Après avoir été libérée par le médecin, elle était venue s'asseoir avec lui.

Kerrigan avait échangé une série de textos avec Arlo et leur en avait relayé la teneur. Parmi les personnes interrogées, aucune n'avait rien remarqué. Ils n'avaient pas non plus de vidéo, car tous les commerces de la rue étaient fermés. Ils avaient réussi à visionner les vidéos du bar, mais en dehors de petits éclats lumineux ils n'avaient rien d'utilisable.

— Tu as une minute ?

Kerrigan s'assit à côté de lui d'un air naturel, même si ses yeux disaient autre chose.

— Bien sûr. En fait, j'ai besoin d'un café.

Sera somnolait légèrement contre son épaule, mais elle se réveilla en entendant cela. Elle parut comprendre la nécessité de rester sur place et leur dit d'y aller.

Gavin s'attendait à ce que le regard omniscient de Mama Houston les arrête, mais elle était concentrée sur Jayden, à qui elle murmurait des mots d'encouragement. Gavin et Kerrigan sortirent donc sans encombre de la salle d'attente.

— Les salopards.

Kerrigan avait murmuré le mot, mais il était chargé de mépris et de colère.

— Qu'est-ce qui se passe ? Arlo a trouvé quelque chose ?

— Pas encore, mais une de ses indics l'a contacté.

Arlo avait de nombreux contacts à Sunset Bay, Gavin le savait. Les bonnes informations valaient de l'or, mais il ne pouvait s'empêcher de se demander s'il n'y avait pas d'autre voie. Un monde où les gens ne s'attaquaient pas les uns aux autres, et où la criminalité n'existait pas, par exemple.

C'était une idée plutôt idiote pour un flic, il en était conscient, mais elle gagnait parfois en ferveur. Était-ce dû au fait qu'il allait être père ?

— Fiable ?

— Elle fait le trottoir et elle est au parfum. Elle a de bons yeux et elle choisit soigneusement à qui elle transmet ses informations.

— Elle ouvre l'œil pour repérer les clients ?

— Entre autres choses.

Bien que la plupart des femmes qui faisaient le trottoir restent à l'écart de la police, cela n'étonnait pas Gavin que l'un des indics d'Arlo soit une prostituée. Cet homme aurait persuadé le diable de lui donner de la glace, aussi était-il logique qu'il ait fait ami-ami avec une femme en position de savoir des choses et dont la vulnérabilité le poussait à la protéger.

Mais le fait que cette femme travaille précisément en face d'un bar à flics était encore autre chose.

— Jade est une dure à cuire. Elle sait se protéger et protéger les autres filles. Alors le fait qu'elle ait parlé de ça si vite indique qu'elle respecte Arlo. Et elle aime bien son derrière.

Si Gavin avait déjà eu son café, il se serait étranglé.

— Quoi ?

Kerrigan haussa les épaules.

— C'est vrai qu'il a un postérieur excessivement chouette. Je peux difficilement lui reprocher de l'avoir remarqué. Et ce sont ces capacités d'observation qui nous ont valu cette percée.

C'était une logique un peu étrange mais, si Kerrigan ne se formalisait pas que des femmes détaillent son petit ami, qui était-il pour s'en offusquer ?

— Que lui a-t-elle dit ?

— Il y a des rumeurs qui courent depuis un moment. De gros bonnets ont trouvé le moyen de se débarrasser de leurs armes. Ils paient des fortunes pour ça, mais ils n'ont plus rien à craindre de la justice.

— La décharge que nous avons découverte...

Gavin poussa un soupir.

— Il y en avait énormément parce qu'elles se sont accumulées avec le temps. Elles n'ont pas été jetées à l'eau d'un coup.

— Certainement. Et quand ta cachette est soudain dévoilée ? C'est mauvais pour les affaires.

Gavin repensa à l'émotion de Sera un peu plus tôt : sa crainte que tous deux ne soient effectivement la cible. Il avait rejeté cette supposition, mais si elle avait raison ? Étaient-ils l'objectif, et Darius une victime collatérale ? Ça n'avait pas de sens. Parce que ces armes venaient juste d'être découvertes. Comment mettre en place une attaque aussi rapidement ?

Ils marchèrent jusqu'aux distributeurs de boissons, et Gavin repêcha de la monnaie dans sa poche. Kerrigan tapa sa commande sur l'appareil à côté du sien, tandis qu'il choisissait son mélange. Les machines vrombirent.

— Je ne comprends pas. Quelqu'un décide de tirer sur des flics juste à cause d'une découverte de routine ? C'est une option plutôt radicale alors que personne n'a encore étudié ces armes.

— Une attaque préventive ? suggéra Kerrigan, en prenant son gobelet. Une affirmation de domination ? Qui sait pourquoi les criminels font ce qu'ils font ? Tout ce que je sais, c'est que tu dois surveiller tes arrières. Nous le devons tous. Sera aussi.

Sera aussi. Gavin retourna cela dans sa tête, ses craintes prenant une nouvelle dimension.

— Elle pensait être la cible tout à l'heure. Que Darius a pris une balle à sa place. Au mauvais endroit, au mauvais moment, ce genre de choses.

— Est-ce qu'elle s'occupe d'un procès important ?

— Je ne crois pas. Sa charge de travail a été redistribuée, comme la mienne, pour lui permettre de participer au groupe de travail.

Kerrigan prit une gorgée de son café.

— Allons lui parler. Voir si elle s'est fait des ennemis récemment. Arlo pense que c'est un problème de flics, mais quand des criminels entament une guerre ce n'est pas nécessairement pour une raison prévisible.

— Mais pourquoi entamer une guerre ? Ces armes viennent seulement d'être découvertes. Je ne comprends toujours pas pourquoi ça attirerait autant l'attention.

— Je n'en sais rien, Gav. C'est juste un fil à suivre.

En suivant son amie et collègue dans le couloir, Gavin s'interrogea là-dessus. C'était un fil affreusement ténu. Mais s'ils avaient tiré trop fort et détricoté quelque chose de plus important que prévu ?

Sera ne s'était jamais sentie à l'aise avec le chagrin. Elle avait les siens, qu'elle enfouissait soigneusement. Mais dans son métier elle rencontrait régulièrement des familles en deuil, dévastées par le meurtre de l'un de leurs proches.

Au fil des ans, elle avait acquis la force d'affronter ces visages sillonnés de larmes. Son travail leur permettait dans une certaine mesure de faire leur deuil. Cela ne ramenait pas le mort, mais elle espérait qu'ils trouvaient une certaine paix dans le fait que justice lui avait été rendue.

En contemplant la famille Houston rassemblée autour de Jayden, Sera comprit que le chagrin était une expression de l'amour. Avisant un siège vide à côté de la mère de Jayden, elle s'approcha pour offrir ce qu'elle pouvait de réconfort.

— Madame Houston ?

La femme leva les yeux d'un air accueillant malgré sa peine.

— Sera, ma chère. Asseyez-vous donc.

On les avait présentées l'une à l'autre, et cette femme bienveillante lui avait demandé plus d'une fois comment elle se sentait et comment allait le bébé. Sera ne s'était même pas demandé comment Mme Houston savait. Elle l'avait simplement accepté.

Des mains usées s'emparèrent des siennes. Sera fixa leurs doigts entrelacés, jeunes et vieux, et se demanda comment c'était de bénéficier de tant d'affection et d'encouragement. De tant d'amour et de sollicitude. Avant même que sa mère ne sombre dans l'apathie et la consommation de stupéfiants, elle n'avait jamais été une femme affectueuse. Son instinct maternel était au mieux tiède et la plupart du temps absent. Bien que la tristesse domine, Sera était touchée et émerveillée par la dynamique des Houston, par leur proximité et leur solidarité.

— C'est un moment terrible.

Mme Houston hocha la tête avec un regard solennel.

— Je viens juste de rencontrer Darius et Jayden, hasarda Sera. Il y a tant d'amour entre eux, des liens si profonds.

— C'est comme ça depuis le début.

Mama Houston sourit à travers sa tristesse.

— Mon garçon pensait que je ne savais pas. Quand ils ont commencé à sortir ensemble, il ne m'en a pas parlé.

Sera savait que toutes les familles n'accueillaient pas toujours bien les enfants gays. Même si cela aurait contredit ses expectatives vis-à-vis de cette famille-là, on ne savait jamais à quoi s'attendre.

— Je connais mes enfants et je leur ai toujours donné tout mon amour. Je leur ai dit de partager cet amour avec les autres. De prendre soin du cœur des autres et de veiller à ce que les autres prennent soin du leur. Mais mon Jayden avait peur. De cette relation. De ses sentiments. Du fait que ça puisse être réel.

Sera ne fut pas longue à voir un parallèle entre son comportement et celui de Jayden. Et elle reconnut la peur dont parlait Mama Houston. Elle l'avait éprouvée après sa nuit avec Gavin. La nuit avait été extraordinaire, leur proximité encore plus. Et au lieu de rester et de lui demander s'il voulait la revoir elle avait fui.

— Vous l'avez convaincu ?

Mama Houston sourit, d'un grand sourire qui illumina ses traits et perça le voile de tristesse qui les recouvrait.

— Ça a pris plus longtemps que ça n'aurait dû, mais il s'est mis au pas. L'amour a sa manière de faire ça, vous savez.

Mama lui tapota gentiment le genou.

— Vous verrez. Gavin et vous le comprendrez aussi.

— Oh ! je ne...

Un autre tapotement.

— Vous n'avez pas besoin de tout comprendre ce soir. Ni demain. Ou après-demain. Mais ce bébé aura sa manière à lui de cristalliser les choses dont vous n'êtes pas encore prêts à parler. Ensuite, vous saurez où aller, tous les deux.

Gavin rentra dans la salle d'attente avec Kerrigan, et Sera croisa son regard.

Ensuite, vous saurez où aller, tous les deux.

C'étaient des paroles sages. Mais elle n'était pas certaine que Gavin et elle disposent des mêmes capacités d'amour et de compréhension que Jayden et Darius. Ni s'ils soient destinés à la même sorte de relation.

Oh ! ils étaient attirés l'un par l'autre. Cette attirance pouvait s'épanouir en une amitié réelle, ce qui serait important pour bâtir un futur stable pour leur enfant.

Mais l'amour ?

— Merci de vos paroles. Surtout étant donné ce qui se passe.

Mama Houston lui pressa la main.

— Tout ira bien, ma fille. Tout ira bien.

Sera allait répondre quand un médecin entra dans la salle d'attente, l'air sombre. Son regard se posa tout de suite sur Jayden, avec une compassion qui noua l'estomac de Sera.

— Monsieur Houston ?

Jayden se leva et le rejoignit d'un pas pressé. Sera le regarda avancer, un singulier pressentiment à l'esprit.

Cet air sombre. Cette expression compatissante et en même temps résignée. Ce manque d'air soudain dans la salle.

— Monsieur Houston, je suis désolé de vous annoncer qu'il y a eu des complications et que votre mari a succombé à ses blessures.

Un gémissement collectif parcourut la salle. Sans réfléchir, Sera entoura Mama Houston de ses bras et la serra contre elle, tandis que le chagrin déferlait autour d'elles.

10

L'engourdissement du chagrin.

Gavin l'avait déjà éprouvé et avait cru qu'il ne l'endurerait plus jamais, mais il s'était trompé. Terriblement trompé.

Ce soir-là, il était sorti boire un verre avec ses amis. Maintenant il raccompagnait Sera chez elle, sachant qu'il ne parlerait plus jamais à l'un d'entre eux, tandis qu'un autre était brisé au-delà des mots.

Sera était prête à rester à l'hôpital aussi longtemps que nécessaire, mais il était devenu évident que, si leur soutien avait été le bienvenu, la famille voulait désormais rester seule.

Jayden aurait besoin d'eux dans les jours, les semaines et les mois suivants, mais pour l'instant c'était de sa famille qu'il avait besoin. Aussi, ses frères et sœurs d'armes lui avaient-ils présenté leurs condoléances avant de le laisser dans le gouffre béant du chagrin.

Sera s'était gentiment affairée lorsqu'ils étaient arrivés chez elle, lui demandant s'il voulait boire quelque chose, mais il avait simplement secoué la tête et s'était assis sur le canapé. Elle lui avait dit qu'il pouvait rester aussi longtemps qu'il le voulait avant de disparaître dans la cuisine et de revenir, quelques minutes plus tard, avec un mug fumant sentant les fruits pour elle, et une bouteille d'eau pour lui.

— Je peux te servir quelque chose à boire ? répéta-t-elle.

Il refusa d'un geste de tête, essayant de mettre des mots sur des émotions qu'il enfouissait normalement au fond de lui. C'est pourquoi ce qui sortit de sa bouche fut autant une surprise pour lui que pour elle.

— Mon père a été assassiné quand j'avais quatorze ans.

Il avait gardé une expression neutre, et il observa le visage de Sera, assise à l'autre bout du canapé, les jambes repliées sous elle. Était-elle choquée ? Horrifiée ? En colère qu'il n'en ait pas parlé avant ? Mais elle n'était rien de tout cela.

Dépliant ses longues jambes, elle posa son mug sur la petite table et se rapprocha de lui pour lui prendre la main.

— Parle-moi de lui.

Pas de *ça*, pensa Gavin. Pas de *son meurtre*. Mais de *lui*. Son père.

— Robert Sinclair Hayes le Quatrième. Des Hayes de Park Avenue, un bastion de la bonne société de Manhattan depuis le tournant du XXe siècle.

Voyant qu'elle hochait simplement la tête, l'encourageant à poursuivre, Gavin prit conscience que cette compréhension dépourvue de complication était un cadeau. Et, si cela ne rendait pas son histoire plus facile à raconter, cela faisait une différence qu'elle lui tienne la main. Il n'était pas seul.

— Mes parents ont fait un mariage d'amour, ce qui était un peu surprenant pour leur milieu, surtout celui de mon père, où les convenances tenaient la plus grande place. Ma mère n'appartenait pas à la bonne société, et cela a fait des vagues pendant un moment. Mais ils se sont mis ensemble dans les années 1980 à l'université, et ma grand-mère a fini par intervenir auprès de Bobby III, comme elle appelait mon grand-père. Elle lui a dit de se mettre au goût du jour.

— Bobby III ?

Sera sourit.

— Comme dans Robert Sinclair III ?

— Oui.

— J'aime ça.

— Elle l'a baptisé ainsi le jour de leur rencontre, et ça lui est resté soixante-dix ans.

Parce que, si ses grands-parents avaient contracté un mariage de convenance, l'amour s'était développé au fil des ans. L'amour, et beaucoup de tendresse et de compréhension.

Gavin reprit le fil de son histoire.

— Mon père a eu une période difficile au travail. Des heures supplémentaires le soir et, comme nous l'avons découvert plus tard, des appels menaçants presque tous les jours.

— Qui le menaçait ?

— Il était avocat.

Il sourit en prenant conscience, pour la première fois, de la coïncidence.

— Comme toi.

Le sourire de Sera fut doux, un contrepoint réconfortant à cette conversation lugubre.

— Notre enfant aura sûrement un esprit mesuré, alors.

— Sûrement.

— Dis-m'en plus, Gavin. J'aimerais savoir.

Pourquoi est-ce que cela ne devenait jamais plus facile ? Au bout de vingt ans, parler de ce jour terrible aurait dû être plus aisé. Ou, du moins, il aurait dû être plus aisé d'en faire un récit dépassionné.

Mais quand les larmes montèrent, secouant ses épaules de sanglots irrépressibles, il le comprit avec une certitude irrévocable. Ça ne deviendrait jamais plus facile.

Et maintenant son ami allait vivre la même chose.

Sera l'entoura de ses bras et le serra contre elle. Il était grand et large, et cette étreinte aurait pu être maladroite, mais ils réussirent à s'accorder.

De gros sanglots résonnaient dans sa poitrine. Sera se demandait comment dépasser ce genre de chagrin. Puis elle comprit qu'il ne s'agissait pas de le dépasser. Peut-être ne s'agissait-il même pas de l'accepter. Il fallait juste le traverser et ressortir de l'autre côté.

Bien qu'elle ne puisse pas comparer sa vie à celle de Gavin, elle savait ce que c'était que d'affronter la perte. De continuer à avancer, même quand les peines s'ajoutaient, au point qu'on en était finalement engourdi et qu'on acceptait que le lieu qu'on devait gagner pour survivre ne ressemblait à rien de ce qu'on avait imaginé.

— Je suis désolé.

Gavin voulut se dégager, mais elle le retint.

— C'est une terrible tragédie. Et cela a rendu les horreurs de ce soir encore plus présentes. Tu as le droit d'éprouver ces émotions, Gavin.

— Les éprouver ne change rien. Ni pour mon père ni pour Darius.

— Mais ça change quelque chose pour toi.

Bien sûr, son père et Darius ne souffraient plus. Il n'y avait pas de souffrance là où ils étaient allés. C'était ceux qui restaient qui devaient endurer une peine insupportable.

Il ne répondit pas, et elle eut le sentiment que, tout en écoutant, il n'était pas prêt à l'accepter. Qu'il s'était convaincu que, s'il ne pensait pas trop à la mort de son père, il pourrait tenir le chagrin à distance.

Ça te semble familier, Forte ?

Cette introspection étant douloureuse, elle revint à Gavin. Elle lui devait la même honnêteté sur son passé, mais ce n'était pas le moment.

— Tu es prêt à me raconter le reste ?

— Rien de très extraordinaire. Un criminel qu'il avait poursuivi a trouvé le moyen de se venger. Son casier était déjà long quand mon père l'a rencontré, mais il est devenu le bouc émissaire de sa colère et sa frustration. L'homme avait décidé que quelqu'un devait payer et il avait orchestré les choses depuis l'intérieur de la prison. Deux semaines après avoir été libéré sur parole, il a abattu mon père à la sortie de son bureau dans Midtown.

C'était un risque avec lequel les avocats devaient vivre – le système judiciaire n'était rien s'il n'était pas public –, mais le nombre d'avocats subissant des menaces n'était pas aussi élevé que le laissaient penser la littérature ou le cinéma.

Cependant, cela arrivait. Et c'était un risque. Un risque que le père de Gavin avait payé de sa vie.

— Je suis désolée.

Il se tourna pour la regarder, ses yeux noirs encore remplis de chagrin.

— Merci, mais c'était il y a longtemps.

— Je suis quand même navrée. Pour ton père. Et je suis navrée pour tout à l'heure. Pour être sortie comme ça du bar. J'aimerais pouvoir changer ça.

Elle s'écarta soudain, prenant conscience de ce que sa colère et son impulsivité avaient engendré.

— C'est moi qui ai provoqué ça. En quittant le bar. En nous immobilisant dehors. En mettant Darius dans la ligne de mire du tireur.

— Ce n'est pas toi.

— Comment peux-tu dire ça ?

Soudain, le poids de cette terrible nuit s'abattit sur elle.

— Comment ai-je pu le refouler jusqu'à maintenant ? C'est à cause de moi si nous étions dehors.

— Ce n'est pas toi qui as pointé l'arme, Sera. Pas plus que tu n'as tiré.

Il lui tendit les bras, mais elle s'était déjà levée, s'éloignant de lui et du réconfort qu'il lui offrait.

— J'ai laissé mes émotions m'emporter. Comment peux-tu dire que je ne suis pas responsable ?

— Parce que tu n'as pas pressé la détente !

Il avait presque crié, et les mots résonnèrent dans la pièce. Mais Sera était en train de s'effondrer.

— Cet homme merveilleux est mort, gémit-elle.

Gavin vint la prendre dans ses bras. Sa voix était douce à son oreille, toute dureté évanouie, quand il lui murmura :

— Oui, je sais. Je sais.

— Je...

— Chut... Tu n'as rien fait. Ce n'était pas toi, Sera.

Mais c'était en contradiction avec ce qu'elle savait.

Ils étaient la cible, ce soir-là. Elle ignorait le pourquoi et le comment, mais Gavin et elle étaient la cible du tireur. Ces éclats de lumière qu'elle avait vus. On les avait repérés alors qu'ils se tenaient là, absorbés par leur dispute.

Mais pourquoi le meurtrier avait-il tiré sur Darius à la place ? Il n'était pas assez loin pour avoir mal visé.

Cela aurait pu être évité si elle était restée à l'intérieur.

Le texto était arrivé tard, confirmant une réunion de bon matin, mais Gavin s'y attendait. Il en avait déjà parlé avec Wyatt et Arlo, et il était impatient d'y être, pour entendre ce qu'Arlo avait à dire sur la scène de crime.

Ce à quoi il ne s'attendait pas, c'était le monde qu'il y avait au 86.

Tous les policiers étaient rassemblés dans la salle de la brigade, pleine à craquer, pour entendre le capitaine Reed parler des événements au Case Closed.

— Tout le monde est venu pour Jayden, murmura Kerrigan à Gavin. Il en sera très touché.

— Je crois qu'il préférerait qu'il n'y ait aucune raison de nous voir rassemblés.

Kerrigan fit la grimace.

— Oui, bien sûr.

C'était encore si frais, ses émotions étaient tellement confuses, frémissant sous la surface, attendant d'entrer en éruption. Ou de trouver une victime consentante.

— Kerr...

Il s'interrompit et passa une main dans ses cheveux coupés court.

— Désolé. Je sais ce que tu veux dire. Vraiment, je le sais. J'ai juste...

Il baissa la tête.

— Je suis tellement, tellement malheureux.

Le bon cœur de Kerrigan fit qu'elle lui pardonna très vite.

— Je comprends. J'ai explosé avec Arlo ce matin. Il n'a pratiquement pas dormi depuis trente-six heures.

Elle lui prit la main, qu'elle serra fortement.

— Alors oui, je sais.

— C'est affreux, Kerr. C'est vraiment affreux.

Elle posa la tête sur son épaule juste au moment où le capitaine Reed prenait la parole.

Tout le monde se tut, et Gavin ne put s'empêcher de penser à sa soirée avec Sera. Il n'avait jamais parlé de la mort de son père. Il était allé voir un thérapeute, avait traité son deuil, puis avait tourné la page. Mais le chagrin n'était jamais parti, et il ne s'était jamais dit qu'il le ferait. Il avait simplement isolé cette part de lui-même. Et avait choisi de rendre hommage à son père d'une manière qui avait du sens pour lui.

Pourtant, il en avait parlé à Sera. Était-ce parce qu'ils allaient avoir un bébé ? Ou parce qu'elle était elle aussi bouleversée par la mort de Darius ?

C'était seulement à 3 heures du matin, quand il était rentré chez lui, qu'il avait accepté la vérité. Il avait voulu que Sera sache. Il avait voulu qu'elle comprenne cette part de lui-même.

Après lui avoir dit, la panique l'avait saisi. Allait-elle le prendre en pitié ? Ou pire, allait-elle se dire qu'il était entré dans la police par vengeance plutôt que par vocation ? Mais elle n'avait pas du tout réagi comme ça. Elle avait dit qu'elle aimerait en savoir davantage.

Un degré de compassion et de compréhension qu'il n'avait jamais connu. Peut-être l'aurait-il éprouvé plus souvent s'il avait laissé des gens s'approcher de lui. S'il avait parlé de lui à ceux qui l'aimaient le plus.

Jayden aurait certainement besoin de cette compréhension dans les semaines et les mois à venir. Et Kerrigan, Wyatt et le reste de la patrouille du port s'étaient comportés en frères et en sœurs vis-à-vis de lui.

Leur raconter aurait-il été si difficile ?

Il se posa la question en contemplant les visages solennels autour de lui. Et il se jura de réfléchir à ce qu'il pouvait changer. À la manière dont il pouvait se comporter autrement.

La voix assurée du capitaine Reed s'éleva.

— Comme vous le savez tous, l'un des nôtres a perdu un proche hier soir, par la faute d'un tireur encore non identifié.

Le capitaine expliqua ce qui s'était passé. Même si tout le monde était plus ou moins au courant, le silence régnait dans la salle.

— Nous avons appelé tous les commerces concernés pour mettre la main sur les vidéos de surveillance. Le bar a coopéré et a fourni les images de ses caméras sur le trottoir.

— Mais cela s'est avéré une impasse, dit sèchement Arlo, qui se tenait près du capitaine. Le tireur est resté dans l'ombre, et autant que nous puissions le dire il était masqué.

Voyant que le capitaine Reed acquiesçait et lui laissait la parole, l'inspecteur expliqua ce qu'il avait réussi à découvrir.

Gavin regardait son ami – il avait effectivement l'air de ne pas avoir dormi. Son visage était tiré, son maintien épuisé. Arlo ne se reposerait pas avant d'avoir un suspect en garde à vue, il le savait. C'est alors qu'il eut une idée.

Sera et lui avaient fait des progrès considérables dans le groupe de travail. Il n'y avait aucune raison pour qu'il ne consacre pas plus de temps à l'enquête. Parce qu'il était de plus en plus certain que Sera avait raison. Ils avaient bien été l'objet de l'attention du tireur. Il ignorait pourquoi. Pas plus qu'il ne savait pourquoi c'était Darius qui avait été tué.

Il n'avait pas encore eu l'occasion de soumettre cette idée à Arlo, mais il voulait l'exposer à ses collègues et savoir ce qu'ils en pensaient. Au minimum, il voulait se libérer de ce fouillis d'émotions et savoir si quelqu'un pouvait lui donner un sens. Parce qu'à l'exception de Wyatt ils étaient tous ensemble la veille au soir.

Alors quel était le mobile du meurtre de Darius ?

Vers 5 heures du matin, après s'être tournée dans son lit toute la nuit, Sera décida de passer la journée au bureau. Cela donnerait le temps à Gavin de retrouver ses collègues, et elle pourrait se plonger dans le travail. Elle digérait encore ce qui s'était passé la veille et savait qu'elle finirait par grimper aux rideaux si elle essayait de travailler depuis chez elle.

Mais, quinze minutes après son arrivée au bureau, un texto de Gavin lui demanda de venir les rejoindre au commissariat. Avaient-ils déjà fait une percée ?

Espérant de toutes ses forces qu'ils avaient arrêté le tueur, elle remballa ses affaires et ressortit.

Et se trouva face à face avec David.

— Y aurait-il le feu ?

Le procureur sourit. Son allure était comme toujours royale.

— Ah, David ! Bonjour ! Je suis désolée, je dois me rendre à une réunion…

Elle bafouilla, s'arrêtant juste avant de lui dire de quoi il s'agissait. Un curieux réflexe, quand elle y songea.

— Une réunion ? Pourquoi êtes-vous venue au bureau alors ?

— Je voulais m'avancer un peu. Le groupe de travail est formidable, mais je dois un peu jongler entre toutes mes activités.

Ses sourcils se froncèrent, au-dessus d'yeux si sombres qu'ils en étaient presque noirs.

— Ce n'est pas excessif pour vous, n'est-ce pas ?

— Non, bien sûr que non.

Si elle n'avait pas eu une réaction aussi étrange, elle aurait pu être plus éloquente. Mais elle trouva finalement quelque chose à dire qui n'était pas un mensonge.

— J'ai été un peu patraque ces dernières semaines, et je me suis mise en retard par rapport aux dossiers que je lis normalement le soir. Je me suis dit que j'essaierais de les parcourir à tête reposée.

— Si vous en êtes sûre.

— Oui.

Elle faillit le contourner avant de s'immobiliser. Quelques minutes supplémentaires ne retireraient rien à sa réunion, et son patron méritait qu'elle lui accorde du temps. Même si elle luttait avec un sentiment de fébrilité qu'elle n'arrivait pas à définir. Un sentiment qui ne l'avait pas quittée depuis la veille au soir. Gavin était resté encore un peu après leur conversation, mais ils avaient reconnu tous deux qu'on ne pouvait guère épiloguer.

Après qu'il avait reçu le texto d'Arlo, elle l'avait encouragé à rentrer chez lui pour prendre du repos.

— Je vous présente mes excuses pour avoir foncé sur vous.

— Pas de problème.

David agita la main d'un air bienveillant.

— Allez donc à votre réunion. Et prévoyons un moment avant la fin de la semaine pour revoir le nombre de vos dossiers.

— J'en serai ravie.

Elle sourit, essayant de dissimuler son impatience.

— J'apporterai le café.

— Marché conclu.

Cette brève conversation s'attarda dans son esprit tandis qu'elle se dirigeait vers le 86. C'était une impression bizarre, dont elle ne parvenait pas à identifier la raison. L'attitude de David lui avait paru… insistante. Avait-il senti qu'elle était enceinte ?

Ce n'était pas un secret qu'elle avait eu quelques matinées difficiles. Un soupçon de grossesse était le genre de choses sur lequel les gens adoraient commérer.

Que quelqu'un l'ait entendue et en ait déduit la vérité ou que David l'ait compris tout seul, c'était égal. Parce que, si au début elle voulait garder la nouvelle pour elle, il était désormais temps de l'annoncer. À sa famille, car tante Robin et oncle Enzo avaient le droit de le savoir. Mais aussi à son patron et à ses collègues de bureau.

Mettant derrière elle son malaise, Sera pénétra dans le commissariat. Elle passa rapidement le contrôle de sécurité et se dirigea vers la salle de réunion, où elle trouva Gavin, Kerrigan, Arlo et Wyatt.

— Il y a des nouvelles ?

La question lui avait échappé avant même qu'elle les salue, son anxiété vis-à-vis de la découverte du meurtrier étant plus forte qu'elle ne s'en était rendu compte.

— Pas encore, dit Gavin en se levant pour lui donner son siège. Mais nous voulions que tu sois là pour le briefing. Arlo a présenté ses découvertes ce matin, mais il a d'autres idées sur la manière de résoudre l'affaire.

Elle prit la chaise libérée par Gavin, lui touchant brièvement la main. C'était plus démonstratif que d'ordinaire, mais c'était bon de lui offrir ce petit geste de réconfort. De sentir la chaleur de sa peau sous ses doigts.

Arlo prit la parole d'un ton succinct.

— Nous n'avons rien trouvé qui nous indique un suspect, mais la vidéo que nous avons obtenue corrobore ton intuition, Sera.

— Quelqu'un s'est embusqué en face du bar pour planifier la chose, compléta Gavin.

— C'est ce qui ne me paraît pas logique, intervint Sera. Je n'arrive pas à m'y faire.

— Te faire à quoi ? l'interrogea Kerrigan.

— Comment pouvait-il savoir que nous serions là ? Que n'importe lequel d'entre nous serait là ? Nous nous sommes décidés sur le bateau. Cibler quelqu'un implique de planifier, et nous ne connaissions pas nous-mêmes nos projets.

Arlo prit un siège à côté d'elle, toute son attention concentrée sur elle.

— Explique-moi.

C'était ce qu'elle avait tourné et retourné dans son esprit. La question à laquelle elle ne cessait de revenir quand le chagrin et cet affreux sentiment de culpabilité lui laissaient un répit.

— Les coups de feu avaient quelque chose de personnel. Gavin et moi étions dans sa ligne de mire. Nous étions *visibles,* faute d'un meilleur mot. L'homme était là, et même s'il essayait de se dissimuler il était évident qu'il nous observait.

Un frisson lui parcourut le dos quand elle se remémora l'éclat de lumière.

— Et la mort de Darius ne donne pas l'impression d'être accidentelle.

— Le nombre de coups de feu renforce cette idée, dit Kerrigan. Un tireur peut rater un coup de feu. Mais trois ?

— C'est Gavin et moi qu'on épiait.

Arlo avait simplement hoché la tête durant son récit, absorbant ses impressions.

— Continue.

— Ce que j'essaie de démêler, c'est pourquoi quelqu'un qui nous observe et s'apprête à tirer change d'avis et abat Darius ? Ce n'était pas comme si Darius était avec nous. Il était au téléphone, à quelques pas.

— Tu penses que c'était délibéré ? demanda Wyatt. Que c'était lui la véritable cible ?

— Non. Oui.

Sera secoua la tête, essayant de trouver les mots pour expliquer ce qu'elle ressentait.

— Je n'ai rien pour soutenir cette impression. Rien qui soit de l'ordre de la preuve. Tout ce que je sais, c'est que j'étais distraite par cet éclat de lumière de l'autre côté de la rue. Gavin a même remarqué que je n'avais pas la tête à notre conversation.

Elle entendit Gavin lâcher un petit rire.

— C'est vrai, ça m'énervait un peu. Nous avions une conversation sérieuse, et elle n'arrêtait pas de regarder ailleurs.

— C'était gênant. Mais c'était nous. Nous étions l'objet de l'attention de ce type.

— Et tu n'as pas vu son visage ? insista Wyatt.

— Non. Rien.

Elle secoua la tête.

— Ce qui ajoutait à mon malaise. Ensuite Darius est sorti, et c'est lui qui a été délibérément abattu. Pourquoi ?

Kerrigan se tourna vers Arlo.

— On n'arrête pas de penser à ça comme à un meurtre de flic, mais Darius avait un job important. Il était en contact avec des gens haut placés. Est-il possible qu'il ait été la cible depuis le début ?

— J'ai demandé à Cormac et Sanjay d'étudier cet angle, confirma Arlo. Ils sont allés à son bureau ce matin, pour parler au personnel et à son patron. Tout est possible, et nous allons retourner toutes les pierres. Mais en nous fondant sur la description de Sera ça ressemble à quelque chose du genre « au mauvais endroit, au mauvais moment ».

— Et pourtant non, dit Gavin d'un ton grave.

Il était resté silencieux, lui laissant la possibilité de faire part de ses impressions. Mais maintenant… Maintenant, elle entendait sa colère et son chagrin, comme un baril de poudre prêt à exploser.

— Non, comment ça ? questionna Arlo.

— J'ai entendu ces coups de feu. J'ai moi-même protégé Sera, parce que j'étais convaincu que nous étions ciblés. Mais Darius était la victime désignée. Trois balles, tirées avec précision, pour le tuer.

— Le rapport médico-légal n'est pas encore prêt, argumenta Kerrigan. Je sais que je l'ai dit, mais c'est tout de même sauter aux conclusions, Gavin.

Sera vit que Gavin n'était pas convaincu.

— Allez, Kerr. Nous l'avons vu tous les deux. L'équipe médico-légale va prendre son temps, mais tu le sais aussi bien que moi. C'était un tireur d'élite, qui visait très bien. Et Darius l'a payé de sa vie.

11

Gavin vit que Kerrigan avait envie de protester, ne serait-ce que parce qu'ils étaient tous fixés sur l'idée que les événements de la veille relevaient du meurtre de flic.

Et cela *donnait* cette impression. Mais c'était Darius qui avait été tué. Ces coups de feu étaient trop précis, ce n'étaient pas des balles perdues. Au diable le rapport médico-légal. Que se passait-il ?

— C'était délibéré. C'est ce que tu veux dire.

Les yeux bleus de Sera étaient voilés par la culpabilité, mais il fut content d'y voir briller aussi la détermination.

— Si c'est le cas, intervint Arlo, et je me fie à l'instinct d'un flic n'importe quel jour, ça veut dire qu'il y a une orchestration plus large derrière.

— Mais personne ne savait que nous serions là.

Sera se tourna vers Kerrigan.

— Je ne me trompe pas, n'est-ce pas ? Quand on en a parlé sur le bateau, c'était une décision de dernière minute.

— Oui, c'est vrai, approuva Kerrigan. Mais ce bar est connu pour être un rendez-vous de flics. Et, même sans planification, il n'était pas difficile de suivre quelques-uns d'entre nous.

Ça collet, se dit Gavin. Le bar était situé à proximité du commissariat. Les bateaux de police accostaient et repartaient toute la journée. Si on voulait leur nuire, ses collègues et lui n'étaient pas difficiles à trouver. La vraie question était donc pourquoi.

— Salopard, lâcha Gavin. Ce sont les armes.

L'air sombre, Wyatt et Kerrigan saisirent tout de suite. Puis tout le monde se mit à parler en même temps.

— Quelqu'un couvre ça, dit Kerrigan.

— Est-ce que la mort de Darius est destinée à faire diversion, comme les kayakistes de l'automne dernier ? questionna Wyatt.

— Quelle diversion ? l'interrompit Sera.

Gavin sentit la fierté l'envahir devant son aisance et la rapidité avec laquelle elle se mettait au diapason.

— Je suis passé par ça l'an dernier.

Wyatt lui expliqua rapidement l'affaire qui avait impliqué le père et le grand-père de sa femme, Marlowe.

— Le principe était de nous faire tourner en rond, pour que nous n'ayons pas la possibilité de nous concentrer sur le véritable crime.

— Ça n'a pas duré longtemps.

Arlo sourit à son ami, avant de revenir à leurs préoccupations.

— Mais c'est différent, ici.

— Différent comment ?

— Dans ton affaire, c'était une diversion délibérée. Ici, on a affaire à une vendetta.

En y réfléchissant, Gavin dut admettre que cela cochait beaucoup de cases. Ce sentiment que Sera et lui avaient eu d'être les cibles. *Et* le fait que Darius avait été tué, comme s'il avait été lui aussi une cible délibérée.

— Alors maintenant nous avons un nouveau problème, dit Gavin, avec une certitude rare. Qui était en position de savoir ce que faisait la patrouille à Hell Gate ?

Kerrigan secoua la tête.

— Beaucoup de gens savent beaucoup de choses, Gav. Pourquoi serait-ce différent ?

— Oui, mais comment aurait-on pu savoir *ça* ? Cette découverte n'a pas été médiatisée. Le capitaine Reed a obtenu l'accord du chef pour que la presse n'en parle pas.

— Alors ceux qui ont fait ça se sont dit que leur cachette était compromise ?

Kerrigan pouvait bien insister, le défier, mais il voyait son regard s'éclairer à mesure qu'elle assimilait cet argument.

— Exactement.

Ils n'avaient toujours pas grand-chose à se mettre sous la dent, mais c'était une direction. Et plus tôt ils comprendraient si c'était la bonne, plus tôt ils obtiendraient justice pour Darius. C'était important, songea Gavin. Pour Darius et pour Jayden. Pour cette peur glaçante qui l'avait envahi quand il avait cru Sera et l'enfant qu'elle portait en danger.

La protection de cette vie-là comptait si profondément qu'il ne s'en était pas rendu compte jusque-là. Mais, maintenant qu'il l'éprouvait dans toutes les fibres de son corps, il savait aussi ce qui devait être fait. Ils avaient un tueur à arrêter. Et qu'il soit damné s'il donnait à ce salopard l'occasion de toucher à quelqu'un d'autre.

Quatre jours. Quatre longues journées solitaires, pensa Sera en appliquant la dernière couche sur les lasagnes qu'elle préparait.

En dehors de quelques textos, de mails pour le groupe de travail et d'un bref appel pour l'informer des dispositions pour les obsèques de Darius, Sera avait eu très peu de contacts avec Gavin.

Cet intervalle lui avait donné l'occasion de trier ses pensées et d'absorber le chagrin accablant de la mort de Darius. Sera savait qu'elle n'était pas en tort – Gavin, la patrouille du port et presque tout le 86 pourchassaient l'auteur de ce meurtre – mais un terrible chagrin continuait de la frapper par vagues. Cependant, rien de tout cela ne changeait le fait que Gavin lui manquait.

C'était une peine étrange, avait-elle fini par admettre en se tournant et se retournant dans son lit. Qui s'était développée après leur nuit ensemble et n'avait fait que grandir après sa réapparition dans sa vie. Qu'est-ce que cela voulait dire d'avoir tellement envie de revoir quelqu'un ? Et comment était-il possible qu'elle éprouve autant d'émotion pour quelqu'un qu'elle ne connaissait pas vraiment ?

Même si elle avait commencé à mieux le connaître. Son dévouement au travail, si intimement lié à son dévouement envers ses collègues. C'était fascinant à observer. Séduisant d'une manière à laquelle elle ne se serait jamais attendue, se dit Sera en repensant à sa sortie en bateau. Elle avait été témoin d'une collaboration qui parlait de responsabilité partagée.

Cela avait été aussi évident plus tard. Quand la patrouille s'était rassemblée autour de Jayden. Quand Gavin, Arlo, Kerrigan et Wyatt avaient échangé leurs idées au commissariat. Ce risque partagé créait un lien aussi résolu qu'absolu. Et cela lui donna le courage intérieur dont elle avait besoin pour ce qui l'attendait ce soir.

Robin et Enzo venaient dîner, pour rencontrer Gavin. Sa tante et son oncle étaient ce qu'elle avait de plus proche comme famille, et elle aurait dû leur parler du bébé beaucoup plus tôt.

— Mais tu le fais maintenant, se murmura-t-elle.

Son cœur bondit lorsqu'on frappa à la porte à 19 heures pile. Et il fondit lorsqu'elle aperçut Gavin, vêtu avec élégance, deux bouquets dans les bras.

— Gavin ! Elles sont magnifiques !

— L'un est pour toi.

Il lui tendit des tulipes multicolores avant de lui déposer un baiser sur la joue.

— Et l'autre est pour ta tante.

— Elle va les adorer.

— J'espère bien.

Sera lui fit signe d'entrer et, ce faisant, remarqua le pli de sa bouche, la ligne de ses épaules et ses toussotements. Il était nerveux lui aussi.

Qu'il s'agisse de leur brève séparation, de sa propre nervosité ou du simple bonheur de le voir, cela n'avait pas d'importance. Elle posa une main sur son bras et, de sa main libre, lui saisit l'épaule pour l'attirer à elle.

Leurs lèvres se joignirent avec élan, mélange de besoin de l'autre et de délicieux sentiment de réconfort. C'était enivrant, se dit-elle, de les trouver tous deux chez quelqu'un.

Gavin lui glissa un bras autour de la taille, la serrant de si près qu'elle craignit d'écraser les fleurs entre eux.

Mais elle oublia vite ses craintes quand ses lèvres capturèrent les siennes et que sa langue glissa contre la sienne.

Jusque-là, ils s'étaient débrouillés pour tenir leur attirance mutuelle en laisse. Leur nuit ensemble n'était jamais très loin de ses pensées, mais elle ne s'attendait pas à ce qu'ils passent à nouveau à l'acte.

Mais maintenant... Maintenant, cela semblait un peu inévitable. Il était presque risible d'avoir pensé qu'elle pourrait résister à cet homme. Et pourquoi l'aurait-elle voulu ?

Gavin releva la tête et la contempla. Ses yeux noirs recelaient un trésor d'émotion, mais ce fut son doux sourire qui l'émut jusqu'au fond d'elle.

— Ton oncle et ta tante ne vont pas tarder.

— C'est vrai.

— Et nous avons beaucoup à leur dire.

Elle acquiesça, le sérieux de la soirée lui revenant en mémoire.

— C'est vrai aussi.

— Ils vont nous questionner. Sur ce que nous sommes l'un pour l'autre.

Elle s'efforça de se dégager, douchée par ce rappel à la réalité. Mais il la retint, la ramenant en douceur dans son étreinte.

— Au-delà du bébé, je ne sais pas ce que l'avenir nous réserve, Sera.

N'était-ce pas avec cette question qu'elle se débattait ? Elle avait de l'affection pour lui, mais ne savait pas vraiment ce qu'il voulait. Et, pour être honnête, elle ne savait pas non plus ce qu'elle voulait. Ce qui fit de ses paroles suivantes un baume merveilleux pour ses interrogations incessantes.

— Mais en ce qui nous concerne toi et moi ? Je sais que je veux le découvrir.

— Moi aussi.

Un coup à la porte les sépara. Et, en ouvrant, en faisant signe à Enzo et Robin d'entrer, en regardant Gavin échanger des plaisanteries avec eux, elle eut pour la première fois le sentiment que tout irait bien.

Des mois auparavant, elle se l'était dit à propos du bébé. Dès le premier moment, elle avait su que tout marcherait. Elle serait mère, au fond d'elle elle l'avait accepté depuis le début.

Mais avec Gavin ? Cela lui donnait de l'espoir pour l'avenir aussi. L'espoir que, peu importe où ils se trouvent, ils se débrouilleraient. Relation amoureuse ? Amitié ? Coparentalité ? Qui savait ?

Peut-être n'avait-elle pas besoin de toutes les réponses pour l'instant. Peut-être, pensa-t-elle, en laissant Enzo et Gavin dans le salon pour se rendre avec Robin à la cuisine, était-il suffisant pour l'instant de savoir qu'il serait là.

Les nouvelles en provenance du 86 étaient encourageantes.

Lentes mais encourageantes tout de même.

Pas de piste. Pas de suspect. Et pas un seul témoin. Ce qui voulait dire que personne, pas même l'as du commissariat, n'avait progressé dans la découverte du tireur embusqué.

Pas plus que quiconque n'avait compris comment Darius Saint Germaine collait dans l'équation.

Mais cela lui avait donné une idée.

C'était tellement banal de cibler des flics. S'en prendre à leurs familles était beaucoup plus efficace. Cela engendrait le maximum de destruction, tout en favorisant la panique et la terreur. Deux émotions qui faisaient perdre la tête même aux professionnels les plus solides.

C'était un châtiment approprié pendant qu'il cherchait un nouveau terrain de décharge pour les armes.

Ce qui, en dépit de sa satisfaction à semer les graines du chaos, restait son vrai problème.

La décharge de Hell Gate avait été parfaite. Facile à atteindre, assez isolée pour être ignorée, et hors des trajets habituels de la patrouille du port. Cette misérable confluence des eaux l'avait sauvé. Littéralement la cachette parfaite.

Sauf que maintenant il suffirait que le NYPD mette l'une des armes en relation avec une ancienne affaire de son bureau, et ils auraient un problème. Les risques étaient faibles que cela se produise, mais existaient tout de même.

C'était pourquoi il avait détaché Sera sur le groupe de travail, l'éloignant d'une affaire en attente qui requerrait… de se débarrasser des pièces à conviction. C'était aussi pourquoi son apparition sur le bateau de police était préoccupante.

Il suivait de près ses assistants, et elle ne lui avait jamais donné de motif d'inquiétude. Il ne l'aurait pas non plus crue capable de fraterniser avec le groupe de travail.

Mais elle était montée sur ce bateau. Aussi allait-il garder l'œil là-dessus. Et il verrait s'il se passait quelque chose entre elle et l'un des types de la patrouille. Il se servirait de cette information pour la sonder et l'amener à lui dire ce qu'il voulait d'elle.

Dans l'intervalle, il avait une mission de suivi à planifier pour Bart Alonzo, son tireur embusqué.

La patrouille du port avait été ciblée la première. Il avait envisagé de s'en prendre à un autre des leurs – la perceuse de coffres était un sacré numéro et jouissait d'une grande réputation –, mais ce serait trop évident. En outre, la tactique de la terreur marcherait probablement mieux avec un échantillon plus large de la police.

Il réfléchit au travail en cours sur les armes et sut qu'il avait sa prochaine cible : le service médico-légal.

Donner à ces braves binoclards quelque chose dont ils pourraient s'inquiéter réellement. Ils n'étaient pas habitués au danger des rues ou des profondeurs. Cela ne ferait que démultiplier le facteur peur.

Le plan avait ses mérites. De sacrés mérites, en fait. Et il avait toutes les ressources nécessaires. Les noms de tous les hommes et les femmes qui avaient jamais effectué des études scientifiques pour le 86.

C'était vraiment bon d'être le roi, pensa David Esposito en tapant sur son clavier.

Très, très bon.

Le regard noir que Gavin attendait de la part de Robin et Enzo, quand Sera et lui leur annoncèrent la nouvelle, fut heureusement de courte durée.

Il s'y était préparé, conscient que la rencontre avec l'oncle et la tante de Sera ferait figure de test vis-à-vis d'une rencontre avec sa propre mère.

Robin et Enzo avaient bien sûr pris sa mesure en l'interrogeant sur ses intentions. Mais ils changèrent rapidement d'attitude, preuve de l'affection qu'ils portaient à Sera, et se réjouirent de l'arrivée du bébé.

Il était néanmoins à noter que les parents de Sera ne furent pas mentionnés. Aucune allusion à ce qu'ils pouvaient penser. Pas même une référence émue à eux s'ils étaient décédés.

Rien. Comme s'ils n'avaient jamais existé.

Il avait pensé interroger Sera plusieurs fois, mais le flux de la conversation changeait, et il rangeait cette intention dans un coin de sa tête. Et elle n'avait jamais fait allusion à eux, en dehors d'une vague référence à un sentiment d'abandon durant leur première conversation sérieuse.

Ce qui n'était pas si étrange, se dit-il, vu le nombre d'heures limité qu'ils avaient passé ensemble. Cela faisait moins de deux semaines depuis le premier jour au groupe de travail, et ils ne s'étaient pas vus pendant plusieurs jours.

Mais il commençait à soupçonner qu'il y avait là une intention délibérée, et cela le chatouillait un peu. D'autant plus qu'il lui avait raconté en détail la mort de son père.

Ce qui était idiot, pensa Gavin en prenant une petite assiette pour se servir de charcuterie. Ce n'était pas un prêté pour un rendu, et s'il voulait savoir quelque chose il n'avait qu'à demander. Mais ce serait plus agréable si elle prenait l'initiative de lui en parler.

Un fait sur lequel il ne put s'appesantir, car Robin s'approcha de lui et posa une main sur son bras.

— Les fleurs sont magnifiques.

— Je suis ravi que vous les aimiez.

— C'est une grande nouvelle, dit Robin en se servant elle aussi. Une nouvelle heureuse, mais d'importance.

— En effet. Inattendue, se lança-t-il, désireux d'affirmer ses intentions, mais heureuse et bienvenue.

— J'en suis sûre.

— Sera et moi ne nous connaissons pas depuis longtemps, mais...

Il laissa sa phrase en suspens, car comment dire à cette femme qu'il trouvait sa nièce incroyablement sexy et attirante ?

Le sourire entendu de Robin revint en un éclair, ses yeux se posant un instant sur Enzo avant de revenir à lui.

— Quand on sait, on sait.

— Nous essayons encore de débrouiller cette partie.

— De débrouiller ou juste de suivre l'inclination ?

Elle lui fit un clin d'œil.

— Étant donné que vous avez commencé par les sentiments, peut-être devriez-vous juste demeurer sur cette voie. Laisser tout à fait la raison à l'écart.

— Tante Robin !

Sera s'approcha d'elle et lui passa un bras autour des épaules.

— Cesse de le cuisiner.

— Je ne fais que dire la vérité.

Sera jeta un regard impuissant à Gavin, et pour la première fois depuis leur baiser il sentit quelque chose se dénouer dans son estomac. Il la voulait, c'était clair depuis le début. Mais il devrait se battre contre ce que son esprit lui présentait.

Les statistiques sur les chances de succès de leur couple. Les pressions de leurs deux métiers. Le fait de fonder une famille sans avoir pris le temps de se connaître.

De bons arguments, pertinents pour une vie responsable. Mais peut-être était-il possible de ne pas laisser ces pensées prendre le dessus.

C'était une attirance brute qui les avait réunis. Une attirance magnétique, inconnue de lui jusque-là. Et peut-être, peut-être seulement, se dit Gavin, ne donnait-il pas assez de crédit à ce lien fondamental.

D'autant plus qu'il ne trouvait pas d'autre issue. Sera et lui avaient partagé des moments extraordinaires, et cela avait eu pour effet de bouleverser leur vie. Celui qu'il était l'année précédente avait laissé la place à quelqu'un d'entièrement différent au tournant du nouvel an.

N'était-ce pas l'essentiel ? Sa vie avait changé de manière exceptionnellement rapide. La dernière fois que cela lui était arrivé, cela lui avait apporté un chagrin sans mesure.

Mais cette fois ? Cette fois, cela s'accompagnait d'un formidable pouvoir de changement, d'un formidable besoin.

Il avait besoin d'elle. De Sera.

Et, en imaginant l'enfant qui serait là dans quelques mois, Gavin comprit qu'il avait besoin de la famille qu'ils allaient devenir.

— Ta tante a raison, tu sais, dit-il avec élan. Il ne faut jamais sous-estimer l'instinct et les sentiments.

— Je savais que je vous aimais bien.

Robin tapota la main de Sera.

— Écoute cet homme, ma chérie. Il tient quelque chose, là.

— Vous êtes de mèche, tous les deux ?

Bien qu'elle ait posé la question d'un ton sérieux, Gavin vit la lumière dans les yeux de Sera, ainsi que son clin d'œil, si semblable à celui de sa tante.

— Ne la laisse pas te duper, Gavin. C'est la femme qui a obligé oncle Enzo à la demander trois fois en mariage.

— Quatre ! beugla Enzo depuis le canapé.

Robin fit *chut* à son mari avant de retrousser les lèvres.

— J'avais besoin de temps pour me décider.

— Et ça t'en a pris du temps ! rétorqua Enzo.

— On ne doit pas presser une femme.

— Mais qu'en était-il de tes sentiments, tante Robin ?

Dans l'insistance teintée d'humour de Sera, Gavin crut reconnaître sa manière d'exiger la justice au tribunal.

Robin se contenta de rire.

— Comment crois-tu que je suis devenue aussi sage ? J'ai tergiversé avec toutes ces idées. Elles se mettaient en travers de ce que mon cœur savait déjà.

Elle leva le visage pour déposer un baiser sur la joue de Sera avant de se glisser sous le bras de sa nièce et de s'approcher de Gavin. Avec un gentil sourire, elle déposa également un baiser sur sa joue.

— Ne commettez pas la même erreur que moi. Si c'est ce que vous voulez tous les deux, profitez de la joie du moment. Ne laissez pas ces raisonnements casse-pieds vous la gâcher.

Le minuteur se déclencha dans la cuisine, détournant l'attention de tout le monde. Et, en regardant Sera et sa tante se diriger vers la cuisine, Gavin dut admettre qu'il se sentait réconforté et, bizarrement, encore plus confus quant à ce qui viendrait ensuite.

Aussi, quand Enzo lui fit signe de venir s'asseoir, Gavin

s’exécuta volontiers. S’il devait trouver son chemin à travers tout cela, il pouvait au moins commenter ce qui se passait sur l’écran avec le grand-oncle de son enfant, en attendant que les lasagnes refroidissent.

Ce n’était pas une réponse, mais cela ressemblait à un bon début pour l’avenir.

12

Sera avait les pieds posés sur le canapé, les yeux à moitié fermés, quand elle entendit un fracas dans la cuisine.

— Ça va ? cria-t-elle, sachant qu'elle aurait dû se lever.

Mais son corps lui donnait l'impression de peser une tonne. Elle avait moins de nausées matinales et plus d'énergie, mais l'inquiétude des derniers jours et la préparation du dîner avaient exigé d'elle davantage que prévu. Après le départ de Robin et Enzo, elle s'était effondrée sur le canapé. Elle se sentait un peu bête, maintenant que tout s'était bien passé, de s'être fait tant de souci.

— Je me débrouille !

La voix de Gavin résonna dans la cuisine.

— Il n'y a rien de cassé !

Qui se souciait qu'il casse tous les plats qu'elle possédait, de toute façon ? Il lui avait dit qu'il se chargeait de la vaisselle et lui avait ordonné de se détendre avec une tisane fruitée.

En sirotant ladite tisane, elle récapitula la soirée. Gavin s'était montré charmant. Sa tante avait été conquise dès le début, tandis que son oncle avait un peu bougonné avant de se détendre.

Elle était adulte, après tout. Une adulte qui avait eu sa part de difficultés et était malgré tout enthousiaste à l'idée de mettre un bébé au monde.

Elle allait se lever pour essuyer la vaisselle quand Gavin

pénétra dans le séjour, un mug de tisane dans une main, une tasse de café dans l'autre.

— J'ai mis le plat des lasagnes à tremper. C'est tout ce qui reste.

En le voyant là, les tasses dans les mains, un doux sourire aux lèvres, elle eut un instant de faiblesse. Mais elle avait décidé de lui parler de son passé, et il n'était pas question de faire machine arrière.

— Laissons-le tremper toute la nuit, je m'en occuperai demain.

Il agita la main.

— Je le ferai avant de partir. Entre-temps, je vais boire mon café et reprendre de cette tarte que ta tante a apportée.

— Comme la tarte de Robin est la meilleure de tout Brooklyn, je vais peut-être faire comme toi.

— Lucille pourrait t'interdire d'entrer dans sa boutique si elle t'entendait parler comme ça.

Il parlait de l'une des pâtissières les plus aimées de Sunset Bay, la vieille Lucille. Ses tartes étaient excellentes, et même Robin reconnaissait sa supériorité s'agissant de sa tarte aux pêches et sa crème de coco. Mais en ce qui concernait la tarte aux pommes la tante de Sera détenait le pompon.

— Alors c'est une bonne chose qu'elles soient des amies farouches.

— Farouches ?

— Pour rien au monde elles ne se révéleraient leurs recettes de pâte, mais essaie de critiquer l'une à portée des oreilles de l'autre et tu verras le résultat.

— C'est noté.

Il s'assit dans un fauteuil et la considéra d'un air appréciateur par-dessus le bord de son mug.

— Ça s'est bien passé, tout compte fait.

— Oui. Le fait qu'ils te connaissent *et* qu'ils sachent que tu es à jour de tes loyers a sans doute joué.

En l'entendant rire, elle poursuivit :

— Mais tu es facile à aimer. Charmant et sérieux. Et ta volonté d'assumer ta paternité a beaucoup fait.

— Je le suis. Prêt à assumer. Et de plus en plus excité. J'aimerais…

Il s'interrompit.

— Tu aimerais quoi ?

— Si ce n'est pas trop demander, j'aimerais bien venir avec toi lors de ton prochain rendez-vous.

Sera n'était pas facilement ébranlée, mais cette demande l'émut. Ils n'étaient peut-être pas en couple, mais ils seraient parents ensemble. Cela représentait beaucoup pour elle.

— J'aimerais bien aussi. Ce sera à la fin du mois. Je vais passer une échographie, alors tu pourras voir le bébé.

— Tu en as déjà passé une ?

— Oui, à environ huit semaines. En fait…

Ouvrant une petite boîte sur la table de salon, elle en tira une liasse d'images en noir et blanc.

— J'en ai plusieurs. Prends-en une.

Gavin posa son café, les yeux fixés sur les images qu'elle tenait. Doucement, presque avec révérence, il prit la liasse et les examina une par une.

Les images étaient similaires. Le bébé était si petit qu'on aurait dit un haricot. Mais on distinguait la forme de sa tête.

— On pourra voir les bras et les jambes lors de la prochaine. Et la forme de sa tête sera plus claire. Qui sait, on aura peut-être même un petit geste.

— Ce serait incroyable.

Gavin dessina du bout du doigt la silhouette de son enfant avant de relever la tête.

— *C'est* incroyable.

— Je te donnerai les détails du prochain rendez-vous.

Il hocha la tête et reposa les yeux sur les clichés. Sera sentit une anxiété dont elle ignorait même l'existence s'apaiser. Elle avait un partenaire et un allié pour élever cet enfant. Jusqu'à présent, elle n’avait pas compris combien lui pesait l’idée d’élever un petit être humain toute seule.

— Gavin. Il y a quelque chose que j’aimerais te raconter.

Il posa les clichés sur la petite table, son attention fixée sur elle.

— Je n’en parle pas d’habitude, mais je pense que tu devrais le savoir.

— Quoi donc ?

— Ma mère m’a abandonnée quand j’avais quatorze ans. Elle ne m’aimait pas.

Sera haussa les épaules, consciente que cela faisait encore mal, deux décennies plus tard.

— Ou plutôt elle ne m’aimait pas assez.

Gavin se dit plus tard qu’il aurait pu accueillir les paroles de Sera avec plus de subtilité. Mais sur le moment ses bonnes manières l’avaient abandonné.

— C’est la chose la plus ridicule que j’aie jamais entendue !

— Ridicule ? Comment ça ?

— Tu es absolument adorable. C’est ta mère qui ne méritait pas d’être aimée.

Il la vit faire brièvement la grimace.

— Comment le sais-tu ?

— Parce que j’ai des yeux. Et parce qu’un parent qui abandonne son enfant a quelque chose de profondément erroné chez lui ou elle.

— Tu portes un jugement, Gavin.

Était-ce un jugement ? Dans le sens strict, oui. Mais il n’allait pas s’excuser de défendre Sera. Surtout parce que ses paroles contenaient moins de blâme que de résignation. N’avait-elle pas le droit d’être en colère d’avoir été abandonnée ?

— Eh bien, je ne m’excuserai pas pour ça.

— Tu ignores quelle était sa situation.

— C’est vrai, je ne connais pas les circonstances, et mon

attitude peut sembler dure. Mais mon premier réflexe est toujours de défendre l'enfant.

Les gens avaient en effet des tas de raisons pour des tas de choses. Mais il connaissait Sera Forte. Il connaissait son cœur. Rien ne le convaincrait que les raisons de sa mère étaient assez solides pour excuser ses actes. Cependant, cet entêtement buté n'était pas ce dont avait besoin Sera. Il changea donc d'attitude.

— Pourquoi ne me l'expliques-tu pas ?

— Ma mère et Robin sont sœurs. Je crois que Robin savait que quelque chose clochait, mais elle avait douze ans de plus et elle est partie de la maison quand ma mère était encore petite.

Il avait fait très fort avec son premier commentaire, aussi se contenta-t-il d'opiner.

— Mon père ne faisait pas vraiment partie du tableau. Il était plus vieux que ma mère. Il l'avait mise enceinte quelques semaines après la fin du lycée, et ils ont essayé pendant un temps de faire marcher les choses entre eux.

Si la similarité de leur situation le frappa soudain, Gavin s'efforça de réprimer cette idée. En dehors du fait qu'ils avaient conçu un enfant ensemble, ce n'était pas du tout la même chose. Il y veillerait parce qu'il avait absolument l'intention de faire partie du tableau. Mais il ne dit rien de tout cela, se contentant d'écouter.

— Tu te souviens de lui ?

— Un peu. Il est parti quand les choses ont tourné au vinaigre entre eux, puis il est revenu quelques années plus tard. Je ne me rappelle pas son premier retour parce que j'étais trop jeune, mais il est revenu encore quand j'avais cinq ans, puis quand j'avais huit ans.

— Ces retours inopinés ont dû être difficiles. En plus, tu étais à un âge impressionnable.

— J'imagine.

Comme Sera revenait mécaniquement à son récit, il cessa d'intervenir.

— En tout cas, ma mère n'était pas du genre attentif. Elle passait beaucoup de temps dans sa tête et m'oubliait souvent. Ça s'améliorait quand mon père était là, mais ça empirait quand il repartait. J'étais soulagée quand il n'est plus jamais revenu.

Une fois encore, Gavin se retint d'émettre un jugement, mais il était indigné. Abandonner sa famille ? Ignorer que sa fille se débrouillait seule ? Rien ne pouvait justifier cela.

Mais c'était elle qui avait vécu cette enfance, pas lui. Il aurait été injuste de la pousser dans ses retranchements.

— Je suis désolé. Je suis désolé que ceux qui auraient dû t'offrir de l'affection ne l'aient pas fait.

Quelque chose passa dans ses yeux. Un souvenir ? Un chagrin ? Un vestige de colère auquel elle avait parfaitement droit ? C'était difficile à déchiffrer, mais les émotions étaient complexes, rarement noires ou blanches. Tout ce qu'il pouvait faire, c'était lui faire comprendre qu'il était là pour elle. Et pour leur enfant.

— Où est ta mère, maintenant ?

— Elle est morte un an environ après son départ. Robin a toujours craint que ce ne soit un suicide, mais j'ai pu me renseigner grâce à mon travail.

Elle haussa les épaules, d'un geste qui n'avait rien d'insouciant.

— Elle conduisait de nuit dans la petite ville où elle s'était installée, à l'est de Long Island. Un chauffard est arrivé dans le mauvais sens, et elle a été tuée sur le coup.

— Que faisait-elle dehors la nuit ?

— C'était ce qui inquiétait Robin. Mais elle n'avait rien pris, et ce n'était pas elle qui était sur la mauvaise file. Elle menait peut-être une vie sans but, mais je ne pense pas qu'elle a fait le choix délibéré d'en finir.

Gavin n'était pas d'accord. Ne pas faire partie de la vie de sa fille était un choix, de quelque manière qu'on le prenne.

— Je ne sais pas si mon père l'a appris. Ou s'il en avait quelque chose à faire.

Ces mots achevèrent de lui briser le cœur. Parce que tout chez Sera lui importait. Son cœur. Ses idées. Sa chaleur.

Il y avait tant de facettes chez elle, il savait qu'il n'avait fait qu'effleurer la surface. Tout ce qu'il pouvait faire, songea-t-il, c'était lui prouver qu'il ne s'en irait pas.

Un vent mordant se leva, malgré ce début de printemps. Sera s'émut du monde qu'il y avait autour d'elle. De nombreux membres du NYPD et la totalité de la patrouille du port, tous en uniforme de cérémonie, se tenaient devant l'église.

C'était ce jour-là qu'ils enterraient Darius.

Elle avait prévu de se rendre à l'église par ses propres moyens, mais Gavin était arrivé de bon matin, prêt à l'escorter. Un genre d'attention qu'elle en était venue à reconnaître comme caractéristique de lui.

Ils ne s'étaient pas vus depuis le dîner avec son oncle et sa tante. Leur conversation ultérieure l'avait secouée, mais également soulagée. Elle lui avait enfin raconté son histoire. Et il avait compris.

Bien sûr, il avait donné son avis. Elle avait eu de quoi réfléchir durant les deux jours qui avaient suivi. C'était vrai, elle avait vécu l'abandon de ses parents comme si c'était sa faute. Sa part rationnelle savait qu'elle n'en était pas responsable, mais l'enfant en elle avait du mal à l'accepter.

La prompte réaction de Gavin avait fait beaucoup pour lui ouvrir les yeux. Surtout maintenant qu'elle allait être mère. Il n'y avait rien qu'elle n'aurait pas fait pour son enfant. Et la simple pensée de l'abandonner la rendait malade.

— Sera ?

Toute remplie de cette conviction, Sera se retourna et vit une élégante femme brune s'approcher d'elle.

— Marlowe, c'est bien ça ?

— Oui. Je suis la femme de Wyatt.

Malgré l'atmosphère de tristesse, un petit sourire fleurit sur les lèvres de la femme.

— J'essaie encore de m'habituer à dire ça.

— Oui, j'ai entendu dire que vous vous êtes mariés récemment. Mes félicitations.

— Merci.

Elles parlèrent tout bas du service et des démonstrations d'affection envers Jayden et sa famille.

— Je ne cesse de penser à Jayden. On comprend les risques pour les policiers…

Marlowe secoua la tête.

— Mais quand ça se retourne contre les proches ? Cela bouleverse tout le monde.

Sera savait que c'était vrai. La frustration de Gavin depuis la nuit de la fusillade était évidente. C'était comme si l'ordre naturel des choses avait été renversé. Cela les mettait tous sur les nerfs.

— Ils ont d'autres pistes ?

— Rien. Arlo a monté une petite équipe, et ils ont tout examiné, des caméras de surveillance jusqu'aux voisins dans un rayon de cinq pâtés de maisons. Ils n'ont rien trouvé. Pas une trace du tireur.

— Ça n'en est que plus sinistre, commenta Sera.

Gavin lui avait fait savoir qu'ils étaient à court de pistes, mais les remarques de Marlowe ajoutaient une dimension. L'absence d'indices signifiait qu'ils avaient affaire à quelqu'un de plus rusé et habile que prévu.

— Comme un fantôme.

— C'est ce que pense Wyatt. Ils ne savent pas à qui ils ont affaire, mais toute l'équipe a écarté l'hypothèse d'une fusillade aléatoire.

Marlowe regarda autour d'elle les hommes et les femmes en uniforme.

— Mon grand-père était policier, et je suis mariée avec un policier. J'ai fréquenté le 86 toute ma vie. Quand la police se montre en force comme ça, on sait que c'est important.

— C'est ce qui aidera Jayden à s'en sortir, dit Sera avec conviction.

Pour la première fois, elle éprouva l'espoir que l'homme souriant qu'elle avait rencontré finirait par trouver le moyen de raccommoder sa vie. Il ne serait plus jamais le même, mais il sentirait à nouveau le soleil. Ses familles biologique et professionnelle y veilleraient.

Un mouvement se fit sentir, et Sera et Marlowe se tournèrent vers les portes de l'église. Jayden les franchit, tenant le bras de sa mère pour l'aider à descendre les degrés en marbre.

Le cercueil suivit, porté par six policiers en grande tenue. Wyatt et Gavin étaient devant, Arlo derrière avec trois autres porteurs. Ils avançaient lentement, d'un pas lourd, conscients de la solennité du moment.

En essuyant ses larmes, Sera pria pour l'homme qu'elle connaissait à peine. Pour la famille qui le soutenait. Et pour l'homme vif et adorable qui ne deviendrait jamais vieux.

13

Gavin contempla la table chargée de nourriture qui courait le long du mur. Le buffet était installé dans le hall de l'église où ils avaient rendu hommage à Darius. Tous ces plats étaient destinés à réconforter, mais il ne leur trouvait rien de consolant.

Son envie de crier ne faisait que croître minute après minute tandis qu'ils progressaient dans la queue. Rien ne pouvait le distraire longtemps de l'expression anéantie de Jayden. De frémir de rage devant ce gâchis absolu.

Peu importait qu'on se prépare à l'éventualité de la mort, un acte aussi cruel ajoutait une souffrance qui brisait le cœur.

Une main se posa sur son épaule, le ramenant à l'instant présent. Gavin leva les yeux et vit Sera devant lui, une expression de tendresse sur le visage.

— Comment vas-tu ?

Il se contenta d'opiner et lui fut reconnaissant de prendre sa main et de la serrer étroitement tandis qu'ils attendaient de parler à Jayden et à sa famille.

L'église familiale des Houston avait bien fait les choses, préparant un festin en l'honneur du mort. Ils avaient étendu la restauration à trois autres lieux du voisinage afin de nourrir tous ceux qui étaient venus à l'enterrement. Mais c'était sur l'insistance de Mme Houston que Sera et lui étaient restés pour la réception. Un honneur qu'aucun d'eux n'avait pris à la légère.

Et Sera s'était magnifiquement conduite, cherchant les frères et les sœurs de Jayden pour leur présenter ses condoléances.

Il avait été profondément touché d'être témoin de sa chaleur et sa gentillesse. En retour, beaucoup l'avaient interrogée sur sa santé depuis la fusillade, formant ainsi un cercle affectueux au milieu du chagrin.

Cela lui donnait de l'espoir. C'était l'une des rares choses qui réussissaient à contrebalancer son envie de casser quelque chose. L'autre était le soutien indéfectible de Sera. Envers lui, envers ses amis, envers toute la famille Houston.

Elle éprouvait aussi du chagrin pour Darius, mais elle l'avait mis de côté pour se concentrer sur Jayden et sa famille. Et elle l'avait fait avec une grâce qui l'époustouflait.

Il avait envie de le lui dire. Mais la queue qui lui avait semblé interminable s'écourta abruptement, et ils se trouvèrent devant Jayden. Les yeux de son ami étaient bordés de rouge, on voyait qu'il avait pleuré toutes les larmes de son corps.

— Jayden, je suis tellement navrée.

Sera se pencha pour étreindre Jayden d'un mouvement si naturel qu'il en fut stupéfait. Que cette femme affectueuse et attentionnée ait jamais cru qu'elle ne méritait pas l'amour de ses parents...

Elle murmura quelque chose, mais le sens des mots était moins important que l'affection et le soutien dont elle faisait preuve. Puis elle passa à Mama Houston, laissant son ami à Gavin.

Rien de ce qu'il pourrait dire ne ramènerait jamais Darius. Cette époque de sa vie où il avait appris qu'il allait être père serait pour toujours liée à la mort du mari de son ami.

Comment réconcilier tout ça ? Comment le traverser ?

C'était plus qu'il n'en pouvait supporter. Jayden lui tendit les bras et le serra contre lui. Des larmes s'entendaient dans sa voix, et l'écho d'un sanglot résonna dans la poitrine de Gavin.

— Merci d'être là.

— Je suis vraiment désolé, parvint-il à articuler d'une voix rauque. Nous étions là. Sur le trottoir. Je suis tellement, tellement déso…

Jayden recula, ses grandes mains capables demeurant sur les épaules de Gavin.

— Sois désolé qu'il soit parti, mais ne pense pas une minute que c'est à cause de toi.

— Mais nous étions…

— Là. Vous étiez là, Gavin, c'est tout. Et vous vous êtes occupés de lui, vous avez fait tout ce que vous pouviez. Nous allons retrouver le salopard qui a fait ça. Je ne cesserai jamais de le chercher.

— Tu ne le pourchasseras pas tout seul. Nous y veillerons. Aucun de nous ne prendra de repos avant de l'avoir arrêté, tu le sais.

Ses forces l'abandonnèrent soudain. Jayden avait fermé les yeux sous le poids de son serment. Au fond de lui, Gavin comprit que ce vœu serait désormais l'étoile Polaire de son ami. Jayden ne se reposerait pas avant d'avoir retrouvé le meurtrier de Darius. Gavin et ses collègues devraient s'assurer de le trouver avec lui.

Sera se servit une assiette. Il aurait mieux valu qu'elle ait faim, se dit-elle en prenant des couverts enveloppés d'une serviette. Mais, appétit ou non, elle mangerait pour le bébé, et par gratitude envers ce qui avait été préparé pour la famille Houston.

Elle sentait encore sur ses bras l'affectueuse accolade de Mama Houston, elle avait encore à l'oreille ses murmures, mélange de chagrin et de sollicitude.

Cette femme n'aurait pas dû être capable de s'inquiéter des autres dans un moment pareil, mais elle le faisait pourtant et c'était formidable.

Tu es absolument adorable. C'est ta mère qui ne méritait pas d'être aimée… Parce qu'un parent qui abandonne son enfant a quelque chose de profondément erroné chez lui ou elle.

Les propos péremptoires de Gavin lui étaient revenus plus d'une fois en mémoire, la forçant à se questionner. Ils avaient amorcé un changement en elle, une nouvelle manière de considérer sa place dans le monde.

Mais son échange avec Mama Houston les avait rendus réels. Comme si Gavin avait construit le bûcher et que Mama Houston y avait porté l'allumette.

Elle se dirigea vers la table où s'étaient installés Gavin, Wyatt et Marlowe. Ils s'écartèrent pour faire de la place à Arlo et Kerrigan, ainsi qu'à un homme qu'elle avait vu sur le bateau.

Sera voulut se présenter, mais l'homme, qui avait un regard doux, la devança.

— Vous êtes Sera. Je m'appelle Mack, je travaille dans l'équipe médico-légale.

Il se tourna vers la jolie femme qui l'accompagnait.

— Et voici ma femme, Valencia.

Bien que l'humeur soit au recueillement, c'était bon d'être assise avec d'autres gens. Et durant l'heure suivante elle en apprit davantage sur Jayden et Darius. Comment ils s'étaient rencontrés. Leurs personnalités atypiques, qui avaient rendu non seulement possible mais légitime qu'un flic et un homme d'affaires se soient trouvés. Et puis des histoires amusantes, qui firent sourire et rire tout le monde autour de la table.

Ce fut Kerrigan qui rit le plus fort, même si un sanglot ponctua la fin de son rire. Arlo l'attira à lui, posant un bras rassurant autour de ses épaules.

Tout cela comptait, se dit Sera lorsqu'ils commencèrent à faire leurs adieux. Et, s'il n'y avait pas eu le groupe de travail, elle l'aurait raté. Elle n'aurait pas eu la chance de connaître ces gens.

Mais Gavin et elle ne se seraient pas trouvés sur ce trottoir. Et Darius n'aurait pas été dehors. Et aucun de ces horribles événements n'aurait eu lieu.

— Sera ?

Valencia remonta la lanière de son sac sur son épaule en souriant d'un air bienveillant. Elles se tenaient dans le petit hall du sous-sol de l'église, où tout le monde disait au revoir à Jayden.

— Vous avez l'air un peu perdue, ma chérie. Est-ce que ça va ?

— Je...

Le pragmatisme qu'elle avait maintenu toute la journée au prix d'une lutte intérieure s'effondra, et le chagrin d'avoir été témoin de si près de la mort de Darius prit le dessus.

— Nous étions là. Gavin et moi. Sur le trottoir où Darius a été tué.

— Chuuut...

Valencia s'approcha d'elle et lui offrit son bras, tandis que Sera cherchait sa respiration.

— Respirez.

Au cours du déjeuner, elle avait appris que Valencia était infirmière. Elle obéit, cherchant à se calmer avec de grandes inspirations. De petites mains lui frottèrent le dos en cercles, et même à travers son manteau Sera sentit ces mouvements fermes l'apaiser.

— Si seulement nous n'avions pas été là. Si seulement...

Les mots moururent sur ses lèvres, car ces interrogations n'avaient pas de fin.

— Vous ne pouvez pas prendre la responsabilité d'un tel acte, Sera. Ce n'est pas vous qui avez fait ça. Ce n'est pas votre présence qui était en cause.

— Je sais. Je...

Sera inspira à fond, s'ordonnant non seulement de se calmer, mais d'accepter la vérité de ce que disait Valencia.

— Je le sais. Mon travail est de poursuivre les criminels et je sais au fond de moi que le coupable est celui qui a fait ça. Mais je n'arrive pas à cesser d'y penser. D'en avoir été témoin...

— C'est un poids, c'est sûr. Je ne dis pas le contraire, mais vous devez séparer la tristesse de la culpabilité, qui n'est pas la vôtre.

Sera hocha la tête.

— Merci.

C'était si nouveau, si récent, il lui faudrait du temps pour acquérir une perspective plus raisonnable. Une journée consacrée au deuil de Darius était, par nature, le contraire d'une perspective.

Mais dans les jours et les mois suivants ?

Elle devrait travailler sur cette pesanteur qui l'entraînait au fond. Elle le méritait, et son enfant le méritait plus encore. Leurs vies avaient été épargnées par quelqu'un qui aurait pu en décider autrement. Nier cette grâce, ce n'était pas seulement rejeter leur avenir, cela voulait dire que Darius était mort en vain. Et elle se refusait à le penser.

Gavin, Wyatt, Marlowe, Arlo, Kerrigan et Mack étaient de retour, leurs manteaux à la main. L'heure était venue de laisser la famille à son chagrin, ils le comprenaient tous.

L'océan de policiers en uniforme s'était dispersé dans la rue, et la circulation était revenue à la normale. L'heure faisait qu'elle était encore assez fluide. Peut-être fut-ce ce qui accrut sa lucidité.

Tandis que les couples se séparaient pour rentrer chez eux, elle vit Mack se diriger vers quelqu'un qui lui faisait signe. Valencia agita la main à son intention en prenant son téléphone dans la poche de son manteau. Kerrigan et Arlo, puis Wyatt et Marlowe avaient déjà pris pied sur le trottoir, quand Sera entendit un hurlement de pneus et vit une vitre s'abaisser.

S'écartant de Gavin, elle se tourna vers la femme au téléphone en criant :

— Valencia ! Attention ! Une arme !

Le hurlement de Sera résonna dans ses oreilles en même temps que le *ratatata* d'une arme automatique.

Sans réfléchir, Gavin bondit pour la coucher au sol.

Des cris s'élevèrent, mais la voiture filait déjà au loin. Arlo et

Wyatt se mirent à courir après elle, entraînant quelques flics en chemin. D'autres cris signalèrent que la fusillade était terminée.

Comprenant que la menace avait disparu, Gavin se redressa et libéra Sera, dont les cris avaient été remplacés par une colère froide.

— Elle a besoin d'aide. Tout de suite.

Avant qu'il puisse l'en empêcher, elle se dirigea vers Valencia et s'agenouilla auprès d'elle. Mack berçait déjà sa femme dans ses bras.

Gavin voulait rester avec elle, mais Kerrigan était à ses côtés, le pressant d'entamer la poursuite à travers Sunset Bay.

Sera dut sentir son indécision, car elle agita la main.

— Vas-y ! Je reste ici.

Gavin reconnut qu'ils avaient chacun leur rôle à jouer. Kerrigan et lui s'élancèrent dans la même direction qu'Arlo et Wyatt. Mais le cri de Kerrigan les fit changer de direction.

— Gav ! Là !

Leur départ différé leur donnait une perspective un peu différente sur la voiture dans laquelle fuyait le tireur. Même de loin, il vit qu'il y avait assez de policiers pour que le tireur abandonne son véhicule et essaie de fuir à pied.

Des balles volèrent dans tous les sens lorsque le conducteur déchargea son arme, et les risques, déjà considérablement élevés, s'accrurent.

— Tu as ton gilet pare-balles ? demanda Kerrigan en courant.

— Oui. Et toi ?

— Oui.

Le fait qu'ils soient tous deux équipés les poussa à accélérer encore.

Gavin avait brièvement pensé que le gilet pare-balles serait excessif en s'habillant ce matin-là, mais ne pas l'enfiler aurait été une grosse erreur. Ils ne savaient toujours pas qui avait tué

Darius, et il aurait parié son salaire que les coups de feu en direction de la femme de Mack provenaient du même homme.

Ou des mêmes hommes.

Que diable se passait-il ? Résolu à s'en inquiéter plus tard, il accéléra, réduisant l'écart avec l'homme en fuite. Le malfrat avait ralenti depuis qu'il s'était arrêté de tirer, sans doute par nécessité de recharger son arme. Mais, durant ce court répit, Gavin et Kerrigan laissèrent échapper un juron en comprenant ce qu'il allait faire.

— Bon sang ! Il est entré dans une boutique.

Kerrigan prit son téléphone et tapa sur l'écran.

La voix d'Arlo, essoufflée, sortit du haut-parleur.

— Une arme, c'est sûr, aucune idée s'il en a d'autres.

— Supposons que oui, grogna Kerrigan tandis que tous deux faisaient halte à environ vingt mètres de la boutique.

— Il est entré dans une sandwicherie sur la 9e, signala Gavin en survolant la zone du regard. Un visuel ?

— Pas encore, répondit Kerrigan.

Tous deux rampèrent plus près de l'établissement.

— Risque civil ?

— Ce n'est pas encore la sortie de l'école, et on a dépassé l'heure du déjeuner.

Gavin continua d'énumérer les risques tandis qu'ils se rapprochaient de la devanture.

— Toujours pas de visuel.

Un hurlement de sirène s'éleva au moment où Arlo et Wyatt tournaient le coin de la rue. Tous deux ralentirent, prenant garde à ne pas se faire voir de la boutique. Ils étaient de l'autre côté, Arlo toujours au téléphone afin d'éviter d'avoir à crier.

Ils continuaient d'évaluer le lieu et les risques possibles s'ils donnaient l'assaut quand la porte s'ouvrit, et une petite femme âgée fut poussée à l'extérieur. Elle vacilla avant de se redresser, les yeux écarquillés par la terreur.

— Madame !

Gavin l'intercepta et la mit à l'écart.

— Je suis de la police. Que s'est-il passé là-dedans ?

— Un homme ! Il a une arme ! Il est arrivé en courant et a commencé à nous hurler dessus.

— Combien de personnes sont à l'intérieur ?

— Trois, maintenant.

— Des clients ?

— Non. Je faisais des heures supplémentaires et j'ai pris une pause pour manger un morceau. Deux employés derrière le comptoir et une autre personne à l'intérieur en plus de moi.

Gavin devait lui reconnaître ça, elle était ébranlée, mais réagissait avec acuité.

— L'homme au pistolet m'a fait sortir. Il m'a dit de dire aux flics que les trois autres sont des otages, parce qu'il « ne tue pas les vieilles dames ».

Elle renifla à ces mots, sa peur n'étant pas suffisante pour l'empêcher de se sentir insultée.

— Ils ne méritent pas ça.

Personne ne méritait ça. Gavin l'orienta vers des agents en tenue qui venaient d'arriver, tout en discutant des détails avec Kerrigan. Arlo avait entendu la plupart de ce qui s'était dit et confirma que le SWAT était en route.

Ordre ayant été donné à chacun de rester où il était, Gavin ne pouvait que s'interroger sur l'état de Valencia, la femme de Mack. L'ambulance était-elle arrivée ? Était-elle vivante ? Allaient-ils revivre la tragédie du jour ?

L'activité ralentit tandis qu'ils attendaient l'arrivée du SWAT, et ce calme soudain lui donna l'occasion de réfléchir.

Deux cibles civiles, mariées à des policiers. Des tirs dans des lieux publics remplis de membres du NYPD. D'abord dans un bar de flics bien connu, puis à un enterrement.

Ce n'était pas une coïncidence. Tout comme il aurait parié que les deux incidents étaient liés, Gavin sentait que ce n'était pas par hasard si c'étaient des proches qui étaient visés.

Qu'est-ce qui pouvait susciter une peur maximale chez ceux qui mettaient leur vie en danger dans l'exercice de leurs fonctions ? S'en prendre à leurs familles.

Ça marchait. Ça ne marchait que trop bien.

Le SWAT arriva sur place, et un périmètre de sécurité fut promptement délimité, réduisant la vue sur la sandwicherie. Gavin et Kerrigan exposèrent les grandes lignes de ce qu'ils savaient et prêtèrent leur concours aux différentes mesures : périmètre interdit, écrans pour écarter les badauds et limiter la vue, et transmission du récit de la femme prise en otage.

Gavin recula pour les laisser prendre position et se mit à compter ses pas autour du bâtiment, s'arrêtant tous les trois mètres pour se retourner et considérer les alentours. Contrairement à la rue du Case Closed, l'autre trottoir ne comportait pas de cachette. Il n'y avait qu'une grande vitrine occupant la majeure partie du pâté de maisons. À part pénétrer dans le magasin, ce qu'avait fait leur tueur, il était impossible de se cacher. Ils avaient affaire à un prédateur acculé.

Il poursuivit son relevé et prit note d'un petit bureau de tabac voisinant avec la sandwicherie. Les quelques personnes qui s'y trouvaient étaient sorties en entendant le vacarme et avaient été rapidement rassemblées à l'écart.

À côté s'ouvrait une ruelle. Elle était étroite, à peine assez large pour laisser passer une voiture. Bizarrement, le bâtiment qui abritait le bureau de tabac ne s'appuyait pas sur son voisin, un immeuble de six étages avec un studio de danse au premier.

Gavin examina tout cela et fit signe à Kerrigan de venir.

— Il faut qu'on inspecte cette ruelle.

— Une partie de l'équipe du SWAT est à une rue de là, ils arrivent par-derrière. Ils vont la couvrir.

— Est-ce qu'ils savent que…

Les mots s'évanouirent quand il vit une silhouette courir entre les bâtiments. Il s'élança sans prêter attention à Kerrigan, qui lui hurlait de s'arrêter.

Il était impossible que ce coureur ne soit pas lié à tout cela. Était-ce le tireur ? L'aperçu qu'il en avait eu suggérait un homme grand et mince, et cette silhouette était plus petite et plus trapue. Un complice ?

Il n'eut pas le temps d'y réfléchir, car le monde parut vaciller sur son axe. Une bouffée de chaleur l'engloutit dans un énorme rugissement avant que le silence se fasse. Puis il fut soulevé dans les airs. Il percuta une surface dure, et sa tête heurtant le sol fut la dernière chose qu'il sentit avant que tout devienne noir.

14

Sera faisait les cent pas dans la salle d'attente, à peine consciente de ce qui l'entourait. Elle revoyait la rue remplie de terreur, l'homme déterminé à semer la mort.

L'ambulance était arrivée peu après que Gavin et Kerrigan avaient pris le tireur en chasse, et elle était restée avec Mack, qui se tenait là, l'air abasourdi, tandis que les ambulanciers s'activaient auprès de sa femme. Elle se demandait encore comment aider quelqu'un qu'elle venait juste de rencontrer lorsque l'un des frères de Jayden, Tariq, s'était approché d'eux, et leur avait indiqué sa voiture de l'autre côté de la rue.

— Je vous emmène à l'hôpital.

Valencia allait-elle connaître le même sort que Darius ? Y aurait-il un autre enterrement ? Allait-elle…

— Sera ?

Kerrigan se tenait à l'autre bout de la salle d'attente, Arlo et Wyatt à ses côtés. Tous trois portaient encore leurs uniformes, mais ils étaient couverts de poussière, et Kerrigan avait une écorchure sur la joue.

Elle courut vers elle.

— Kerrigan ! Que s'est-il passé ?

— Sera, je suis désolée. Il faut que je te dise…

Sera entendit les mots, mais ils semblaient venir de très loin.

Wyatt s'avança vers elle et, lui prenant le coude, la conduisit vers une rangée de sièges vides.

— Que se passe-t-il ?

Elle dévisagea Wyatt, dont le regard assombri promettait une mauvaise nouvelle.

Mais ce fut Arlo qui finit par parler.

— C'est Gavin, Sera. Une bombe a explosé. L'ambulance l'a amené ici, il est aux urgences en ce moment même.

— Une bombe ?

Comment était-ce possible ? Oui, elle s'était concentrée sur Valencia, puis sur Mack, mais comment avait-elle pu ne pas entendre une explosion ?

— Où ?

Arlo la mit rapidement au courant de ce qui s'était passé après que Gavin et elle s'étaient séparés. Comment ils avaient pourchassé l'homme qui avait tiré sur Valencia. Comment Gavin et Kerrigan étaient partis d'un côté, tandis qu'Arlo et Wyatt partaient de l'autre. Leur surveillance pendant qu'ils attendaient les instructions de l'homme acculé.

Et enfin l'explosion.

— Gavin a vu quelque chose, Sera, ajouta Kerrigan. Et il s'est lancé à la poursuite de l'homme.

Les questions bouillonnaient dans son esprit, mais elle n'en mit aucune en mots et les laissa la submerger. Elle avait vu la mort prendre Darius. Elle veillait pour savoir si la même chose attendait Valencia. Et maintenant c'était au tour de Gavin. Le besoin de bouger, de hurler, de faire des reproches à quelqu'un l'envahit, mais elle resta sur place.

De quel droit pouvait-elle le faire ? Elle n'était pas mariée à Gavin. Ils se connaissaient à peine. Elle pouvait difficilement aller voir les infirmières pour leur demander des nouvelles.

Et pourtant ils étaient liés. Par quelque chose de si profond que leur vie en était irrévocablement changée. Ils avaient conçu un enfant ensemble.

— Il faut avertir sa famille, dit-elle finalement.

— Ils essaient de trouver ses coordonnées. Aucun de nous ne sait comment joindre sa mère, dit Kerrigan d'un ton pincé.

Sera absorba cette information. Gavin était si avare d'informations personnelles que même ses amis n'en savaient rien.

Mais ne vivait-elle pas de la même manière ? Si quelque chose lui arrivait, saurait-on comment l'aider ? Comment contacter Robin et Enzo ? Ils représentaient sa famille, et elle les tenait, eux et tous les autres, à l'écart.

Cela devait cesser. D'abord pour elle. Mais aussi pour son enfant. Elle devait rompre avec ce comportement consistant à s'isoler des gens qui l'entouraient.

Mais pour l'instant ils devaient s'occuper de ce qui se passait autour d'eux. De celui qui avait décidé de faire du 86 une cible.

— Madame Hayes ?

Un médecin entra dans la salle d'attente, attirant l'attention de tous. Ce fut Arlo qui parla le premier, passant un bras autour des épaules de Sera.

— Elle est ici.

— Madame Hayes ?

Sera lança un regard de biais à Arlo, mais il ne dit mot, son attention tendue vers le médecin.

— Que pouvez-vous nous dire, docteur ?

— Il va s'en sortir. Il a pris un sacré coup, mais son gilet pare-balles l'a protégé. Il va bien sûr avoir mal les prochains jours, mais il n'a rien de cassé. Sa forme exceptionnelle fera beaucoup pour qu'il récupère rapidement.

Le médecin considéra Arlo, Wyatt et Kerrigan.

— Je crois comprendre que vous étiez tous sur place. J'aimerais que chacun de vous soit examiné.

— Pourquoi ne pas conduire Sera auprès de Gavin d'abord ?

glissa Arlo, en la poussant en avant. Cette attente est très pénible pour elle.

L'air peu convaincu, le médecin tendit la main, faisant signe à Sera.

— Par ici, madame Hayes.

Sera avait la tête qui tournait. D'abord le choc d'apprendre que Gavin était blessé, puis celui de s'entendre appeler *Mme Hayes.* Où avait-il pris cette idée ?

Mais, lorsqu'elle dépassa Kerrigan, celle-ci la serra dans ses bras et lui chuchota à l'oreille :

— Je voulais faire en sorte que tu voies Gavin le plus tôt possible. Ne sois pas fâchée.

Sera lui rendit son étreinte avec force.

— Merci.

Comment aurait-elle pu reprocher à cette femme de lui avoir donné exactement ce qu'elle voulait ?

Gavin écoutait le ronronnement régulier des machines ainsi que les allées et venues dans le couloir. Il essayait de rester calme et de ne pas penser à la douleur, qui s'accentuait dès lors qu'il levait ne serait-ce que la main. Il avait l'impression qu'on lui était passé sur le corps.

Quand il était revenu à lui, désorienté, les ambulanciers avaient tout fait pour le tenir éveillé. Ils lui avaient posé des questions tout le trajet, le faisant parler de toutes sortes de sujets, y compris des chances des Mets. Le médecin qui avait pris le relais avait poursuivi ce bavardage inepte en l'examinant.

— Monsieur Hayes ? Il y a quelqu'un ici qui aimerait vous voir.

Sur le pas de la porte, l'infirmière avait le sourire aux lèvres.

— Votre femme s'est tellement inquiétée pour vous.

Sa femme ? Souffrait-il d'amnésie en plus ?

Puis Sera passa le bout du nez dans la chambre avec un sourire ironique.

— Salut.

Il lui fit signe d'approcher, et Sera vint tout droit à lui, se penchant pour l'entourer de ses bras.

Si c'était un rêve, il n'était pas contre. En voyant le sourire indulgent de l'infirmière, il songea que mieux valait feindre et s'inquiéter plus tard de la vérité. Avec Sera dans ses bras, la douleur semblait se dissiper.

Quand l'infirmière fut repartie, Sera voulut se dégager. Ses réflexes étant amortis, il faillit la lâcher avant de se raviser. Glissant une main sur sa nuque, il l'attira vers lui pour lui donner un vrai baiser.

Si elle fut surprise par son geste, elle ne le montra pas. Pas plus qu'elle ne protesta. Au contraire, elle se laissa aller et lui rendit son baiser avec une ferveur égale. Il savoura le moment, incapable de croire qu'elle était là. Il n'allait pas remettre sa chance en cause. Il absorba sa présence, se délectant d'elle et essayant d'oublier à quel point il avait été près de ne plus jamais la toucher.

Elle redressa finalement la tête et s'assit près de lui.

— Mis à part ces lèvres brûlantes, comment te sens-tu ?

Il sourit, puis tressaillit de douleur.

— Mme Hayes, hein ?

— Une initiative de Kerrigan.

— Je ne manquerai pas de la remercier plus tard.

— Et si on se fait attraper ?

Douleur mise à part, il ne put retenir un éclat de rire.

— Qu'est-ce qu'il y a de drôle ?

S'il ne lui avait pas tenu les mains, elle aurait sans doute croisé les bras.

— Tu penses qu'ils demandent un acte de mariage à l'administration ?

— C'est un mensonge.

— Un mensonge fourni par un flic. Je pense que tu peux oublier tes inquiétudes. En outre...

Il leva une main pour suivre la courbe de sa joue.

— ... je veux que tu sois là. Le patient a toujours raison, tu sais.

— Le patient a pris un coup sur la tête, s'il faut en croire ces hématomes.

Le bleu vif de ses yeux s'embruma.

— Que t'est-il arrivé ? Kerrigan m'a dit qu'il y a eu une explosion.

— Nous avons suivi le tireur jusqu'à la sandwicherie Archer sur Bay Street. Il a pris des otages.

— Oh non, Gavin !

— Nous avons eu de la chance en termes d'horaire. Les enfants n'étaient pas encore sortis de l'école, et l'heure du déjeuner était terminée.

Il revit la femme qu'on avait expulsée de la sandwicherie.

— Mais il y avait encore des gens à l'intérieur.

— Tu es entré dedans ?

Il lui raconta leur attente du SWAT et son inspection du bâtiment et des alentours.

— C'était comme la dernière fois ? interrogea-t-elle. Au bar ?

— Non, et c'est ce qui m'a piégé. Le salopard qui a tué Darius a pu se cacher dans les embrasures de portes. Il avait une sorte de stratégie de fuite. Mais cette fois ?

Des images floues lui emplirent l'esprit, et Gavin prit conscience qu'il avait oublié les dernières secondes avant l'explosion.

— Qu'est-ce qu'il y avait ?

— Une ruelle. J'ai dit à Kerrigan qu'il fallait vérifier que personne ne puisse s'échapper par là. Mais elle a dit que nous devions attendre le SWAT.

— Elle avait raison.

Il voulut discuter ce point, mais Sera lui coupa la parole.

— Tu as eu de la chance d'avoir ton gilet pare-balles, mais tu n'étais pas complètement équipé. Comment aurais-tu fait contre quelqu'un de résolu à tuer ?

— C'est pour ça que j'ai eu le bon sens d'écouter Kerrigan. Et je serais resté tranquille.

— Serais ?

— Dès que j'ai vu quelqu'un courir dans cette ruelle, les jeux étaient faits.

— C'est ta vie, Gavin.

— Et c'était la vie de Darius. Ça pourrait être la vie de Valencia. Tu penses que je peux laisser le coupable s'en tirer comme ça ?

— Non, je sais.

Sera secoua la tête.

— Qui qu'ils soient, ils ne voyaient pas ça comme ça.

— Tu penses qu'il y a deux meurtriers ?

— C'est possible. Je n'ai pas bien vu le tireur, mais il était plutôt mince. Celui qui courait dans la ruelle était plus petit et plus trapu. Et le type de la ruelle n'était pas habillé comme celui que nous poursuivions.

— Il a pu se changer à l'intérieur.

— Bien sûr.

Gavin réfléchit et rejeta cette idée.

— Retournez le témoin autant que vous voulez, Maître, mais je jurerais que c'étaient deux personnes différentes.

Cette petite plaisanterie lui tira un sourire, et Gavin éprouva l'envie irrésistible de l'embrasser. Mais il se retint, fasciné par la manière dont elle cherchait à résoudre l'énigme.

— Alors tu penses qu'ils sont associés, c'est ça ? dit enfin Sera.

— Associés suggère une sorte de collaboration. Pas que l'un laisse l'autre pour mort.

— C'est un classique. « Pas d'honneur chez les voleurs. »

— Peut-être, mais...

Il s'interrompit lorsqu'un cri aigu résonna dans le couloir, et qu'une silhouette familière fit irruption dans la chambre.

— Gavin ! Mon bébé !

Elle fonça vers le lit, où Sera était encore assise, les mains de Gavin dans les siennes.

Sera voulut se lever, mais il la retint. Il n'était pas question qu'il affronte seul cette nouvelle menace.

— L'infirmière m'a dit que ta femme était avec toi ! Ta femme ! Quelle femme, ai-je dit ?!

Gavin avait la migraine, et ces cris lui perçaient le crâne. Mais il avait un devoir. S'il voulait un jour refaire l'amour avec Sera Forte, mieux valait le remplir.

— Mère, je te présente Sera.

Sera avait toujours su que, si elle avait la chance d'entamer une relation avec un homme, celui-ci aurait des parents. Sa situation d'orpheline n'était pas la norme, et la plupart des gens avaient au minimum un parent. Quelques années auparavant, elle était même sortie avec un homme qui avait encore ses deux parents, deux beaux-parents et trois ex-beaux-parents, lesquels faisaient tous partie de sa vie. C'était un peu trop. Mais même cela ne l'avait pas préparée à Evelyn Hayes.

Sera se leva malgré la résistance de Gavin. Il était trop embarrassant de rencontrer sa mère alors qu'elle était pratiquement couchée sur son fils. C'était déjà assez gênant que la rumeur de son « mariage » lui soit arrivée aux oreilles.

Mais elle n'alla pas loin. L'heure des explications était venue. N'était-ce pas ce qu'elle avait souhaité tout à l'heure ? Que leur enfant connaisse sa grand-mère ? Qu'il ait une famille sur laquelle compter ?

— Madame Hayes ? dit-elle, consciente qu'on l'avait appelée ainsi peu de temps auparavant.

Evelyn Hayes tourna la tête. Son doux visage était plissé par la perplexité.

— Je m'appelle Sera.

— Maman, je suis désolé que vous vous rencontriez dans ces circonstances, mais Sera est quelqu'un de très spécial pour moi.

— C'est ta femme ?

La question semblait plus intriguée qu'irritée. Sera ne sut pas bien quoi en faire. Gavin, toutefois, semblait moins désorienté.

— Non.

Il sourit, tandis que Sera réprimait une grimace.

— Il y a eu, euh... un malentendu avec les infirmières.

— Je vois.

Sera cherchait un signe indiquant le rejet, mais elle comprit vite que cette femme avait davantage de force d'âme que ses cris ne le laissaient soupçonner. Et elle le prouva d'ailleurs en lui tendant les bras.

— Je suis la mère de Gavin, Evelyn. Je suis ravie de vous rencontrer, ma chère.

Sera se laissa faire. Elle avait besoin de cette accolade, car elle avait beaucoup craint cette rencontre.

— Je suis enchantée de faire votre connaissance.

Evelyn la serra encore une fois dans ses bras avant de reculer.

— Maintenant, pourquoi ne me dites-vous pas ce qui se passe ? Parce que vous n'êtes peut-être pas mariés, mais j'ai un certain âge et j'ai eu tout le temps d'apprendre à déchiffrer les signes.

— Maman...

Evelyn agita la main.

— Chut. Ce n'est pas tous les jours qu'une femme découvre que son fils a failli être réduit en miettes par une bombe et qu'elle va être grand-mère. Je préférerais me concentrer sur le deuxième fait plutôt que sur le premier.

— Comment... je veux dire, comment savez-vous que je suis enceinte ?

— Une mère sait ces choses-là, ma chère. Et comme ce sera mon premier petit-enfant je n'en suis pas désolée le moins du monde.

— Mais nous ne sommes pas...

Sera s'arrêta abruptement, mal à l'aise à l'idée d'expliquer à la mère de Gavin ce qu'ils étaient l'un pour l'autre.

Evelyn lui prit la main.

— Vous n'avez pas besoin de définir les choses pour moi. C'est à vous deux de le décider.

Cette question apparemment réglée, elle se tourna vers Gavin.

— Comment te sens-tu ?

— Bien.

Sera était assez près pour sentir l'exaspération d'Evelyn.

— Tu ne préfères pas formuler ça autrement ?

— Je vais bien, tout compte fait. Je croyais avoir des côtes cassées, mais le gilet pare-balles a fait son office, et elles ne sont que fêlées. Je me suis cogné la tête, mais le médecin dit que ce n'est qu'une légère commotion cérébrale.

— C'est un miracle que tu aies échappé à quelque chose de plus grave.

— Oui, c'est une bonne chose que j'aie la tête dure.

Evelyn se pencha sur lui, écartant les tubes pour l'enlacer. Bien qu'elle murmurât, Sera saisit ses mots :

— C'est encore une meilleure chose que tu aies eu ton gilet.

Sera recula, leur laissant quelques instants pour se parler. Si cela lui permettait aussi de se reprendre, eh bien, tant mieux. Ce n'était pas tous les jours que vous rencontriez la future grand-mère de votre enfant, après tout. Pas plus que vous ne receviez tous les jours une accolade aussi sincère, sans une once de blâme.

— Ça va, maman. Je vais bien, je te le promets.

— Que s'est-il passé exactement ?

Le regard d'Evelyn se posa sur les machines, les perfusions et les bandages qu'il arborait, un à l'épaule, et l'autre le long de la mâchoire.

— Nous pourchassions un suspect, et il a piégé la sandwicherie où il s'était réfugié.

— Piégé ? Comment ça ?

— Il l'a fait exploser. Avec une bombe.

— Avec des gens à l'intérieur ?

— J'en ai peur. J'attends des nouvelles, mais on vient juste de m'autoriser les visites et je n'ai parlé à personne encore.

Sera s'était contentée d'observer le match de ping-pong entre Gavin et sa mère, mais elle se rendit compte soudain qu'elle pouvait y contribuer.

— Kerrigan, Arlo et Wyatt n'avaient pas non plus de détails.

— Comment es-tu venue ?

— C'est le frère de Darius, Tariq, qui nous a conduits, Mack et moi.

— Valencia !

Gavin écarquilla les yeux.

— Comment va-t-elle ?

— Malheureusement, on n'en sait rien pour l'instant. Elle était encore en chirurgie, et personne n'est venu nous en parler.

Sera mit rapidement Evelyn au courant de ce qui était arrivé à Valencia devant l'église.

— Deux fusillades ? Contre des proches ?

Evelyn frémit.

— Tout comme ton père.

Sera vit l'expression de Gavin s'assombrir.

— Cela fait longtemps que le père de Gavin est mort, mais je vis avec cette horreur chaque jour, reprit Evelyn. Cela me semble similaire.

— Mais pourquoi ? s'exclama Gavin. Comment aurait-on pu savoir qui étaient Darius et Valencia ? Ou que l'un était marié à un membre de la patrouille du port et l'autre à un technicien de l'équipe médico-légale ?

— La peur n'a pas besoin de raison, Gavin. Elle a juste besoin d'une cible.

David Esposito pénétra dans son bureau et referma la porte. Il transportait dans sa serviette ses vêtements. Il avait passé un autre costume avant de quitter l'arrière-boutique de la sandwicherie.

Le magasin était depuis longtemps une façade commode pour lui. Dex Archer était tout disposé à lui révéler les secrets du voisinage en échange de protection et d'argent.

David lui avait toujours fourni les deux. Il avait très tôt fait son métier de comprendre qui il pouvait utiliser et qui avait le bon sens de se taire.

Seulement maintenant Dex était mort, ainsi que son fils, un client, et le tireur qui n'avait pas été fichu d'accomplir sa mission.

Une mission, pensa David en tirant ses vêtements de la serviette, minutieusement planifiée. Il avait tout préparé. La cible, l'heure exacte, le lieu pour créer le maximum de chaos et pouvoir fuir.

Et ce crétin avait tout fichu en l'air. Il était en retard à l'enterrement, il n'avait pas bien fixé sa lunette longue portée et s'était éparpillé au lieu de se concentrer sur sa cible.

Ensuite, au lieu de choisir un autre moment pour frapper, il s'était précipité et s'était mis à courir dans les rues de Sunset Bay en tirant en l'air. Qu'il aille au diable !

David suspendit son geste juste avant de poser ses vêtements souillés sur le bureau. Cela l'aurait contaminé avec les matériaux de la bombe et la poussière du bâtiment. Bon sang, maintenant, c'était lui qui commettait des erreurs idiotes, dignes d'un amateur.

Il avait rapporté les vêtements pour les cacher dans un carton sur son étagère. Personne ne touchait à ses dossiers. Cela le stupéfiait toujours que les gens prêtent aussi peu d'attention à ce qui se trouvait dans son cabinet. Il les reprendrait dans quelques semaines et s'en débarrasserait, ni vu ni connu.

Pour l'instant, il avait un plus gros problème.

Parce que le tireur avait bâclé le travail, il était impossible de savoir si la femme qu'il avait ciblée était morte ou non. Et il fallait qu'elle meure pour que tout marche.

Mack Phillips dirigeait le travail technico-légal à Hell Gate, comme il l'avait fait pour plusieurs autres affaires dans lesquelles l'équipe de David avait requis. L'homme était consciencieux, et il repérait souvent des choses que les autres ne voyaient pas.

C'était pourquoi il fallait le détourner de son travail à Hell Gate. C'était pourquoi sa femme devait payer le prix de son dévouement.

Une fois les vêtements fourrés au fond d'une boîte d'archives, David empila quelques dossiers par-dessus. En inspirant profondément, il réfléchit à ses prochains mouvements.

Il maîtrisait les choses, et il pouvait tout mener à bien, comme il l'avait prévu. Aucune affaire n'était parfaite. Pas d'essai sans erreur, il le savait, il avait bâti sa carrière là-dessus. Il se débrouillait toujours pour s'en sortir.

Il s'occuperait des vêtements plus tard. Selon l'issue pour sa femme, il déciderait quoi faire de Mack Phillips.

Et il choisirait sa prochaine cible.

Parce que David Esposito avait appris tout jeune la leçon la plus importante de sa carrière : quand on prenait de l'élan, il ne fallait pas lâcher la pédale des gaz. On la pressait, encore et encore, jusqu'à ce qu'on obtienne le verdict qu'on visait.

15

Gavin aurait préféré se joindre au reste de l'équipe dans la salle d'attente, mais le médecin voulait le garder en observation.

Ils l'avaient déplacé dans une chambre normale, et c'était presque devenu une salle de guerre, ses collègues allant et venant à mesure qu'ils obtenaient des informations.

L'une des infirmières avait protesté quand Arlo avait apporté des hamburgers, mais l'infirmière en chef avait apaisé la situation. Elle avait même déplacé l'homme qui partageait sa chambre plus loin dans le couloir. Et Arlo avait commandé d'autres hamburgers pour le poste des infirmières.

Ce n'était pas la salle de réunion du 86, mais presque. Aussi, un moment de calme avec Sera lui donna un répit dont il ignorait avoir besoin.

— Tu tiens le coup ?

Elle écrivait dans un petit calepin et leva les yeux avec un gentil sourire.

— C'est à toi qu'il faut le demander.

— Je vais...

Il s'arrêta, comprenant qu'il se devait d'être honnête.

— Je suis fatigué.

— Ai-je le droit de dire la même chose ?

Il n'avait plus qu'une perfusion, ce qui lui donnait plus de liberté.

— Viens t'asseoir près de moi.

Hochant la tête, elle rangea le calepin dans son sac. Lorsqu'elle s'assit au bord du lit, il se déplaça pour l'attirer plus près.

— J'aimerais bien que tu t'allonges à côté de moi.

C'était une demande audacieuse, à laquelle il n'avait peut-être pas droit, mais en voyant ses yeux bleus se voiler un peu il comprit qu'il avait bien fait.

— J'aimerais bien moi aussi.

Elle ôta ses chaussures - des escarpins qui devaient la faire souffrir - avant de monter sur le lit et de s'étendre contre lui.

— Est-ce que tu...

Il posa ses lèvres sur les siennes avant qu'elle puisse finir sa phrase. C'était si bon de l'avoir près de lui. Un petit soupir lui échappa. Il aurait voulu d'autres circonstances, un autre lieu. Parce que, quoi qu'il se soit passé d'autre, leur rapprochement était le plus important.

Le désir éprouvé au nouvel an n'avait fait que croître, désormais accompagné de la perspective d'être père et de la chance de mieux connaître Sera. Son engagement dans ce qu'elle faisait. Sa détermination à obtenir justice. Sa profonde sollicitude pour autrui.

Tout cela le touchait, renforçant son attraction initiale avec les réalités de sa vie à elle.

C'était cela qui faisait que les gens tombaient amoureux.

Elle était si sensible, son baiser était aussi chaud et accueillant que le reste de sa personne. Lorsque Gavin releva la tête, posant le front contre le sien, ce qu'il n'avait fait qu'éprouver jusque-là prit forme dans des mots.

Il l'aimait. Il aimait Sera. Et il voulait faire sa vie avec elle.

Il en était aussi sûr qu'il était sûr de respirer, mais il n'était pas certain qu'elle éprouve la même chose. Il devait lui laisser un peu d'espace. Lui donner quelques jours pour digérer cette dernière éruption de violence. Puis il le lui dirait. Ils avaient bientôt un rendez-vous pour l'échographie, et il s'imaginait déjà lui annoncer après ce qu'il ressentait.

Dans l'intervalle, il se réjouirait du moment. Et profiterait de ces quelques minutes de paix. C'est pourquoi, quand elle remua dans ses bras en murmurant « Je suis désolée », cela troubla le calme dans lequel il flottait.

— Sera ?

— Je suis désolée. Vraiment, Gavin. Je suis...

Elle se dégagea et alla prendre son sac pour en sortir son calepin.

— Je crois que j'ai compris quelque chose.

— À quoi penses-tu ?

— Ce que ta mère a dit, sur la peur qui n'a pas besoin d'une raison, juste d'une cible...

— Tu penses que quelqu'un essaie de nous effrayer ?

— Oui, mais pour une raison très spécifique. Darius. Valencia. Ce sont des cibles qui ont été choisies.

— Choisies comment ?

Gavin la vit soudain s'éclairer, comme si le mystère des semaines écoulées venait de se dissiper en un éclair.

— Ce sont les armes. À Hell Gate.

Elle revint vers lui, égrenant les faits comme elle les voyait.

— C'est le début de tout ça.

— C'est pour ça qu'ils devraient s'en prendre aux flics ? Et Darius et Valencia sont juste des dommages collatéraux ?

Les mots lui avaient pratiquement brûlé les lèvres, tant sa colère était grande. Une colère qu'il n'avait pas ressentie depuis la mort de son père. Mais Sera avait le calme et la logique nécessaires pour voir plus loin.

— Darius était marié à l'un des plongeurs qui ont remonté les armes. Valencia est mariée à l'un des techniciens qui les ont étudiées. C'est une peur par association.

Gavin eut l'impression que la pièce s'électrifiait. L'idée de Sera prit racine et le poussa à se redresser. Il tressaillit de douleur, mais il lui était impossible de rester allongé pour parler de cela.

— Attends.

Elle s'approcha du lit et manœuvra le levier.

— Ce sera plus facile.

Une fois mieux installé, Gavin put essayer d'analyser sa théorie.

— D'accord, essayons de mettre ton idée à l'épreuve. Je comprends le lien que tu fais, mais Darius a été assassiné le jour où l'équipe a remonté le reste des armes. Il y a un intervalle trop court entre le moment où Jayden travaillait sur le site et celui où son mari a été abattu.

Sera renversa son argument.

— Tu l'as déjà dit, mais d'une autre manière. Les armes constituaient une opération sophistiquée, mais une trouvaille aléatoire. Le lieu de décharge. Les numéros de série absents. Celui qui a planifié tout cela devait avoir une stratégie de repli.

— D'accord, alors point suivant. Pourquoi Darius en particulier ? Pourquoi Valencia ? Il y a d'autres plongeurs, d'autres membres de l'équipe scientifique.

Il savait qu'il jouait l'avocat du diable, mais ils se devaient de poser ces questions.

Si les armes de Hell Gate étaient à l'origine de ces événements, alors ils cherchaient au mauvais endroit en essayant de retrouver le tireur. C'était nécessaire, mais le meurtrier n'était rien de plus qu'un outil. L'arrêter stopperait la violence, mais ne stopperait pas le problème sous-jacent. Comme une hydre, il resurgirait ailleurs.

— Jayden a remonté les armes. Mack les traitait.

Sera fit la moue lorsque la dernière pièce se mit en place.

— Il y a peut-être eu un processus de sélection, mais c'est lié aux membres du NYPD qui travaillaient sur le site.

— Tu t'en prends à un flic et tu obtiens beaucoup de flics énervés. Tu t'en prends à leurs proches, et tu obtiens la peur, dit Arlo en pénétrant dans la chambre. C'est ce que Kerrigan n'arrête pas de dire. Désolé si je vous dérange, mais je n'ai pas pu m'empêcher d'entendre ce que vous disiez.

— C'est une horrible stratégie, commenta Gavin, mais elle est efficace.

— C'est aussi une façon parfaite de dissimuler ses méfaits.

Arlo s'assit sur l'une des chaises pliantes que l'infirmière avait apportées.

— Et ça donne encore plus de vraisemblance à l'angle que je privilégie, à savoir la possibilité pour ceux qui peuvent payer de faire disparaître les traces de leurs crimes.

— Ton informatrice, se rappela Gavin. Kerrigan en parlait.

— Sur le plan du renseignement, Jade est solide comme un roc. Malheureusement, je n'ai pas trouvé de fil à tirer hors de la pelote. Des chuchotements et des rumeurs ne sont pas des preuves.

Sera était restée silencieuse durant l'intervention d'Arlo, mais elle reprit la parole :

— Les pièces à conviction. Une fois l'arme éliminée, il est extrêmement difficile à quelqu'un comme moi de poursuivre le criminel.

Arlo opina.

— Oui, très difficile.

C'était logique. Et cela expliquait pourquoi quelqu'un orchestrait une campagne de terreur pour protéger ses intérêts. *La peur n'a pas besoin de raison, juste d'une cible.*

— Ce sont les proches qui sont la cible, dit Gavin.

Il revoyait les moments tendus devant le bar, leur sentiment d'être observés. Parce qu'ils l'avaient été. Mais ils n'étaient pas le but du jeu.

— Nous pensions que c'était nous, mais nous étions une diversion. C'est Darius qui était ciblé tout du long.

Gavin sentit la colère, la fureur l'envahir. Et aussi vite qu'elles étaient arrivées, elles repartirent. Parce que, si les proches des flics étaient la cible, Sera était en danger. Et il était totalement et désespérément amoureux de la mère de son enfant.

Wyatt et Kerrigan les rejoignirent, apportant des bouteilles d'eau pour Gavin et elle, et des cafés pour les autres.

Et de bonnes nouvelles. Les meilleures, pensa Sera, tandis que Kerrigan leur narrait ce qu'elle avait appris durant la dernière demi-heure.

— Valencia est sortie du bloc opératoire. Elle a une longue convalescence devant elle, mais les médecins pensent qu'elle va bien s'en sortir. Elle va passer la nuit en soins intensifs, mais ils parlent déjà de la déplacer dans une chambre demain.

— C'est formidable.

Sera déglutit, sentant des larmes brûlantes lui monter aux yeux. Kerrigan s'approcha d'elle et lui passa un bras autour des épaules.

— Et maintenant dites-moi ce que j'ai manqué.

Gavin mit tout le monde au courant de ce dont ils avaient discuté.

— Instrumentaliser notre peur, cracha Wyatt.

— Et s'en prendre à nos familles, ajouta Arlo.

Bien que les larmes menacent encore, la colère renouvelée de Wyatt, Arlo et Kerrigan fit beaucoup pour rallumer sa propre fureur. Sera réfléchit à ce qu'elle savait de son travail. À toutes les affaires qu'elle avait défendues, à tout ce qu'elle comprenait des rouages d'une ville qu'elle servait depuis près d'une décennie.

Les données étaient au cœur de tout cela. Les victimes étaient des êtres humains, mais ils étaient ciblés à travers des bases de données. Par quelqu'un qui y avait accès et disposait d'un mobile.

— Depuis que Darius a été tué, on s'est concentrés sur le tireur. Il faut que nous examinions les données. Les constatations sur les armes. Qui aurait accès aux ressources humaines ? Et comment retracer les allées et venues jusqu'à Hell Gate ?

— C'est comme le travail dans notre groupe, ajouta Gavin. Quels sont les systèmes en place ? Où sont les brèches ? Si on peut identifier ça, on trouvera les points de risque.

— Je comprends ce que tu dis, commença Kerrigan, mais je n'arrive pas à faire le lien avec les armes découvertes. Qui aurait pu obtenir des détails sur ce que nous faisons ? Ce n'était pas comme si on pouvait aller là-bas et observer notre travail.

— Des caméras ? suggéra Arlo.

Kerrigan secoua la tête.

— C'est impossible de circuler sur ce pont. Ce n'est pas un pont piéton. Il n'y a que des trains qui roulent dessus.

— Sur des rails électrifiés, compléta Wyatt. Il faudrait être dingue pour marcher là-dessus. Et, même si on savait comment éviter les rails, des trains passent toute la journée.

— On peut passer à vélo sur le chemin de Hell Gate à Randall's Island, dit Kerrigan d'un ton pensif. Et observer ce qui se passe. Ça fait longtemps que je ne suis pas allée par là-bas, mais je ne me rappelle pas qu'il soit facile de s'approcher de l'eau pour avoir une bonne vue.

— Les armes n'étaient pas directement sous le pont.

Sera se représenta mentalement la zone où la patrouille avait découvert la décharge.

— C'est un peu à l'écart du rivage, du côté Manhattan, juste sous Randall's Island. Peut-être qu'ils n'observent pas du tout depuis le pont.

— Tout ça est vrai, opina Kerrigan.

— Très vrai, renchérit Wyatt. Nous avons inspecté plusieurs quadrants au nord et au sud du point de décharge. C'est par hasard que nous avons découvert la décharge. Et nous ne l'avons trouvée que parce que l'eau était tellement agitée que nous devions élargir nos recherches.

— Je ne sais pas si c'était par hasard, Wyatt.

Gavin était prompt à soutenir son ami et partenaire de plongée.

— Mais si, insista Wyatt. Nous ne nous serions jamais approchés si près du rivage si nous avions trouvé ce que nous cherchions. Ces armes auraient pu rester là Dieu sait combien de temps, et nous n'en aurions rien su.

— Mais vous les avez trouvées. Et quelqu'un est affreusement contrarié d'avoir perdu son terrain de jeu.

Arlo jeta son gobelet vide dans une poubelle à proximité.

— Alors nous devons découvrir qui c'est.

Le métier de Sera n'avait rien de physique, et elle n'était pas formée au travail de police, mais elle savait faire des recherches. En long, en large et en travers, au besoin. Elle savait comment déterrer les points les plus obscurs. Elle l'avait fait à la fac de droit et avait passé la majeure partie de sa vie professionnelle à faire de même.

— Ces armes sont des pièces à conviction, Arlo. Si vous me fournissez leur description, je peux fouiller dans les affaires récentes. Voir s'il en ressort quelque chose.

Cela semblait ridicule d'évoquer des bases de données dans une chambre d'hôpital, mais elle avait besoin de faire quelque chose.

Aux yeux d'un flic, le but était de trouver des preuves matérielles. Mais pour elle ? Les preuves n'étaient que le début. Ce qu'elle pourchassait, c'était un mobile.

Un mobile assez solide pour tuer sans pitié.

Une semaine.

Cela faisait une semaine, et elle avait presque les yeux qui saignaient à force de compulser des affaires et de fouiller toutes les bases de données possibles. Elle était même allée aux archives de Red Hook pour mettre la main sur de vieux dossiers apparemment prometteurs.

Et pourtant, toujours rien.

Sera jeta son stylo, prête à fermer boutique. Elle avait encore un dossier à rédiger, et elle voulait rejoindre Gavin pour dîner et prendre subrepticement la mesure de son état.

Elle n'en parlait pas, mais elle soupçonnait qu'il minimisait ses blessures. L'inquiétude suscitée par sa commotion la poussait à travailler dur pour éviter de se comporter en mère poule. Elle n'y arrivait pas totalement, mais en général un baiser bien placé suffisait à écarter les soupçons de Gavin. Comme ces baisers tournaient vite à la passion, cela suffisait à le distraire.

Même si elle payait cela en bouffées hormonales, car Gavin était convalescent, incapable de faire l'amour, peu importe qu'il essaie de la convaincre du contraire. Elle refusait de se laisser emporter. Le médecin l'avait laissé sortir le lendemain de l'explosion, mais il était en arrêt de travail pour une semaine encore et devait passer une visite médicale avant de reprendre.

Chaque jour qui passait, elle oubliait un peu plus ses raisons de protéger son cœur. Chaque journée les rapprochait, leurs baisers ne représentant qu'une partie de l'intimité croissante entre eux. Ils parlaient de tout, depuis l'affaire jusqu'à leur groupe de travail, en passant par leurs ambitions de carrière. Des lieux qu'ils aimaient à Brooklyn, de leurs restaurants et pizzerias préférés.

Il ne craignait pas non plus d'insister sur ses sentiments envers ses parents, la conduisant gentiment sur la voie de l'acceptation de leurs responsabilités, par comparaison avec la manière dont tous deux voulaient élever leur enfant. Et en retour elle fit en sorte qu'ils invitent sa mère à dîner un soir et lui donnent un des clichés de l'échographie.

Mais ce fut le jour où il parla de prénoms que Sera admit finalement que le mur qu'elle avait soigneusement dressé pour se protéger s'effritait, pierre après pierre.

Elle devait donc se concentrer sur son travail et non penser au corps de Gavin. Ou à ce qu'elle ressentait quand ils étaient ensemble. Et encore moins à ce qui se passait plus bas.

Ce n'est pas comme si tu pouvais tomber encore enceinte...

Cette petite voix devenait plus insistante, se faisant entendre à des moments inopportuns. Lorsqu'elle l'embrassait. Ou se brossait les dents. Ou se versait un café.

Pratiquement à n'importe quel moment.

C'était pour ça qu'elle avait commencé à rendre visite à l'équipe le soir.

Tous les soirs, Gavin, Kerrigan, Arlo et Wyatt se réunissaient. Arlo exposait ce qu'il avait découvert au cours de la journée, tandis que Kerrigan et Wyatt les mettaient au courant du travail de la patrouille du port et de l'équipe scientifique. Sera et Marlowe employaient alors leurs cerveaux à élaborer des théories alternatives. Jusque-là, ils avaient couvert toute la gamme des hypothèses, depuis un chef de gang essayant de prendre le contrôle à un nouveau réseau de trafic de drogue ou à un groupe de tueurs à gages.

Même si tout cela revenait à une impasse.

Sera ne pouvait s'empêcher de penser qu'ils rataient quelque chose. Quelque chose qui expliquerait les numéros de série effacés. Peu importe combien de fois elle avait réfléchi aux rares détails dont ils disposaient, c'était à cela qu'elle revenait sans cesse.

Même l'investigation de la sandwicherie incendiée ne leur avait pas donné grand-chose, bien qu'ils aient fini par trouver le nom du tireur. C'était un criminel prudent qui avait tendance à opérer seul, avec un casier relativement léger pour une vie entière de crime. Il ne figurait pas en tête de la liste des suspects d'Arlo, mais la fouille de son appartement avait révélé des preuves balistiques correspondant aux tirs qui avaient tué Darius et blessé Valencia, et cela les avait en partie convaincus qu'ils avaient trouvé le bon suspect.

Ce n'était pas grand-chose, mais c'était l'un des points positifs de l'affaire, et elle savait qu'ils s'y accrochaient tous.

— Sera, vous avez une minute ?

— David ! Bien sûr !

Ils ne s'étaient pas beaucoup vus depuis qu'elle participait au groupe de travail, et elle fut surprise, quand il s'assit, de voir qu'il avait l'air fatigué. Plus que cela, il avait l'air usé. Même si tout le monde avait ses mauvaises périodes, c'était un choc de le voir ainsi. Mais il subissait une pression énorme. Rendre la justice dans un arrondissement de plus de deux millions d'habitants n'était pas une mince affaire.

Sans perdre son sourire, elle se demanda comment l'aider.

— Puis-je vous seconder dans quelque chose ?

— Je suis venu vous poser la même question. Les nouvelles en provenance du 86 sont préoccupantes. D'autant plus qu'il m'est revenu aux oreilles que vous étiez concernée.

— Oh ! eh bien, je...

Elle ne savait que dire. Le ton de David était conciliant, avec une nuance d'inquiétude. Mais c'était un blâme déguisé, pensa Sera.

— Je ne dirais pas que j'étais concernée.

— Vous n'étiez pas là ?

— Si. Mais heureusement je n'étais pas la cible. J'ai pu apporter mon aide.

— Ce sont des risques terribles, Sera. Je vous ai détachée sur le groupe de travail parce que je voulais vous voir progresser. Mais je ne peux pas me permettre de vous perdre.

— Je ne pense pas que...

Elle s'efforçait de lutter contre la pression quand elle avisa l'étrange torsion de sa bouche. Que lui arrivait-il donc ?

David Esposito n'était pas devenu l'un des plus fins esprits juridiques de la ville ni le procureur du plus grand arrondissement de New York en se laissant emporter par ses émotions.

Ou était-ce seulement une autre facette de sa personnalité ?

Elle avait travaillé pour lui pendant des années et croyait le connaître, mais peut-être n'avait-elle vu de lui que ce qu'il voulait qu'elle voie. Et, comme elle avait la réputation d'accepter sans rien dire la charge de travail tout en fournissant des résultats impeccables, il n'avait aucune raison de lui témoigner du mécontentement.

Mais maintenant ?

Je vous ai détachée sur le groupe de travail parce que je voulais vous voir progresser. Mais je ne peux pas me permettre de vous perdre.

La perdre ? Eh bien, il trahissait ainsi que tous ses actes avaient pour but de favoriser ses propres intérêts. C'était triste, mais pourquoi son patron aurait-il été différent des autres ?

— Vous ne le pensez pas vraiment, Sera ? Que vous n'êtes pas en danger avec un cinglé qui rôde dans la rue ? Vous fréquentez des gens qui sont ciblés. Comment cela pourrait-il ne pas vous mettre en danger ?

Ce qu'elle s'apprêtait à dire lui sortit de l'esprit. David pensait qu'elle était en danger d'être tuée ?

— David, c'étaient des accidents malheureux. Le tireur a été arrêté et l'affaire est close. Je vais bien.

— Jusqu'à ce que vous deveniez vous-même la cible.

Quelque chose de froid monta dans son ventre.

— Ce sont des risques que nous prenons tous dans ce bureau, continua-t-il. Mais avec lesquels vous flirtez en vous baladant en ville alors qu'un tueur court en liberté.

Qu'est-ce qui lui prenait ? Il parlait de *flirter* et de *se balader* comme si elle paradait en robe de bal et talons hauts au nez d'un tueur ? Rien de tout cela n'avait de sens, venant de quelqu'un qu'elle respectait.

Ce fut seulement à cause de leurs années de travail ensemble que Sera s'efforça de se montrer conciliante.

— David, si vous êtes préoccupé par mon travail, je vous en prie, dites-le-moi. Sinon, je crains de devoir souligner que je ne flirte avec rien. Je suis peut-être votre assistante, mais je suis aussi libre de vivre ma vie comme je l'entends.

— Je me soucie de vous, Sera. De votre bien-être.

— Je me soucie aussi de mon bien-être. En fait…

Elle hésita et faillit se raviser étant donné ce débat étrange. Mais son corps changeait jour après jour, et elle ne voulait pas cacher la vérité plus longtemps.

— J'ai une nouvelle à vous annoncer.

— Ah bon ?

— Je suis enceinte.

— Vous êtes...

Il s'interrompit, et quelque chose d'étrange passa sur son visage.

— C'est une merveilleuse nouvelle, Sera. Les bébés sont une occasion de se réjouir. Une affirmation de la vie.

— Oui, je crois.

Elle eut le sentiment qu'il allait l'interroger sur sa vie personnelle, car il savait qu'elle n'était ni mariée ni fiancée, mais il parut changer d'avis.

— En fait...

Si elle n'avait pas été assise face à lui, observant sa réaction, elle l'aurait sans doute raté. Mais dans un éclair de lucidité elle le vit. Une sorte d'air incisif dans ses yeux presque noirs.

Sans savoir pourquoi, Sera sentit une vague glacée affluer au fond d'elle.

Bien qu'il soit toujours en arrêt de travail, Gavin avait entendu dire que le capitaine Reed organisait une petite réception à l'hôpital en l'honneur de Mack et Valencia, et il voulait y aller.

Valencia avait fait d'immenses progrès grâce à sa volonté et au fait qu'aucun de ses organes n'avait été lésé. Ce soir, elle allait rentrer chez elle.

Cela ressemblait bien au capitaine Reed de démontrer sa sollicitude envers son équipe. C'était pour cela qu'ils lui vouaient tous une loyauté indéfectible. Et c'était pour cela que Gavin se rendait à l'hôpital, ravi d'y célébrer quelque chose de positif.

Il s'était arrêté chez Jayden en chemin. Le congé pour deuil de celui-ci allait prendre fin, et il reprendrait son poste à la patrouille du port la semaine suivante. Gavin lui avait proposé de se joindre à eux, mais Jayden avait décliné, prétextant un dîner chez sa mère.

Gavin n'avait pas insisté, sachant très bien qu'il aurait pu faire les deux. Peu importe que Jayden se réjouisse que Valencia rentre chez elle, cela ne pouvait pas effacer le fait que son mari ne le ferait plus jamais.

Mais ses paroles s'étaient gravées dans le cœur de Gavin.

Merci d'être là pour moi, mon vieux. Et merci de m'avoir invité ce soir. Continue de m'inviter. Un jour, je serai prêt.

Il avait vécu trop longtemps sans être prêt. Et cela rendait les changements apportés par Sera dans sa vie d'autant plus revigorants. C'était la preuve que les gens pouvaient non seulement guérir, mais aussi avoir une vie heureuse.

Oh ! comme il le souhaitait à Jayden !

Il entendit son téléphone biper avec l'arrivée d'un texto et il le tira de sa poche en marchant.

Suis presque arrivée. Ai eu une journée incroyable.

Il s'arrêta pour lui répondre et décida de l'attendre, pour entrer avec elle dans l'hôpital.

Impatient de te voir. Tu vas tout me raconter.

En faisant partir le texto, Gavin ne put retenir un sourire. L'habitude de se raconter leurs journées était rapidement devenue la meilleure partie de sa soirée, et il était impatient de l'enlacer et la serrer contre lui.

C'était le besoin croissant d'être avec elle, de lui parler, de la toucher qui le poussait. Si auparavant il trouvait du réconfort dans un travail bien fait, dans une bonne forme physique et mentale, toute cette énergie avait changé d'objectif.

Non que le travail soit moins important, mais il le consumait moins. C'était par Sera qu'il était consumé, maintenant. Par leurs conversations sur le bébé, qui serait bientôt là. Par l'avenir qu'il envisageait pour eux trois.

Ce qui avait débuté comme un fort désir sexuel s'était combiné à l'intimité et l'intérêt pour l'autre. Et plus il passait de temps avec elle, moins il s'imaginait la vie sans elle.

Son cœur se mit à battre quand il la vit arriver. Incapable de se maîtriser, il se précipita vers elle et la souleva dans ses bras.

— Gavin !

Le vent fit voleter ses cheveux autour de son visage, emportant son rire dans les airs.

— Tu m'as manqué.

Elle lui passa les bras autour du cou.

— Toi aussi.

Leurs bouches s'unirent, dans une affirmation de tout ce qu'il avait anticipé. Et en s'abandonnant à leur baiser il sut qu'il était temps de lui dire ce qu'il ressentait.

Quand ils seraient seuls. Il était temps de lui dire combien il désirait un avenir avec elle. Combien il était déterminé à lui prouver qu'elle comptait pour lui.

— Eh bien, je crois que je comprends pourquoi mes journées se traînaient avant.

Elle avait toujours les bras autour de son cou, et son sourire illuminait la lumière mourante du jour.

— Se traînaient ?

— Il n'y avait pas de baiser de bienvenue au bout. J'aime ça.

Il lui mordilla la lèvre.

— Moi aussi.

Main dans la main, ils s'apprêtaient à entrer dans le bâtiment de l'hôpital, quand il entendit son nom de l'autre côté de la rue. La femme du capitaine Reed, Miranda, et leur plus jeune fille, Zuri, agitaient la main sur le trottoir. Il leur fit signe, indiquant qu'ils les attendraient.

Ce début de soirée était calme, la circulation d'une lenteur agréable. Ce fut seulement quand le feu passa à l'orange que

Gavin l'entendit. Un bruit de dérapage, indiquant qu'une voiture ne s'était pas arrêtée.

Il poussa un cri à l'adresse de Miranda et Zuri, qui descendaient déjà du trottoir, et s'élança, résolu à les atteindre avant que la voiture ne les renverse.

16

Sera servait à la ronde de petites tranches de gâteau. Gavin était encore dehors, avec le capitaine Reed, Arlo, Wyatt et Kerrigan. Plusieurs agents en tenue patrouillaient le quartier, inspectaient la scène de crime et prenaient des photos.

Une fois qu'elles avaient été remises de leur choc, le capitaine avait conduit sa femme et sa fille à la cafétéria, où attendait le gâteau de Valencia. Il ne semblait pas pouvoir cesser de les toucher, comme pour s'assurer qu'elles étaient bien en vie.

Sera avait aussi eu envie de toucher Gavin, mais elle l'avait laissé informer le capitaine de ce qui s'était passé et du peu qu'il avait vu du conducteur.

— Je ne sais toujours pas quoi dire.

Miranda l'avait rejointe pour découper le gâteau. Sera soupçonnait que s'activer l'empêchait de ressasser.

— Vous êtes sûre que ça va ?

— Oui, ça va, grâce à Gavin.

D'une main tremblante, Miranda prit des assiettes pour les faire passer au bout de la table. Son regard se posa sur sa fille, qui jouait avec la fille de Mack et Valencia, à l'autre extrémité de la salle.

— Je n'arrête pas d'y repenser.

— Ça vient d'arriver, c'est encore difficile à assimiler. Mais ça va passer avec le temps.

Sera s'efforçait de la réconforter.

— Ça deviendra moins stressant.

— Je sais.

Miranda acquiesça d'un air mélancolique.

— Et je sais qu'un jour viendra où je cesserai de me cramponner à ma fille. Ce que je me suis promis de ne pas faire.

Elle sourit.

— De ne plus faire après m'y être adonnée une bonne semaine. Mais nous nous en sortirons. Je suis la femme d'un flic et je connais les risques. Ce que je ne peux pas accepter, c'est qu'un monstre ait décidé que ma famille, la famille de Mack et celle de Jayden sont des cibles.

Au mot « cible » Sera repensa à son étrange conversation avec David.

David, c'étaient des accidents malheureux. Le tireur a été arrêté et l'affaire est close. Je vais bien.

Jusqu'à ce que vous deveniez une cible.

Il avait aussi utilisé ce mot. *Cible.* Et maintenant il y avait eu un troisième incident. En si peu de temps. Les risques grandissaient, et la présence d'une enfant était un signe clair d'escalade. Comment combattre cela ? Parce que, si les attaques aléatoires dans la rue étaient devenues la norme, plus personne n'était en sécurité.

Une grande main se posa sur les siennes. Un soulagement bienvenu.

— Coucou.

D'un air gentil, Gavin lui prit les assiettes des mains et les posa sur la table avant de l'attirer à lui.

Sans hésiter, elle se blottit dans ses bras. Sentant battre son cœur contre le sien, elle s'efforça de calmer ses pensées. Qui faisait cela ? Et, si cette campagne de terreur s'étendait à des enfants, ne serait-il pas tentant de s'en prendre à une femme enceinte ?

En dix ans, Gavin avait vu plus d'une fois leur capitaine s'emporter, mais n'avait jamais été témoin de la fureur qui l'avait saisi ce soir. Quelqu'un s'en était pris à sa famille. Maintenant qu'il se préparait à devenir père, Gavin comprenait cette rage dévorante, assortie du besoin désespéré de protéger les siens.

Il y pensait encore en raccompagnant Sera chez elle. Vigilant durant tout le trajet, il poussa un soupir de soulagement quand ils se trouvèrent devant sa porte.

— Pourquoi n'entres-tu pas un moment pour te reposer ?

Elle lui désigna gentiment le canapé.

— Tu n'arrêtes pas de dire que tu vas bien, mais tu es toujours en convalescence. C'était une journée difficile, aujourd'hui.

Il s'efforça d'assimiler les paroles de Sera, mais tout ce qu'il comprenait, c'était qu'elle et leur enfant étaient en danger. L'idée de repasser par là le terrifiait. Impossible qu'il y survive encore une fois.

— Je ne veux pas te perdre.

— Gavin, je...

Ses mots se perdirent quand il l'entoura de ses bras et enfouit la tête dans son cou.

— Tu ne me perdras pas, murmura-t-elle contre sa tempe. Nous sommes là, nous n'allons nulle part.

Il voulait la croire. Au milieu de toutes ces incertitudes, il voyait l'avenir qu'il désirait, la vie qu'il voulait donner à son enfant.

— Il n'y a que nous, là tout de suite...

Il comprit le sens des mots plus qu'il ne les entendit. Le baiser qu'elle avait déposé sur sa tempe fut suivi d'autres, aussi légers que des plumes, sur son front, ses paupières, ses pommettes. Elle descendit ensuite sur sa mâchoire parsemée de chaume et sur ses lèvres, avant de s'emparer de sa bouche, l'accueillant avec plus d'amour qu'il n'en avait jamais ressenti.

— Viens.

Elle lui prit la main et, sans attendre la réponse, l'entraîna vers sa chambre. Sa mallette tomba en chemin, de même que l'imperméable qu'elle portait. Il la sentit s'arrêter pour se débarrasser de ses chaussures et lui dire de faire de même. Puis elle ôta sa veste. Sa chemise à lui tomba sur le plancher.

Le temps qu'ils pénètrent dans la chambre, elle n'avait plus que sa jupe et son corsage et lui était torse nu. Il lui enleva le reste de ses vêtements et, en quelques instants, l'allongea sur le lit, nue et magnifique.

— Tu es encore plus belle que je ne m'en souvenais.

Il fit courir des baisers sur sa gorge.

— Et je m'en souviens...

Il déposa un autre baiser sur sa peau...

— ... très...

Un autre...

— ... très bien.

Elle soupira sous ses lèvres, et il poursuivit son exploration, effleurant la naissance de ses seins, puis léchant sa poitrine. De doux gémissements emplirent l'air, et elle s'agita sous lui quand il prit un de ses tétons entre ses lèvres. Elle réagit en grognant d'une voix rauque.

Les signes de sa grossesse étaient évidents et, en se rasseyant pour la regarder, Gavin dut reconnaître qu'ils la rendaient encore plus belle. Ses seins avaient une nouvelle plénitude, de même que ses hanches. Mais c'était le doux renflement de son ventre qui le fascinait.

Leur enfant était là, niché au creux de son corps.

Un pur émerveillement le saisit, et il se pencha pour presser les lèvres sur ce petit arrondi. Une fois encore, un besoin farouche de les protéger l'envahit, lui coupant presque le souffle. Ils étaient à lui, et il donnerait sa vie pour eux. Sans hésiter, sans réfléchir.

Mais ce fut la douceur du regard de Sera, quand elle croisa le sien, qui l'ébranla jusqu'au fond de lui-même. Quelles que soient les épreuves qu'ils avaient vécues jusque-là et celles qu'ils affronteraient à l'avenir, il voulait le faire avec elle. En tant que partenaire. En tant que protecteur. Et en tant que parent.

— Gavin...

Sa voix était un murmure, son prénom ne lui avait jamais paru aussi doux.

Avait-il jamais été plus prêt qu'en ce moment ? Ce rugissement dans ses veines, qui ne pouvait être assouvi qu'en la faisant sienne, avait crû au point qu'il n'entendait rien d'autre. Il ôta son pantalon et son caleçon, derniers obstacles entre eux, et se donna à elle.

Cela faisait plus de trois mois qu'ils n'avaient pas fait l'amour, mais le plaisir lui sembla aussi naturel que l'oxygène, aussi neuf que le lever du soleil. Il se plaça entre ses cuisses et plongea son regard dans le sien. La femme qu'il avait cru ne jamais revoir avait réussi à revenir vers lui. Un miracle, un magnifique tour du destin, qu'il ne tiendrait jamais pour acquis.

Il y avait encore tant à résoudre, mais ce qui semblait impossible quelques semaines auparavant avait désormais l'apparence d'une large avenue s'ouvrant devant eux.

En sentant sa main glisser sur sa chair, le guidant en elle, Gavin comprit autre chose. Il n'y avait pas d'autre femme au monde pour lui. Pas d'autre femme qui lui donne l'impression d'être chez lui.

Chez lui, pensa-t-il lorsque leurs corps se joignirent.

Peu importait ce que la vie leur avait fait endurer jusque-là. Le chemin qui les avait ramenés l'un vers l'autre leur avait offert une perspective, une sagesse, une compréhension des raisons pour lesquelles personne ne leur avait paru aussi *juste* jusque-là.

Lorsqu'il la sentit approcher de l'orgasme, il s'abandonna aussi. Et la laissa l'accueillir en elle.

Était-il possible de vivre seulement d'amour ?

Sera savait que son corps la rappellerait tôt ou tard à l'ordre, mais à cet instant, absorbée par Gavin, elle aurait été heureuse de rester ainsi pour toujours.

— Tu es réveillé ?

Elle avait murmuré les mots, incapable de bouger sous le corps massif de Gavin. C'était une sensation magique, même si cela limitait sa respiration.

Elle n'eut pas à attendre longtemps une réponse. Avec un grand sourire, il se hissa sur les poignets pour la regarder.

— Désolé. Tu m'as fait oublier jusqu'à mon nom pendant un moment.

Un pur délice la traversa devant ce compliment.

— Tu es si gentil.

— En fait, je suis un peu en état de mort cérébrale, mais qui a besoin de pointer ses dépenses ?

— Ce sont ces neurones-là auxquels tu as renoncé ?

— Je ne suis pas très doué pour ça de toute façon, alors tu m'as donné une formidable excuse.

Elle rit de ces inepties.

— J'essayais de calculer combien de temps on peut rester au lit sans avoir besoin d'eau ou de nourriture.

— Et rater le plaisir de manger au lit ?

— Tu as faim ?

— De toi, toujours.

Il se pencha et déposa un baiser sur son épaule.

— De pizza ?

Un sourire rusé éclaira son visage.

— Toujours.

Sera se remit à rire, la joie rugissant en elle. Pour la magie d'être avec lui. Et le merveilleux sentiment de sécurité que lui donnait son corps.

— Maintenant que tu parles de pizza, j'ai un peu faim.

Elle lui chatouilla le flanc, ce qui le fit bouger, lui permettant de se glisser de sous lui et de renverser leurs positions.

Et si elle avait faim de pizza – elle appellerait sa pizzeria favorite dans un instant – elle avait plus envie encore d'explorer cet homme. Un peu plus longtemps… ou *pour toujours*. Ces mots s'étaient faufilés dans ses pensées, en rythme avec les puissantes pulsations de son cœur.

Ce qui l'aurait effrayée une semaine auparavant ne lui faisait plus peur désormais. N'était-ce pas un miracle en soi ? La conviction qu'elle ne méritait rien de bon ni de durable s'était dissipée. C'était Gavin qui l'avait terrassée.

Avec sa patience. Son insistance. Et sa présence, pleine et entière. N'avait-ce pas été une sorte de révélation ? Dès qu'il avait su qu'elle était enceinte, il avait affirmé clairement qu'il n'irait nulle part. Il ferait partie de la vie de son enfant, il n'avait jamais varié là-dessus. Et si elle décidait de faire le grand saut en verbalisant ses sentiments il resterait aussi pour elle. C'était un risque. Mais la récompense serait si grande.

À califourchon sur son ventre, elle se pencha pour l'embrasser. Et dans la douceur de ses lèvres, dans la réaction sous elle, Sera comprit enfin ce dont elle avait besoin.

D'être heureuse. D'être en sécurité. D'envisager son avenir.

C'était plus important encore que le sexe, la nourriture ou le cocon dans lequel ils se blottissaient.

— Je t'aime.

Les mots, qu'elle n'avait jamais prononcés en tant qu'adulte lui parurent justes. Parfaits.

Ses yeux noirs ne quittèrent pas les siens, mais les mains qu'il avait posées au creux de ses reins vinrent gentiment entourer son visage.

— Je t'aime aussi, Sera. Je veux construire un avenir avec toi. Pour notre enfant, oui, mais avec toi. D'une manière ou d'une autre, je l'ai senti dès les premiers moments.

— Moi aussi.

Elle ferma les yeux avant de les rouvrir. Ici. Avec lui. Elle n'avait plus besoin de se cacher.

— Le jour du nouvel an, je me suis enfuie parce que je ne croyais pas que ça puisse être réel. Qu'on puisse ressentir ça avec quelqu'un aussi vite. Mais je me trompais.

Il se souleva sur un coude pour l'embrasser, et l'amour qu'ils se portaient l'un à l'autre les enveloppa à nouveau. Et, lorsqu'ils retombèrent sur le lit, il fallut un long moment avant qu'aucun d'eux ne pense à autre chose qu'à l'autre.

— Il faut que je te reconnaisse ça, Gavin Hayes. Partager une pizza au lit, c'est génial.

Gavin flottait dans une brume de satiété sexuelle et d'appétit repu. Avec la femme qu'il aimait.

— Je ne peux pas dire que ça m'est arrivé souvent.

Elle le contempla en prenant une bouchée de sa pizza au fromage.

— Mais je dois dire que c'était un choix inspiré.

Il ne pouvait pas dire qu'il avait mangé beaucoup de pizzas au lit non plus. Il en avait mangé après l'amour, seul dans sa cuisine, ou avant de sortir. Mais il ne se rappelait pas en avoir mangé au lit avec une femme.

— Moi non plus.

— Je me demande pourquoi. C'est formidable.

Se penchant, il lécha une petite goutte de sauce tomate au coin de sa bouche.

— C'est formidable avec la bonne personne. Et tu es la bonne personne.

Il prit une autre tranche dans la grande boîte en carton qu'ils avaient posée à même le lit.

— Mais je ne crois pas que j'aie jamais eu envie de cette sorte d'intimité avec une autre personne.

— Le sexe, c'est intime.

— De même que manger. Et se raconter des histoires. Et parler. Je n'ai jamais eu ça avant toi, Sera.

— Moi non plus.

Le sourire de Sera faiblit, et l'insouciance de son regard parut se voiler.

— Qu'est-ce qu'il y a ?

— Je pense à Jayden. À tout ce qu'il a perdu. Je t'ai trouvé, et lui il a perdu son mari.

— Je sais.

Le chagrin qu'affrontait son ami était de ceux que personne ne pouvait oublier. Un contraste frappant avec la joie qu'il éprouvait à retrouver Sera et à se préparer à l'arrivée de leur bébé.

Sera posa sa pizza et, se tournant, mit une main sur son bras.

— Il n'est pas seul. Kerrigan, toi, vous tous. Vous y veillerez. Mais pour l'instant l'avenir doit lui paraître bien vide. Interminable.

— C'est l'absurdité de cette tragédie que je n'arrive pas à digérer. On voit beaucoup de morts absurdes en tant que flic. Mais cibler des proches pour cacher ses crimes, pour effrayer les flics et les détourner de leur travail ?

La main toujours posée sur son bras, Sera écarquilla soudain les yeux.

— Gavin !

— Qu'est-ce qu'il...

— Comment ai-je pu manquer ça ? Arlo disait qu'il n'arrivait pas à identifier un réseau criminel. Que l'élimination de ces armes se résumait à des rumeurs.

— Qu'est-ce que ça a à voir avec toi ?

— J'ai accès aux dossiers. J'ai passé toute la semaine à étudier des affaires pour lesquelles on a intenté des actions en justice, mais aussi celles qui ne sont pas arrivées jusqu'au procès, faute de pièces à conviction.

Elle sortit du lit, inconsciente de sa nudité, et courut à sa commode pour y prendre un de ses calepins.

— Tout ce dont nous avons besoin, c'est la datation approximative des armes. Je peux m'en servir pour définir une période dans la base de données et travailler à partir de là.

Ça ne pouvait pas être aussi simple, pensa Gavin. Mais tout en essayant de museler son enthousiasme il comprit qu'elle avait raison.

— Le meilleur de la collaboration interjuridictionnelle...

Elle leva les yeux de ses notes pour lui sourire, avant de revenir vers lui et déposer un baiser sonore sur sa joue.

— Et but pour l'équipe à domicile ! Toi et moi, monsieur Hayes. On va déchirer dans le groupe de travail !

17

Sera ne savait pas bien comment elle était passée des bras de Gavin à une nuit blanche au bureau, mais elle ne pouvait nier qu'elle se sentait bien.

Enfin, ils avaient une piste. Une mince hypothèse, et il allait falloir effectuer beaucoup de recherches, mais ils pouvaient travailler à partir de cela. Gavin l'avait déposée au bureau du procureur avant de se rendre au commissariat, où Arlo, Kerrigan et Wyatt l'avaient rejoint.

Toute la nuit, ils avaient échangé un flux continu de dates par textos, qu'elle confrontait à autant de dossiers que possible.

Elle notait tout. Les modalités de découverte, les rapports, les minutes des procès. Tout cela couvrait des pages de son bloc, mais jusque-là elle n'avait pas encore trouvé de lien.

Se renversant dans son fauteuil, elle fixa ses notes. Il n'y avait pas encore de schéma global, mais elle voyait de la cohérence. Elle voyait des références à des crimes et des activités armées. Mais quand elle passait aux minutes des procès les pièces à conviction n'étaient plus là.

C'était fastidieux et énervant, et elle était sur le point de renoncer, se disant qu'elle s'y remettrait le lendemain matin, lorsqu'elle saisit un mouvement du coin de l'œil.

— Sera !

David pointa la tête par la porte, un large sourire aux lèvres.

— Vous travaillez bien tard !

— Vous aussi. Je ne vous ai pas vu en arrivant.

— Je viens d'arriver.

À 3 heures du matin ?

— Votre conscience professionnelle est impressionnante, David, mais c'est un peu tôt pour commencer.

— Le travail s'accumule depuis quelque temps. Je ne pouvais pas dormir et j'ai eu une idée que je voulais noter. Je me suis dit que j'allais prendre de l'avance.

— Naturellement. La justice est peut-être aveugle, mais elle ne dort pas.

Cette plaisanterie était dans la lignée des taquineries que David et elle échangeaient depuis des années. Ils jouissaient d'une camaraderie née de l'habitude, mais empreinte de respect.

Son patron. Dont elle avait vu le nom au bas de tous les dossiers parcourus. Sa grande signature, rejetant les affaires dans lesquelles elle avait repéré une absence suspecte de pièces à conviction. Elle s'en rendait compte, maintenant.

Apparemment inconscient de ses pensées, David agita la main.

— Je vous laisse, alors.

Tandis qu'il disparaissait, son téléphone sonna, le nom de Gavin s'affichant à l'écran. La sonnerie était sur silencieux, et elle prenait l'appel quand David réapparut.

— Sur quoi travaillez-vous, Sera ? J'ai réduit votre charge de travail pour que vous puissiez profiter pleinement du groupe de travail.

— Je sais, David, et je vous en suis reconnaissante.

Son cœur tambourinait dans sa poitrine, et elle se força à rester calme. À parler d'une voix aussi normale que possible.

— Je suis là précisément pour le groupe de travail.

— Ah bon ?

— Le projet sur lequel mon partenaire et moi travaillons. Nous nous intéressons à la chaîne de préservation des pièces à conviction. Aux erreurs qui peuvent être commises quand on ne les transmet pas de la bonne façon.

— Un angle intéressant.

— Oui, c'est certain.

Elle priait pour que Gavin saisisse le message, consciente qu'elle faisait le plus gros pari de sa vie.

— Et c'est stupéfiant de prendre conscience que tant de gens y mettent la main. Les policiers d'abord. Puis les techniciens médico-légaux. Tout cela sous l'autorité du capitaine.

Elle évita de regarder son téléphone, de crainte que David ne découvre qu'ils étaient écoutés, mais son application de messagerie était ouverte sur son ordinateur, et elle vit arriver le texto de Gavin.

Compris.

Rassurée, elle s'apprêta à faire le saut final.

— Mais vous savez déjà tout cela, n'est-ce pas, David ?

— Vous ne pouviez pas rester en dehors de ça ?

David fit quelques pas à l'intérieur de son bureau.

— Je vous ai détachée sur le groupe de travail pour vous offrir de l'avancement.

— Et je vous en remercie.

— Mais j'avais aussi des motifs égoïstes. Il fallait me débarrasser de vous. Vous avez toujours été trop consciencieuse, ne comptant pas les heures supplémentaires pour vous assurer la première place.

Avant qu'elle ait eu le temps de se sentir insultée, il tira une arme de sa poche et la braqua sur elle. C'était une arme bizarre, comme celles qu'on pouvait assembler soi-même, mais pas moins mortelle.

— Comment avez-vous fait entrer cette arme dans le bâtiment ?

— Vous seriez étonnée de savoir ce qu'on peut faire entrer et sortir d'ici.

Tandis qu'il armait le chien, lui faisant signe de se lever, Sera jeta un dernier coup d'œil à son téléphone, priant pour que Gavin arrive vite. Parce que l'homme qu'elle avait toujours respecté les avait tous trahis.

Tout chez lui était froid. Pas la froidure de l'hiver, mais le froid glacial de la mort.

Gavin ne pensait qu'à cela en mettant Arlo, Wyatt et Kerrigan au courant, avant que Wyatt ne coure avertir le capitaine. Il ne pensait qu'à cela lorsqu'ils enfilèrent leurs gilets pare-balles et vérifièrent leurs armes pour se rendre au bureau du procureur. Il ne pensait qu'à cela quand ils foncèrent dans les rues désertes.

David Esposito avait prouvé qu'il tuait pour nulle autre raison que d'instiller la peur. Sera avait-elle un espoir de survivre à son courroux ?

Gavin repoussa ces pensées pour récapituler les mesures. Il avait appelé des renforts pour une probable prise d'otage tandis que Kerrigan transmettait les ordres pour une intervention du SWAT.

Chaque étape lui semblait durer une éternité. Mais ils avaient mobilisé tout le monde et étaient partis pour le bureau du procureur en moins de cinq minutes. En route, ils informèrent la sécurité du bureau du procureur.

Les agents confirmèrent rapidement que les caméras étaient éteintes à l'étage de David Esposito. Si on ajoutait à cela les vitres teintées du bâtiment, ils étaient aveugles.

Tout ce qu'ils avaient, c'étaient les renseignements glanés par Sera et leur évaluation des risques posés par David. Mais tout cela était devenu caduc quand le procureur avait ordonné à Sera de sortir de son bureau.

Gavin réfléchissait à cela tandis qu'ils filaient dans la nuit. Si David faisait du mal à Sera sur place, il n'aurait plus aucun espoir de dissimuler ses crimes. Il ignorait qu'elle avait laissé la communication sur haut-parleur, et peut-être avait-il encore l'illusion de pouvoir s'en tirer. Dans ce cas, il devrait faire sortir Sera du bâtiment.

— On va la sauver, Gav.

Arlo répétait la même chose depuis plusieurs minutes.

— Sera m'a dit plusieurs fois combien elle aimait travailler avec lui, que c'était un bon patron.

Gavin s'efforçait de faire coller cette image avec ce à quoi ils allaient s'attaquer.

— Et maintenant il est complètement déboussolé. Ça le rend dangereux et imprévisible.

La pire des combinaisons auxquelles ils avaient affaire en tant que flics. Et tandis qu'ils quittaient la voiture Gavin prit conscience que lui aussi se sentait dangereux et imprévisible. Il devait repousser cette sensation et se concentrer sur la nécessité de sortir Sera des griffes de ce cinglé.

C'était la seule façon de les sauver, elle et le bébé.

Le bébé.

Sera ne cessait de penser à la vie qui grandissait en elle. Aux clichés de l'échographie nichés dans leur petite boîte au salon, à leur impatience de voir de nouvelles images lors de son prochain rendez-vous. Peut-être apprendraient-ils le sexe du bébé. Leur enthousiasme avait crû lorsqu'ils avaient commencé à parler de prénoms.

Le bébé était leur avenir. Un avenir qu'ils bâtissaient en ce moment même.

Et si ce qu'elle pensait de son patron était vrai tout cela était maintenant en danger.

David ne l'avait pas ligotée, mais il braquait son arme sur elle, la forçant à rester assise dans l'un des luxueux fauteuils de son bureau.

— Pourquoi faites-vous ça ?

— Pourquoi ?

Il leva les yeux de son téléphone.

— N'est-ce pas évident ?

— En fait, non.

— L'argent, Sera. Ne me dites pas que vous êtes assez naïve pour ne pas savoir que c'est ce qui fait tourner le monde.

Une fois encore, elle préféra ignorer l'insulte. Pourquoi se soucier de l'opinion de quelqu'un de tellement détraqué ? De tellement dépourvu d'âme ?

— Alors pourquoi êtes-vous entré au ministère public ? Si c'était l'argent qui vous intéressait, il y a suffisamment de postes d'avocats en entreprise pour vous assurer des costumes sur mesure toute votre vie.

— Et ensuite on est coincé par des partenaires politiques et toutes ces absurdités.

Comme dans les grandes entreprises on pratiquait la rémunération à la performance, Sera n'était pas prête à lui accorder ce point, mais quelle importance ? Il se racontait des histoires pour ne pas prendre conscience de ce qu'il faisait. Ce qu'il fallait, c'était lui raconter son histoire à elle.

Le texto de Gavin lui traversa l'esprit,

Compris.

Il avait certainement tout mis en œuvre à l'heure qu'il était, si bien qu'elle n'avait qu'à se concentrer sur la manière de sortir du bâtiment. Parce que rester à l'intérieur était la pire des options. Personne ne pourrait l'aider à l'intérieur. Et David avait probablement tout prévu. Il fallait qu'elle sorte.

— Je vous ai toujours respecté. C'est pourquoi je suis restée. C'est pourquoi j'ai choisi de travailler pour la ville.

Il leva les yeux avec un sourire forcé.

— Ravi de savoir que mon petit numéro fonctionnait.

— Si vous ne voulez pas me laisser partir, pensez au moins à mon enfant.

Le sourire s'évanouit, laissant place à une expression calculatrice.

— Le flic. C'est son bébé ? Celui contre lequel vous vous blottissiez sur le bateau de police ?

Le bateau de police ?

— Comment…

Elle comprit tout à coup ce qu'il voulait dire.

— Vous aviez un espion à Hell Gate ?

— Les gens causent des problèmes, Sera. La technologie est tellement plus pratique. Ça épargne d'avoir des yeux à l'affût et ça me donne tout ce dont j'ai besoin.

Sera comprit que c'était la dernière pièce du puzzle. Une part d'elle avait continué d'espérer que David avait été entraîné d'une manière ou d'une autre là-dedans. Qu'il avait été influencé par de sinistres personnages, qui l'avaient corrompu avec des promesses d'argent et de pouvoir.

Mais il n'y avait personne d'autre.

— C'était vraiment vous. À l'origine de tout ça.

— Vous semblez surprise.

Les mots étaient d'une simplicité nue. Ils faillirent l'induire en erreur, car ils ressemblaient aux conversations qu'ils avaient eues au fil des ans. Des débats sur des points de droit. Des discussions sur des mobiles. Des examens de diverses théories juridiques. Mais il n'y avait rien de tout cela. L'affreuse vérité était qu'une personne à qui elle avait fait confiance l'avait trahie.

— Il est temps d'y aller.

— Quoi ?

Il s'était déjà levé, arme en main, désignant la porte avec son téléphone.

— Il est temps d'y aller.

— D'aller où ?

— Là où je pourrai me débarrasser de vous et tenter de sauver ma petite entreprise.

Ils voulaient capturer David Esposito vivant.

Arlo l'avait mis au courant. Le capitaine Reed avait ajouté ses ordres par téléphone, avant de confirmer qu'il était en route. Le SWAT avait donné les mêmes instructions.

À moins que le risque soit trop grand, l'homme devait être à tout prix gardé en vie.

Les conséquences d'une trahison de cette ampleur de la part d'un procureur de New York seraient énormes. Les autorités du NYPD voulaient que tout soit enregistré pour qu'on puisse faire un exemple.

Gavin comprenait les ordres. Il avait même l'intention de les suivre. À moins qu'il n'y ait un soupçon de risque pour Sera. Dans ce cas, rien n'irait plus.

Arlo et lui s'étaient postés avec le SWAT devant le bureau du procureur. Le fait qu'Esposito ait fait exploser la sandwicherie était suffisant pour qu'il y ait aussi une patrouille de déminage, laquelle était prête à intervenir au moindre signe qu'il avait piégé le bâtiment.

— Signature thermique !

Gavin se rapprocha du membre du SWAT qui manœuvrait l'équipement.

— Deux corps, en mouvement.

Il les vit sur l'écran. La façon bizarre dont les deux personnes marchaient, l'une retenant l'autre.

Elles se déplaçaient à travers le troisième étage, allant vers l'escalier situé au centre. Pas après pas, il les vit progresser, avant qu'elles n'arrivent au deuxième étage. Il n'était entré dans le bâtiment qu'une seule fois, mais il se représentait la vaste cage d'escalier qui divisait le bâtiment par le milieu.

— Il la déplace. Il la sort du bâtiment, dit Gavin, certain qu'ils allaient sortir par l'arrière.

Encore plus certain que personne ne tirerait le coup de feu nécessaire. Il en avait la conviction absolue. David Esposito était trop important. Et cela rendait Sera superflue.

Il s'écarta de quelques pas des membres du SWAT. Il était le seul à avoir l'intérêt de Sera à cœur.

Inspirant à fond, il s'immobilisa et fixa l'écran sur lequel on voyait les deux silhouettes. Il vit ces dernières se déplacer dans la cage d'escalier, sur le point d'entrer dans le hall. Il en vit une pousser l'autre. Et il vit un corps tomber, tandis que l'autre s'élançait en courant.

— Vous pourriez ralentir ? Je suis enceinte.

David la tenait d'une main de fer, serrant son arme.

— Vous n'avez rien de bien différent.

— Oui, eh bien, je suis restée assise plusieurs heures, et mes chevilles sont enflées.

Un mensonge facile, pour lequel elle remercia *Toutes les questions des futures mamans.*

Elle le sentit ralentir un peu, un reste de galanterie de sa part. C'était là-dessus qu'elle avait tablé, cela lui donna le léger avantage dont elle avait besoin.

Un pas lent. Une marche. Un pas lent. Une marche. Un pas lent…

Inspirant à fond, Sera poussa David aussi fort qu'elle put.

Qu'il s'agisse de la confiance entre eux ou du fait qu'il la sous-estimait, elle l'ignorait et s'en fichait. Tout ce qu'elle savait, c'était qu'elle avait une chance de s'échapper.

De fuir.

Et si elle pouvait fuir elle retrouverait Gavin, elle le savait.

Ignorant les cris derrière elle, elle dévala le reste des marches aussi vite que possible et zigzagua vers la sortie au rez-de-chaussée. Elle hésita brièvement entre la ruelle et le parking, mais le devant du bâtiment lui donnerait accès à la rue et, si les flics étaient là, à une protection rapide.

David continuait de crier derrière elle et tira un coup de feu lorsqu'elle atteignit les lourdes portes. Elles ouvraient sur le hall principal et la zone de sécurité, et elle fonça devant elle, avide d'air frais. Vers la rue. Vers Gavin.

Des cris s'élevèrent quand elle franchit la porte principale, éblouie par des lumières si vives qu'elle crut que c'était le jour. Et pourtant elle continua de courir. Loin du bâtiment. Loin de la menace. Droit dans les bras de Gavin.

— Sera !

Il la souleva dans ses bras et se retourna pour la mettre à l'abri des menaces.

— Tu es là !

Elle se cramponna à lui, et les cris derrière elle furent étouffés par son corps.

— Je suis là.

Ils restèrent ainsi de longues minutes, étroitement enlacés, sans se soucier de ce qui se passait derrière eux. C'était aux autres de s'en inquiéter. De résoudre le problème.

— Je n'arrive pas à croire que c'était David tout du long.

— Je suis vraiment désolé.

Il la serra contre sa poitrine, murmurant à son oreille :

— Encore une trahison que tu ne méritais pas.

Sa sollicitude était si évidente, si profonde ; elle la frappa en un moment où elle n'avait pas encore réfléchi à cet aspect des actes de David.

Elle redressa la tête et le regarda droit dans les yeux.

— Tu es venu pour moi et pour notre bébé, Gavin. Toi. C'est tout ce dont j'avais besoin.

Son ancien moi aurait voulu se mêler à l'action. Mais elle n'en avait plus besoin, désormais. Elle n'avait plus besoin de travailler, de s'acharner, ni qu'on lui dise qu'elle était la meilleure. Elle voulait toujours se battre, mais elle n'en avait plus *besoin*. En serrant Gavin contre elle, en lui murmurant combien elle l'aimait, Sera comprit que cela faisait toute la différence.

Ce qui occupait ses journées auparavant comptait. La justice pour les habitants de la ville qu'elle aimait compterait toujours.

Mais la vie que Gavin et elle allaient mener et donner à leur enfant ?

C'était le plus important.

Vous avez aimé ce roman ?
Retrouvez en numérique la brigade fluviale :
1. Danger sous la surface
2. Immersion fatale
3. Cœurs à contre-courant

B.J. DANIELS

Deux bébés dans la tourmente

Traduction française de
KAREN DEGRAVE

BLACK ROSE

HARLEQUIN

Titre original :
MISSING: BABY DOE

1

Un courant d'air froid s'engouffra dans le bureau du shérif de Fortune Creek, dans le Montana, quand une femme brune très enceinte ouvrit la porte.

Le shérif par intérim Catherine « Cat » Jameson tressaillit et leva les yeux. Depuis qu'elle remplaçait le shérif local parti en lune de miel, elle avait acquis la conviction qu'il ne se passait jamais rien dans cette petite ville du coin nord-ouest de l'État. Du moins, rien qui requérait la présence d'un shérif – même par intérim.

— Vous devez m'aider ! cria la future mère.

Cat, qui songea aussitôt que l'inconnue était sur le point d'accoucher dans son bureau, posa la main sur son propre ventre, moins arrondi, par réflexe. Quand elle-même donnerait naissance à son bébé, d'ici à deux mois, sa mission dans cette ville serait terminée. C'était la limite de sa projection dans l'avenir.

Tandis que la femme se précipitait vers elle, Cat regretta de ne pas s'être davantage renseignée sur l'accouchement. La standardiste, Helen Graves, une sexagénaire redoutable aux cheveux gris, n'aurait pas hésité à se placer sur le chemin d'un train fou qui aurait tenté d'entrer dans le bureau du shérif Brandt Parker. Mais quand la brune passa devant elle Helen se contenta de hausser les épaules.

Cat se leva, se résignant à l'idée que la standardiste ne protégeait que le *shérif* Parker, qui venait de prolonger sa lune de miel.

— Je vous en prie ! cria la brune, les bras croisés sur son ventre dans un geste protecteur.

L'esprit de Cat s'affola. L'hôpital le plus proche était à des kilomètres. Appeler une ambulance ne serait qu'une perte de temps. Comme Helen ne lèverait sans doute pas le petit doigt pour l'aider, Cat devrait emmener la femme à Eureka dans sa voiture de patrouille en priant pour qu'elles arrivent à temps.

Ce que celle-ci ajouta fit dérailler le raisonnement de Cat.

— Il va nous tuer, mon bébé et moi.

— Vous n'êtes pas sur le point d'accoucher ? demanda Cat, qui craignait d'avoir mal entendu.

L'inconnue secoua la tête.

— Vous pensez que quelqu'un veut vous tuer, votre bébé et vous ?

La femme acquiesça. Aider quelqu'un à accoucher n'était pas dans les cordes de Cat, mais une tentative de meurtre ? Cat avait été formée pour cela. En plus, elle avait besoin de s'attaquer à une affaire avant de mourir d'ennui dans cette bourgade isolée, à un jet de pierre de la frontière canadienne.

Mais n'était-ce pas pour cela qu'elle avait obtenu ce poste ? À cause de sa grossesse, on ne l'avait laissée travailler que derrière un bureau. Fortune Creek était l'incarnation de la campagne endormie.

— Personne ne vous tuera ici, promit Cat. Asseyez-vous, je vous en prie.

La brune se posa péniblement sur une chaise, de l'autre côté du bureau de Cat, et celle-ci lui tendit une boîte de mouchoirs.

— Si vous commenciez par me donner votre nom ? suggéra Cat.

— Lindsey, dit la femme après s'être mouchée. Lindsey Martin.

Cat observa Lindsey, qui se ressaisissait. Elle devait avoir dans les trente ans, à peu près son âge. Elle était soigneusement manucurée et coiffée. Elle ne devait pas manquer d'argent, à en juger par le SUV garé dans la rue – sans parler de sa tenue ni de ses bijoux.

Lindsey Martin, qui jetait des coups d'œil par-dessus son épaule toutes les dix secondes, semblait toujours terrifiée, mais elle avait arrêté de pleurer.

— Lindsey, pouvez-vous me dire pourquoi vous vous croyez en danger ?

— C'est le père de mon bébé.

C'était donc un problème de violence conjugale. Depuis qu'elle était en poste à Fortune Creek, Cat n'avait eu qu'à interrompre une bagarre dans un bar.

— Il ne veut même pas admettre que l'enfant est de lui, ajouta Lindsey.

— Je vois. Vous êtes ensemble depuis combien de temps ?

La femme fronça les sourcils.

— On n'est pas ensemble.

— Très bien. Racontez-moi tout ça depuis le début.

Lindsey inspira profondément. Elle était jolie. Ses longs cheveux étaient relevés en chignon avec une habileté que Cat n'avait jamais développée. Elle avait de beaux yeux marron et une peau mate parfaitement lisse. Soit elle ne portait pas de maquillage, soit ses larmes l'avaient fait disparaître.

— Je l'ai rencontré il y a neuf mois à Washington.

— Un coup de foudre ?

— *Sûrement pas.* C'était censé n'être qu'un coup d'un soir. On était tous les deux soûls. Il a dit qu'il mettrait un préservatif. Il a dû glisser quelque chose dans mon verre, parce que je ne me souviens de rien d'autre jusqu'au moment où je me suis réveillée... enceinte.

Elle baissa les yeux vers son énorme ventre.

Ce n'était vraiment pas l'histoire d'amour partie de travers que Cat avait imaginée.

— Vous voulez dire qu'il vous a violée ?

La femme hésita.

— C'était d'un commun accord, mais… ceci ne faisait pas partie du marché.

— Je suis un peu perdue, avoua Cat. Si vous pensez qu'il vous a droguée, avez-vous porté plainte ?

C'était une question stupide, songea-t-elle aussitôt. Si Lindsey Martin avait porté plainte, elle ne se serait pas trouvée devant elle à cet instant. Lindsey secoua la tête.

— Qu'est-ce qui vous amène à Fortune Creek ? demanda Cat.

— Le père de mon bébé a acheté un ranch dans les environs. Comme je n'arrivais pas à le joindre par téléphone, je suis venue ici pour le voir.

— Depuis Washington ? s'exclama Cat, surprise.

— Non. Je vis à Denver. Il a refusé de me parler, et même de me laisser entrer dans sa propriété.

— Et il a menacé de vous faire du mal, vous dites ?

— J'ai mis un mot dans sa boîte aux lettres avec mon numéro de téléphone et le nom du motel où je m'étais installée.

Elle fouilla dans son sac et en tira un morceau de papier qu'elle posa devant Cat.

— Ça a été glissé sous la porte de ma chambre, précisa-t-elle.

Cat enfila des gants en latex avant de déplier la feuille.

Arrête de causer des problèmes, sinon je me débarrasserai de toi et de ton bébé pour de bon.

Le mot n'était pas signé.

— Vous êtes sûre que ça vient du père du bébé ? demanda Cat.

— Qui d'autre aurait pu écrire ça ?

Bien sûr.

— Et c'est la première fois que vous le contactez ?

Lindsey acquiesça.

— Voyez-vous quelqu'un d'autre qui pourrait vous vouloir du mal ?

Lindsey laissa échapper un petit rire qui ressemblait à un sanglot.

— Dans le Montana ? Même si j'avais des ennemis, il est le seul à savoir que je suis dans le Montana.

— D'accord. Je peux garder ça ?

Lindsey hocha la tête.

— Vous êtes sûre de n'avoir jamais essayé de le contacter ? insista Cat. Parce que ce mot donne l'impression que ce n'est pas la première fois.

Lindsey secoua vivement la tête.

— Très bien. Dans ce cas, pourquoi maintenant ? Vous êtes sur le point d'accoucher. Qu'attendez-vous de son père ?

La question parut surprendre Lindsey.

— Je ne lui ai rien demandé jusqu'ici. Je me pensais capable d'avoir ce bébé. Mais c'est lui qui m'a fait ça. Il a une dette envers moi. Au minimum, il n'a pas le droit de me menacer ! Il doit reconnaître ce qu'il a fait et assumer ses responsabilités.

Elle inspira profondément et ajouta, les larmes aux yeux :

— Je crois que je n'y arriverai pas toute seule.

— Connaissez-vous le sexe de l'enfant ? demanda Cat en songeant à la petite fille qu'elle portait et qu'elle élèverait seule.

— Je ne veux pas le connaître, répondit Lindsey.

— Pensez-vous à le faire adopter ?

Lindsey se remit à pleurer sans dire un mot.

Cat voyait bien que la jeune femme était déchirée – et à juste titre, si ce qu'elle lui avait confié était vrai. Le père du bébé l'avait menacée. S'il l'avait mise enceinte après l'avoir droguée, il pouvait être dangereux et cette menace devait être prise au sérieux.

Cat ouvrit son carnet et saisit un stylo.

— Comment s'appelle-t-il ?

2

Quand on lui avait offert ce poste, Cat n'avait pas chicané ni même posé beaucoup de questions. Que son premier poste dans les forces de l'ordre soit un comté situé au milieu de nulle part était parfait. Celui-ci n'était constitué que de quelques villages sur la nationale qui longeait la Yaak. Autour, il n'y avait que des montagnes et des sapins. Des tas de sapins.

Elle se fichait que la ville la plus proche, Eureka, soit à des kilomètres, de l'autre côté du lac Koocanusa, qui était à cheval entre le Canada et les États-Unis. Elle était exactement là où elle voulait être.

Elle se demanda si Dylan Walker ressentait la même chose alors qu'elle roulait vers le sud, en direction du ranch que Dylan avait acheté un an plus tôt, mais où il n'habitait que depuis trois mois, apparemment. Il avait payé une petite fortune pour cette grande propriété isolée, située à une dizaine de kilomètres de Fortune Creek.

D'après les recherches de Cat, c'était un consultant en travaux publics à la retraite de trente-sept ans qui avait fait l'essentiel de sa carrière à l'étranger. Son adresse précédente était dans la région de Washington. Il n'avait aucune présence sur les réseaux sociaux et son casier judiciaire était vierge. La seule trace administrative que Cat avait trouvée de lui concernait un mariage de courte durée et la seule photo qu'elle avait dénichée était celle de son permis de conduire du Montana.

L'information la plus intéressante était qu'il avait perdu sa femme dans l'explosion d'une voiture à Washington, après un gala de bienfaisance auquel ils avaient assisté tous les deux. D'après Lindsey Martin, c'était ce même soir qu'ils auraient couché ensemble. Neuf mois plus tôt. La coïncidence était troublante.

Après avoir demandé à Lindsey de lui raconter cette soirée, Cat lui avait suggéré de prendre une chambre à l'hôtel de Fortune Creek, qui se trouvait juste en face du bureau du shérif.

— Vous y serez en sécurité, lui avait-elle promis. Je vous tiendrai informée.

Sur la route étroite, sinueuse et peu fréquentée qui menait au ranch de Walker, Cat s'interrogea sur l'homme qu'elle allait voir.

Si ce que Lindsey lui avait dit était vrai, Dylan Walker ne voudrait sans doute pas lui parler non plus tant qu'elle n'aurait pas de mandat. Elle ne faisait ce déplacement que pour tâter le terrain. Elle devait essayer au moins une fois de parler à Walker avant de s'adresser à un juge. Malheureusement, elle doutait de pouvoir obtenir un mandat sur la base d'une simple lettre de menace.

Cat s'approcha du portail de la propriété, surveillé par une caméra. Elle sortit son badge et le tendit vers l'objectif avant d'appuyer sur le bouton de l'Interphone.

— Je suis le shérif par intérim Cat... Catherine Jameson, dit-elle. Je viens voir Dylan Walker.

Pendant de longues secondes, elle crut qu'on ne lui répondrait pas. Finalement, une voix grave demanda :

— De quoi s'agit-il ?

— Je dois m'entretenir avec Dylan Walker à propos d'une question de sécurité publique, expliqua-t-elle.

— Vous avez un mandat ?

— Je veux juste poser quelques questions, mais je peux obtenir un mandat, si vous insistez.

Alors qu'elle s'attendait à être reçue comme Lindsey Martin l'avait été, elle entendit un déclic et vit le portail s'ouvrir.

À la fois soulagée et méfiante, elle entra dans la propriété. Pourquoi toutes ces mesures de sécurité ? Cela semblait exagéré dans la région. Cet homme avait peut-être encore plus de choses à cacher que ne le pensait Lindsey Martin. Mais Cat se souvint que la femme de Walker était morte dans une voiture piégée. Il avait peut-être des raisons de craindre pour sa propre vie.

Avant de se mettre en route, elle avait lu tout ce qu'elle avait trouvé sur l'explosion de Washington. Lindsey Martin prétendait avoir assisté au même gala que les Walker, ce soir-là. Même si le lien entre les deux affaires ne sautait pas aux yeux, c'était une drôle de coïncidence.

Et cela soulevait toutes sortes de questions. Si Dylan et sa femme, Ginny Cooper, étaient allés ensemble à ce gala de bienfaisance, comment avait-il trouvé le temps de s'éclipser avec Lindsey Martin ? Et pourquoi n'était-il pas mort avec son épouse lors de l'explosion ? Avaient-ils chacun leur véhicule ce soir-là ? Ou était-il trop occupé à droguer Mme Martin et à abuser d'elle ? La bombe était-elle destinée aux deux époux ? Si oui, pourquoi avait-on voulu les tuer ? Et quelle était la place de Lindsey Martin dans tout cela ? En avait-elle seulement une ?

Cat emprunta un chemin étroit jusqu'à atteindre la clairière où se trouvait le ranch, qu'elle jugea massif et luxueux. C'était une bâtisse en pierre et en rondins de deux étages, avec de grandes baies vitrées et un garage attenant qui devait pouvoir contenir cinq véhicules.

Un peu plus loin, il y avait un chalet plus modeste, qui ressemblait à une maison de poupée en comparaison. La seule voiture visible, un pick-up noir, était garée devant le chalet.

Quand Cat s'en approcha, un homme apparut à la porte, les

poings sur les hanches. Il portait une chemise en flanelle, un jean et des bottes. Il devait s'agir du gardien de la propriété. Il était grand, costaud et intimidant. Il se passa la main dans les cheveux d'un geste brusque qui trahissait son impatience.

Son attitude autoritaire mit Cat mal à l'aise, ce qui la surprit. Cet homme ne pouvait quand même pas être Dylan Walker ?

Dylan s'approcha de la voiture de patrouille avec l'intention de régler cela le plus vite et le moins douloureusement possible. Cette visite le contrariait, mais il devait savoir de quoi il s'agissait et tuer cet incident dans l'œuf. Il s'était installé dans cette région pour disparaître. Il ne voulait attirer l'attention de personne, surtout pas celle d'un shérif *par intérim*. Il devait se débarrasser de ce problème, quel qu'il soit.

Une jeune femme mince sortit de la voiture. Quand elle se retourna, il s'aperçut qu'elle était enceinte. Elle portait un jean et une chemise beige à manches courtes sur laquelle était épinglée une étoile argentée. Son stetson était posé sur une masse de boucles rousses qui semblaient vouloir s'échapper de sa queue-de-cheval.

Il ne l'avait pas bien regardée sur la vidéo quand elle s'était présentée au portail et l'abondance de ses taches de rousseur, qu'elle n'essayait pas de masquer par du fond de teint, le stupéfia.

Il fut aussi frappé par sa jeunesse et la sensualité de ses lèvres. Il n'aurait pas pu imaginer un représentant de la loi à l'air plus inoffensif qu'elle, songea-t-il en réprimant un sourire. Il changea d'avis quand leurs regards se rencontrèrent. Ses yeux d'un bleu aussi intense que le ciel du Montana pétillaient d'intelligence. Il y lut aussi une grande détermination et de la méfiance. Quelle que soit la raison pour laquelle cette femme lui rendait visite, elle la prenait au sérieux.

— Shérif par intérim Cat… Catherine Jameson, se présenta-t-elle en serrant la main qu'il lui tendait.

Il jeta un coup d'œil à sa main gauche et remarqua qu'elle portait une alliance.

Alors qu'elle le saluait avec fermeté, elle scruta son visage et il eut l'impression déplaisante qu'elle avait le pouvoir de lire en lui comme dans un livre ouvert.

— J'ai quelques questions à vous poser, dit-elle. On pourrait aller dans votre maison.

Comprenant qu'elle parlait du ranch, il répondit :

— Ce n'est pas ma maison.

Elle haussa un sourcil.

— Elle m'appartient, mais ce n'est pas là que je vis, précisa-t-il. De quoi s'agit-il ?

Cat comprit qu'il ne l'inviterait pas non plus à entrer dans le chalet. S'il voulait qu'ils aient cette discussion dehors, très bien. Elle n'irait pas par quatre chemins.

— Il s'agit d'une certaine Lindsey Martin, répondit-elle.

Il fronça les sourcils.

— Je ne connais pas cette personne.

Cat songea que cet homme avait vraiment besoin d'aller chez le coiffeur. Quand une mèche tomba devant les yeux de Dylan, il l'écarta avec agacement, comme s'il avait l'habitude d'avoir les cheveux plus courts. Il avait aussi besoin de se raser.

— Mme Martin affirme que vous vous êtes rencontrés à Washington il y a neuf mois.

Son expression se durcit. À cause du délai qu'elle venait de mentionner ?

— Si nous nous sommes rencontrés, je n'en ai aucun souvenir, répondit-il.

— Selon elle, vous l'avez droguée à un gala et vous avez eu un rapport sexuel non protégé avec elle, qui l'a fait tomber enceinte.

Dylan voulut l'interrompre, mais elle poursuivit avec fermeté.

— Après avoir essayé de vous contacter récemment, elle a reçu des menaces.

Dylan Walker s'efforçait clairement de réprimer sa colère. Il inspira profondément avant de répondre :

— Je peux vous assurer que je n'ai mis personne enceinte, et encore moins drogué une inconnue dont je n'ai jamais entendu parler. Elle se trompe.

— D'après ses dires, elle est venue ici hier matin. Elle affirme que vous avez refusé de la laisser entrer et de reconnaître les faits. Ensuite, elle a reçu une menace de mort. Soutenez-vous qu'aucune femme n'est venue chez vous hier ?

Il fronça les sourcils.

— À quelle heure ?

— Vers 8 heures du matin.

— Je fais une longue promenade à cheval tous les matins. Si elle a parlé à quelqu'un, ce n'était pas moi.

— À qui d'autre aurait-elle pu parler ?

Il soupira avant de déclarer :

— J'ai une invitée. C'est sans doute elle qui lui a répondu, mais elle ne m'en a rien dit.

— Voilà qui est étrange. Mme Martin affirme avoir échangé quelques mots avec un homme par l'Interphone du portail. Elle a supposé que c'était vous.

— Je ne vois pas ce que je peux vous dire de plus, répondit-il en secouant la tête. Je n'étais pas là et il n'y avait que Rowena dans le ranch.

— Rowena ? J'aurai besoin de son nom de famille et de son numéro.

Elle sortit son carnet et attendit.

— Rowena Keeling, dit-il avant d'épeler le nom et le prénom. Je ne connais pas son numéro. Je lui suggérerai de vous appeler.

— Elle séjourne toujours chez vous ? s'enquit Cat, surprise.

Il prit un air hésitant.

— Je crois qu'elle est partie à Cooper. Je lui demanderai son numéro quand elle rentrera.

Son invitée et lui ne devaient pas être très proches, s'il n'avait même pas son numéro de téléphone, songea Cat, un peu surprise.

— Mme Martin a laissé un mot dans votre boîte aux lettres avec le nom du motel où elle était descendue. L'avez-vous toujours ?

— Je ne l'ai jamais eu, répondit-il en se passant la main dans les cheveux avec mauvaise humeur. J'interrogerai Rowena à ce sujet.

Cat scruta son visage en se demandant pourquoi son invitée aurait pris quelque chose dans sa boîte aux lettres. N'était-il vraiment au courant de rien ? Il avait l'air complètement désarçonné par l'accusation. Qui devait-elle croire, cet homme ou la femme terrifiée qui avait fait irruption dans son bureau ?

Pourquoi Lindsey Martin aurait-elle menti ? La raison la plus évidente était l'argent. Walker semblait en avoir beaucoup. Lindsey avait-elle tout inventé pour essayer de lui en soutirer ?

Mais il y avait un moyen sûr de prouver que Dylan Walker était ou n'était pas le père du bébé de Lindsey : un test ADN.

— Vous avez bien conscience qu'après la naissance de l'enfant la vérité éclatera grâce à un test ADN ? le mit-elle en garde.

— J'espère bien, parce que cette femme n'est pas enceinte de moi.

— Vous en êtes sûr ?

— Certain.

Cat ne savait plus quoi penser. Dylan Walker semblait convaincu qu'un test ADN prouverait qu'il n'était pas le père du bébé de Lindsey Martin. Mais le fait qu'ils aient tous deux assisté à ce gala neuf mois plus tôt avait de quoi éveiller les soupçons, même ceux d'une policière aussi inexpérimentée qu'elle. L'un d'eux mentait.

Elle repensa aux réponses que Lindsey lui avait fournies. Pourquoi n'avait-elle pas porté plainte si elle avait été droguée ?

Parce qu'elle n'en était pas sûre. Elle avait beaucoup bu et elle reconnaissait avoir été consentante.

Cela pouvait être vrai. À ce stade, Cat ne voyait pas du tout comment les pièces du puzzle s'assemblaient. Lindsey pouvait-elle s'être trompée sur l'identité de l'homme avec lequel elle avait couché ?

— Mme Martin dit que vous vous êtes rencontrés au gala, répéta-t-elle.

— Comme je vous l'ai dit, je ne connais pas cette personne. Je rencontre beaucoup de gens dans les soirées de ce genre. Je ne couche avec aucun d'eux.

— C'est une accusation grave, insista-t-elle.

— J'en ai bien conscience.

Il baissa les yeux. Après avoir encore repoussé une mèche rebelle, il effleura une cicatrice sur sa tempe comme si c'était un geste qu'il faisait souvent sans y penser. Avait-il été blessé par l'explosion ?

— J'étais au même gala que votre victime, mais elle se trompe si elle croit sincèrement qu'on a couché ensemble, ajouta-t-il. J'étais en compagnie de ma femme.

Pas toute la soirée, songea Cat.

Elle hésita à mentionner l'explosion et le décès de son épouse, mais Walker n'était clairement pas avec elle à ce moment-là.

— Vous êtes donc disposé à faire un test ADN ? demanda-t-elle.

— S'il le faut, répondit-il, de plus en plus impatient. Mais je vous assure que c'est une perte de temps. Ce n'était pas moi.

Cat sentait qu'il regrettait de l'avoir laissée entrer. Alors, pourquoi lui avait-il parlé sans se faire assister d'un avocat ? Parce qu'il n'avait vraiment rien à cacher ? Parce qu'il estimait pouvoir la convaincre de son innocence ?

À vrai dire, il avait plus ou moins réussi. Elle le croyait ou avait envie de le croire. Dylan Walker semblait être un homme endeuillé qui souffrait beaucoup. Il avait acheté ce ranch avant l'explosion. Comptait-il venir vivre ici avec sa femme ? Il avait l'air de vouloir s'isoler, à présent… Sauf qu'une certaine Rowena Keeling séjournait chez lui.

— J'aimerais parler à Mme Keeling dès que possible. Quand rentrera-t-elle ?

Elle jeta un coup d'œil à la grande bâtisse. L'invitée de Walker s'était-elle installée là-bas ou dans le chalet avec lui ?

Il secoua la tête.

— Je n'en ai aucune idée. Je lui dirai de vous appeler si je la vois. Je suis navré de ne pas pouvoir vous donner son numéro. C'était une amie de ma femme.

— Si vous la voyez, interrogez-la aussi sur le mot que Mme Martin a laissé dans la boîte aux lettres.

Il ne répondit rien.

— J'espère que je n'aurai pas besoin de revenir, ajouta-t-elle sincèrement avant de ranger son carnet.

— Je l'espère aussi, shérif par intérim *Cat* Jameson.

Un frisson la parcourut quand il plongea ses yeux dans les siens après l'avoir délibérément appelée par son surnom. Dylan Walker était un très bel homme, dans le genre ténébreux. Quand son regard s'adoucissait de cette façon… Il devait avoir l'habitude d'obtenir ce qu'il voulait, songea-t-elle. Et, pour le moment, il voulait qu'elle s'en aille.

Cat monta dans sa voiture et passa devant la grande maison pour repartir. Celle-ci semblait déserte. Il n'y avait pas de véhicule garé dehors. Rien n'indiquait la présence de quelqu'un d'autre, mais il était impossible d'être sûr du contraire dans une propriété aussi vaste.

Elle jeta un coup d'œil dans le rétroviseur. Dylan Walker était rentré dans le chalet. Sa visite n'avait pas paru l'inquiéter outre mesure. Parce qu'il n'avait pas peur du shérif par intérim de Fortune Creek ?

Le portail s'ouvrit quand elle s'en approcha et la caméra

de sécurité suivit son passage. Walker la regardait-il partir ou avait-il déjà chassé cette histoire de son esprit ? Elle se promit d'essayer de mettre la main sur l'enregistrement de la veille, qui prouverait sans doute que Lindsey Martin était venue. Il pouvait aussi prouver que Walker lui avait parlé, contrairement à ce qu'il soutenait.

Mais elle ne pouvait rien faire de plus tant qu'elle n'aurait pas assez d'éléments pour obtenir un mandat. À présent, elle avait hâte de reparler à Lindsey Martin.

3

Dylan rentra dans le chalet et ferma la porte derrière lui en jurant. Qu'est-ce qui avait pris à Rowena de répondre à l'Interphone, d'éconduire quelqu'un qui venait le voir et de ne même pas lui en parler ? Et elle aurait pris un mot dans sa boîte aux lettres ?

Cela le rendait encore plus méfiant concernant la raison de sa visite. Il ne pouvait s'empêcher d'avoir l'impression qu'elle attendait quelque chose. Ou quelqu'un ? Il n'aimait pas être ainsi, mais l'amie de sa femme l'avait toujours rendu suspicieux. Il était bien dommage qu'il ne se soit pas autant méfié de son épouse elle-même. Il ne serait pas passé pour un imbécile quand la vérité avait éclaté.

Il alla dans son petit bureau, fit coulisser la bibliothèque pour révéler le coffre-fort qu'elle cachait et ouvrit celui-ci. Il avait un pressentiment désagréable depuis l'arrivée du shérif par intérim. Il récupéra le téléphone que contenait le coffre et vit qu'il avait un message.

C'était mauvais signe. Seules deux personnes avaient ce numéro et l'une d'elles était morte. Il s'empressa d'écouter le message.

— Une nouvelle perturbante. Allen Zimmerman. La police a conclu à un suicide. Sois prudent.

Son estomac se noua. Il rangea le téléphone en jurant derechef et replaça la bibliothèque. Allen ne pouvait pas s'être suicidé.

C'était absurde. Cela devait avoir un lien avec la fuite dont on lui avait parlé.

Ébranlé par ce qu'il venait d'apprendre, il regagna le salon et y trouva Rowena en train de se servir un verre. Il jeta un coup d'œil derrière lui. L'avait-elle entendu écouter son message ?

— Je ne t'ai pas entendue sonner au portail, dit-il, ne réussissant à réprimer sa colère que parce qu'il avait été très bien formé pour cela.

Il ne fallait jamais exprimer ses émotions devant un ennemi potentiel, ni montrer son jeu avant d'être prêt pour l'affrontement.

Rowena se tourna vers lui, le sourire aux lèvres.

— Je n'ai pas sonné pour ne pas te déranger. Ton jardinier m'a donné le code.

— Je vois que tu te sens comme chez toi, ironisa-t-il. J'ai besoin de ton numéro de téléphone.

Elle le lui communiqua avec empressement, comme si elle s'attendait à ce qu'il l'appelle pour lui proposer un rendez-vous galant.

— Je te sers quelque chose ? offrit-elle quand il eut fini de noter le numéro.

— Non merci.

— Comme tu voudras, répondit-elle après un soupir.

Elle s'installa dans un fauteuil en cuir et retira ses escarpins.

Dylan ne voulait pas de compagnie et n'avait invité personne dans son ranch – surtout pas la femme qui avait débarqué. Il avait été pris de court quand elle était arrivée et l'avait stupidement laissée entrer.

— Sans vouloir te vexer, que fais-tu encore là, Rowena ? lui lança-t-il.

— Comment peux-tu me demander ça ? s'écria-t-elle en faisant bouffer son carré blond. Je m'inquiète pour toi. Ginny aurait voulu que je veille sur toi.

Ginny.

Même si Rowena prétendait avoir été la meilleure amie de Ginny, cela hérissait le poil de Dylan de l'entendre prononcer le prénom de sa femme décédée. Il ne comprenait pas comment Ginny avait pu supporter de fréquenter Rowena. Bien sûr, il avait fini par saisir qu'il les connaissait très mal l'une et l'autre.

Pendant leur bref mariage, Ginny lui avait paru très douée pour tenir à distance ses nombreuses fréquentations quand elle ne voulait pas les voir. Voilà pourquoi il avait trouvé surprenant que Rowena leur rende si souvent visite et les accompagne à tant de soirées. Ginny détestait les gens qui étalaient leur fortune, ce qui semblait être l'unique activité de Rowena.

— Je vais très bien, affirma Dylan. Tu n'avais pas besoin de t'inquiéter et encore moins de venir jusqu'ici pour t'en assurer.

Rowena esquissa un sourire qui manquait totalement de sincérité.

— Je pensais que tu serais content de me voir. Tu dois te sentir seul ici.

Elle prit une gorgée de son gin tonic, l'air détendue – trop détendue.

Elle était belle et riche. Elle semblait avoir grandi, comme lui, dans l'air raréfié des appartements chics de Manhattan, en dehors des vacances à l'étranger et des week-ends dans les résidences de luxe de ses amis. Étrangement, il n'avait jamais croisé Rowena avant qu'elle ne devienne proche de Ginny.

Il l'observa un long moment et se rappela son arrivée. C'était quatre jours plus tôt. Son apparition l'avait stupéfié. Elle avait dit qu'elle passait par le Montana et pensait en profiter pour prendre de ses nouvelles. Les gens ne passaient pas par le Montana, sauf s'ils venaient de Chicago, de Seattle ou du Canada.

Quand il le lui avait fait remarquer, elle avait admis qu'elle désirait voir son ranch – un prétexte tout aussi minable.

— Ginny aurait voulu que je me soucie de toi, répéta-t-elle. Tu sais à quel point nous étions proches.

Dylan n'était pas sûr que ces deux affirmations soient vraies. Ginny ne lui avait jamais dit que Rowena était sa meilleure amie. Alors, pourquoi l'avait-elle laissée lui coller aux basques ?

Il soupira quand il prit conscience qu'il avait fait la même chose. Lorsqu'il avait ouvert le portail à Rowena, il pensait qu'elle ne resterait que jusqu'au lendemain. Elle ne faisait que passer, disait-elle... Alors, pourquoi était-elle encore là et pourquoi l'avait-il laissée rester ?

Il s'assit dans le fauteuil qui faisait face à celui de Rowena, posa les coudes sur ses genoux et demanda :

— Quelle est la véritable raison de ta présence ?

— Pardon ?

— C'est une question légitime.

— Je te l'ai déjà dit, fit Rowena, l'air agacée. Je voulais voir ton ranch et prendre de tes nouvelles. Ginny est morte il y a moins d'un an.

— As-tu vraiment besoin de me rappeler à quand remonte l'assassinat de ma femme ? demanda-t-il en se levant. Je n'ai aucune envie d'en parler.

— Tu as peut-être besoin d'en parler, répliqua Rowena, à qui il répondit par une grimace. C'est une phase du processus de deuil.

— Je viens de te dire que je n'avais pas envie d'en parler. Parlons plutôt de ta vie. Où en est ta dernière relation ? C'est le numéro combien, déjà ?

— C'est juste cruel, grommela-t-elle en se levant à son tour.

Dylan s'en voulut d'avoir exprimé son agacement, mais que faisait-elle là, au juste ? Elle n'était sûrement pas venue pour tenter de le conquérir. Elle ne pouvait pas être aussi stupide.

— Le shérif aimerait te parler, dit-il en l'observant. Je lui ai envoyé ton numéro.

— Je l'ai vue. N'est-elle pas jolie comme un cœur ? ironisa-t-elle. Et enceinte !

Elle éclata de rire.

— Tu étais dans le coin ?

Parce qu'elle me surveillait, songea-t-il aussitôt.

— J'ai attendu qu'elle s'en aille. Pourquoi voudrait-elle me parler ?

— Elle m'a interrogé sur une visite que j'aurais reçue hier matin pendant ma promenade à cheval.

— Une visite ?

— Tu as oublié de m'en avertir, apparemment.

— Oh ! Cette cinglée ! Il n'était pas question que je la fasse entrer. Je n'ai rien compris de ce qu'elle disait.

— Tu as dû mieux comprendre quand tu as lu le mot qu'elle a laissé dans ma boîte aux lettres.

Rowena se figea un instant, puis soupira.

— Ça n'avait aucun sens. Je n'ai pas vu du tout…

— Montre-le-moi.

Elle cligna des yeux, vida son verre d'un trait et alla se resservir.

— Je l'ai jeté.

— Avait-elle précisé qu'elle était enceinte ?

— Tu crois que c'était son problème ? s'enquit Rowena. Il doit y avoir quelque chose dans l'air, par ici, pour que les grossesses soient si nombreuses.

— Je ne plaisante pas.

— Quelle importance ? demanda Rowena en haussant les épaules.

— Ça n'en a peut-être aucune, admit-il. Le shérif m'a juste posé quelques questions. Mais tu m'as assurément compliqué la vie.

— Si ça peut te faire plaisir, je décrocherai quand le shérif appellera, dit Rowena en retournant s'asseoir. C'est tout ce qui te contrarie ? Je croyais que c'était la nouvelle de Washington qui t'avait mis dans cet état.

Il écarquilla les yeux et s'attendit presque à l'entendre parler de la mort d'Allen Zimmerman, son ancien chef, sauf qu'elle n'était pas censée connaître qui que ce soit de cet univers. Rowena était une riche divorcée qui était devenue l'amie de sa femme après avoir emménagé à côté de chez eux, une mondaine désœuvrée qu'il avait souvent trouvée, en rentrant du travail, en train de finir une deuxième ou troisième bouteille de vin avec Ginny.

— J'avais peur que ça te perturbe d'apprendre que la police rouvrait l'enquête sur l'explosion qui a tué notre Ginny, reprit-elle.

Notre Ginny ? Au moins, elle avait été assez maligne pour ne pas mentionner Beau, son frère, qui se trouvait aussi dans la voiture.

— Comment as-tu su que la police rouvrait l'enquête ?

— Un ami qui travaille au bureau du procureur me l'a dit. On va peut-être enfin identifier le responsable et tu pourras tourner la page. C'est pour ça que tu es venu t'installer ici, non ? Pour oublier ?

— Ton ami t'a-t-il expliqué pourquoi ?

— Non, il paraît que tout ça est très confidentiel, répondit-elle en haussant les épaules. Je me demande bien pour quelle raison.

Lui aussi. Il avait envie d'un verre, à présent. Il commençait à avoir du mal à garder son calme.

— Est-ce que le nom de Lindsey Martin te dit quelque chose ? l'interrogea-t-il en allant se servir un bourbon.

— Non. Il devrait ? Qui est cette personne ?

— La femme que tu n'as pas laissée entrer hier et dont tu as détruit le mot, répondit-il après avoir bu une gorgée. Mais tu l'ignorais, n'est-ce pas ?

— Franchement, Dylan...

Elle se leva et le rejoignit au bar. Elle le colla tant qu'il sentit la chaleur de son corps.

— De quoi m'accuses-tu ? murmura-t-elle en se rapprochant encore.

À vrai dire, il était agité depuis quelque temps, même avant l'arrivée de Rowena et le passage du shérif, comme s'il avait eu un pressentiment. Il n'en revenait pas que Zimmerman soit mort. Et voilà qu'on rouvrait l'enquête sur l'explosion ? Les ennuis étaient portés par les vents mauvais, aimait dire son frère Beau. Rowena devait être le vent mauvais du moment.

Il croyait avoir laissé cette vie derrière lui en se retirant dans le Montana. Il s'était visiblement trompé. Son passé le rattrapait et ceux qui se trouvaient dans les parages, comme le shérif par intérim, risquaient d'en faire les frais.

— As-tu des ennuis, Dylan ? demanda Rowena.

Il lui décocha un sourire et répondit en murmurant à son tour :

— Je pense que tu as accompli ce que tu projetais en venant ici.

— Tu te trompes, répliqua-t-elle presque tristement. Ça t'embêterait vraiment que je reste quelques jours de plus ? Puisque je suis ici, j'aimerais visiter un peu la région. Je te promets de ne pas te déranger. Laisse-moi juste séjourner dans la grande maison.

— Quelques jours, mais pas plus. Désolé, mais j'ai besoin d'être seul. C'est pour ça que j'ai acheté ce ranch.

Pourquoi avait-il accepté ? Parce que la requête de Rowena n'était pas déraisonnable ou parce que cela lui laisserait le temps de découvrir la véritable raison de sa présence ?

— Je comprends, répondit-elle. Je sais à quel point vous vous aimiez, Ginny et toi.

Il hocha la tête, même s'il lui était pénible de le faire. Rowena ignorait de quelle façon Ginny et son propre frère l'avaient trahi.

— Je partirai le week-end prochain, c'est juré, ajouta-t-elle. Merci.

Elle déposa un baiser sur sa joue et s'en alla en laissant son parfum flotter dans l'air. Il la suivit pour verrouiller la porte du chalet derrière elle, puis regagna son bureau en se promettant de changer le code du portail dès qu'elle serait partie.

Mais, dans l'immédiat, il devait comprendre ce qui se passait. Que pouvait-il y avoir de neuf dans une affaire qui datait de presque un an ?

De retour à Fortune Creek, Cat fonça à l'hôtel qui se trouvait en face du bureau du shérif. La ville n'était constituée que de quelques pâtés de maisons. Il y avait un vieil hôtel, une épicerie, une station-service, un bar et le bureau du shérif. La rue principale se terminait en cul-de-sac au bord du ruisseau. Fortune Creek était si petite que Cat avait été surprise qu'il y ait un bureau du shérif, mais c'étaient les seules forces de l'ordre dans cette partie du nord-ouest du Montana, à quelques kilomètres à peine de la frontière canadienne.

L'hôtel, qui comptait trois étages, était en cours de restauration après être resté à l'abandon plusieurs années. L'ancienne star du football Ash Hammond était rentrée dans sa ville natale et l'avait acheté quand une blessure avait mis fin à sa carrière sportive. Elle le trouva à l'accueil. Ash, qui était un jeune homme séduisant et souriant, la salua aimablement.

C'était l'une des rares personnes qui l'avaient reçue à bras ouverts à Fortune Creek. La plupart des gens du coin préféraient le shérif Brandt Parker et ne s'en cachaient pas, même quand elle leur rappelait qu'elle n'occupait son poste que provisoirement.

— C'est une belle journée, hein ? lui lança Ash. J'allais sortir déjeuner. Vous voulez m'accompagner ?

Il n'avait guère que deux options : le restaurant et l'épicerie.

— Merci, mais je dois parler à l'une de vos clientes, Lindsey Martin. Dans quelle chambre est-elle ? demanda-t-elle en s'engageant dans l'escalier.

Le vieil ascenseur avait été réparé, mais elle avait besoin de faire de l'exercice.

— Je lui avais attribué la chambre 307, mais elle n'y est déjà plus, répondit Ash. Je lui ai donné sa clé et j'ai monté ses bagages. Cinq minutes plus tard, elle est sortie de l'ascenseur avec ses bagages et elle m'a dit qu'elle ne pouvait pas rester.

— Elle a quitté l'hôtel ? demanda Cat, incrédule.

Elle avait assuré à Lindsey qu'elle serait en sécurité à Fortune Creek, surtout juste en face du bureau du shérif.

— Vous a-t-elle dit pourquoi ?

Ash secoua la tête.

— Vous a-t-elle dit où elle allait ?

Ash secoua encore la tête.

— Elle a dû me laisser un message… L'avez-vous vue se rendre dans mon bureau ?

— Non, désolé. J'ai mis ses bagages dans le coffre de sa voiture et elle est partie immédiatement.

Avait-elle reçu de nouvelles menaces qui l'avaient fait fuir ?

— Avait-elle un comportement étrange ?

Ash haussa les épaules.

— Elle avait l'air pressée, mais pas terrifiée, si c'est ce que vous voulez dire. Elle semblait juste avoir changé d'avis.

À propos de l'hôtel ou de ce dont elle accusait Dylan Walker ? se demanda Cat en traversant la rue. Avant d'entrer dans son bureau, elle vit une voiture se garer devant l'hôtel et deux hommes en costume en sortir.

Elle s'arrêta pour les observer. Le plus grand balaya la rue du regard, puis tous deux pénétrèrent dans l'hôtel. Ces hommes détonnaient franchement dans le paysage. Qu'étaient-ils donc venus faire à Fortune Creek ?

Ce n'étaient clairement pas des touristes, surtout pas à cette période de l'année. Elle chassa les deux hommes de son esprit en entrant dans son bureau et espéra que Lindsey Martin allait bien. Au stade où elle en était de sa grossesse, elle avait peut-être estimé qu'elle avait besoin d'être plus près d'un hôpital.

Le bureau du shérif de Fortune Creek était minuscule, et seules Cat et Helen tenaient la boutique. Il s'était passé si peu de choses depuis sa prise de fonction que Cat se demandait comment le shérif officiel occupait ses journées. Quant à Helen, elle ne faisait quasiment que tricoter.

Bien sûr, Cat la trouva en train de manier les aiguilles. Helen leva à peine les yeux lorsque Cat s'approcha de son bureau.

— À tout hasard, est-ce que la femme enceinte aurait appelé pour me laisser un message ?

— Il est sur votre bureau.

Cat s'interdit de soupirer et répondit :

— Merci.

Le message disait :

Lindsey Martin : « J'ai changé d'avis. »

Helen avait noté l'heure de l'appel – quelques minutes après le départ de Cat pour le ranch de Dylan Walker.

— Avez-vous relevé un numéro de téléphone ? lança-t-elle à Helen de la porte de son bureau.

— Elle a appelé de l'hôtel.

— J'aurais aimé le savoir avant de parler à Dylan Walker, grommela Cat en fusillant Helen du regard.

Qu'elle l'ait entendue ou non, Helen n'eut aucune réaction, ce qui valait sans doute mieux. Cat se demanda ce qu'elle pouvait faire pour que la standardiste cesse de la traiter comme une étrangère. Mais presque tous les habitants de Fortune Creek avaient la même attitude. Ce n'était pas seulement qu'ils préféraient Brandt Parker. Ils semblaient ne pas comprendre pourquoi une femme le remplaçait – surtout une femme enceinte qui portait une alliance sans avoir d'homme auprès d'elle.

Cat estimait que cela ne les regardait pas et n'avait aucune envie de raconter sa vie à ces gens. Elle ne passerait que quelques mois dans cette ville et comptait s'accommoder de cette situation, même si le travail était à mourir d'ennui.

Mais il lui arrivait de se demander ce qu'elle faisait dans une ville où l'on ne voulait pas d'elle. Évidemment, il n'était pas question qu'elle s'engage dans un concours de popularité avec le shérif Brandt Parker. Elle était sûre de perdre à plate couture. Il était apprécié, admiré et apparemment si beau qu'une New

Yorkaise lui avait tourné la tête, l'avait forcé à l'épouser et l'avait kidnappé pour une longue lune de miel. C'était la version officielle, du moins. Cat plaignait un peu cette pauvre femme qu'elle ne connaissait pas. Il était difficile de se faire accepter dans cette ville. Helen avait sûrement très mal pris le mariage de son shérif.

Cat songea que les gens du coin se montreraient sans doute plus accueillants si elle s'ouvrait à eux, mais elle n'avait aucune envie de le faire.

Qu'ils s'interrogent si ça les amuse.

Elle posa une main sur son ventre et sourit en sentant bouger son bébé. C'était son histoire. Elle ne regardait personne d'autre qu'elle.

Cat chassa ces pensées et relut le message de Lindsey. S'était-elle dégonflée parce que son stratagème n'avait pas marché du premier coup ou avait-elle reçu de nouvelles menaces ?

Elle jeta le message dans la corbeille et sortit son carnet pour relire ses notes. Elle avait proposé à Lindsey de demander une ordonnance restrictive à l'encontre de Dylan Walker. Lindsey avait refusé.

Lindsey avait l'air si effrayée quand elle était venue la voir que Cat avait décidé d'interroger Dylan Walker avant toute chose.

Maintenant qu'elle l'avait fait, elle ne savait plus qui croire. Lindsey paraissait terrifiée pour sa sécurité et celle de son bébé. Dylan avait répondu franchement à ses questions, comme s'il n'avait rien à cacher. Lequel des deux disait la vérité ?

Une idée lui vint subitement à l'esprit. Lindsey pouvait-elle avoir fait semblant d'être enceinte en glissant un coussin sous ses vêtements dans l'espoir d'arnaquer Walker ?

Parce que Cat ne voyait pas pour quelle raison elle avait changé d'avis si elle s'apprêtait vraiment à accoucher du bébé de cet homme.

Cat songea à appeler Walker pour l'informer que Lindsey était partie, mais il lui avait assuré qu'il ne connaissait pas cette femme et il n'avait pas semblé craindre que l'affaire aille plus loin. Il lui avait aussi dit qu'il était prêt à prouver qu'il n'était pas le père du bébé s'il le fallait.

Elle rédigea un bref rapport, récupéra le message de Lindsey dans la corbeille et constitua un dossier, au cas où la jeune femme reviendrait. Cat soupira. Au moins, cela avait rompu la monotonie de son travail à Fortune Creek.

Elle ferait peut-être bien de demander à Helen de lui enseigner le tricot. Cela pouvait les rapprocher et l'empêcher de mourir d'ennui avant la fin de ce remplacement.

Mais Helen ne risquait-elle pas de lui planter une aiguille dans l'œil « par accident » ?

4

Deux jours plus tard, le téléphone sonna au beau milieu de la nuit.

L'appel tira Cat d'un cauchemar dans lequel elle se noyait. Elle se dégagea de ses draps entortillés et se redressa, le souffle court et le cœur affolé. Une main sur son ventre, elle balaya du regard le petit appartement qu'elle occupait, au-dessus de son bureau, pour s'assurer que son bébé et elle ne risquaient rien.

Ce n'était qu'un mauvais rêve, même s'il lui avait semblé très réel. Elle le chassa de son esprit et décrocha.

— Shérif par intérim Catherine Jameson, dit-elle d'une voix tremblante qui prouvait qu'elle était encore sous l'influence du cauchemar.

— Il y a un corps au bord de la route à un kilomètre de Fortune Creek, lui annonça une voix masculine. Celui d'une jeune femme. J'ai pensé que vous voudriez en être informée tout de suite.

Elle nota le nom de son interlocuteur et le numéro de la borne la plus proche de l'endroit où il se trouvait. Après lui avoir demandé de bien vouloir l'attendre, elle appela le médecin légiste.

Vingt minutes plus tard, Cat se tenait au bord de la route, en uniforme et armée. J. P. Brown, le médecin légiste, était déjà dans le fossé, penché sur un corps. Il était arrivé le premier parce qu'il vivait plus près qu'elle de cet endroit – et s'habillait sans doute plus vite. Il était en train de prendre des photos.

Comme il semblait savoir ce qu'il faisait, elle ne s'en mêla pas. Elle s'efforçait de ne marcher sur les pieds de personne et on l'avait mise en garde au sujet de J. P. Brown. Helen n'était pas la seule à avoir hâte de la voir disparaître et de retrouver le shérif Brandt Parker. C'était comme si elle portait un panneau « Tout juste sortie de l'académie » autour du cou. En ajoutant sa grossesse, il n'était pas étonnant que certains partent du principe qu'elle n'était pas à la hauteur de la tâche qu'on lui avait confiée.

Le pire, c'était qu'ils avaient raison. Elle débutait. C'était son premier bébé et son premier emploi dans les forces de l'ordre à trente-deux ans. N'était-ce pas pour cette raison qu'on lui avait confié ce poste ? Parce qu'il ne se passait jamais rien à Fortune Creek ? En théorie, même elle pouvait remplacer le shérif pendant quelques mois, jusqu'à son accouchement.

Le vent était violent et glacial. Comme l'hiver touchait à sa fin, cela pouvait annoncer de nouvelles chutes de neige. Dans cette partie du Montana, une fois les premiers flocons tombés, le paysage restait souvent blanc jusqu'en avril, parfois en mai.

Même de loin, Cat voyait bien que le corps était celui d'une femme mince.

— A-t-elle été renversée par une voiture ? demanda-t-elle en se frottant les bras.

La femme était presque en position fœtale, le dos tourné à la route, la tête entièrement couverte par la capuche de son sweat-shirt.

J. P. Brown se redressa et secoua la tête.

— On lui a tiré dessus, avec un calibre 38, je dirais. Trois fois, de près. Une balle a atteint son cœur.

Il ordonna à son assistant de préparer un sac mortuaire et la civière.

— Je peux jeter un coup d'œil avant que vous l'emportiez ? demanda Cat.

J. P. Brown était un quinquagénaire au physique imposant. Il avait grandi dans le Montana, il collectionnait les armes à feu et il employait l'essentiel de son temps libre à tuer des animaux. Il pêchait toute l'année, chassait quand c'était la saison et faisait de la taxidermie entre deux autopsies. Après deux mariages et deux divorces, il avait décidé de rester célibataire, convaincu qu'aucune femme n'était capable de supporter son mode de vie.

Tout le monde le savait irritable, surtout face à ses collègues. Cat avait été prévenue dès son arrivée qu'il serait sans doute exceptionnellement irascible face à un shérif par intérim sans aucune expérience.

Sa lampe de poche à la main, Cat se laissa glisser dans le fossé. Vu le peu de sang qu'il y avait dans l'herbe, la femme n'avait sûrement pas été tuée sur place.

— Le corps a été jeté là ?

J. P. ne prit pas la peine de lui répondre.

— Pourquoi trois balles ? demanda Cat, qui trouvait cela un peu exagéré.

Le médecin légiste lui offrit un grognement pour toute réponse. Il devait estimer que ce sujet ne méritait pas d'être abordé.

La femme était mince, vêtue d'un jogging et pieds nus. Puisque ses pieds étaient propres, elle avait forcément été tuée ailleurs.

— Des papiers d'identité ?

— Non.

— Pourquoi déposer son corps si près de la ville et juste à côté de la route ? demanda Cat.

Ils étaient au milieu d'une zone immense de forêt où l'on pouvait se débarrasser d'un corps en étant à peu près sûr qu'il ne serait jamais retrouvé.

— C'est presque comme si le tueur voulait qu'on la trouve, ou n'avait pas eu la force de l'emporter plus loin, ajouta-t-elle.

Pas de réponse.

Cat s'accroupit, tira sur la capuche et tressaillit quand une mèche brune tomba sur la joue de la victime.

— Je la connais, balbutia-t-elle. Elle est venue dans mon bureau avant-hier.

Elle éclaira le ventre de Lindsey et poussa un petit cri.

— Où est son bébé ? Elle était enceinte, presque au terme de sa grossesse. Qu'est devenu son bébé ?

— Êtes-vous sûre qu'elle était enceinte ? demanda J. P.

Cat s'était posé la même question quand Lindsey avait filé. N'était-ce qu'une tentative d'escroquerie ?

— Non, je n'en suis pas sûre, reconnut-elle. Elle avait l'air enceinte quand je l'ai vue. Elle a dit que quelqu'un voulait les tuer, son bébé et elle, et voilà qu'elle est morte et que son bébé a disparu.

— S'il y avait bien un bébé, répliqua J. P. Emmenons-la à la morgue. On sera vite fixés.

La grossesse de Lindsey n'était-elle qu'une ruse ? Mais dans quel but ? Cat l'espérait presque, à présent, parce qu'elle ne supportait pas l'idée qu'un bébé pouvait avoir été enlevé ou tué. Lindsey avait très bien joué les femmes enceintes, en tout cas. Cat y avait vraiment cru et ne s'était mise à douter qu'au moment où Lindsey avait changé d'avis et quitté l'hôtel. Était-ce seulement son vrai nom ? Cat, qui n'en revenait pas de s'être fait berner, n'était plus sûre de rien.

Après des recherches préliminaires aux environs du corps, Cat avait regagné son bureau. Elle ouvrit le dossier qu'elle avait constitué sur Lindsey et en fit une version informatique. Il ne contenait pas grand-chose, pour le moment. Cat attendait avec impatience l'appel de J. P. pour savoir si Lindsey avait réellement été enceinte.

Pour s'occuper, Cat fit des recherches et trouva des dizaines de Lindsey Martin sur les réseaux sociaux. Aucune d'elles n'était la femme qui avait fait irruption dans son bureau.

Elle ne trouva aucune Lindsey Martin de son âge dans la région de Denver. Pour que son histoire soit vraie, il aurait fallu qu'elle vive sans télévision, Internet, électricité, permis de conduire...

Comment était-ce possible ? La seule explication, c'était que Lindsey Martin n'existait pas. Cette femme avait menti sur tout – sauf sur le fait que quelqu'un voulait sa mort. Ses empreintes permettraient-elles de l'identifier ? Lors de leur entrevue, elle avait vraiment eu l'air de craindre que Dylan Walker n'attente à sa vie. Mais alors pourquoi n'était-elle pas restée à l'hôtel, où Cat aurait pu essayer de la protéger ? Où était-elle allée après avoir quitté Fortune Creek ? Était-elle retournée chez Walker ?

Le téléphone sonna. Cat s'empressa de décrocher.

— Shérif par intérim Catherine Jameson.

— Elle a accouché il y a peu, dit J. P. sans préambule. Et le bébé n'était pas mort-né.

Il y avait donc bien un bébé ! songea Cat.

On lui avait conseillé de poser le moins de questions possible à J. P., mais elle ne put s'empêcher de demander :

— Comment le savez-vous ?

— Elle a allaité le bébé avant de mourir.

L'idée que le bébé avait disparu donna la nausée à Cat. Elle s'était mise à espérer qu'il ne s'agissait que d'une arnaque. Maintenant, elle avait une victime de meurtre et un bébé disparu sur les bras. Le tueur avait-il pris l'enfant ? S'en était-il débarrassé à un autre endroit ? Le bébé était-il encore en vie ?

Elle posa la main sur son ventre par réflexe et se leva d'un bond.

— On doit organiser une battue le long de la route et...

— Ça a été fait à l'aube, répondit J. P. D'Eureka à Fortune Creek. Pas de bébé.

— Merci, répondit Cat, même si elle aurait préféré qu'il l'informe de ses initiatives.

Visiblement, il ne la croyait même pas capable de l'aider.

Elle admettait volontiers qu'elle n'avait pas très bien géré la situation jusqu'ici. La femme était morte et son bébé avait disparu. Mais comment aurait-elle pu mieux protéger Lindsey, à part en l'enfermant dans une cellule ? Cat avait pensé qu'elle serait en sécurité à l'hôtel. Comment aurait-elle pu deviner qu'elle s'enfuirait ?

— Vous êtes sûre qu'elle s'appelait Lindsey Martin ? demanda J. P.

— C'est ce qu'elle m'a dit, répondit Cat en regrettant qu'ils n'aient trouvé aucun papier d'identité sur la victime.

— Une minute... Elle vous a bien montré un document prouvant son identité quand elle est venue vous voir, non ? répliqua J. P.

— Non.

Quelle erreur de débutante !

Et le médecin légiste se disait forcément la même chose.

— Comme elle hésitait à porter plainte, je lui ai proposé d'enquêter d'abord, expliqua-t-elle. J'ai interrogé l'homme qu'elle accusait avec l'intention de la revoir ensuite, mais elle avait filé.

J. P. se contenta de grogner.

Elle fut tentée d'en faire autant. Pourquoi n'avait-elle pas vérifié l'identité de Lindsey ? Parce qu'elle avait tendance à se fier aux apparences.

— J'ai la lettre de menace qu'elle a prétendu avoir reçue, ajouta-t-elle. Je vais l'envoyer au labo pour qu'il y relève ses empreintes.

— Je vais les relever et vous les envoyer, ça ira plus vite, répondit J. P.

— Merci.

Après avoir raccroché, elle songea qu'Ash avait peut-être demandé à voir des papiers d'identité et elle s'empressa de l'appeler.

— Désolé, elle a payé en liquide, répondit-il. Quand je lui ai demandé une carte de crédit pour la caution, elle m'a dit que sa carte était dans sa valise et qu'elle me l'apporterait plus tard. D'ailleurs, c'est peut-être parce qu'elle n'avait pas de carte de crédit au nom qu'elle nous a donné qu'elle a filé aussitôt.

Oui, Cat se disait la même chose. Elle le remercia, raccrocha et entreprit d'appeler les hôpitaux et les motels de la région pour savoir si un bébé y était né la veille au soir. Où Lindsey avait-elle pu accoucher ? S'était-elle rendue chez une personne qu'elle aurait connue dans les environs ? Elle avait donné à Cat l'impression d'être livrée à elle-même, mais cela ne prouvait strictement rien. C'était bien le problème. Cat n'avait pas l'ombre d'une piste. Néanmoins, elle devait faire quelque chose pour retrouver ce bébé au plus vite.

— Je vais informer les journaux et les radios de l'État qu'on cherche un bébé, dit-elle à J. P. quand il la rappela un peu plus tard.

— Tous les cinglés des environs vont vous appeler, mais si vous pensez que c'est une bonne idée...

Même si le ton de J. P. prouvait que l'idée lui semblait très mauvaise, Cat était déterminée.

— Plus vite on retrouvera ce bébé, mieux ça vaudra, répliqua-t-elle.

J. P. s'éclaircit la voix.

— Dans ce cas, vous devriez sans doute préciser qu'il s'agit d'un garçon.

— Un garçon ? répéta-t-elle.

Elle se retint de justesse de lui demander comment il le savait et se contenta d'ajouter :

— Merci de soutenir mon initiative. Je n'ai pas besoin de vous dire que c'est ma première affaire de meurtre, j'imagine.

— Non. Que vous a-t-elle raconté, au juste ?

— Que le père du bébé avait menacé de la tuer. J'ai interrogé l'homme qu'elle a accusé. Il jure qu'il n'a jamais entendu parler d'elle, qu'il n'a eu aucune relation sexuelle à la date que Lindsey m'a fournie et qu'il est prêt à prouver qu'il n'est pas le père si nécessaire.

— Ça l'est devenu, répondit J. P. Appelez le juge Nicholas Grand pour obtenir un mandat.

— Je n'y manquerai pas, merci.

Elle était sincèrement reconnaissante que J. P. lui prodigue ses conseils. Elle était complètement dépassée par la situation et le médecin légiste devait en avoir bien conscience. Néanmoins, il ne lui avait pas suggéré de remettre l'affaire à la brigade criminelle. Pour le moment.

— Et la voiture qu'elle conduisait ? demanda J. P. Avez-vous relevé le numéro d'immatriculation ?

— Non.

Encore une erreur de débutante, songea Cat.

Lindsey avait-elle accouché dans la voiture ? Le bébé s'y trouvait-il toujours ?

— Elle m'a dit qu'elle arrivait de Denver, précisa-t-elle.

— Elle a dû venir en voiture, répondit J. P. Il aurait été très risqué de prendre l'avion si près du terme de sa grossesse.

— Je vais me renseigner auprès des agences de location.

— Faites-vous aider par les collègues d'Eureka et de Libby, lui conseilla J. P. Je voulais aussi vous dire que le bébé est arrivé avec environ trois semaines de retard. C'est un miracle qu'elle n'ait pas accouché dans votre bureau quand elle est venue vous voir.

— Ce qui veut dire qu'elle n'est pas tombée enceinte au gala, dit Cat, réfléchissant à voix haute.

— Espérons que ses empreintes nous diront qui elle est, conclut J. P. Je viens de vous les envoyer.

Elles ne seraient utiles que si elles se trouvaient dans la base de données.

Après avoir remercié J. P., Cat appela les commissaires des deux villes les plus proches pour les informer qu'elle cherchait un bébé. Estimant qu'elle manquait encore trop d'éléments pour obtenir un mandat, elle décida d'attendre un peu avant d'appeler le juge. En vérité, elle n'était pas pressée de revoir Dylan Walker pour la perquisition de son ranch – s'il s'y trouvait toujours.

Elle entra ensuite les empreintes dans la base de données en croisant les doigts et fut surprise de tomber sur une correspondance. Elles appartenaient à une certaine Athena Grant, qui avait travaillé dans l'import-export à l'étranger pour plusieurs grosses entreprises. Cat la chercha en vain sur les réseaux sociaux. Comme Dylan Walker, Athena n'avait aucun compte. Cat ne lui trouva pas non plus d'adresse dans la région de Denver.

En creusant un peu, Cat découvrit qu'Athena n'était rentrée aux États-Unis que trois mois plus tôt – à peu près au moment où Dylan Walker s'était installé dans son ranch. Elle rappela J. P. pour lui fournir ces informations et lui demander une photo d'Athena, puis elle se décida à contacter le juge.

Avant de sortir, elle imprima la photo du passeport d'Athena Grant et celle que J. P. venait de lui envoyer. Elle appela ensuite son ami Traver Lee, qu'elle connaissait depuis qu'il avait été le colocataire de son cousin à la fac. Il travaillait maintenant pour un journal à scandale. Elle avait le pressentiment que la mort d'Athena était liée à Dylan Walker et à l'explosion qui avait tué sa femme à Washington.

5

Traver Lee la rappela sur le chemin du ranch de Dylan Walker. Impatiente d'apprendre ce qu'il avait découvert, Cat décrocha immédiatement.

L'explosion qui avait tué son épouse éveillait sa curiosité. Si elle était honnête, elle voulait en savoir plus sur cette femme, de façon générale, depuis qu'elle avait rencontré Dylan. Elle avait trouvé des photos de Ginny Cooper dans des articles sur l'explosion. Elle était d'une beauté stupéfiante, avec de longs cheveux noirs, de grands yeux bleus et un corps susceptible de provoquer des accidents de la route.

— Alors, qu'as-tu pour moi ? demanda-t-elle à Traver, sachant qu'il adorait déterrer les vilains secrets et qu'il était très doué pour cela.

— Dis-moi d'abord ce que tu sais déjà, répliqua-t-il avec bonne humeur.

— Juste ce que j'ai trouvé sur Internet, c'est-à-dire pas grand-chose. Le mari, Dylan Walker, a-t-il été blessé par l'explosion ?

— D'après la déposition de Walker, il a couru après la voiture. Celle-ci a démarré alors qu'il l'avait presque atteinte avant d'exploser un peu plus loin, répondit Traver. Comme l'explosion était confinée, il n'a été que légèrement blessé. Il a été emmené à l'hôpital, examiné et autorisé à rentrer chez lui quelques heures plus tard. Tous ceux qui se trouvaient dans le véhicule sont morts sur le coup, mais il n'y a eu aucun blessé grave autour.

— Les passagers de la voiture étaient donc personnellement visés. Attends... Tu as dit « tous ceux qui se trouvaient dans la voiture ». Je croyais qu'il n'y avait que la femme de Walker et le chauffeur.

— C'est exact. C'est Beau Walker qui conduisait la voiture. Ginny Cooper était assise à l'avant. Ils sont morts tous les deux.

Elle fronça les sourcils.

— *Beau* Walker ?

— Le frère cadet de Dylan Walker. D'après les rumeurs, il avait une liaison avec Ginny. Je ne peux pas le confirmer, mais ils ont été vus ensemble plusieurs fois avant cette soirée.

Cat essaya de visualiser la scène, Dylan courant après la voiture qui s'éloignait... Cela signifiait qu'il n'avait pas passé toute la soirée avec sa femme. Son alibi tombait à l'eau.

— La bombe n'était donc pas conçue pour exploser au démarrage de la voiture ? dit-elle.

— Non, elle a été déclenchée à distance. Soit le poseur se trouvait dans les environs, soit il avait un complice qui surveillait le véhicule.

— La police a-t-elle découvert qui était la cible de cet attentat ?

— Non, cette affaire n'a pas été résolue.

— J'aimerais en savoir plus sur la femme et le frère de Walker...

— Beau Walker a travaillé sur des projets de travaux publics dans différents pays, comme son frère. Il n'avait pas de contrat en cours au moment de sa mort. Les Walker sont issus d'une famille très riche et Dylan a hérité de tout le patrimoine.

L'héritage pouvait être un mobile pour tuer son frère – d'autant plus s'il le suspectait d'avoir une liaison avec sa femme.

— Et que sais-tu sur la femme ?

— Ginny Cooper Walker avait fait un très beau mariage. Elle est issue de la classe moyenne. Elle avait étudié les beaux-arts et enseignait la peinture aux enfants dans le cadre d'un programme financé par Dylan Walker. Ils se sont rencontrés à un gala. Ça a été le coup de foudre, d'après leur entourage.

— Et le mariage ?

— Heureux, d'après la sœur de Ginny, Patty. Dylan idolâtrait Ginny. Mais ça n'aura pas duré longtemps. Patty Cooper Harper est enseignante à Denver.

Denver ? La ville d'où Athena Grant prétendait venir... Était-ce une coïncidence ?

— Pourquoi cette bombe ? demanda-t-elle en s'engageant sur le chemin du ranch.

— Il peut y avoir eu erreur sur la personne, répondit Traver. Il y avait une demi-douzaine de voitures de location sur le parking, ce soir-là.

Cat repensa à l'accusation d'Athena Grant, alias Lindsey Martin.

— Les frères se ressemblaient-ils ?

Traver pouffa.

— Quelle drôle de question ! Pas plus que la plupart des frères. Est-ce que tu sais quelque chose que j'ignore, par hasard ?

Il n'était pas question qu'elle lui parle d'une enquête en cours. Il ne pourrait pas s'empêcher de publier les informations qu'elle lui révélerait. Au minimum, elle devait attendre d'avoir résolu cette affaire avant d'envisager de lui renvoyer l'ascenseur.

— Crois-tu que Dylan était la cible de cet attentat ? demanda-t-elle.

— Je pense que ça avait un rapport avec le frère et la femme de Dylan.

— À cause de leur liaison ?

— Pourquoi pas ? Ça incite à se demander pourquoi Dylan n'a pas quitté le gala au même moment que sa femme. D'après les rumeurs, Dylan ne savait même pas que son frère était en ville.

— Étaient-ils proches ?

— Ils devaient l'être un peu moins, si Dylan avait découvert que son frère était l'amant de sa femme.

— Tu en es sûr ?

Il éclata de rire.

— Je ne prendrai pas la peine de prétendre que ce sont les certitudes qui m'intéressent. J'essaie juste de répondre aux questions que tout le monde se pose.

Cat approchait du portail, devant lequel l'attendaient les collègues d'Eureka et de Libby qui devaient l'aider à perquisitionner.

— Il faut que je te laisse, dit-elle à Traver.

— J'espère que tu me diras vite pourquoi tu m'as posé toutes ces questions.

Elle pouffa.

— C'est toi le meilleur, Traver, répondit-elle avant de raccrocher.

Cat essaya d'analyser ce qu'elle savait pour le moment. Athena Grant était enceinte de plus de neuf mois et en danger. Était-elle venue dans le Montana pour demander à Dylan Walker de l'aider ? Elle avait peut-être utilisé un faux nom parce qu'elle savait que ses chances étaient minces. Aurait-il refusé de la voir s'il avait su qui elle était ? Il y avait une hypothèse plus inquiétante : était-elle venue pour le tuer ?

Cat secoua la tête et se rappela à l'ordre. Les policiers sérieux s'appuyaient sur des faits et des preuves, pas des hypothèses et des rumeurs. Mais elle n'avait que des hypothèses et des rumeurs à se mettre sous la dent dans l'immédiat. Quel était le plan d'Athena et où avait-il mal tourné ?

Dylan était sous le porche de son chalet, samedi en fin d'après-midi, quand il vit Rowena s'approcher. Elle lui avait promis de partir en fin de semaine, mais elle était encore là. Il l'avait peu vue au cours des derniers jours. Elle partait tôt le matin et rentrait tard. À la connaissance de Dylan, elle ne faisait que se promener dans la région.

— Je sais que tu vas me demander pourquoi je suis encore

là, lui lança-t-elle avec un grand sourire. Sers-moi un verre et je te le dirai.

— Rowena...

— Je t'assure que tu veux entendre ce que j'ai à te dire, le coupa-t-elle. J'ai parlé à mon ami qui travaille pour le bureau du procureur. Un gin tonic avec une rondelle de citron, s'il te plaît.

Elle entra dans le chalet en roulant les hanches sans attendre sa réponse.

Il la suivit en refoulant son agacement, ferma la porte et la trouva déjà installée sur le canapé dans le salon. Il avait essayé de découvrir la raison de sa présence, mais ses contacts ne savaient strictement rien. Le problème, avec Rowena, était qu'il ne savait plus comment elle était entrée dans la vie de Ginny – et dans la sienne par la même occasion.

C'était peut-être simplement une femme qui s'incrustait dans la vie des gens parce qu'elle n'avait pas de véritables amis. Ginny s'en était-elle juste accommodée ? Ou Rowena avait-elle réellement été sa meilleure amie, la personne à qui elle confiait tous ses secrets ? Il ne le découvrirait peut-être jamais. En revanche, il savait que Rowena ne lui disait pas la vérité.

Il prépara un gin tonic et se servit un whisky en supposant qu'il allait en avoir besoin. Elle le remercia d'un signe de tête quand il lui tendit son verre.

Il s'assit sur le bras d'un fauteuil en face d'elle.

— Bien, je t'écoute, dit-il le plus calmement possible.

L'estomac noué, il la regarda boire une gorgée de son gin tonic, se lécher les lèvres et poser son verre sur la table basse. Elle le faisait attendre. Essayait-elle de deviner à quel point il était impatient d'entendre ce qu'elle avait découvert ou le torturait-elle uniquement pour le plaisir ? Il sirota son whisky en s'efforçant d'avoir l'air parfaitement détendu.

— Le bureau du procureur a rouvert l'enquête parce qu'il n'est pas sûr de l'identité des victimes de l'explosion, finit-elle par dire.

— Quoi ? Après tout ce temps ?

— Il a pu y avoir une erreur lors de l'identification des corps.

Dylan secoua la tête.

— J'ai vu Ginny monter dans la voiture avant qu'elle n'explose. Et j'ai fourni un échantillon d'ADN. L'homme qui conduisait était bien mon frère.

Rowena ramassa son verre et but une autre gorgée avant de reprendre :

— Je ne sais pas quoi te dire à part que les flics ont vraiment merdé dans cette enquête si Ginny et ton frère ne sont pas les victimes.

— C'est impossible.

— Je te répète juste ce qu'on m'a dit. Mais quelle autre raison auraient-ils de rouvrir l'enquête ?

Il n'en avait aucune idée et il la suspectait d'avoir tout inventé, parce qu'il n'avait pas obtenu la confirmation que l'enquête était rouverte. Rowena pouvait le manipuler. Mais dans quel but ? De manière à pouvoir traîner dans le coin plus longtemps ? Mais pour quoi faire ? Quoi qu'il en soit, il en avait assez.

— Il est temps que tu t'en ailles, Rowena.

Elle haussa un sourcil, puis pouffa.

— Il est encore tôt et je me sens seule dans ta grande maison. Je ne comprends vraiment pas pourquoi tu ne l'occupes pas. Si tu t'y installais avec moi, elle serait moins…

— Pas pour retourner dans la maison, la coupa-t-il. Quitte le ranch. Quitte le Montana. Tu as dit que tu t'en irais ce week-end. Ton temps est écoulé.

Les yeux de Rowena étincelèrent de colère.

Elle vida son verre d'un trait avant de lancer :

— Ginny me disait que je me trompais, mais tu ne m'as jamais aimée, n'est-ce pas ?

— Non, admit-il. Et je n'ai jamais compris ce que Ginny te trouvait.

— Aïe. Tu ne prends plus de gants. Je vais te dire ce que Ginny me trouvait : elle s'amusait avec moi, ce qu'elle avait du mal à faire en ta compagnie.

Elle se leva, alla se resservir et but son deuxième verre cul sec.

— Je suis vraiment venue t'aider à… faire ton deuil, ajouta-t-elle en le fusillant du regard.

— J'en doute fort. As-tu contacté le shérif, comme je te l'avais demandé ?

— Le shérif *par intérim*, le corrigea-t-elle après avoir secoué la tête.

— Appelle-la avant de quitter la ville.

— Qu'est-ce qui te fait croire que j'ai l'intention de quitter la ville ?

— Le Montana est vaste. Il n'y a aucune raison pour que nos chemins se recroisent.

Elle poussa un soupir d'exaspération. Alors qu'elle se dirigeait vers la porte, elle se figea quand la sonnerie du portail retentit. Il appuya sur le bouton de l'Interphone et entendit une voix de femme qui lui était familière.

Il retint un juron. Il avait eu le pressentiment que le shérif par intérim Cat Jameson reviendrait.

Il braqua la caméra sur elle, puis répondit :

— À moins que vous n'ayez un mandat, shérif…

— J'en ai un. J'ai aussi des collègues qui m'aideront à perquisitionner.

— Perquisitionner ? répéta-t-il. Dans l'espoir de trouver quoi ?

— C'est écrit sur le mandat, répliqua-t-elle en tendant le document vers la caméra.

Le cœur de Dylan s'affola.

— Entrez, dans ce cas.

Il ouvrit le portail en redoutant ce qui allait suivre.

Le véhicule du shérif entra dans le ranch, suivi par deux

voitures de patrouille qui devaient venir des villes voisines. De quoi s'agissait-il donc ?

— Il faut que je gère ça, dit-il à Rowena. Et je tiens à ce que tu partes. Je ne plaisante pas.

— Mais ne m'as-tu pas dit que l'adorable shérif par intérim voulait me parler ?

— Si, grommela-t-il. Malheureusement, tu es impliquée dans cette histoire.

Elle lui décocha un grand sourire.

— Et je ne raterais ça pour rien au monde. Ils vont vraiment fouiller ton ranch ? On dirait que tu es dans le pétrin, Dylan. Je meurs de curiosité. Quelle bêtise as-tu donc faite ?

6

Les mâchoires crispées, Dylan attendit que le shérif arrive au chalet. Pire : il attendit en compagnie de Rowena, qui semblait trouver la situation cocasse, en se demandant ce qu'elle savait déjà. C'était elle qui avait répondu à Lindsey Martin lorsque celle-ci était venue le voir. Non seulement Rowena lui avait caché cette visite, mais elle avait détruit le mot que cette femme lui avait laissé dans la boîte aux lettres. Pourquoi aurait-elle fait cela à moins d'en savoir plus que lui ?

Il essaya de se convaincre que cela n'avait pas vraiment d'importance. Il n'avait pas couché avec Lindsey Martin et il allait résoudre ce problème une bonne fois pour toutes. Mais il se demandait comment le shérif avait pu obtenir un mandat de perquisition. Sur quelle base ? C'était de mauvais augure, songea-t-il en entendant les véhicules approcher.

— Reste ici, dit-il à Rowena, qui se servait déjà un autre verre. Essaie de ne pas te soûler.

Il alla sous le porche et regarda les trois voitures de patrouille se garer devant le chalet. Cat Jameson et les quatre policiers qui l'accompagnaient en sortirent avec des airs déterminés.

Le shérif le rejoignit et lui tendit le mandat.

— Je suis autorisée à fouiller votre propriété, monsieur Walker, dit-elle.

Il parcourut le document et s'écria :

— Vous cherchez un *bébé* ?

— J'ai des questions à vous poser pendant que mes collègues procéderont à la perquisition. On peut faire ça ici ou dans mon bureau à Fortune Creek. C'est à vous de voir.

— Très bien, faisons ça ici, répondit-il en se demandant comment la situation avait pu dégénérer à ce point et aussi vite.

Ils s'écartèrent pour laisser les quatre policiers entrer dans le chalet, puis les suivirent à l'intérieur. Le mandat le prenait complètement de court. Il s'était cru à l'abri dans le Montana, dans un ranch aussi grand que certaines villes. Aucun juge n'aurait signé de mandat sans des éléments d'enquête solides.

Ce qui signifiait que le shérif avait trouvé une preuve qui l'incriminait. À moins que… la femme qui avait tenté de le contacter avait-elle accouché et son bébé avait-il été kidnappé ? C'était la seule raison pour que la police cherche un nourrisson.

Il invita le shérif à entrer dans la cuisine ensoleillée tandis que les policiers entreprenaient la fouille du reste du chalet. Comme celui-ci était petit, cela irait vite. Ensuite, ils voudraient fouiller la grande maison.

— Je vais vous faire gagner du temps : il n'y a pas de bébé ici, dit-il.

Cat Jameson s'assit à la table de la cuisine et l'invita à en faire autant.

Il soupira et ajouta :

— Et mon… invitée, Rowena Keeling, est ici. C'est elle qui a parlé à la femme qui est venue. C'est aussi elle qui a pris le mot dans la boîte aux lettres.

Rowena apparut dans l'embrasure de la porte à cet instant précis.

— Avant que vous me le demandiez, shérif, je n'ai pas le mot en question, dit-elle. La femme semblait dérangée. Je ne l'ai pas laissée entrer. Après son départ, j'ai ouvert la boîte aux lettres pour m'assurer qu'elle n'avait pas laissé de bombe ou quelque chose comme ça. J'ai trouvé le mot et je l'ai jeté.

— Pardon, comment vous appelez-vous ? demanda le shérif.

— Rowena Keeling.

— Avez-vous lu le mot ?

Cat fronça le nez et Dylan en déduisit qu'elle avait perçu l'haleine alcoolisée de son « invitée ».

— Ce n'étaient que des gribouillis sans queue ni tête, répondit Rowena en haussant les épaules. J'ai supposé qu'elle s'était trompée d'adresse et je l'ai jeté. Si c'est tout ce que vous vouliez savoir, je vais vous laisser. Ma journée a été longue.

— J'aimerais que vous restiez dans les environs ces prochains jours, madame Keeling. J'aurai d'autres questions à vous poser.

Rowena décocha un sourire à Dylan avant de quitter la pièce. Après l'avoir suivie des yeux, le shérif par intérim sortit un téléphone et des photographies de son sac. Elle lança la fonction d'enregistrement du téléphone, donna la date, l'heure et leurs deux noms, puis le regarda droit dans les yeux.

Il fut de nouveau frappé par l'intelligence de son regard. Combien de gens avaient sous-estimé cette femme parce qu'elle était petite et jolie comme un cœur, selon l'expression de Rowena ?

— Je vous ai déjà dit que je ne connaissais pas de Lindsey Martin, commença-t-il. Et je n'ai mis aucune femme enceinte.

— Et connaîtriez-vous une certaine Athena Grant ? demanda le shérif.

Il cligna des yeux.

— Une autre femme prétend que je suis le père de son bébé ?

Cat lui tendit la première photographie de son paquet, une copie de celle du passeport d'Athena. Elle vit tout de suite que ce n'était pas une étrangère pour Dylan.

— Vous connaissez cette femme, n'est-ce pas, monsieur Walker ?

Il releva la tête. Il avait les yeux écarquillés et il avait pâli.

— Je ne l'ai croisée qu'une seule fois.

— Au gala auquel vous avez assisté avec votre femme il y a neuf mois ? demanda Cat, qui savait qu'ils s'étaient vus avant et lui tendait un piège.

Il fronça les sourcils.

— Non, au mariage.

— Quel mariage ?

— Mon mariage avec Ginny, trois semaines plus tôt. Cette femme accompagnait Patty, ma belle-sœur. Je ne l'avais jamais vue avant.

— Et vous aviez oublié son nom ?

Il hocha la tête et regarda la photo suivante de son paquet, que J. P. avait prise à la morgue.

— Elle est morte ? s'écria-t-il.

Il comprit tout de suite la situation, puisqu'il demanda :

— Et son bébé ?

— Il a disparu.

Dylan recula sa chaise comme pour mettre de la distance entre la photo et lui.

— Apparemment, Athena Grant a accouché avec trois semaines de retard, poursuivit Cat. Ce qui veut dire qu'elle n'est pas tombée enceinte le soir du gala. Monsieur Walker, avez-vous couché avec Athena Grant le jour de votre mariage ?

— Non ! Vous plaisantez ? Je n'ai jamais rien entendu d'aussi absurde ! Cette femme vous a dit que j'étais le père de son enfant ?

Elle acquiesça.

— Eh bien, c'est médicalement impossible, affirma Dylan. Peu après mon mariage, j'ai découvert que j'étais stérile à cause de produits chimiques avec lesquels j'ai été en contact dans mon travail.

— Je suis sûre que cela peut être prouvé, répondit-elle. Pourquoi Athena Grant m'a-t-elle dit qu'elle s'appelait Lindsey Martin ?

— Je n'en ai aucune idée. Ces noms ne me disent rien ni l'un ni l'autre et ce bébé n'est pas le mien.

Elle sortit un formulaire de son sac et le plaça devant Walker.

— J'aimerais que vous signiez ce document pour m'autoriser à prélever un échantillon d'ADN, dit-elle.

Il n'hésita qu'un instant avant de signer.

— Que ça se termine vite, commenta-t-il.

Cat scruta son visage. Pensait-il que ce serait si simple ? Elle interrompit l'enregistrement quand ses collègues vinrent lui annoncer qu'ils n'avaient rien trouvé dans le chalet et qu'ils s'apprêtaient à poursuivre la perquisition dans la grande maison. Elle hocha la tête, puis elle préleva un échantillon d'ADN sur Dylan avant de relancer l'enregistrement.

— Parlez-moi de la soirée du gala.

Le front de Dylan se plissa.

— Je ne comprends pas pourquoi le gala vous intéresse autant si vous savez maintenant que cette femme est tombée enceinte à mon mariage.

— S'il vous plaît, monsieur Walker. Vous êtes allé à ce gala avec votre femme. Y avez-vous croisé Athena Grant ?

— Non, je vous l'ai dit. Je l'ai rencontrée à mon mariage et je ne me rappelle pas l'avoir revue ensuite. J'ai passé toute la soirée du gala avec ma femme.

— Sauf qu'elle en est partie sans vous. Où étiez-vous à ce moment-là ?

Il soupira.

— On n'a été séparés que quelques minutes. Un ami m'a retenu au moment où l'on s'en allait. À part pour aller au bar ou aux toilettes, Ginny et moi ne nous sommes pas quittés de la soirée. Nous n'avons jamais été séparés assez longtemps pour que je mette qui que ce soit enceinte, ni ce soir-là ni à mon mariage.

— Il semblerait que l'affaire se soit conclue rapidement.

— Ce qui prouve qu'il ne pouvait pas s'agir de moi, répondit

Dylan en soutenant son regard. Je ne précipite jamais quelque chose d'aussi important.

Cat se sentit rougir.

— Pourquoi Athena Grant m'aurait-elle menti ?

Il secoua la tête.

— Je n'en sais rien.

— Où étiez-vous hier soir et la nuit dernière ?

— Je n'ai pas quitté le ranch.

— Quelqu'un peut-il confirmer votre alibi ?

Il secoua encore la tête et soupira avant de répondre :

— J'étais seul. Rowena était sortie. Je ne sais pas à quelle heure elle est rentrée. Shérif, plus vite vous porterez cet échantillon au laboratoire, plus tôt vous saurez que ce bébé n'est pas de moi. Alors, vous pourrez vous lancer à la recherche du véritable père, qui a peut-être assassiné cette femme et enlevé l'enfant.

— Vous pouvez avoir tué la mère même si le bébé n'est pas de vous, lui fit-elle remarquer.

Dylan se leva.

— Je ne voulais pas en arriver là, mais je ne répondrai plus à aucune question sans que mon avocat soit présent, décréta-t-il. D'ici là, vous devriez avoir les résultats du test. J'espère que vous aurez aussi eu le temps de retrouver le bébé et de comprendre que je n'ai rien à voir avec cette histoire.

7

Dylan avait juste envie que tout le monde s'en aille, à présent. Il avait besoin d'être seul pour réfléchir. Il avait l'impression d'être dans un étau qui se resserrait. Il regarda le shérif par intérim se diriger vers la grande maison et réprima un juron.

Pour commencer, pourquoi Rowena était-elle encore là ? Il était certain que ce n'était pour aucune des raisons qu'elle lui avait fournies.

Dans son métier, tout était affaire de préparatifs minutieux et de timing. Surtout de timing. Voilà pourquoi la présence de Rowena au moment où Athena Grant était venue le voir ne pouvait pas être une coïncidence. Et il ne croyait absolument pas qu'elle avait détruit le mot parce qu'elle estimait Athena dérangée.

Ce qu'il avait appris sur Ginny après sa mort l'avait incité à douter de tout. Il prit son téléphone et chercha le numéro de la sœur de Ginny dans l'annuaire. Il fut un peu déçu – mais pas vraiment surpris – de ne rien trouver. Quasiment plus personne n'avait de ligne fixe.

Il appela son ami qui avait travaillé avec lui sur des projets gouvernementaux.

— Pourrais-tu faire des recherches sur Ginny Cooper Walker, ma femme, et Patty Cooper, sa sœur, s'il te plaît ? demanda-t-il à Ike. Patty habite Denver, à ma connaissance. Renseigne-toi aussi sur Athena Grant et Lindsey Martin, de Denver aussi, en théorie.

— Que veux-tu savoir, au juste ?

— J'aimerais pouvoir te le dire. Ajoute donc Rowena Keeling à la liste, pendant que tu y es. Elle doit toujours habiter Washington.

Pourquoi n'y avait-il pas pensé plus tôt ? Il aurait dû enquêter sur Rowena dès son arrivée.

— Que t'arrive-t-il ? demanda son ami.

— Je te le dirais si je le savais. Je suis peut-être parano. Ou pas. Merci. Je te revaudrai ça.

— Je te rappelle le plus vite possible. Tu sais que si tu as des ennuis...

— Pas encore, je crois, le coupa-t-il en regardant la maison que Cat Jameson était en train de fouiller et dans laquelle Rowena s'était installée.

Quand Rowena Keeling lui ouvrit la porte, Cat vit tout de suite à quel point la jeune femme avait pris ses aises dans cette maison. Elle eut même l'impression que Rowena l'avait fouillée de fond en comble. Il y avait des traces sur le tapis du salon, comme si quelque chose de lourd avait été traîné dessus, et les portes de plusieurs placards étaient entrouvertes.

Cat pouvait difficilement reprocher à Rowena d'avoir envie d'explorer cette belle maison. Elle se demanda si c'était Ginny, la femme de Dylan, qui l'avait décorée. Si c'était bien elle, elle avait bon goût.

Quant à Rowena, il semblait évident qu'elle avait des vues sur Dylan Walker. Cat pressentait que Rowena aurait beaucoup moins de mal que Dylan à expliquer la nature de leur relation.

— J'ai encore quelques questions à vous poser, dit Cat en suivant Rowena à l'intérieur.

— Comme ça, vous êtes vraiment le shérif ? ironisa Rowena.

Elle ne faisait qu'exprimer ce que tous les autres étaient trop polis pour dire à voix haute : Cat ne semblait pas de taille pour ce poste – surtout enceinte. Mais elle avait été sous-estimée toute sa vie et, pour une fois, cela jouerait peut-être en sa faveur.

— *Par intérim*, précisa-t-elle. Peut-on s'asseoir quelque part pour discuter ? J'essaierai de ne pas prendre trop de votre temps.

Rowena haussa un sourcil et lui indiqua des fauteuils placés près d'une fenêtre.

— J'enquête sur un meurtre, déclara Cat lorsqu'elles furent assises.

Rowena s'était installée dans le fauteuil qui se trouvait dos à la fenêtre. Cat comprit tout de suite qu'elle s'était placée là pour lui rendre difficile de l'observer à contre-jour. Cela l'incita à se demander si Rowena avait déjà été interrogée par la police.

— Si vous voulez bien..., dit Cat en l'invitant à s'asseoir dans le fauteuil qui se trouvait à côté du sien.

Rowena changea de place en faisant semblant de ne pas comprendre quel était le problème.

— C'est mieux, dit Cat. Pourriez-vous écrire votre nom, votre adresse et votre numéro de téléphone sur cette page, s'il vous plaît ?

Elle tendit son carnet et son stylo à Rowena, qui s'exécuta. Après avoir récupéré son carnet, elle changea de page et lança :

— D'après M. Walker, vous êtes son...

Rowena pouffa et glissa l'une de ses mèches blondes derrière son oreille.

— Êtes-vous en train de me demander quelle est ma relation avec Dylan ?

— Pourquoi pas ? riposta Cat. Comment vous êtes-vous rencontrés ?

— J'étais la meilleure amie de sa femme. Je vivais juste à côté de chez eux. Ginny et moi étions pratiquement inséparables.

— Ah oui ? Vous étiez donc au gala le soir de sa mort ? demanda Cat.

Rowena perdit son rire.

— Par chance, non. Sans quoi j'aurais sans doute été dans la voiture avec elle.

— Avec le frère de Dylan et elle, la corrigea Cat. Bien sûr, puisque Ginny était votre meilleure amie, elle se serait sûrement confiée à vous si elle avait eu une liaison avec Beau Walker.

Rowena haussa les épaules et répondit :

— Je croyais que vous vouliez m'interroger sur la cinglée qui a sonné au portail.

— C'est le cas. J'ai juste besoin d'une vision d'ensemble. Pourquoi n'étiez-vous pas au gala il y a neuf mois si Ginny et vous étiez si proches ?

— Vous devriez me poser des questions sur le meurtre qui vous concerne, insista Rowena d'un air boudeur avant de répondre quand même. Il y a eu une sorte de malentendu, ce jour-là. Ginny s'en est terriblement voulu parce qu'elle avait payé ma place.

Rowena se força à recommencer à sourire, mais ses yeux étincelaient de fureur.

— Quand êtes-vous arrivée au ranch ?

— La semaine dernière.

— Avant le passage de Lindsey Martin ?

— Puisque vous le dites.

— Avez-vous assisté au mariage de Dylan et Ginny ?

Cat attendit un long moment, le stylo en l'air.

— Non. Je ne connaissais pas encore Ginny à cette époque, finit par répondre Rowena comme si elle avait été tentée de mentir.

— Connaissez-vous une certaine Athena Grant ?

Rowena baissa les yeux.

— Ce nom ne me dit rien. Ginny avait beaucoup d'amies, vous savez.

— Ce n'était pas une amie de Ginny, mais une amie de sa sœur, la personne qui a accompagné Patty au mariage, précisa Cat.

— Quel est le rapport avec l'affaire qui vous occupe ? demanda Rowena avec impatience.

— Il doit y en avoir un, puisqu'elle a prétendu s'appeler Lindsey Martin, répliqua Cat.

Elle montra les photos d'Athena à Rowena et comprit à la réaction de celle-ci qu'elle était sur la bonne voie.

— Elle s'appelait Athena Grant, dit-elle. Elle prétendait porter l'enfant de Dylan Walker et c'est la raison pour laquelle elle lui a laissé un mot précisant dans quel motel elle se trouvait. Mais Dylan n'a jamais eu ce mot parce que vous l'avez intercepté. Ensuite, vous avez déposé une lettre de menace au motel.

Rowena voulut protester, mais Cat l'en empêcha en ajoutant :

— Heureusement, Athena m'a donné cette lettre, qui est maintenant une pièce à conviction. On trouvera probablement vos empreintes dessus, mais si vous avez eu la prudence de mettre des gants je ferai comparer l'écriture avec la vôtre.

Comprenant sans doute qu'elle avait bêtement livré un échantillon de son écriture, Rowena rougit.

— Vous feriez aussi bien d'avouer, lui conseilla Cat. Vous étiez la seule à savoir où elle se trouvait. Vous deviez donc avoir une bonne raison de ne pas la laisser entrer et de détruire le mot. J'imagine que celle-ci a un rapport avec le motif de votre séjour au ranch.

Rowena se leva d'un bond.

— Je ne dirai plus un mot sans la présence d'un avocat ! s'écria-t-elle.

— Je peux le comprendre, mais gardez à l'esprit qu'Athena est morte et que son bébé a disparu. Plus vite je retrouverai cet enfant, mieux cela vaudra pour vous, puisque vous êtes une suspecte dans mon enquête sur un meurtre et un kidnapping. Je pourrais vous arrêter pour avoir menacé la victime juste avant sa mort.

Elle ferma son carnet et se leva.

— Je ne sais pas si vous avez simplement agi par jalousie ou si vous aviez une raison de vouloir la mort d'Athena, reprit-elle en ignorant le regard assassin de Rowena. J'apprécierais que vous restiez dans les environs, mais je pourrai toujours vous faire arrêter ailleurs en cas de besoin.

Dylan surveillait la maison depuis le chalet. Peu après le départ du shérif, Rowena sortit, monta dans sa voiture et démarra. Dylan attendit qu'elle ait disparu entre les arbres de l'allée pour se précipiter dans son pick-up.

Il était bien décidé à découvrir ce que Rowena tramait. Elle n'était pas venue prendre de ses nouvelles et il était tout à fait sûr qu'elle n'avait pas de faible pour lui, malgré ses manières provocantes. C'était quelque chose d'autre qui l'avait attirée dans le Montana et il était bien décidé à découvrir quoi.

Quand il atteignit la route, il repéra la voiture de Rowena au loin. Il pensait qu'elle allait partir vers le nord, comme le shérif, en direction de Fortune Creek et d'Eureka, mais elle se dirigeait vers le sud et la ville de Libby.

Il attendit que sa voiture disparaisse derrière une bosse de la route pour la suivre. Il avait vraiment envie de savoir où elle allait chaque jour. Combien de fois par semaine une femme pouvait-elle se faire masser ? Bien sûr, avec sa fortune, Rowena Keeling pouvait se faire masser aussi souvent qu'elle le voulait.

Il maintint une bonne distance entre eux, ce qui signifiait qu'il ne voyait pas son véhicule la plupart du temps. C'était une belle journée de début de printemps sans un nuage dans le ciel. La neige qui couvrait les sommets brillait au soleil. Il songea au pétrin dans lequel il se retrouvait et plus particulièrement au shérif par intérim. Le soupçonnait-elle vraiment de meurtre et de kidnapping ?

Quand ils approchèrent de Libby, il se concentra sur Rowena. La ville s'étendait sur les rives de la Kootenay, la plus grande rivière du Plateau nord-ouest et le principal affluent du fleuve Columbia, qui se jetait dans le Pacifique.

Ce qui n'avait sûrement aucun rapport avec l'intérêt de Rowena pour Libby. Il l'avait vue tourner vers le centre-ville. Il continua à la suivre en laissant deux ou trois véhicules entre eux et en espérant qu'il ne faisait pas tout cela pour rien.

Lorsqu'elle se gara enfin, il en fit autant plusieurs places derrière elle. Elle sortit de sa voiture, balaya la rue du regard, puis se mit à marcher en s'éloignant de l'endroit où il était garé. Il s'empressa de la suivre. Il n'avait pas fait de filature depuis des années. S'il avait eu le temps de se préparer, il se serait au moins changé.

Mais Rowena entra dans un magasin sans avoir jeté de coup d'œil derrière elle. Il attendit un peu. Si elle se savait suivie, elle pouvait n'être entrée là que pour voir qui se dépêchait de la rattraper. Après quelques minutes, il estima qu'il ne s'était pas fait repérer et s'approcha lentement de la boutique.

Il jura en découvrant que c'était un salon de coiffure et de massage. Il repartit vers son pick-up en se demandant combien de temps il devait attendre. Il avait sûrement perdu son temps en décidant de la suivre sur un coup de tête. D'un autre côté, il n'avait rien de mieux à faire. Il se mit au volant et attendit. Les massages pouvaient durer une heure et plus – à en juger par ceux de Ginny. Mais Ginny s'était sans doute servie de cette excuse pour retrouver son amant. Son propre frère ?

Il chassa cette pensée de son esprit et se rendit compte qu'il avait soif. Il aurait dû apporter quelque chose à boire et à manger s'il était parti pour...

Rowena sortit du salon, observa les environs et regagna sa voiture d'un pas pressé. Elle n'avait pas eu le temps de se faire masser ou coiffer. Dans ce cas, pourquoi était-elle venue jusqu'ici alors qu'un coup de fil aurait sans doute suffi ?

Rowena quitta rapidement la rue principale, puis tourna encore à l'intersection suivante. Elle lui rendait difficile de la suivre, mais il n'était pas question qu'il se laisse semer. Quelques dizaines de mètres plus loin, elle s'engagea dans une ruelle qui ne pouvait que la ramener dans la rue principale.

Quand il atteignit à son tour le stop du bout de la ruelle, il vit que Rowena repartait vers le ranch. Il la suivit de loin pendant cinq minutes, puis il fit demi-tour. Il n'avait pas la moindre idée de ce qu'il ferait au salon de massage, mais son instinct lui soufflait que Libby avait des choses à lui apprendre.

Quand il poussa la porte du salon, quelques minutes plus tard, un mélange étourdissant de parfums l'enveloppa.

— J'aimerais choyer ma femme pour son anniversaire, dit-il à la réceptionniste. Que me suggérez-vous ?

La réceptionniste, qui semblait à peine sortie du lycée, lui tendit une brochure en souriant.

— Qu'est-ce qui lui plairait, à votre avis ? demanda-t-elle.

Il parcourut la liste des services et songea à Cat.

— Elle est enceinte de sept mois, répondit-il.

— Nous avons une masseuse spécialisée dans les femmes enceintes, mais votre épouse pourrait aussi apprécier ceci, dit la jeune femme en lui indiquant l'enveloppement corporel hydratant.

— C'est plus compliqué que je ne m'y attendais...

Il jeta un coup d'œil au côté salon de coiffure de la salle. Plusieurs femmes se faisaient couper les cheveux en papotant avec les stylistes.

— Une amie de ma femme, Rowena Keeling, sort juste de chez vous, ajouta-t-il. Pourriez-vous me dire ce qu'elle a choisi ?

— Je vais vérifier, répondit la réceptionniste après une brève hésitation.

Il épela le nom de Rowena, mais la jeune femme découvrit que celle-ci n'avait aucun rendez-vous.

— C'est étrange... Je viens de la voir sortir, dit-il avant d'entreprendre de décrire Rowena.

— Oh ! elle ! s'écria la réceptionniste. Elle est juste allée parler à l'une de nos masseuses.

— Laquelle ? demanda-t-il aussi innocemment que possible.

— Sharese.

Il attendit un nom de famille qui ne vint pas.

— Merci. J'ai clairement besoin de réfléchir.

Il salua la jeune femme, prit la brochure et quitta le salon. Revenu dans son pick-up, il examina la brochure. Comme il l'espérait, le nom de Sharese s'y trouvait : Harmon.

Il esquissa un sourire. Il n'avait pas fait ce voyage pour rien, finalement.

8

Cat eut tout le loisir de réfléchir sur le trajet de retour vers Fortune Creek. Ses pensées revinrent obstinément vers Dylan Walker. Avait-elle simplement envie de le croire parce qu'il lui semblait sincère ? La dupait-il en jouant les innocents à la perfection ?

Elle ne s'était jamais laissé charmer par le physique d'un homme, mais elle percevait du chagrin en lui et cela lui inspirait de la compassion. Cette histoire, quel qu'en soit le fin mot, lui tombait dessus alors qu'il venait de perdre sa femme.

Pour le moment, Cat savait juste qu'elle devait résoudre un meurtre et retrouver un bébé disparu. Elle avait l'impression de piétiner dans cette affaire. La veille, elle avait passé des dizaines de coups de fil à des hôpitaux, des hôtels et des auberges. Personne n'avait vu de femme correspondant à la description d'Athena. Au point où elle en était de sa grossesse, elle n'avait certainement pas pu passer inaperçue.

Cat trouva Helen en train de tricoter.

— Des messages ? lui demanda-t-elle.

Helen secoua la tête sans prendre la peine de lever les yeux de son ouvrage. Ce ne fut qu'une fois dans son bureau que Cat s'aperçut que le tricot de Helen était minuscule. Ce qui la frappa le plus, c'était que la laine était bleue.

Curieuse, elle retourna auprès de la réceptionniste et lui demanda :

— Vous faites ça pour le bébé disparu ?

— Et alors ? grommela Helen.

— Je trouve ça très gentil, mais qu'est-ce qui vous fait penser que c'est un garçon pour avoir choisi de la laine bleue ?

Cat ne le savait pas depuis longtemps et ne l'avait dit à personne.

— J'ai vu qu'elle portait bas et j'ai su que c'était un garçon, répondit Helen. Comme je sais que vous aurez une fille parce que vous portez haut.

Cat s'abstint d'admettre que Helen avait raison, mais elle commençait à trouver la perspicacité de la standardiste intéressante.

— Que savez-vous d'autre sur la femme qui est venue ? demanda-t-elle.

— Elle mentait.

— Qu'est-ce qui vous fait dire ça ?

— Des années d'expérience à ce poste, répondit Helen d'un ton docte.

Était-ce vrai ou avait-elle simplement écouté les appels du légiste ?

— Très bien. Savez-vous aussi qui est le père du bébé, dans ce cas ?

— C'est la question à un million de dollars, n'est-ce pas ? ironisa Helen.

Le téléphone sonna. Helen décrocha le combiné de son vieil appareil et répondit :

— Bureau du shérif de Fortune Creek, que puis-je pour vous ? Oui, elle est là.

Elle transmit l'appel dans le bureau de Cat, où le téléphone se mit à sonner.

— C'est pour vous, conclut-elle avant de se remettre à tricoter.

C'était peut-être dû au bouleversement hormonal de sa

grossesse, mais Cat trouva touchant que Helen fasse de la layette pour le bébé disparu.

Elle alla prendre l'appel dans son bureau. C'était J. P., qui voulait savoir si elle avait reçu son rapport. Elle savait qu'il ne pouvait pas déjà avoir analysé l'échantillon d'ADN de Dylan Walker, qu'elle venait juste de lui confier. Elle alluma son ordinateur et vit qu'il s'agissait du rapport d'autopsie. L'arme du crime était un calibre 38. Athena Grant avait été tuée de trois balles à bout portant. Aurait-elle laissé l'homme qui la menaçait s'approcher autant ? Mais il était possible qu'il soit entré par effraction là où elle se trouvait et qu'il l'ait surprise.

Tout cela n'avait aucun sens. Pourquoi ne s'était-elle pas installée à l'hôtel d'en face ? Elle aurait peut-être été encore en vie et son bébé... Où était son bébé ? Était-il mort ou vivant ?

Elle reporta son attention sur ce que J. P. était en train de lui dire.

— Attendez, quoi ?

— Elle n'a pas accouché seule.

— Mais les hôpitaux...

— Pas à l'hôpital. La demande d'informations que vous avez publiée a porté ses fruits. La propriétaire du motel en question est une amie. Elle m'a appelé.

— Le bébé a été retrouvé ?

— Non, mais une femme de ménage est sûre qu'il y a eu un accouchement dans l'une des chambres qu'elle a nettoyées. Elle a trouvé des draps tachés de sang et un placenta dans la poubelle de la salle de bains. L'homme qui occupait la chambre voisine dit avoir entendu un bébé crier au milieu de la nuit.

J. P. lui dit qu'il s'agissait du Siesta Vista et lui conseilla de contacter la propriétaire rapidement.

Dès qu'elle eut raccroché, Cat imprima des photos des personnes qui auraient pu aider Athena à accoucher. Puisque Ginny Cooper Walker était morte, la liste était courte : Patty Cooper Harper, la sœur de Ginny, et Rowena Keeling, qui prétendait ne pas connaître Athena. Elle trouva la photo du permis de conduire de Rowena et celle de la carte professionnelle de Patty.

Si ce n'était ni Patty ni Rowena, Cat était à court de suspects.

Lorsqu'il regagna le ranch, Dylan vit la voiture de Rowena devant la grande maison. Il se gara devant le chalet et s'empressa d'appeler son ami de confiance.

— Savais-tu que toutes les femmes sur lesquelles tu voulais que je me renseigne ont été adoptées ? lui demanda celui-ci.

— En quoi est-ce important ?

— La Russie a organisé un programme d'adoption international en 1991. Douze enfants ont été adoptés par des familles américaines cette année-là. Le chiffre avait déjà dépassé le millier en 1994.

— Attends... Tu me dis que Ginny, sa sœur Patty et Athena Grant sont toutes nées en Russie ?

— Exact, répondit Ike. Et elles ont toutes été adoptées la même année par des familles de la région de Denver, Ginny et Patty par les Cooper, Athena Grant par Lindsey et Lloyd Martin.

Dylan grommela un juron. Au moins, il avait l'explication du pseudonyme qu'Athena avait employé quand elle était venue au ranch. Espérait-elle qu'il lui serait familier ? L'idée qui lui vint à l'esprit ensuite le fit tressaillir. Rowena l'avait-elle déchiffré ?

— Qu'en est-il de Rowena Keeling et de Sharese Harmon ? demanda-t-il.

Il jeta un coup d'œil par la fenêtre et vit Rowena s'approcher du chalet. Il ne fut pas surpris qu'elle vienne le voir. Elle devait vouloir savoir ce qu'il avait dit au shérif pendant la perquisition.

— Keeling et Harmon ont été adoptées un peu plus tard, la même année, ainsi que le frère de Sharese, Luca. Tu ignorais que ta femme avait été adoptée ?

— Totalement. Mais je me suis aperçu que j'ignorais beaucoup de choses sur Ginny, répondit amèrement Dylan. Ce Luca, le frère de Sharese, a été adopté par la même famille qu'elle ? Qui vivait où ?

— Ils ont été adoptés par Bob et Lynette Harmon, qui habitent à Missoula, dans le Montana.

— Ce n'est pas loin, commenta Dylan.

Il ne savait pas quoi faire de cette information, mais il était sûr que c'était le lien qu'il cherchait.

— J'aimerais bien savoir pourquoi tu voulais que je me renseigne sur ces gens, dit son ami.

Dylan hésita avant de répondre :

— Est-il possible qu'ils fassent tous partie d'une cellule dormante ?

Dans sa carrière, il avait déjà eu affaire à des agents dormants qui, une fois réveillés, avaient pratiqué l'espionnage, la trahison et l'assassinat sur ordre des dirigeants de leur mère patrie. Ce programme d'adoption était louche.

— J'imagine que c'est possible, répondit Ike. Ils se sont tous retrouvés dans la même région, ce qui est une drôle de coïncidence. S'ils ont été abordés par un agent, ils ont pu être recrutés.

— J'ai bien peur qu'il ne s'agisse de ça.

— Que comptes-tu faire de cette information ?

— Je n'en sais encore rien, mais ne t'en fais pas, je ne dirai à personne d'où je la tiens.

— Tu devrais peut-être faire part de ta découverte à quelqu'un, suggéra son ami. Quelqu'un qui pourrait t'aider à neutraliser ce groupe.

— Je ne peux rien prouver pour l'instant. Tant que je n'ai rien de plus solide... Merci pour tes recherches, en tout cas. Je te revaudrai ça.

Dylan raccrocha en étant sûr de tenir une piste. Il se souvint que sa femme l'avait interrogé sur son travail à plusieurs reprises. À l'époque, il pensait qu'elle ne connaissait que celui qui lui servait de couverture. Mais l'avait-elle épousé parce qu'elle savait que ce n'était qu'une couverture ?

C'était clairement elle qui l'avait dragué… ce qui l'avait flatté. Elle lui avait fait perdre la tête parce que tout l'enthousiasmait – surtout lui.

Quel imbécile j'ai été ! songea-t-il amèrement.

Ce qui l'inquiétait le plus, c'était le rôle de son frère dans tout cela, s'il en avait un. Beau avait toujours eu tendance à jouer avec les limites. Son métier, comme celui de Dylan, l'avait placé dans des endroits et des situations dangereux. Beau avait-il trempé dans des affaires louches avec les mauvaises personnes ? Ginny était-elle l'une de ces mauvaises personnes ? Était-ce pour cela qu'ils avaient été la cible de cet attentat ?

Il repensa à l'ami qui l'avait retenu le soir du gala. Cet homme lui avait sauvé la vie. L'avait-il fait exprès ? À présent, Dylan doutait de tout le monde et s'interrogeait sur tout ce qui s'était produit.

Il se passa la main dans les cheveux. Et si tout son univers avait été constitué de faux-semblants ? Rowena en savait-elle bien plus long que lui ? Cela expliquerait pourquoi elle s'était incrustée dans leur vie et pourquoi Ginny l'avait laissée faire.

Mais il ne pouvait pas y réfléchir davantage pour le moment : Rowena était déjà en train de monter les marches du perron.

Le shérif par intérim – Cat – avait demandé à son « invitée » de ne pas quitter la région. Ce qui fournissait une très bonne excuse à Rowena pour s'attarder chez lui jusqu'à la fin de l'enquête. Bien sûr, il pouvait lui demander de quitter le ranch… Mais ne valait-il pas mieux qu'il la garde à l'œil ?

Athena Grant était morte. Le shérif semblait croire qu'il était le père du bébé, qu'il avait tué Athena et… Qu'aurait-il donc fait de l'enfant ? L'idée que celui-ci avait disparu lui donna la nausée. Il aurait tant aimé avoir des enfants avec Ginny…

Il intercepta Rowena devant la porte et scruta son visage pour tâcher de deviner comment son entretien avec le shérif s'était passé. Il était sûr que Cat ne s'était pas laissé intimider.

— Tu as eu une conversation plaisante avec le shérif ? demanda-t-il. Tu es vite partie après ça.

— J'avais un rendez-vous, répondit-elle, les lèvres pincées. Et as-tu vraiment besoin de savoir comment ça s'est passé avec le shérif *par intérim* ?

Elle était méprisante et provocante, comme toujours, mais il s'aperçut que la main de Rowena, encore posée sur la balustrade, tremblait. Rowena était-elle nerveuse ? Avait-elle peur ?

Jusqu'à cet instant, il ne l'avait pas suspectée de s'en être prise à Athena Grant et son bébé. Pourtant, c'était elle qui avait refusé d'ouvrir à Athena et qui avait récupéré son mot dans la boîte aux lettres pour le détruire. Il réprima un juron et posa la main sur le bras de Rowena pour la forcer à soutenir son regard.

— Dis-moi que tu n'as rien à voir avec la mort de cette femme et la disparition de son bébé.

Elle prit un air choqué.

— Tu plaisantes ? Pour qui me prends-tu ?

— Précisément, répondit-il. Je ne sais pas qui tu es.

Son expression redevint aussitôt aguicheuse, ce qui devait être l'option par défaut.

— Parce que tu n'as pas essayé de me connaître, répliqua-t-elle. C'est bien dommage pour toi. Qu'as-tu dit sur moi au shérif ? J'aimerais bien savoir comment tu as décrit notre... relation.

— Nous n'en avons aucune. Et, pour être franc, je ne saurais ni te décrire ni expliquer ce que tu fais là.

— Tu ne devrais pas avoir à fournir d'explications au shérif d'une petite ville, je t'assure. Pour qui se prend cette femme ? Comment ose-t-elle t'interroger ? Pire : comment ose-t-elle interroger ton *invitée* ?

S'il trouvait très louche que Rowena soit arrivée juste avant cette série d'incidents, il ne voyait pas comment elle pouvait l'avoir orchestrée. Il y avait de grandes chances pour qu'elle ait menti en disant qu'elle ne connaissait pas Athena Grant. Il ne pouvait pas le prouver, mais il était prêt à parier sa vie là-dessus. Un frisson le parcourut lorsqu'il prit conscience que c'était peut-être exactement ce qu'il était en train de faire.

Les sourcils froncés, il tâcha de se rappeler si Rowena était venue au mariage. Non. Ginny ne l'avait pas encore rencontrée parce que Rowena n'avait pas encore emménagé près de chez eux. Sauf que cela n'empêchait pas qu'elles se soient connues *avant*. Comment pouvait-il oublier que Ginny ne lui avait sans doute dit que des mensonges ? Avait-elle aussi menti sur sa relation avec Rowena ? Il savait désormais qu'elles avaient été adoptées en Russie, tout comme Athena Grant, Patty et les deux dont il venait de découvrir l'existence : Sharese et Luca Harmon.

Les pièces du puzzle commençaient à s'assembler tandis qu'une migraine le gagnait. Puisque Rowena était allée voir Sharese, celle-ci devait être dans la confidence.

Mais il ne comprenait pas encore à quoi tout cela rimait. Il était vrai qu'Athena Grant était enceinte. Pour une raison qui lui échappait, elle avait essayé de le contacter en prétendant absurdement qu'il était le père de son enfant. Elle était même allée voir le shérif, sans doute parce qu'elle espérait que cela augmenterait ses chances de lui parler. Pourquoi s'était-elle donné tant de mal ? Voulait-elle l'avertir de quelque chose ?

Elle devait vouloir se cacher des autres pour avoir employé un pseudonyme. Elle voulait peut-être lui parler de la relation de Ginny et de son frère. Ou le prévenir que sa vie était menacée ? S'il n'avait pas été retenu, le soir du gala, il serait mort avec son frère et sa femme. Mais qui pouvait vouloir les tuer s'ils travaillaient pour la Russie ? Il y avait tant d'hypothèses qu'elles commençaient à l'étourdir.

Il s'aperçut qu'il se massait les tempes quand Rowena lui demanda :

— Ça va ? Je prendrais bien un verre. Si je t'en servais un aussi ?

Il n'était absolument plus question qu'il laisse Rowena lui servir quoi que ce soit. Il ne s'était jamais autant méfié d'elle.

Néanmoins, il avait besoin de comprendre ce qui se passait.

— Il est temps que tu me dises qui est Rowena Keeling, répondit-il.

9

Le motel était à l'entrée d'Eureka et en forme de U. Il y avait de vieux rideaux en dentelle aux fenêtres et il avait clairement connu des jours meilleurs. Cat fit tinter une clochette en poussant la porte de l'accueil. L'odeur de chou en train de cuire qui l'enveloppa faillit réveiller ses nausées matinales.

Une quinquagénaire à l'air stressé accourut en s'essuyant les mains sur son tablier. Il devait s'agir de Carla Brooks, la propriétaire.

— Il ne me reste plus qu'une chambre avec deux lits, lui dit-elle. C'est soixante-quinze dollars. Pour une nuit ?

Elle dut s'apercevoir avec un temps de retard que Cat était en uniforme, parce qu'elle eut l'air déçue.

— Je suis le shérif par intérim de Fortune Creek, Cat Jameson, se présenta Cat. J'aimerais vous poser quelques questions sur la femme qui a accouché dans votre motel.

La propriétaire soupira.

— Peut-on essayer de faire vite ? Je suis en train de préparer le dîner.

— Bien sûr. L'avez-vous accueillie ?

Carla acquiesça.

— Vous a-t-elle donné son nom ?

Carla ouvrit son registre et montra la ligne à Cat. Elle avait écrit Lindsey Martin.

— Elle a payé en liquide ?

Carla acquiesça de nouveau.

— Était-elle seule ?

— À ma connaissance.

— Semblait-elle inquiète ? Avait-elle l'air de souffrir ?

Carla haussa les épaules.

— Vous a-t-elle demandé quelque chose de précis ?

— Elle voulait la chambre du bout.

— Et vous la lui avez donnée ?

— Oui.

— L'avez-vous vue parler à quelqu'un ?

— Non.

— Je vous demande ça parce qu'elle a été assassinée et que son bébé a disparu.

Les yeux de Carla s'embuèrent.

— C'était elle ?

— Il semblerait. Si vous avez vu quoi que ce soit qui pourrait nous aider à trouver son meurtrier…

— J'ai un fils, vous savez, répondit Carla. Le lendemain matin, l'homme qui occupait la chambre voisine s'est plaint de ne pas avoir pu fermer l'œil de la nuit. Il a parlé d'allées et venues. Il a entendu une voiture se garer, une portière claquer et quelqu'un entrer dans la chambre en question en pleine nuit. Ça l'a réveillé. Après ça, il n'a pas pu se rendormir à cause des gémissements. Il a cru que c'était… vous voyez. Il a ensuite entendu un bébé pleurer. Il a dit qu'il avait été soulagé, au petit matin, d'entendre la voiture repartir. Il a pu dormir un peu sur la fin.

— Il n'a plus entendu le bébé pleurer ?

Carla secoua la tête.

— J'ai besoin de son nom. Et merci, vous m'avez bien aidée.

Cat songea à demander à voir la chambre, mais trop de temps s'était écoulé pour qu'elle y trouve le moindre indice.

Elle sortit en imaginant la scène, Athena accouchant dans

une chambre de motel avec l'aide de quelqu'un. Était-ce cette personne qui avait emporté le bébé ?

Elle appela l'homme de la chambre voisine depuis sa voiture. Il lui raconta à peu près la même chose que la propriétaire du motel.

— Vous rappelez-vous un détail qui pourrait m'être utile ? lui demanda-t-elle. Le bruit du moteur du véhicule ? Une voix ?

— Il y avait deux femmes dans la chambre, répondit-il. Pour la voiture… désolé. Elles font toutes le même bruit, de nos jours. Mais j'ai remarqué que, quand l'une des femmes est partie, il s'est écoulé plusieurs minutes entre le bruit d'une portière et le moment où elle a démarré. Elle a dû installer le bébé dans quelque chose.

— Vous n'avez pas regardé par la fenêtre ?

— Si, répondit-il après une brève hésitation. Je n'ai pas bien vu la femme, mais je suis sûr qu'elle avait le bébé.

Cat lui arracha une description de la femme, qu'il avait mieux vue qu'il ne le pensait. Il devait s'agir de Patty Cooper Harper.

Elle appela ensuite la brigade criminelle du Montana pour lui demander de l'aider à localiser Patty, la sœur de Ginny.

D'après la description du voisin de chambre, Patty avait aidé Athena à accoucher. Cela signifiait qu'elle savait que le bébé arrivait et qu'elle s'était préparée. Elle avait même de quoi l'installer dans sa voiture. Cat se prit à espérer que l'enfant était en vie et bien traité.

La nuit tomba alors qu'elle regagnait Fortune Creek. Même si l'air printanier était agréable, le paysage nocturne la rendit mélancolique. En général, elle s'interdisait de penser à l'avenir et au passé. Elle était bien décidée à vivre au jour le jour et à se concentrer sur sa fille qui grandissait en elle. Ce soir, sans qu'elle sache pourquoi, le passé se glissa dans ses pensées et raviva son chagrin.

Elle avait presque atteint Fortune Creek lorsque son téléphone sonna. Elle s'empressa de sécher ses larmes et décrocha.

— Cette affaire est de plus en plus intéressante, dit J. P. sans la saluer. Saviez-vous que des cellules masculines ont été trouvées dans du sang maternel même des années après une grossesse ?

— Non, répondit Cat. Mais si vous voulez me dire que vous avez obtenu l'ADN du père du bébé grâce au sang de la victime...

— C'est bien ce que je veux dire.

Elle en resta bouche bée quelques instants.

— Je croyais qu'on devait attendre d'avoir trouvé le bébé, finit-elle par balbutier. Vous savez qui est le père ?

— Le labo vient de m'appeler pour me dire qu'il avait trouvé une correspondance. Vous êtes assise ?

Elle se rappela à quel point Dylan Walker était convaincu de ne pas être le père de cet enfant. Était-ce du bluff ?

— Oui, répondit-elle. Est-ce Dylan Walker ?

— C'est ce que j'ai d'abord cru, mais c'est quelqu'un de sa famille. Aurait-il un frère, par hasard ?

— Oui, Beau Walker, mais celui-ci est mort il y a neuf mois.

— Décidément, de plus en plus intéressant. Si Dylan n'a pas d'autre frère, Beau est le père du bébé qu'on recherche.

— Non, Dylan n'a pas d'autre frère. Il faudra donc que je retourne au ranch demain. Merci, J. P.

Elle raccrocha, étrangement soulagée de voir les lumières de Fortune Creek apparaître devant elle. Elle se sentait anxieuse et effrayée. Elle était fatiguée après avoir marché toute la journée et elle avait faim. Une fois rentrée, elle se ferait une soupe à la tomate et un sandwich au fromage.

En entrant dans la petite ville, elle remarqua la voiture de Rowena garée dans la rue principale. Ses phares éclairèrent brièvement un homme et une femme en train de discuter dans la ruelle qui longeait l'hôtel. Tous deux tournèrent la tête vers elle comme s'ils étaient surpris qu'une voiture passe à cette heure.

Elle reconnut d'abord Rowena Keeling, puis l'homme. C'était l'un des deux qu'elle avait vus entrer dans l'hôtel elle ne savait plus quand. Peut-être juste après le départ d'Athena Grant ? Les journées s'enchaînaient si vite qu'elle commençait à perdre la notion du temps.

Elle se gara derrière le bureau du shérif et monta dans son appartement en se demandant de quoi ils parlaient, tous les deux. Il était évident qu'ils se connaissaient. Par ailleurs, Cat avait eu l'impression que Rowena n'était venue dans le Montana que pour des raisons liées à Dylan Walker.

Une fois à l'étage, Cat s'approcha de la fenêtre sans allumer la lumière, mais la ruelle était maintenant déserte et la voiture de Rowena n'était plus garée devant le restaurant.

Cat alluma et ferma les rideaux en se promettant de poser d'autres questions à l'invitée de Dylan le lendemain.

Malheureusement, les choses ne se passèrent pas comme elle l'avait prévu. Le lendemain matin, elle fut réveillée par les deux hommes qu'elle avait vus entrer dans l'hôtel. Ils avaient montré leur badge du FBI à Helen et ils exigeaient que Cat leur remette son dossier sur Athena Grant.

— Je serai honnête avec toi, Dylan, dit son avocat. Le fait qu'ils rouvrent l'enquête sur l'explosion ne me plaît pas. Elle n'a jamais vraiment été fermée, mais ça laisse supposer qu'ils ont de nouveaux éléments. Il faut que je te dise que le bureau du procureur m'a contacté pour me demander ton adresse dans le Montana et ton numéro de téléphone, prétendument pour mettre ses fichiers à jour.

Dylan jura.

— Et tu ne sais vraiment pas ce qui se passe ? demanda-t-il.

— Non, puisque personne n'a été inculpé. Mais, si les flics suspectent ton frère d'avoir été l'amant de ta femme, ils pourraient s'imaginer que tu as commis l'attentat. Tu es un expert en explosifs, après tout.

Dylan n'avait pas besoin que son avocat le lui rappelle.

— Tu crois que quelqu'un a essayé de me piéger ?

— Je ne sais pas, mais ton déménagement dans le Montana te rend encore plus suspect.

— Tout ce que je fais me rend suspect, répliqua-t-il.

Clairement, les ennuis l'avaient suivi dans le Montana. Il songea au meurtre de l'amie de Patty et à l'enlèvement de son bébé. Même s'il n'était pas le père, cela attirait l'attention de la police sur lui. Le timing ne pouvait pas être plus mauvais, mais était-ce bien une coïncidence ?

Il raccrocha et posa son téléphone. Personne ne semblait savoir pourquoi l'enquête avait été rouverte, mais Rowena ne lui avait pas menti sur ce point. Était-il également vrai qu'il y avait un doute sur l'identité des victimes ? Ou son avocat avait-il raison de supposer que la police s'intéressait au potentiel mari jaloux ?

En début de matinée, Rowena était venue lui dire qu'elle partait se faire masser à Eureka. Pensant qu'elle disait vrai, cette fois, il ne l'avait pas suivie. À la place, il avait demandé à un vieil ami de lui envoyer un mouchard GPS, qu'il avait l'intention de placer dans la voiture de Rowena à la première occasion.

Il sortit sous son porche et passa sa main dans ses cheveux trop longs. Quand les avait-il fait couper pour la dernière fois ? Cela n'avait pas grande importance. Il avait d'autres chats à fouetter, malheureusement. Et penser à la mort de Ginny était bien la dernière chose dont il avait envie. La scène était gravée dans sa mémoire. Il revoyait Ginny monter dans la voiture et celle-ci démarrer pour s'arrêter un peu plus loin. Alors qu'il s'élançait pour la rattraper, elle avait explosé. Ce soir-là, il s'était rendu compte que sa femme n'était pas comme d'habitude. Et en filant de cette façon...

Il n'avait appris qui était au volant que plus tard. Il ne savait même pas que son frère était rentré aux États-Unis. Pourquoi Beau était-il venu chercher Ginny ? Il ne le saurait sans doute jamais. Pas plus qu'il ne comprendrait pourquoi Ginny était si pressée. Elle était au téléphone quand il avait été intercepté par son ami. Lorsqu'il s'était aperçu qu'elle ne l'attendait pas, il avait essayé de la rattraper. Pourquoi s'était-elle comportée bizarrement toute la soirée ? Il avait eu l'impression qu'elle voulait lui dire quelque chose.

Il repensa à la détresse qu'elle avait feinte lorsqu'ils avaient découvert qu'il était stérile. Il avait même parlé d'adopter. Quel imbécile il avait été ! Après sa mort, il avait trouvé la pilule qu'elle prenait dans l'armoire à pharmacie de son côté de la salle de bains. Ginny ne voulait pas d'un enfant.

Il ne comprenait vraiment pas le rôle de son frère dans tout cela. Il avait supposé que Beau était l'amant de Ginny. La veille de leur mort, il avait découvert qu'ils se voyaient dans des hôtels et des bars. S'il avait pu en trouver la preuve, les policiers qui enquêtaient sur l'explosion la trouveraient aussi.

Mais s'agissait-il bien d'une liaison ? Beau s'était-il engagé dans quelque chose de plus dangereux ? Était-ce cela que la police avait découvert ? Si tel était le cas, Dylan ne pouvait qu'espérer que Ginny et Beau ne l'avaient pas piégé en laissant des traces l'incriminant.

La sonnerie du portail le fit sursauter. Il alla à l'Interphone et serra les dents en reconnaissant le shérif sur l'écran.

— J'ai besoin de vous voir, dit-elle.

Il ouvrit le portail sans lui demander pour quelle raison.

10

Comme le jour de sa première visite, Cat vit Dylan sous le porche du chalet lorsqu'elle s'en approcha. La première fois, elle l'avait pris pour le gardien de la propriété. Aujourd'hui encore, il portait un jean, des bottes et une chemise en flanelle. L'ajout d'un stetson était la seule différence vestimentaire.

Il avait l'air aussi maussade que le jour de leur rencontre – peut-être même plus, comme s'il s'attendait à de mauvaises nouvelles. Cat jeta un coup d'œil à la grande maison et ne vit pas la voiture de Rowena devant. Une part d'elle se réjouit de pouvoir parler à Dylan sans interférences, l'autre se demanda si Rowena avait pris la fuite. Elle savait maintenant que la jeune femme n'était pas venue que pour essayer de mettre le grappin sur un homme riche.

— Rowena n'est pas là, mais elle n'est pas partie pour de bon, lui lança Dylan comme s'il avait lu dans son esprit quand elle sortit de sa voiture.

Cela ne semblait pas le réjouir.

— Entrez, poursuivit-il. Je peux vous offrir un café ? J'ai du décaféiné, si vous préférez. Du thé, aussi.

Les agents du FBI avaient interrogé Cat toute la matinée et une partie de l'après-midi sur l'affaire. Elle s'était attendue à ce qu'ils lui annoncent qu'ils reprenaient l'enquête et avait été surprise qu'ils ne le fassent pas. Apparemment, ils avaient besoin d'elle parce qu'ils cherchaient le commanditaire de l'assassinat de leur côté, pas l'assassin.

Étaient-ils disposés à lui expliquer la situation ? Bien sûr que non.

— Vous voulez donc que je risque ma vie et celle de mon bébé sans savoir à qui je peux faire confiance ? leur avait-elle demandé.

— N'êtes-vous pas payée pour ça ? avait répliqué l'un des agents.

— Si, avait-elle admis. Et Dylan Walker ?

— Il ne nous intéresse pas.

Elle avait été soulagée d'entendre cela. Son instinct ne s'était pas trompé. Elle devait s'y fier davantage et elle pouvait avoir confiance en Dylan Walker.

— Un décaféiné, je vous remercie, répondit-elle en suivant Dylan dans la cuisine.

Il avait les cheveux humides et un parfum entêtant. Pour être honnête, Cat ne pouvait pas reprocher à Rowena d'avoir des vues sur lui, si c'était bien le cas. Dylan était extrêmement séduisant.

Il l'invita à s'asseoir, prépara deux décaféinés et posa l'une des tasses devant elle.

— Je sais que vous n'êtes pas venue me dire que mon ADN correspondait à celui du bébé, déclara-t-il. Je sais aussi que vous n'avez pas retrouvé le bébé, ce qui signifie qu'il y a encore un espoir.

Elle pouffa.

— Je ne savais pas que vous aviez des pouvoirs psychiques, le taquina-t-elle.

— En général, je suis totalement incapable de lire les gens, mais vous… c'est différent. Je ne sais pas pourquoi. Vous avez des nouvelles qui ne sont pas horribles à m'annoncer. Je me trompe ?

— On a découvert que le père du bébé d'Athena Grant est votre frère Beau.

Dylan posa sa tasse si brutalement qu'il renversa du café sur la table.

— Quoi ?

— À moins que vous n'ayez un autre frère...

Il secoua vivement la tête, puis se passa la main sur le visage.

— Beau ? Je ne comprends pas.

— D'après notre médecin légiste, Athena a dû tomber enceinte le jour de votre mariage. J'imagine que votre frère...

— Était mon témoin, acheva-t-il à sa place.

— Étiez-vous proches ? demanda-t-elle, bien consciente que c'était un coup dur pour Dylan.

— Je le croyais, mais il est mort avec ma femme le soir du gala, répondit-il en soutenant son regard. Je suis sûr que vous le savez. J'ignorais qu'il était rentré aux États-Unis. En général, il m'appelait. Je ne sais pas pourquoi il est venu chercher Ginny ce soir-là. Elle était au téléphone quand on a été séparés et ensuite...

Il soupira.

— Après leur mort, j'ai supposé qu'ils étaient amants, reprit-il. Tout le monde l'a cru. Athena était-elle la petite amie de Beau ?

— Comment le savoir ? Elle a menti sur tout. Athena était-elle demoiselle d'honneur à votre mariage ?

— Non, c'est Patty, la sœur de Ginny, qui a tenu ce rôle. C'était un mariage intime, avec peu d'invités, après des fiançailles très courtes.

Il parut s'apercevoir qu'elle s'interrogeait sur la précipitation et ajouta :

— Oui, on s'est mariés quelques mois après notre rencontre. Ginny... Je croyais la connaître, mais je me trompais. Je n'avais pas les idées claires. Tout s'est passé trop vite et pour de mauvaises raisons.

Il laissa échapper un rire amer.

— Je voulais ce qu'elle m'offrait : une vie de couple, des enfants, une conclusion de conte de fées... En réalité, je n'aurais pas pu lui faire un enfant même si elle n'avait pas pris la pilule en cachette.

Il se tut avec l'air de regretter de s'être autant confié et se prit la tête dans les mains.

— Le bébé que vous cherchez…

— Est votre neveu.

Il jura.

— Désolé, je n'en avais pas encore pris conscience. C'est un choc et ça me fait douter de tout. Mais pourquoi cette femme vous a-t-elle dit qu'elle s'appelait Lindsey Martin et que j'étais le père de son enfant ?

— Elle pensait peut-être que c'était le seul moyen de vous parler.

Il la fixa un moment, puis se passa la main dans les cheveux.

— Vous devez avoir raison, répondit-il. C'est la seule explication plausible. Mais, si elle voulait me dire quelque chose, pourquoi ne m'a-t-elle pas simplement laissé un message ?

— Il est possible qu'elle l'ait fait, lui fit-elle remarquer.

— Et Rowena l'a détruit.

— Oui, avant d'aller déposer une lettre de menace censée venir de vous dans la chambre de motel d'Athena.

— Quoi ? s'écria-t-il en se levant d'un bond pour se mettre à faire les cent pas. Rowena l'a admis ?

— Apparemment, elle a des vues sur vous et elle a perçu Athena comme une menace.

Il s'immobilisa et plongea son regard dans le sien. Elle sentit aussitôt qu'il savait quelque chose et qu'il hésitait à le lui dire.

— Rowena n'a pas de vues sur moi, déclara-t-il. J'ai bien peur que la situation ne soit plus complexe et dangereuse que vous ne le supposez.

Dylan soupira et se rassit. Il avait survécu dans son métier en se fiant à son instinct, il devait encore s'y fier dans cette situation.

— Il faut que je sois honnête avec vous, dit-il. Rowena n'est pas venue pour me séduire.

— Ah non ?

— Non, répondit-il en se massant la nuque. C'est compliqué.

— Je sais que vous hésitez à me faire confiance, dit Cat. J'ai hésité aussi.

— Mais ce n'est plus le cas ?

— Deux agents du FBI sont venus me voir ce matin. Athena Grant les intéressait beaucoup, mais pas vous. Pour une raison que j'ignore, ils ne vous considèrent pas comme un suspect. Parlez-moi de ce que vous avez fait à l'étranger.

— Vous savez que je ne peux pas, répondit-il, comme hypnotisé par le regard de Cat. Le FBI ne me suspecte pas, alors ? Malheureusement, la mort de Ginny et ce qui se passe maintenant nous mettent en danger, moi et ceux avec qui j'ai travaillé.

— Quel est le rapport avec Athena Grant ? Si vous savez quelque chose sur sa mort, vous devez me le dire. Je sais que vous avez envie de me faire confiance. Vous pouvez. Soyez honnête avec moi, s'il vous plaît.

Il lui sourit et hocha la tête.

— Je ne savais rien jusqu'à ce matin.

Il lui rapporta ce que son ami avait découvert sur Ginny, Athena, Patty et Rowena, puis conclut :

— Lindsey Martin est le nom de la mère adoptive d'Athena Grant.

— Ça explique pourquoi elle s'est servie de ce nom. Pensait-elle que vous le reconnaîtriez ?

— Peut-être, mais je ne le connaissais pas. L'important, c'est qu'il me paraît très improbable qu'elles n'aient pas su, toutes les quatre, que les autres avaient aussi été adoptées en Russie.

Cat se frotta les bras comme si cette nouvelle la glaçait autant qu'elle l'avait glacé dans la matinée. Un instant, il se demanda s'il avait commis une erreur en la mettant au parfum. Après tout, il ne la connaissait pas… Une chose était sûre, il venait de la mettre en danger. D'un autre côté, elle était déjà en danger simplement parce qu'elle enquêtait sur le meurtre d'Athena Grant.

Après quelques instants de réflexion, Cat demanda :

— Croyez-vous qu'elles fassent partie d'une cellule dormante ?

— Oui, admit-il, soulagé de pouvoir le dire à voix haute. J'ai suivi Rowena à Libby, où elle a rencontré une certaine Sharese Harmon. J'ai ensuite découvert que Sharese et son frère Luca étaient aussi des enfants russes adoptés.

Cat secoua la tête.

— Vous pensez qu'ils sont tous impliqués ?

Il acquiesça.

— Mais pourquoi tuer Athena ? demanda-t-elle.

— Pourquoi tuer Ginny et mon frère, pour commencer ? répliqua-t-il.

— Je ne devrais sans doute pas vous le dire, mais les deux agents du FBI qui sont venus ce matin ont exigé que je leur livre toutes les informations que j'avais sur la mort d'Athena.

— Ça ne m'étonne pas, grommela-t-il. Et le fait que la police rouvre l'enquête a peut-être un lien avec tout ça. Que j'ai été stupide d'épouser une femme qui avait un secret pareil !

— Elle ne vous a pas dit qu'elle avait été adoptée ?

Il secoua la tête.

— Et vous pensez que ça a un lien avec l'attentat qui a tué votre femme ? demanda Cat.

— J'ai acheté ce ranch avant de me marier, mais je m'y suis installé après la mort de ma femme et de mon frère parce que j'avais besoin d'être seul. J'étais convaincu que ma couverture était grillée, sauf qu'il ne s'est rien passé. J'aurais dû me méfier dès l'arrivée de Rowena. Je me demandais ce qu'elle faisait là, mais avec ce qui s'est passé depuis…

— Je pense vraiment qu'Athena voulait vous dire quelque chose. Ce qui expliquerait pourquoi Rowena a détruit son mot et laissé une lettre de menace à son motel. Elle voulait la dissuader de vous parler. Athena voulait-elle vous dire qu'elle était enceinte de votre frère ? Elle devait savoir que sa vie ne tenait qu'à un fil quand elle est venue me voir et elle s'inquiétait sûrement pour son bébé.

— Vous devez avoir raison. Elle voulait peut-être aussi m'expliquer ce qui se passait et de quelle manière mon frère y avait été impliqué.

Il se leva et déclara :

— Je boirais bien quelque chose. Voulez-vous un verre d'eau gazeuse ?

Elle acquiesça et le suivit dans le salon.

— Je n'ai jamais compris ce que Ginny trouvait à Rowena, dit-il en se servant un bourbon. Dès que Rowena a emménagé dans notre quartier, elle s'est mise à passer tout son temps chez nous. Je ne trouvais pas ça normal. J'avais l'impression que Ginny ne l'aimait pas et je ne l'ai jamais aimée. Mais ça ne ressemblait pas à Ginny de s'embarrasser d'un boulet. Elle n'hésitait pas à envoyer les gens sur les roses quand ils lui déplaisaient.

Il invita Cat à s'asseoir dans un fauteuil, puis lui tendit son verre.

— Quel est le rôle de votre frère dans tout ça, à votre avis ? demanda-t-elle.

— Je n'en ai aucune idée. Le connaissant, il peut avoir été leur complice. Il est possible qu'il n'ait couché qu'une fois avec Athena. Il est également possible qu'ils aient été amants et associés. Mais pourquoi le tuer ?

— Si Ginny avait voulu s'extraire de cette situation, aurait-elle eu une raison de demander l'aide de votre frère ? répondit Cat après quelques instants de réflexion.

— Plutôt que la mienne ?

Il secoua la tête.

— Athena et Ginny doivent avoir entraîné Beau dans quelque chose, ajouta-t-il. Mais je ne vois pas ce qu'elles pouvaient attendre de lui. D'un autre côté, j'avais perdu le fil de ses activités à l'étranger. Téméraire comme il l'était, il a sans doute pensé qu'il pouvait gérer la situation tout seul et ça lui aura coûté la vie.

Cat prit un moment pour se demander où ils en étaient. Dylan s'était confié à elle. Elle lui avait parlé du FBI. Ils avaient sans doute révélé plus d'informations qu'ils n'auraient dû tous les deux. Elle appartenait aux forces de l'ordre et Dylan était encore un suspect à ses yeux la veille. Pour sa part, Dylan semblait avoir un passé dont il ne devait rien dire.

Tout le monde avait ses secrets, songea-t-elle en scrutant le visage de Dylan. La vraie question était : avait-elle confiance en lui ? Était-elle prête à miser sa vie sur ce pari ?

— Ça change beaucoup de choses, finit-elle par dire en mesurant à quel point c'était vrai.

— Je comprends, Cat... pardon, shérif. Je crains de vous avoir entraînés dans une affaire dangereuse, votre bébé et vous.

Elle secoua la tête.

— C'est mon boulot. Et après tout ça je pense qu'on peut commencer à s'appeler par nos prénoms, au moins quand on est seuls.

— J'en serais ravi. Les frontières commencent à être brouillées et c'est ma faute. Je pensais juste devoir vous dire ce que j'avais découvert, pour que vous sachiez à quoi on a affaire.

« On ». Il avait raison. Ils étaient impliqués tous les deux. Puisqu'ils étaient sans doute tous deux en danger, il était logique qu'ils s'entraident. De plus, elle était prête à parier que Dylan avait plus d'expérience qu'elle en matière d'espionnage.

Elle ne pouvait pas compter sur les agents du FBI, qui lui avaient simplement dit qu'ils la recontacteraient. Et elle savait que l'un d'eux s'était entretenu avec Rowena. Qu'en penserait Dylan ?

Elle inspira profondément.

— L'autre soir, j'ai vu l'un des agents du FBI avec Rowena dans la ruelle qui longe l'hôtel. Ils semblaient se disputer.

— Vous pensez que Rowena collabore avec eux ? Ou fait semblant de collaborer avec eux ?

Elle haussa les épaules.

— Hier, j'ai découvert que quelqu'un avait aidé Athena à accoucher. Nous savons qu'elle a donné le sein au bébé, puis la personne qui l'a aidée est partie avec l'enfant. Au petit matin, Athena a été tuée et son corps a été abandonné au bord de la route près de Fortune Creek, à quelques kilomètres de mon bureau.

— Rowena ? répondit Dylan avant de secouer la tête. Je ne la vois vraiment pas jouer les sages-femmes. Mais il y a une personne que mon ami n'a pas réussi à localiser : Patty Cooper, la sœur de Ginny.

— D'après la description qu'on m'a fournie, c'est probablement Patty. J'espère qu'elle prendra soin du bébé.

Dylan jura.

— Si seulement j'avais été là le jour où Athena est passée...

— Je ne suis pas sûre que ça l'aurait sauvée. Mais il y a une chose que je ne comprends pas. Si Rowena collabore avec le FBI, pourquoi a-t-elle empêché Athena de vous parler ?

— Elle pourrait être un agent double, répondit Dylan. Je la crois capable de tout.

— Que comptez-vous faire en ce qui la concerne ?

— Je vous avoue que j'ai envie de la mettre dehors mais, si on veut obtenir des réponses, je dois la laisser croire que je ne me méfie pas trop d'elle.

Dylan eut l'impression qu'elle ne l'avait pas entendu.

— Cat ?

Il aimait prononcer son prénom. Cat lui plaisait et cela le terrifiait. Elle lui avait plu dès le jour où elle était venue l'accuser de toutes sortes d'horreurs. Il songea à la dernière femme pour laquelle il avait eu le coup de foudre et s'ordonna de prendre du recul.

Même si Cat semblait comprendre la dangerosité de la situation, il ne supportait pas l'idée de les mettre en danger, son bébé et elle. Ils étaient déjà à la recherche d'un bébé dont la mère avait été assassinée.

— Je croyais que vous aviez acheté le ranch après la mort de votre femme, dit-elle, comme perdue dans ses pensées.

— Non, plusieurs mois avant mon mariage.

— Votre femme connaissait son existence ?

— Je ne sais pas où vous voulez en venir, mais oui. C'était une sorte de cadeau de mariage.

— Êtes-vous venus ici ensemble ?

Il faillit répondre oui, puis se souvint que ce n'était pas entièrement vrai.

— Ginny est venue la première pour s'occuper de la décoration. Je l'ai rejointe un peu plus tard. Pourquoi cette question ?

— Êtes-vous entré dans la maison depuis que vous vous êtes installé au ranch ? Particulièrement depuis que Rowena y séjourne.

— Non, pourquoi ?

— Quand je suis allée l'interroger, j'ai remarqué un détail qui me paraît étrange, à présent. Il y avait des traces sur le tapis, comme si un objet avait été traîné dans le salon. Aussi, plusieurs portes de placards étaient entrouvertes. Maintenant, je me demande si Rowena...

— Cherche quelque chose dans la maison ?

— Comptiez-vous y vivre ?

— Avec Ginny... parce que je croyais qu'on voulait tous les deux beaucoup d'enfants.

Il tressaillit.

— Vous pensez que Ginny y a caché quelque chose ? ajouta-t-il.

Cat lui décocha un grand sourire.

— Et si on allait jeter un coup d'œil avant le retour de Rowena ? suggéra-t-elle.

— Allons-y !

11

Cat ne savait pas du tout ce qu'ils cherchaient, mais Rowena l'ignorait peut-être aussi. La maison était gigantesque. Cat comprenait pourquoi Dylan ne voulait pas y vivre seul.

— On commence par le dernier étage et on descend ? proposa-t-il.

Il toucha un panneau en bois, qui s'ouvrit comme par magie pour révéler un petit ascenseur.

— Les dames d'abord.

Elle lui sourit et entra dans le petit espace, qui lui parut encore plus exigu dès que Dylan l'y rejoignit. Même s'il était d'une taille et d'une corpulence moyennes, leur proximité rendait sa présence très imposante – et son parfum encore plus entêtant.

Reste professionnelle, se sermonna-t-elle, ce qui faillit la faire rire. L'attitude professionnelle était largement périmée. Ils s'appelaient désormais par leur prénom et elle lui avait confié des informations qu'elle aurait sans doute dû garder pour elle. Mais il en avait fait autant et c'était parce qu'ils collaboraient qu'ils en étaient à chercher des indices dans la maison. Si elle n'avait pas parfaitement respecté les règles, c'était plutôt un bon travail d'enquêtrice.

Elle s'échappa de l'ascenseur dès que la porte s'ouvrit, mais le parfum de Dylan la suivit, et l'image de son ventre plat et de ses bras musclés resta gravée dans sa mémoire. Elle se sentit rougir.

— Il faisait chaud là-dedans, non ? lança-t-il, un peu rouge lui aussi. On commence par la chambre principale ?

— Toutes les pièces sont meublées ? demanda-t-elle pour essayer de chasser ses pensées inavouables de son esprit.

Depuis combien de temps ne s'était-elle pas blottie dans les bras d'un homme et n'avait-elle pas fait l'amour ? Il n'était pas étonnant que Dylan lui inspire un besoin de soutien et de chaleur humaine. Elle allait bientôt avoir un bébé seule et ses hormones affolées la rendaient vulnérable au moindre témoignage d'attention.

— Ginny a commandé les meubles et supervisé leur livraison. Elle voulait que tout soit prêt quand on s'installerait.

— Même si vous vouliez vivre dans le chalet dans un premier temps ? Vous le lui aviez dit ?

— Je suis sûr qu'elle pensait pouvoir me faire changer d'avis.

Ils eurent vite fait le tour de la chambre principale – et compris que Rowena l'avait déjà fouillée.

— Si seulement on savait ce qu'elle cherche..., dit Dylan après un soupir. De la drogue ? De l'argent ? Un objet compromettant ?

— Un gage de loyauté ?

Il tourna la tête vers elle et acquiesça.

— Quelque chose qui leur garantissait que l'autre ne les trahirait pas... C'est possible. Ginny peut avoir voulu changer de vie. Elle peut avoir demandé l'aide de mon frère. Ce serait le moins horrible des scénarios.

Tandis qu'ils passaient de pièce en pièce, Cat se rendit vite compte que cette maison était bien trop grande et qu'il y avait bien trop de cachettes potentielles pour que leur fouille soit exhaustive.

— Avez-vous les plans de la maison ? demanda-t-elle.

— Vous espérez découvrir une pièce secrète ? Je suis navré, il n'y en a pas.

— Et un coffre-fort ?

— Pas à ma connaissance, mais Ginny peut en avoir fait installer un, j'imagine, répondit-il alors qu'ils regagnaient le rez-de-chaussée. Sauf que je n'en connaîtrai pas la combinaison, s'il existe. Et Rowena l'a peut-être déjà trouvé.

Il secoua la tête.

— En tout cas, on sait maintenant qu'elle cherche bien quelque chose, poursuivit-il. Il est évident qu'elle a fouillé la maison. Mais elle n'a pas dû dénicher ce qui l'intéresse, puisqu'elle est encore là. Je n'arrête pas de repenser à la discussion dont vous m'avez parlé. Et si elle était censée livrer ce qu'elle cherche à ces agents ?

Ils ne découvrirent rien de suspect au rez-de-chaussée. Le désordre régnait dans la chambre que Rowena avait choisie.

— Est-ce qu'on fouille ses affaires ? demanda Dylan.

Cat secoua la tête.

— On n'y trouvera sans doute rien, puisqu'elle cherche encore. Je crois qu'on devrait s'arrêter là. Il se fait tard.

Il hocha la tête et ils quittèrent la maison pour regagner le chalet. La première fois qu'elle était venue, Cat s'était demandé pourquoi Dylan semblait éviter la maison. Maintenant qu'elle savait qu'il avait eu l'intention d'y fonder une grande famille avec sa femme, elle trouvait cela logique.

C'était une belle fin de journée de printemps. Un parfum de pin flottait dans l'air et le crépuscule noyait le paysage dans une douce lumière argentée. Elle avait l'impression étrange qu'ils étaient seuls au monde. Était-ce pour cela qu'elle n'était pas pressée de partir ?

— Vous savez écouter, lui dit Dylan. Mais vous connaissez déjà tout de moi et j'ignore tout de vous. Votre bébé... Bien sûr, si je suis indiscret...

— C'est une fille.

— Félicitations. Votre mari et vous devez avoir hâte de la rencontrer.

Elle baissa les yeux vers son alliance avant de répondre :

— Mon mari est mort dans un accident de voiture il y a six mois. Il était garde forestier et on vivait à Libby. Il rentrait d'une partie de pêche au lac Koocanusa quand il a été percuté par un chauffard. Il est décédé à l'hôpital d'Eureka. Je n'ai découvert ma grossesse qu'après sa mort.

— Je suis désolé. Je n'aurais pas dû vous interroger.

— Ce n'est pas grave, on va bien, dit-elle en posant sa main sur son ventre. Je venais de finir l'école de police. J'ai eu de la chance qu'il y ait un poste disponible pour une débutante enceinte à Fortune Creek, où il ne se passe quasiment jamais rien.

Il éclata de rire.

— Je ne m'étais pas aperçu que vous débutiez, si ça peut vous rassurer.

— Je ne devrais pas l'avouer.

— Ça restera notre secret. Mais commencer par un meurtre…

Elle pouffa.

— Pour être honnête, je m'ennuyais tellement que j'espérais qu'il se passerait quelque chose, n'importe quoi, qui me donnerait matière à enquêter. Il est bien vrai qu'il faut se méfier de ce qu'on souhaite.

— Je suis sûr que vous résoudrez cette affaire, répondit-il alors qu'ils arrivaient au chalet.

Il l'invita à entrer dans la cuisine et elle s'aperçut qu'elle était épuisée dès qu'elle s'assit.

— Restez dîner avec moi, proposa-t-il.

Était-il tard ? Elle jeta un coup d'œil à son téléphone.

— Ça alors ! s'écria-t-elle. J'ai complètement perdu la notion du temps. J'apprécie de m'asseoir dans cette jolie cuisine après avoir passé toute la journée debout, mais il faut que j'y aille.

— C'est à cause de ce chalet que j'ai acheté le ranch, répondit-il. J'ai eu le coup de foudre. Restez, je vous en prie. Je serais ravi d'avoir de la compagnie. J'ai des steaks et des légumes.

— Et votre invitée ? demanda-t-elle en regardant par la fenêtre.

— Je ne sais pas quand elle rentrera, mais elle ne sera pas invitée à dîner. Elle soutient qu'elle a été la meilleure amie de ma femme. Je sais seulement qu'elle n'a jamais été la mienne.

— Connaît-elle du monde dans la région ?

— Sharese et Luca, apparemment, mais je n'en sais pas plus. Elle prétend qu'elle va se promener ou se faire masser quand elle quitte le ranch. Évidemment, il se pourrait très bien qu'il y ait d'autres enfants russes adoptés dans le Montana.

— Vous n'avez pas confiance en elle.

— Pas le moins du monde. Je meurs de faim. Je vais lancer le dîner, si ça vous va.

— Ça me ferait très plaisir, si vous êtes sûr que ça ne vous dérange pas, répondit-elle, bien consciente que ce n'était pas du tout professionnel.

Il quitta la cuisine et revint trente secondes plus tard avec un tabouret.

— Mettez vos pieds en hauteur, dit-il en le plaçant devant elle. Il se trouve que j'adore cuisiner et que j'en ai marre de ne cuisiner que pour moi.

— Je comprends mieux pourquoi votre invitée ne veut pas partir, plaisanta-t-elle.

— Elle n'a pas droit à ce traitement, je vous l'assure. Elle ne s'intéresse qu'à mon bar, et peut-être à ce que Ginny a caché dans la maison.

Cat songea qu'elle avait vraiment jeté toute son éthique professionnelle aux orties. Elle avait parlé de l'enquête et de la mort de Taylor à Dylan. Alors, pourquoi ne ressentait-elle aucune culpabilité ?

Parce qu'elle avait confiance en lui, comprit-elle. Parce que le FBI avait confiance en lui. Parce que Dylan lui plaisait et qu'elle se sentait bien en sa compagnie.

Et ce chalet était vraiment agréable, avec la brise qui entrait par les fenêtres ouvertes. Il était bien différent de son appartement fonctionnel au premier étage du bureau du shérif.

De toute façon, elle n'aurait pas pu faire grand-chose en rentrant. Helen devait avoir quitté son poste depuis longtemps. Pendant la nuit, tous les appels étaient redirigés vers la police d'Eureka. On la contacterait si on avait besoin d'elle.

Elle savait qu'elle cherchait des excuses pour rester parce qu'elle en avait simplement envie. Elle se sentait si bien auprès de cet homme qui s'apprêtait à cuisiner pour elle... Et elle se sentait curieusement liée à lui parce qu'ils avaient tous les deux traversé de dures épreuves.

Elle le regarda cuisiner avec une sorte de fascination. Il était efficace et méticuleux. Pendant qu'il préparait une vinaigrette, elle lui parla de son petit appartement.

— Je cuisine un peu, surtout pour ma fille, lui confia-t-elle.

— Quand devez-vous accoucher ?

— Dans deux mois, à peu près au moment où le shérif Brandt Parker est censé reprendre le travail. Il a déjà prolongé sa lune de miel plusieurs fois. Je commence à me demander s'il reviendra un jour.

— Comment avez-vous rencontré votre mari ? demanda-t-il en tranchant un concombre avec une précision stupéfiante.

Elle haussa les épaules.

— C'était un garçon du quartier. On avait la même baby-sitter quand on était petits et on a eu les mêmes profs à l'école. On a toujours été ensemble. C'était... confortable.

Il arrêta de trancher le concombre pour la regarder.

— Ça a l'air chouette.

— Ça l'était. Il me manque.

— Évidemment, répondit Dylan. Surtout maintenant.

Elle posa sa main sur son ventre et sentit un coup de pied de sa fille.

— On s'est mariés au tout début de nos études, expliqua-t-elle.

On a toujours voulu avoir des enfants. Comme on était très occupés, ça ne nous a pas inquiétés que je ne tombe pas enceinte tout de suite. On pensait avoir le temps.

Dylan détourna les yeux, comme embarrassé, et annonça :

— Je vais allumer le barbecue.

— Désolée, s'empressa-t-elle d'ajouter. Je ne voulais pas vous mettre mal à l'aise.

— Ce n'est pas le cas. C'est juste que je voulais ce que vous aviez avec votre mari et que je croyais l'avoir trouvé avec Ginny. Après sa mort, j'ai découvert qu'elle m'avait menti sur sans doute presque tout.

Il secoua tristement la tête.

— Ça a dû être très dur, murmura-t-elle.

Il pouffa.

— Par-dessus le marché, le procureur rouvre l'enquête sur l'explosion, même si elle n'a jamais dû être vraiment fermée, puisqu'ils n'ont pas trouvé le coupable. Et découvrir maintenant que le bébé disparu est le fils de mon frère... Ça fait beaucoup. Je ne comprends plus rien à ce que je ressens... à part vis-à-vis des steaks. Quelle cuisson ?

— Bleu.

— Une femme comme je les aime.

Il sortit par la porte de derrière. Cat se détendit sur sa chaise et ferma les yeux. Elle se serait peut-être endormie si elle n'avait pas entendu la porte d'entrée claquer quelques secondes avant que Rowena ne surgisse dans la cuisine.

— Vous êtes bien installée, je vois, lança-t-elle à Cat. Où est-il ?

— Il allume le barbecue.

Rowena regarda la salade que Dylan avait préparée et les assiettes qu'il avait posées sur le comptoir.

— Qu'est-ce que c'est que ça ?

De nouveau, Cat sentit que Rowena avait bu.

— Le dîner, répondit-elle. Il commençait à se faire tard et Dylan s'est inquiété pour mon bébé et pour moi.

Pourquoi se justifiait-elle ? Parce que Rowena les surprenait dans une situation un peu trop intime ? Parce que Dylan lui plaisait et qu'elle aurait dû en faire abstraction dès lors qu'il était encore officiellement un suspect ? Ou parce qu'elle s'était autorisée à se détendre en compagnie d'un homme alors que Taylor n'était mort que depuis six mois ?

— Votre bébé et vous, répéta Rowena avec une sorte de dégoût. Dylan a toujours rêvé de ces trucs-là. Il est bien dommage que vous ne soyez pas disponible. Je vois que vous lui plaisez.

— Que fais-tu ici, Rowena ? lança Dylan en revenant dans la cuisine.

— Je vis ici, riposta-t-elle.

— Tu séjournes ici, et dans l'autre maison, lui rappela-t-il, les traits tendus. Tu as de la chance que le shérif ne t'arrête pas pour conduite en état d'ivresse. Tu ferais bien de regagner tes quartiers à pied pour qu'elle n'ait pas à le faire.

Rowena les fusilla du regard pendant quelques secondes avant de quitter la cuisine comme une furie.

— Quelle que soit sa raison de s'attarder chez moi, ça ne me plaît pas, grommela Dylan. Au moins, je peux la garder à l'œil.

Il sortit les steaks du réfrigérateur, les mit dans un plat et les assaisonna.

C'était bien l'avis de Cat.

— Si seulement on savait ce qu'elle cherche dans la maison... Mais je n'exclus pas pour autant qu'elle ait des vues sur vous.

Dylan jeta un coup d'œil par la fenêtre et répondit :

— C'est du cinéma, qui lui sert à cacher ses véritables intentions.

Il lui promit de revenir avec un steak cuit à la perfection et ressortit.

Cat réfléchit à la réponse de Dylan. Au début, elle pensait que c'était la jalousie qui avait incité Rowena à menacer Athena. La situation était sans doute plus complexe. Et ce n'était pas parce que Cat avait vu Rowena parler à un agent du FBI que cette dernière n'était pas capable de tuer.

Il y avait donc cinq femmes et un homme qui avaient en commun d'être des enfants russes adoptés. Deux d'entre eux, Ginny Walker et Athena Grant, étaient morts. Patty Cooper était introuvable, tout comme le fils d'Athena. Rowena savait-elle où ils étaient ? Quel était le rôle de Sharese Harmon et de son frère Luca dans tout cela ? L'un d'eux avait-il le bébé ?

Gagnée par une migraine, Cat ferma les yeux. Demain, elle parlerait de Sharese et de son frère à ses collègues de la brigade criminelle. Auraient-ils déjà retrouvé Patty et, avec un peu de chance, le bébé ? Elle s'inquiétait pour lui à chaque instant.

Elle tressaillit lorsque Dylan toucha son épaule. Elle avait dû s'endormir. L'odeur de la viande grillée fit gargouiller son estomac.

— Vous avez faim ? demanda Dylan.

Il était encore plus beau quand il souriait comme cela. Elle sentit son cœur manquer un battement. Elle avait aimé son mari, mais il ne l'avait jamais troublée comme Dylan la troublait à cet instant.

— Je meurs de faim, répondit-elle en lui rendant son sourire.

12

Il était tard quand Cat reprit le volant pour rentrer à Fortune Creek. Dylan, qui avait bien vu qu'elle était épuisée, lui avait proposé de passer la nuit chez lui. Il n'imaginait pas à quel point elle en avait envie – mais pas en dormant dans l'une des chambres d'amis.

Elle avait déjà dépassé les bornes en tant que shérif. Les pensées déplacées qu'elle s'était autorisée à avoir pendant le dîner la mettaient encore plus en porte-à-faux.

Elle avait l'impression d'être une adolescente qui vivait son premier béguin. Tout en conduisant, elle se répéta qu'elle était enceinte de sept mois, veuve depuis peu et shérif par intérim. Elle n'était pas censée ressentir les désirs qui s'éveillaient en elle.

Pourtant, elle les ressentait. Pire, elle s'imaginait les satisfaire – si elle n'avait pas été enceinte de sept mois, veuve depuis peu et shérif par intérim.

Dylan s'était révélé être un hôte prévenant et un très bon cuisinier. Son steak était parfait. Sa vinaigrette était si bonne que Cat lui en avait demandé la recette.

Une fois rentrée dans son petit appartement, elle vérifia si elle avait des messages et prit une douche. Elle était sur le point de se coucher quand la sœur de Taylor l'appela. Cat lui raconta sa soirée.

— Je me sens horriblement coupable, lui confia-t-elle aussitôt.

— Tu as tort, répondit son amie. Taylor aurait voulu que tu t'autorises à vivre. Et j'ai toujours su qu'il n'était pas ton grand amour. Tu es encore jeune. Quand tu le rencontreras, fonce, Cat. Tu mérites de vivre un amour fou, passionné, sans limites.

Cat pouffa.

— Une minute ! Est-on toujours en train de parler de moi ou me parles-tu de toi, Lilly ? Aurais-tu trouvé le tien, par hasard ?

— Si c'était le cas, que me dirais-tu ?

— Je te dirais de foncer, répondit Cat sans hésiter. Maintenant, raconte-moi tout.

Une heure plus tard, Cat se coucha le sourire aux lèvres, parce que sa belle-sœur avait eu un coup de foudre et que Cat était ravie pour elle.

Elle dut s'endormir immédiatement, puisqu'elle eut l'impression qu'il ne s'était écoulé que quelques secondes quand elle fut arrachée à un rêve très érotique par la sonnerie de son téléphone.

— Shérif par intérim Cat Jameson, dit-elle d'une voix pâteuse en décrochant.

— On en a d'autres, annonça J. P.

— D'autres quoi ? demanda-t-elle, toujours à moitié endormie.

— Corps.

— Ce n'est pas le...

— Bébé ? Non, s'empressa de dire J. P. Un homme et une femme adultes, non identifiés pour le moment. Vous avez la poisse ou quoi ? Trois meurtres en quelques jours ? C'est une vague de crimes.

Lorsque Cat raccrocha, elle était pleinement réveillée. Que se passait-il donc ?

Elle se leva et alla regarder par la fenêtre. La ruelle dans laquelle elle avait vu Rowena discuter avec l'un des agents était déserte. La voiture des agents n'était pas dans la rue. Reviendraient-ils quand ils apprendraient qu'il y avait eu deux autres meurtres ?

Craignant de ne pouvoir compter que sur elle-même,

malheureusement, elle s'habilla et prit le chemin de la scène de crime. Cette fois, les corps avaient été trouvés au bord de la Yaak, près de la frontière canadienne. Sa fille s'agitait follement lorsqu'elle se gara près des voitures de patrouille de ses collègues.

Comme celui d'Athena Grant, les corps étaient près de la route. Avec tant d'espace pour les cacher, il fallait conclure que le meurtrier voulait qu'on les trouve ou se fichait qu'ils soient trouvés.

— Aucun papier d'identité, donc ? demanda-t-elle à J. P. en s'approchant.

Il secoua la tête.

— Vous voulez jeter un coup d'œil ? proposa-t-il avant de regarder son ventre comme s'il craignait que la vue des cadavres ne la fasse vomir.

— Oui, répondit-elle avec assurance.

Les deux corps avaient été sortis du fossé et déposés dans des sacs mortuaires sur des civières. J. P. ouvrit d'abord le sac qui contenait la femme. Cat fut soulagée de ne pas la reconnaître.

— Exécutée de la même manière qu'Athena ? demanda-t-elle.

J. P. hocha la tête, ferma le sac, puis ouvrit celui de l'homme. Cat tressaillit.

— Je le connais, dit-elle. C'est un agent du FBI.

J. P. écarquilla les yeux.

— Je l'ai vu discuter près de l'hôtel avec une femme, précisa-t-elle. Pas celle-ci. Une autre.

— Vous êtes bien sûre que c'est un agent fédéral ? demanda J. P.

— Son collègue et lui sont venus me voir hier matin et m'ont montré leur badge.

— Voilà qui devrait rendre plus facile de l'identifier, commenta J. P. Je les emporte à la morgue. Je relèverai leurs empreintes et je vous tiendrai au courant.

En retournant à Fortune Creek, elle reconnut enfin qu'elle était complètement dépassée. Elle appela la brigade criminelle et parla à son directeur, Hank Ferguson, à qui elle exposa rapidement la situation. Il promit de lui envoyer des enquêteurs et de la maintenir informée. Elle venait à peine de raccrocher quand Dylan appela.

— J'ai demandé à un ami d'essayer de localiser Patty Cooper, lui dit-il. Il vient de trouver une piste à Kalispell. J'ai pensé que vous aimeriez m'accompagner. Si elle a mon neveu... un représentant des forces de l'ordre pourrait m'être utile.

Elle lâcha un rire.

— Je vous suspecte de pouvoir gérer la plupart des situations tout seul.

— Vous êtes sûre ? J'entends de l'hésitation dans votre voix.

— Pas parce que je doute de vous. Je viens de confier l'affaire à la brigade criminelle, qui va envoyer des enquêteurs.

— Parfait, ça vous permet de suivre une piste de votre côté, répondit-il. Je promets de ne pas vous marcher sur les pieds, shérif, sauf peut-être si on se retrouve à danser un slow. Je pense qu'il vaudrait mieux qu'on prenne mon pick-up. Votre voiture de patrouille se repère de loin. Je passe vous chercher à votre bureau ?

Cat se souvint que Helen avait la langue bien pendue et répondit :

— Je vais plutôt vous rejoindre au ranch, puisque c'est sur le trajet. À tout à l'heure.

Elle ne précisa pas qu'elle était déjà au volant ni qu'il y avait eu deux autres meurtres. Le fait que ces deux personnes aient été tuées de la même façon qu'Athena prouvait que tout était lié.

Mais quel était le rapport avec le neveu de Dylan ? Elle avait le pressentiment que le bébé ne faisait pas partie du plan, quel qu'il soit, et qu'il constituait un problème pour ses ravisseurs. Elle ne pouvait qu'espérer qu'ils n'estimeraient pas que le plus simple était de se débarrasser de lui.

Dylan avait hâte d'aller à Kalispell avec Cat. Il avait un bon pressentiment. Ils étaient sur la piste de son neveu et ils ne tarderaient plus à le retrouver. La veille avait été la journée la plus agréable qu'il avait passée au ranch. Il adorait ses promenades à cheval, mais il s'apercevait à présent qu'il s'était senti seul et cela le surprenait. Jusque-là, il avait été convaincu qu'il avait besoin de s'isoler pour encaisser tout ce qui s'était passé.

Il avait passé des mois à ressasser le passé, à se faire des reproches et à se demander pourquoi il n'avait rien vu venir. Il était normal qu'il s'en veuille d'avoir épousé Ginny si vite. Il était en partie responsable des tragédies qui s'étaient produites dans la foulée.

Ce qu'il venait de découvrir sur Ginny et les autres lui permettait d'espérer qu'il découvrirait la vérité et tournerait enfin la page. Mais rien ne lui donnait plus d'espoir que d'avoir rencontré Cat. Le courage avec lequel elle surmontait les épreuves qu'elle avait traversées et traversait encore était admirable.

En attendant qu'elle sonne à sa porte, il prit conscience qu'il était déjà à moitié amoureux d'elle, aussi ridicule que ce soit, même à ses yeux. Mais il avait perdu la capacité de songer à l'avenir jusqu'à ce qu'elle entre dans son existence malheureuse.

Quelques minutes plus tard, il lui ouvrit le portail et alla l'attendre sous le porche. Avec un peu de chance, ils allaient bientôt retrouver son neveu et garantir la sécurité du nourrisson. Il ne savait pas comment il aurait géré cette situation sans elle.

Cat s'installa dans le pick-up de Dylan et ils se mirent en route. C'était une journée magnifique de printemps, avec un ciel si bleu que le regarder faisait presque mal aux yeux, et un air au parfum si délicat qu'il aurait mérité d'être mis en bouteille. Elle sourit. Elle ne s'était pas sentie aussi bien depuis très longtemps.

— Qu'est-ce qui vous fait sourire ? demanda Dylan, qui l'observait du coin de l'œil.

— Le fait d'être avec vous, par cette belle journée, sur les traces de Patty Cooper. J'ai le pressentiment qu'elle a le bébé, qu'il va bien et qu'on est sur le point de le retrouver. En même temps, j'ai l'impression de faire une escapade et c'est vraiment plaisant. Je devrais m'en vouloir, mais j'ai confié l'affaire à la Criminelle. J'ai bien compris que j'étais dépassée.

— Vous semblez effectivement plus détendue, mais je sais que vous ne jetterez pas complètement l'éponge, maintenant que vous vous êtes engagée dans cette enquête. Vous êtes une bonne policière. Ne vous sous-estimez pas.

Elle rit.

— Dire qu'on ne se connaît que depuis quelques jours... Mais vous avez raison, je n'ai pas baissé les bras. C'est juste un soulagement de ne plus être seule en charge de cette enquête. Il y a eu deux autres meurtres la nuit dernière. L'une des victimes est l'un des agents fédéraux qui étaient venus me voir. Le FBI va forcément s'impliquer aussi, maintenant.

— Deux autres meurtres ? répéta-t-il. Et les affaires sont liées ?

— Je pense, puisque les victimes ont été tuées de la même manière qu'Athena.

— J'espère juste qu'on trouvera Patty et mon neveu, dit-il. Le FBI peut se charger du reste.

Elle hocha la tête et demanda :

— Parlez-moi de votre piste.

— Un ami et moi-même avons appelé tous les motels de la région en fournissant une description de Patty et en précisant qu'elle pouvait avoir un bébé avec elle.

— Et quelqu'un l'a reconnue, acheva-t-elle à la place de Dylan.

Cela la surprenait un peu. Ses collègues et elle avaient employé la même méthode sans résultat. D'un autre côté, Dylan, qui connaissait Patty, avait dû fournir une meilleure description.

— En fait, la femme à qui j'ai parlé était soulagée que je l'appelle. Elle se demandait qui contacter pour la voiture. Apparemment, Patty l'a abandonnée sur le parking de son motel.

— Bien joué.

Il aurait fait un bon policier. Puisqu'il lui avait laissé entendre qu'il avait travaillé pour le gouvernement, cela n'aurait pas dû la surprendre. Néanmoins, elle admirait son efficacité.

Quand ils arrivèrent au motel, Cat se présenta à la propriétaire, qui les conduisit jusqu'à une voiture garée tout au bout du parking. C'était un véhicule banal immatriculé dans le Montana, sans doute une location qui n'avait pas encore été récupérée. Soit quelqu'un était venu chercher Patty, soit elle s'était fait livrer un autre véhicule. Avait-elle l'intention de revenir chercher celui-ci ?

Dylan sortit une tige en métal de l'arrière de son pick-up. Il ne lui fallut que quelques secondes pour ouvrir la voiture. Pendant ce temps, Cat avait enfilé des gants en latex. Elle avait pris le réflexe d'en avoir toujours plusieurs paires dans son sac.

Elle remarqua immédiatement le sang sur le siège passager et la couverture ensanglantée roulée en boule par terre. L'odeur de l'habitacle faillit lui retourner l'estomac. Elle appela Hank Ferguson pour lui demander d'envoyer des techniciens, puis entreprit la fouille.

Au moment d'ouvrir le coffre, elle hésita.

— Vous voulez que je le fasse ? proposa Dylan.

Elle secoua la tête. Elle ouvrit le coffre en se préparant au pire et fut soulagée de le trouver vide.

— Athena n'a pas été tuée dans cette voiture, dit-elle en fermant le coffre. Mais je pense qu'elle y a été transportée avant sa mort. Ça expliquerait le sang sur le siège et sur la couverture. Les techniciens pourront certainement le confirmer.

Elle regarda le motel en songeant à Patty et au bébé. Où étaient-ils ? Patty pouvait avoir quitté le Montana, peut-être même le pays, sauf si elle avait une raison de s'attarder dans les environs.

— Pourquoi n'a-t-elle pas tout de suite quitté la région ? demanda-t-elle, réfléchissant à voix haute. Elle savait que tout le monde chercherait le bébé dès que le corps d'Athena serait trouvé. Pourquoi rester ?

— Elle attend peut-être Rowena, suggéra Dylan.

— C'est possible, lui accorda-t-elle en remontant dans son pick-up. J'enverrai des photos de Patty et de Rowena au FBI, au cas où elles décideraient de quitter le pays avec le bébé.

Son téléphone sonna.

— Allô ?

— Ce n'était pas un agent du FBI, annonça J. P. sans préambule.

— Qui était-il, alors ?

— Un géologue russe qui était entré aux États-Unis avec un visa pour études, annonça le légiste. J'ai prévenu le véritable FBI.

— Et la femme ?

— On ne l'a pas encore identifiée. Vous avez confié l'affaire à la Criminelle, alors ? C'est ce qu'on m'a dit ce matin.

— Il était temps, répondit-elle. J'avais besoin d'aide. Mais je travaille toujours sur l'affaire.

— Vous avez bien fait, dit J. P. un peu moins sèchement que d'habitude avant de raccrocher.

Cela la soulagea un peu. Elle respectait et admirait J. P. Ce qui était presque un compliment de la part du médecin légiste valait de l'or.

Mais ce que J. P. venait de lui annoncer était plus qu'inquiétant. Non seulement elle s'était laissé bluffer par de faux agents du FBI, mais cela signifiait qu'elle devait mettre en doute tout ce qu'elle tenait pour acquis. Notamment, c'était parce qu'ils lui avaient dit qu'ils ne s'intéressaient pas à Dylan qu'elle l'avait rayé de sa liste de suspects.

— Vous restez un atout précieux dans l'enquête, lui dit Dylan.

Elle hocha la tête, même si elle n'était vraiment pas sûre de pouvoir se fier à son jugement, surtout en ce qui le concernait. Elle avait cru sur parole un faux agent du FBI qui lui avait laissé croire qu'elle pouvait se fier à Dylan. Parce qu'elle avait envie de le croire ? Parce que Dylan lui plaisait ?

— Je ferais bien de rentrer, dit-elle en posant une main sur son ventre pour sentir sa fille bouger, pour se rappeler ce qui était en jeu. Il ne s'agissait pas que d'elle. Elle inspira profondément.

— Y a-t-il du nouveau ? demanda Dylan en prenant le chemin de Fortune Creek.

Elle faillit mentir et changea d'avis au dernier instant.

— Les deux agents du FBI dont je vous ai parlé... Ils n'en sont pas. Celui qui est mort était un Russe qui avait un visa d'étudiant.

— Et maintenant vous me considérez de nouveau comme un suspect, répondit Dylan après quelques secondes de silence. Que voulez-vous savoir ?

— Avez-vous quitté le ranch hier soir ?

— Non. Est-ce que quelqu'un peut le confirmer ? Non. La voiture de Rowena n'était pas devant la maison quand je suis allé me coucher. Je ne sais pas à quelle heure elle est rentrée, mais elle était là ce matin. Je ne lui ai pas parlé.

— La caméra du portail enregistre-t-elle les entrées et les sorties ?

Il pouffa.

— Avant l'arrivée de Rowena et la vôtre, je n'ai eu aucun visiteur pendant trois mois. Je n'avais pas de raison de faire installer une caméra qui aurait enregistré le passage du moindre animal.

— Je ne veux pas avoir l'air...

— De me suspecter ? Mais vous le faites et c'est normal. Ça ne me dérange pas.

Il semblait blessé, pourtant. Elle se souvint de la bonne humeur de Dylan quand elle l'avait rejoint et s'en voulut de l'avoir gâchée. Elle aurait aimé lui dire qu'elle avait confiance en lui, mais ce n'était pas entièrement vrai.

Elle tourna la tête vers la vitre en songeant que le chemin du retour allait être long. Elle cherchait quelque chose à dire quand elle repéra Rowena sur le trottoir.

— Arrêtez-vous ! ordonna-t-elle.

Dylan écrasa la pédale de frein et se gara sur la première place disponible.

— J'ai vu Rowena sortir d'une boutique pour bébés, expliqua-t-elle en ouvrant sa portière.

Dylan jura. Cat avait à peine attendu qu'il soit arrêté pour sortir de la voiture, mais il la rattrapa vite. Rowena était à une vingtaine de mètres devant eux, un sac à la main. Elle s'arrêta pour répondre au téléphone tandis qu'ils s'approchaient d'elle par-derrière.

— Je fais de mon mieux, l'entendit-il dire à son interlocuteur. Ça ne sert à rien de me crier dessus.

Rowena s'empressa de raccrocher quand elle les vit et leur lança :

— Que faites-vous ici ?

— Et vous, que faites-vous ici ? répliqua Cat. Des emplettes pour un bébé ?

Rowena serra le sac qu'elle tenait par réflexe.

— Ma nièce vient d'accoucher, se justifia-t-elle. J'ai acheté un cadeau pour son bébé.

— Garçon ou fille ? demanda Cat en écartant les bords du sac pour voir ce qu'il contenait. Un garçon, hein ? Où est l'enfant d'Athena Grant ?

— Qui ?

— Ne joue pas les idiotes, intervint Dylan. Où est mon neveu ?

Rowena jeta des coups d'œil autour d'eux avec nervosité, comme si elle craignait qu'on ne les observe.

— Je ne sais pas de quoi vous parlez, dit-elle.

— D'un meurtre et d'un enlèvement, répondit Cat. Je m'inquiète pour la sécurité du bébé et je crois qu'il est temps que vous m'expliquiez ce qui se passe.

Rowena secoua la tête et tenta de s'éloigner.

— Arrête ta comédie ! grommela Dylan en la retenant par le bras. Je veux mon neveu.

— Tu n'imagines pas dans quoi tu mets les pieds, répondit-elle entre ses dents, de plus en plus nerveuse.

— Où emportez-vous ces vêtements ? demanda Cat. Vous devez nous rendre le bébé.

— Je vous ai dit que c'était pour le fils de ma nièce.

— Tu mens ! s'écria Dylan. S'il arrive quoi que ce soit à mon neveu...

— Le FBI est sur le coup, ajouta Cat. Le *vrai* FBI. Je vous ai vue parler à l'un des faux agents il y a quelques jours. Il est mort, ainsi qu'une femme dont on ignore encore l'identité.

Dylan lut de la surprise, puis de la peur sur le visage de Rowena.

— Ne me menacez pas, riposta Rowena. Vous ne comprenez rien.

Elle recula d'un pas, puis d'un autre.

— Rowena...

— Arrêtez-moi ou laissez-moi tranquille, lança-t-elle à Cat avant de s'éloigner vivement.

— Elle sait que je n'ai pas assez de preuves pour l'arrêter, dit Cat. Mais essayons de la suivre.

Malheureusement, le temps de regagner le pick-up, ils avaient perdu Rowena de vue.

— Au moins, elle achète des vêtements pour le bébé, dit Cat, au bord des larmes.

Après un tour de pâté de maisons inutile, Dylan se gara dans une zone résidentielle sous un grand saule pleureur. Il coupa le moteur et se tourna vers Cat.

— Ça me tue que vous ne me fassiez pas confiance, déclara-t-il.

— Je n'ai pas dit...

— Ce n'est pas nécessaire. Je le vois dans vos yeux. Cat...

Il chercha ses mots pendant quelques instants.

— Je me soucie de vous, Cat, reprit-il. Si cette affaire est aussi dangereuse qu'elle en a l'air et que Rowena l'affirme, vous devriez peut-être cesser de vous en mêler, et vous éloigner de moi. Sinon...

Il lui effleura le bras.

— Je ne peux faire ni l'un ni l'autre, répondit-elle en soutenant son regard. Je n'ai jamais...

— Rien ressenti de tel ? acheva-t-il à sa place.

Il hocha la tête et avoua :

— Je n'ai jamais désiré une femme autant que je te désire, Cat.

Rêvait-elle ? Cat n'en revenait pas. Elle laissa échapper un petit rire qui ressemblait à un sanglot. Toute sa vie, elle avait eu envie de connaître une passion dévorante qui lui ferait ressentir pleinement qu'elle était en vie. Et quand elle rencontrait enfin quelqu'un qui lui inspirait un désir de cette intensité elle était *enceinte.*

— Une femme enceinte de sept mois ? s'écria-t-elle, abasourdie.

— Tu ne pourrais pas être plus désirable.

Il glissa une main derrière sa nuque et se pencha pour l'embrasser, d'abord avec douceur, puis de plus en plus ardemment. Elle capitula sans un mot en entrouvrant les lèvres et enfonça les doigts dans ses épaules.

Elle sentit son cœur s'affoler et ses pointes de seins se tendre. Cela ne lui ressemblait pas... En même temps, elle savait que c'était la part d'elle qui lui manquait depuis des années, la version passionnée d'elle-même dont elle avait rêvé sans oser se l'avouer.

— On ne peut aller ni chez toi ni chez moi, dit-il, le souffle court, quand il interrompit leur baiser. Mais je connais un autre endroit.

Allait-elle vraiment accepter ? Elle hocha la tête sans prendre le temps de réfléchir à cette question.

Dylan redémarra et conduisit en laissant une main sur sa cuisse. Elle passa le trajet à essayer de se raisonner. Rien ne l'obligeait à aller jusqu'au bout. Il comprendrait qu'elle change d'avis et c'était l'option la plus raisonnable.

Et elle avait été raisonnable toute sa vie. N'était-ce pas ce qui l'avait poussée à épouser Taylor ? C'était le choix de la sécurité. Elle le connaissait depuis toujours et elle savait qu'il l'aimait. Il n'y aurait pas de surprises, bonnes ou mauvaises. La première fois qu'ils avaient fait l'amour avait été confortable, comme elle s'y attendait. Il n'y avait jamais eu d'électricité dans l'air entre eux, mais ils pouvaient s'offrir du soutien et un avenir prévisible.

Sauf qu'un chauffard les en avait privés. Et voilà qu'elle se retrouvait enceinte du bébé de Taylor… et sur le point de faire quoi ?

Elle regarda Dylan. Son cœur battait la chamade et elle avait le vertige, comme si elle s'apprêtait à sauter d'une falaise. Elle était sur le point de sortir de sa zone de confort pour plonger dans l'inconnu, songea-t-elle alors que Dylan se garait devant une belle maison au bord du lac Flathead.

— Cette maison appartenait à mon frère, Beau, dit-il en coupant le moteur. C'est ce qui m'a incité à acheter un ranch dans la région.

13

Elle avait les jambes en coton quand Dylan ouvrit galamment sa portière pour l'aider à descendre du pick-up.

Stop ! hurla sa part raisonnable. *Tu ne le connais pas. Ce n'est vraiment pas ton genre de foncer tête baissée.*

Non, ce n'était pas son genre et cela avait quelque chose de libérateur. Mais pourquoi maintenant ? Pourquoi dans ces circonstances, enceinte de sept mois et au milieu d'une enquête sur un triple meurtre ?

Parce que la vie était imprévisible. Elle lui avait pris Taylor. Elle avait placé Dylan Walker sur son chemin. Il suffisait que Dylan la regarde pour qu'elle brûle de désir et elle avait envie de voir où cela les mènerait. Elle pressentait que c'était le début de la grande aventure dont elle avait toujours rêvé en secret.

Dylan sortit une clé d'une cachette et ouvrit la porte. Elle remarqua à peine le coucher de soleil spectaculaire sur l'eau claire du lac. Le parfum des pins les accompagna dans la maison plongée dans la pénombre.

Elle se tourna vers Dylan, qui la suivait.

— J'ai confiance en toi, murmura-t-elle alors qu'elle ignorait ce qu'elle allait dire avant que ces mots ne franchissent ses lèvres.

Il scruta son visage quelques instants avant de lui sourire et de l'attirer dans ses bras. Son baiser ressembla à une promesse, comme s'il savait qu'elle était terrifiée.

— On ne fera rien que tu n'as pas envie de faire ni rien qui pourrait mettre ta fille en danger, je te le jure, dit-il.

Il la souleva dans ses bras et l'emporta dans les profondeurs de la maison sans cesser de l'embrasser.

Il n'interrompit leur baiser que pour la poser sur un lit immense qui semblait flotter devant une baie vitrée d'où l'on voyait le lac. Elle l'attira à côté d'elle.

— J'adore tes yeux, murmura-t-il en lui caressant la joue. L'intelligence de ton regard m'a frappé dès notre rencontre et un peu intimidé. Elle m'intimide toujours.

Elle pouffa et secoua la tête.

— Savais-tu qu'on allait se retrouver ici aujourd'hui ? demanda-t-elle.

— Non, je n'avais rien planifié et je n'avais pas d'idée derrière la tête quand je t'ai proposé de m'accompagner.

— Quand as-tu eu envie que ça prenne cette tournure ?

— Quand j'ai compris à quel point il t'avait été difficile de confier l'affaire à d'autres, à quel point ça te chagrinait. J'adore te voir sourire et je voulais pouvoir te le rendre.

— Et tu crois que tu pourrais ?

— C'est un défi ? répliqua-t-il. Tu veux que je te le prouve ?

Elle hocha la tête et l'embrassa de manière provocante. Elle ne savait pas qui était la femme qui agissait de cette manière, mais elle brûlait de faire sa connaissance.

Dylan releva le défi et l'embrassa passionnément, les doigts glissés dans ses cheveux. Elle frissonnait de désir. Cela faisait si longtemps qu'elle n'avait pas fait l'amour…

Le chagrin la gagna dès qu'elle songea à Taylor. Elle avait dit à Dylan qu'ils n'avaient pas eu d'enfants parce qu'ils étaient trop occupés. En vérité, ils s'étaient progressivement éloignés l'un de l'autre. Les dernières années, ils ne faisaient plus que rarement l'amour et ils s'étaient impliqués dans de nombreuses activités davantage que dans leur couple.

Dylan s'écarta et plongea son regard dans le sien. Alors qu'elle lui souriait, il essuya une larme qu'elle n'avait pas sentie couler sur sa joue.

— C'est trop tôt ? demanda-t-il.

Elle secoua la tête et l'attira vers elle pour l'embrasser encore.

Il déposa des baisers derrière l'oreille, puis sur la gorge, tout en déboutonnant sa chemise. Elle se mit à frémir de désir et à gémir dès qu'il prit l'une de ses pointes de seins entre ses lèvres.

Elle voulait désespérément ce qu'il lui offrait. Elle se cambra et glissa les doigts dans ses cheveux quand il lâcha son sein pour embrasser son ventre.

Lorsqu'il atteignit son bassin, il leva la tête comme pour demander sa permission. Elle la lui donna en ouvrant les cuisses. Il descendit encore un peu, glissa les bras sous ses jambes et effleura sa zone la plus sensible du bout des lèvres. Elle se mit à gémir au rythme de ses coups de langue, de plus en plus fort, jusqu'à ce que l'orgasme lui arrache un grand cri. Le souffle court, elle attira Dylan vers elle et commença à déboutonner sa chemise, mais il l'arrêta.

Le cœur affolé, le corps encore frémissant de jouissance, elle l'interrogea du regard.

Dylan secoua la tête.

— Peut-être la prochaine fois, s'il y en a une. Cette fois, il ne s'agissait que de toi.

Il s'allongea à côté d'elle et l'attira dans ses bras. Elle se blottit au creux de son épaule en ayant autant envie de rire que de pleurer.

— C'était…

Elle ne trouva pas ses mots.

— Y a-t-il eu quelqu'un d'autre que ton mari ? demanda-t-il avant de s'écarter pour la regarder droit dans les yeux.

Elle secoua la tête.

— Et jamais comme ça, finit-elle par avouer en enfouissant le visage au creux du cou de Dylan.

Elle le sentit sourire.

— Je suis ravi d'être le premier. Je peux ?

Elle releva la tête et comprit qu'il voulait poser la main sur son ventre. Elle acquiesça. Deux secondes plus tard, Dylan écarquilla les yeux quand sa fille lui donna un coup de pied.

— Elle va bien ? demanda-t-il.

— On va toutes les deux mieux que bien. Je peux faire l'amour, tu sais.

Il hocha la tête et répéta :

— Peut-être la prochaine fois.

Cat eut envie de rester là pour toujours.

— Cette maison appartenait à ton frère ? demanda-t-elle en contemplant les motifs que les reflets du lac dessinaient au plafond. Je suis surprise que tu l'aies gardée.

Elle le sentit hésiter.

— Je n'ai pas pu me résoudre à la vendre.

Son téléphone sonna. Elle le ramassa par terre et vit que c'était J. P. qui l'appelait.

— Désolée. Il faut que...

— Fais ton travail. Je te laisse tranquille.

Il se leva et elle décrocha dès qu'il eut quitté la pièce.

— Si vous m'appelez pour m'annoncer qu'il y a eu un autre meurtre..., dit-elle en ramassant des vêtements qu'elle n'avait pas le souvenir d'avoir perdus.

— On a identifié la deuxième victime et j'ai pensé que ça vous intéresserait, répondit J. P. Elle s'appelle Lindsey Martin. N'est-ce pas le nom que la femme enceinte vous avait donné ?

— Si. C'est le nom de sa mère.

J. P. siffla.

— Les affaires sont liées, il n'y a plus de doute, commenta-t-il.

— Effectivement, mais on ne sait toujours pas ce qui se passe ni qui est impliqué. Au moins, la Criminelle est sur le coup.

Elle avait parlé des adoptions à Hank Ferguson. Il en savait autant qu'elle, à présent.

— Mais vous enquêtez toujours, puisqu'on m'a dit que vous aviez trouvé une voiture liée à Patty Cooper, ajouta J. P. On a analysé le sang du siège passager. C'est celui d'Athena Grant.

— Je m'en doutais, répondit-elle en s'habillant.

— Le FBI est aussi sur le coup, mais vous devez le savoir.

— Tout est sous contrôle, j'imagine.

Elle n'abandonnait jamais rien. Voilà pourquoi il lui était difficile de passer la main. Pour la même raison, elle n'aurait jamais songé à quitter Taylor. Mais la vie lui avait pris son mari. Elle se retrouvait enceinte, en train de confier sa première enquête à d'autres et de tomber amoureuse d'un ancien suspect.

— Je dois vous laisser, J. P. Merci de m'avoir tenue au courant.

Après avoir raccroché, elle s'aperçut que Dylan était dans l'embrasure de la porte. Elle vit à son expression qu'il y avait un problème avant de découvrir un homme derrière lui. C'était le deuxième faux agent du FBI et il pointait une arme sur la tête de Dylan.

Elle avait posé son arme de service sur la table de nuit. Le revolver était presque à sa portée. Dylan, qui la vit jeter un coup d'œil dans cette direction, secoua discrètement la tête.

Dylan était entraîné au combat, mais il avait décidé de ne prendre aucun risque, parce que l'homme n'était pas seul et que la vie de Cat était en jeu. À présent, il espérait que ce n'était pas une erreur de jugement.

Il devait empêcher Cat de faire quelque chose de dangereux jusqu'à ce qu'ils aient compris ce qui se passait. De toute évidence, ils avaient été suivis. S'il n'avait pas été aussi impatient d'atteindre la maison de son frère pour faire l'amour à Cat, il aurait été plus prudent. Cela faisait un moment qu'il n'avait pas eu à craindre d'être suivi – ou tué. Il était rouillé. En s'installant dans le Montana, il pensait qu'il n'aurait plus jamais besoin de regarder par-dessus son épaule.

— Quelqu'un veut nous parler, dit-il prudemment à Cat. Comme nous n'avons pas vraiment le choix, écoutons ce qu'il a à dire.

— Sans votre arme, s'il vous plaît, shérif, précisa l'homme qui menaçait Dylan.

Il fit signe à Cat de les précéder dans le salon, puis leur ordonna de s'asseoir sur le canapé. Dylan prit la main de Cat et pressa doucement ses doigts pour essayer de la rassurer.

L'homme qui les avait attendus dans le salon était grand, mince et bien habillé. Après s'être assis sur une chaise en face d'eux, il leur dit s'appeler Brian Fuller et se présenta comme un agent des renseignements.

— Sans vouloir vous offenser, j'aimerais voir votre badge, dit Cat. Votre complice s'est présenté comme un agent du FBI, ce qu'il n'est pas, et il nous tient en joue. Ça rend difficile pour nous de croire que vous êtes bien ce que vous dites.

Fuller leur sourit.

— Jason est un agent de la sécurité du territoire, dit-il. Jason, range ton arme pour les aider à se détendre, s'il te plaît.

Il sortit son badge et le lança à Dylan en disant :

— Je pense qu'il rappellera des souvenirs à M. Walker.

Dylan examina le badge sous l'œil attentif de Cat, puis le rendit à Fuller.

— Vous nous avez suivis jusqu'ici, votre collègue est entré par effraction et m'a menacé avec une arme, résuma-t-il. Ce sont vos méthodes habituelles ?

Fuller soupira.

— Je ne devrais pas avoir besoin de vous dire qu'on emploie tous les moyens disponibles quand c'est nécessaire. Désolé pour cette rencontre déplaisante, mais j'ai besoin de vous poser quelques questions, surtout à vous, monsieur Walker, à propos de votre… amie, Rowena Keeling. Et j'avais besoin de le faire dans un endroit discret.

— Ce n'est pas mon amie, répondit Dylan sans hésiter. Elle s'est imposée chez moi. À présent, elle est retenue dans la région à cause des meurtres des derniers jours.

— Moi aussi, j'ai quelques questions à vous poser, intervint Cat. Si vous êtes là, c'est que vous en savez plus sur ce qui se passe que nous. Qui a tué Athena Grant et sa mère adoptive ?

— Je suis navré, shérif Jameson, mais c'est moi qui interroge, répondit Fuller. Depuis combien de temps vous connaissez-vous, M. Walker et vous ?

— En d'autres termes, vous voulez savoir ce qu'on a déjà découvert, dit Dylan. Le shérif et moi nous sommes rencontrés quand Athena est allée la trouver après avoir échoué à me contacter.

Fuller hocha la tête.

— Depuis, nous avons appris que quatre femmes d'origine russe avaient été adoptées dans la région de Denver, y compris feu mon épouse, poursuivit Dylan. Elles semblent avoir des secrets communs. Nous avons aussi découvert l'existence de deux autres Russes adoptés à Missoula. Nous pensons qu'il peut s'agir d'espions.

Fuller resta parfaitement impassible.

— Nous avons raison, n'est-ce pas ? demanda Cat. Ont-ils été tués par des agents à vous ?

— Nous avons quand même des limites, shérif Jameson, répondit Fuller.

— Savez-vous où se trouve le bébé d'Athena ? demanda encore Cat.

— Non, pas encore.

— Donc, ce sont bien des agents russes ? insista-t-elle. Une cellule dormante ?

— Il est évident qu'il se donne beaucoup de mal pour ne rien révéler, intervint Dylan, ce qui fit sourire Fuller.

— Il est exact que les renseignements russes représentent toujours une menace pour notre pays, concéda-t-il. Il y a des espions parmi nous. D'après nos estimations, tous pays confondus, il y en aurait plus de cent mille sur notre sol. Il y en a plus à Washington que dans n'importe quelle autre ville du monde. En général, on les démasque grâce à un tuyau d'un ami ou d'un conjoint.

— Voulez-vous dire que ma femme s'est adressée à vous ? demanda Dylan.

— Je ne peux pas révéler mes sources.

— Une minute ! s'écria Cat. Vous saviez ce qui se passait ?

— C'est notre travail, lui rappela Fuller. Nous essayons de découvrir qui a tué votre femme et votre frère, monsieur Walker, mais aussi pourquoi.

— Ginny avait-elle doublé ses associés ? demanda Dylan.

— On surveille particulièrement certains secteurs, dit Fuller au lieu de répondre à sa question. Les autres agences, l'armée et les entreprises de pointe, qui sont les cibles privilégiées des espions étrangers. Et nous protégeons nos atouts.

— Je ne suis plus l'un de vos atouts, lui rappela Dylan.

— Non, mais nous pensons que vous avez été la cible d'une opération de sexpionnage, qu'un agent vous a approché pour vous soutirer des informations.

Dylan jura.

— Si vous pensez que c'est ce que Rowena Keeling essaie de faire...

— Comment ça ? le coupa Fuller. Nous avons découvert que Ginny Cooper avait obtenu les noms de ceux qui ont travaillé avec vous à l'étranger. Elle était sur le point de griller leur couverture, et la vôtre, quand elle s'est fait tuer.

14

Dylan se leva d'un bond, les joues en feu :

— Vous ne croyez quand même pas que j'ai trahi ces agents ? s'écria-t-il.

Jason s'empressa de dégainer, mais Fuller lui fit signe de ranger son arme une nouvelle fois.

— Calmez-vous, monsieur Walker, dit ce dernier. Nous pensons que votre femme a soutiré cette liste à l'un de vos proches.

Dylan fronça les sourcils, puis jura.

— Mon frère, Beau, grommela-t-il.

— Nous n'en sommes pas encore certains, monsieur Walker.

— Que savez-vous, alors ? répliqua Dylan.

Fuller se tourna vers Cat.

— Avez-vous entendu parler des « Règles de Moscou », shérif Jameson ? demanda-t-il. « Ne présumez de rien. N'allez jamais contre votre instinct. Tout le monde est potentiellement sous le contrôle de l'opposition. Ne regardez pas en arrière ; vous n'êtes jamais complètement seul. Suivez le courant, mêlez-vous-y. Variez vos habitudes et restez sous votre couverture. » Elles sont exposées au musée de l'Espionnage à Washington.

— Je ne comprends pas, balbutia-t-elle.

— Nous avons affaire à une nouvelle variété d'espions, dit Fuller. En général, les espions ne connaissent pas l'identité de leurs collègues et n'ont pas de contacts entre eux. Mais soit ces femmes d'origine russe se sont retrouvées, d'une manière ou d'une autre, soit leur superviseur les a réveillées. Nous pensons que vous étiez la cible à l'origine, monsieur Walker. Mais votre femme a dû comprendre que vous ne trahiriez pas vos collègues. Alors, elle s'est tournée vers quelqu'un d'autre.

— Mais comment mon frère serait-il entré en possession d'une liste d'agents américains postés à l'étranger ? demanda Dylan.

— Nous ne sommes pas sûrs qu'il avait cette liste, mais il était probablement impliqué, puisqu'il est devenu une cible.

Dylan secoua la tête.

— Si la Russie a récupéré cette liste, pourquoi n'a-t-elle pas arrêté ou exécuté nos hommes ?

— Nous pensons que Ginny Cooper n'avait pas encore livré la liste au moment de sa mort.

— Est-il possible que la liste ait été détruite dans l'explosion ?

— Nous ignorons ce qu'elle est devenue, mais nous pensons qu'elle existe encore, répondit Fuller. Et que c'est pour ça que des gens meurent. Il semblerait que deux factions se la disputent, peut-être parce qu'un second groupe a passé un accord avec un autre pays.

— Mais vous ne savez pas qui travaille pour qui, compléta Cat.

— Je sais que c'est votre premier poste dans les forces de l'ordre, shérif Jameson, répondit Fuller. J'espère que ce ne sera pas le dernier.

— Est-ce une menace ? s'écria Dylan.

— Pas du tout, se défendit Fuller. J'admire le shérif Jameson et je connaissais déjà vos compétences, monsieur Walker. Je trouve que vous formez une équipe intéressante et efficace.

— Que voulez-vous, alors ? demanda Dylan.

— Éviter que ce document ne tombe entre de mauvaises mains. Je parie que vous ne le voulez pas non plus, monsieur Walker, puisque votre nom est sur cette liste. Et je préférerais que vous restiez en vie, ce qui n'est pas garanti en vous retrouvant au cœur de cette affaire.

— Mais ce n'est pas tout, dit Cat.

Fuller hocha la tête et s'adressa à Dylan.

— Votre femme avait ce document, ce qui signifie qu'il doit être encore en votre possession, que vous en ayez conscience ou non. Trouvez-le.

— Si je le trouve, je le détruirai, annonça Dylan.

— Ce ne serait pas une bonne idée. La situation ne se calmera que si les deux factions savent qu'il a été détruit.

— Je ferai en sorte qu'elles le sachent.

Fuller soupira et se leva.

— Je préférerais que vous me le remettiez, mais je comprends votre méfiance. Avant tout, je voulais vous mettre en garde tous les deux. Vous vous retrouvez dans une position très dangereuse.

— Laquelle des espionnes travaille pour vous ? demanda Cat. Rowena ?

Au lieu de répondre à sa question, Fuller lui dit :

— Il n'y aurait aucune honte à abandonner cette enquête, shérif Jameson, surtout dans votre état. Je vous le recommande vivement.

Sur ces mots, il sortit des cartes de visite de sa poche et en tendit une à chacun d'eux.

— Si vous trouvez le document, appelez-moi, dit-il à Dylan.

Il fit signe à son collègue et tous deux sortirent, la laissant seule avec Dylan.

Ils se turent un long moment. Le silence, qui devint vite inconfortable, fit prendre conscience de la pénombre grandissante à Cat. Le soleil s'était caché derrière les montagnes depuis quelque temps et le crépuscule les enveloppait.

— Tu avais raison, Cat, finit par dire Dylan. Rowena cherche la liste.

— Mais la cherche-t-elle encore ou attend-elle qu'on la trouve à sa place ? demanda Cat. Et pour qui travaille-t-elle ?

Il soupira.

— Ça t'ennuie si on fait un crochet par mon ranch sur le chemin du retour ? J'aimerais savoir si Rowena est rentrée.

— Elle a le code du portail ?

— Je ne l'ai pas encore changé et j'ai peut-être eu tort.

— Tu crois qu'elle est retournée au ranch après notre rencontre ?

— Oui. Si elle n'avait pas embarqué ses affaires en partant ce matin, elle doit revenir les chercher. Et, à en juger par le ton de sa conversation au téléphone, elle n'a pas intérêt à filer avant d'avoir trouvé le document.

Dylan ferma la maison de son frère et ils se mirent en route. Ils n'échangèrent pas un mot pendant le trajet. Cat supposa que Dylan réfléchissait à ce qu'ils avaient appris, comme elle le faisait elle-même. En arrivant au ranch, ils virent la voiture de Rowena garée devant le chalet.

— On dirait qu'elle a changé de quartiers, commenta Cat.

Dylan jura.

Rowena apparut à la porte alors qu'ils se garaient.

— Tu devrais songer à verrouiller, Dylan, lança-t-elle lorsqu'ils sortirent du pick-up.

— Que faisais-tu dans le chalet ? demanda Dylan.

— Je te laissais un mot. Je partirai demain matin, répondit-elle avant de regarder Cat. À moins que vous ne vouliez m'arrêter, shérif, mais ça m'étonnerait.

— Vous avez envoyé le cadeau à votre nièce ? la provoqua Cat.

— Oui. On dit que la grossesse fait rayonner les femmes, mais je crois que ce n'est pas ce qui vous a donné des couleurs, shérif.

Rowena éclata de rire, puis lança à Dylan :

— J'avais bien vu comment tu la regardais, mais je dois te tirer mon chapeau. Tu l'auras vite séduite.

— Rowena...

— Soyez prudente, dit-elle à Cat. Ma meilleure amie l'avait épousé. C'est un homme qui a beaucoup de secrets. Vous ne savez pas de quoi il est capable. Ginny ne le savait pas non plus. Je lui conseillais de le quitter avant qu'il ne soit trop tard. Elle ne m'a pas écoutée, c'est bien dommage. Maintenant, elle est morte. Réfléchissez-y, shérif par intérim.

— Ça suffit, Rowena ! aboya Dylan. Pourquoi attendre demain matin ? Tu pourrais partir tout de suite.

Rowena lui décocha un sourire.

— Tu as raison. Disons-nous adieu.

Elle se tourna vers Cat.

— Bonne chance. C'est bien triste, ce qui est arrivé à votre mari, dit-elle avec une expression inquiétante. Taylor Jameson, c'est ça ? Quel terrible accident ! Clairement, vous n'êtes pas aussi maligne que vous le croyez. Profitez bien de votre soirée, tous les deux. Ce sera la dernière.

Elle s'éloigna après avoir proféré cette menace.

— Que voulait-elle dire ? demanda Cat, ébranlée par le petit discours perfide de Rowena.

— Je n'en ai aucune idée, répondit Dylan. Mais je ne suis pas sûr qu'elle ne soit allée dans le chalet que pour me laisser un mot. Attends-moi ici.

Qu'avait-elle pu laisser d'autre ? Le bébé ? Cette pensée poussa Cat à s'élancer vers la porte.

— Attends-moi ici, répéta Dylan en la retenant par le bras.

Mais Cat, qui n'était pas capable d'attendre, le suivit à l'intérieur. Ils ne trouvèrent pas le bébé. Rowena avait bien laissé un mot sur la table de la cuisine. Dylan commença par inspecter l'ensemble des lieux. Quand il revint et lui annonça qu'il n'avait rien repéré de suspect, ils déplièrent la feuille posée sur la table. Rowena avait écrit :

Désolée que ça n'ait pas marché entre nous.

15

— Qu'est-ce qui n'a pas marché ? demanda Cat.

Dylan haussa les épaules.

— Le document ?

— Elle comptait peut-être aussi mener à bien une opération de sexpionnage, comme dit Fuller. J'ai l'impression qu'elle espérait te séduire.

Il secoua la tête.

— Je crois qu'elle était jalouse de ta femme, insista-t-elle.

— Rowena ? Elle n'a aucune raison de jalouser qui que ce soit. Elle est riche et elle a été pourrie gâtée. Elle peut avoir tous les hommes qu'elle veut, et elle en a voulu beaucoup.

— Tous sauf toi.

— Si elle a voulu me séduire un jour, ce n'était sûrement que pour blesser Ginny. Mais Ginny est morte et Rowena est sur le départ. Son mot donne l'impression qu'elle baisse les bras.

— Je n'y crois pas, répondit Cat. Et je me demande ce qu'elle a en tête. Elle a dû comprendre que tu n'avais pas la liste et comme elle ne sait pas où Ginny l'a cachée...

— C'est bien ma veine. Mais je suis d'accord : elle ne renoncera pas. D'ailleurs, je doute qu'elle ait la liberté de le faire. Mais elle veut visiblement nous faire croire qu'elle renonce. Es-tu sûre de vouloir rentrer ?

Elle acquiesça et répondit :

— Ça ira, cette nuit, alors que Rowena est encore là ?

— J'ai l'intention de ne dormir que d'un œil avec mon arme à portée de main. Et je changerai le code du portail dès qu'elle s'en ira.

— Sois prudent, en tout cas.

— Toi aussi. À vrai dire, je devrais peut-être te suivre jusqu'à Fortune Creek.

— Non, ça ira.

Il l'attira dans la chaleur de ses bras et l'embrassa. Elle n'avait pas envie de partir, mais elle ne pouvait pas rester. Il s'était passé trop de choses dans la journée. Elle avait besoin d'un peu de solitude pour mettre de l'ordre dans ses idées. C'était sans doute aussi le cas de Dylan, puisque Fuller lui avait laissé entendre que Ginny ne l'avait épousé que pour mettre la main sur la liste.

Même s'il doutait déjà de la sincérité de Ginny, c'était une trahison de plus.

— Quand ce sera fini..., lui murmura-t-il à l'oreille.

Le cœur de Cat manqua un battement. C'était une promesse d'avenir... à condition qu'ils survivent. Elle l'embrassa, puis s'arracha à ses bras pour ne pas courir le risque de changer d'avis.

Il était plus tard qu'elle ne le croyait lorsqu'elle se mit en route. Elle roula lentement, la vitre baissée, dans l'espoir que l'air frais lui éclaircirait les idées. Elle croyait encore sentir les baisers de Dylan et luttait contre l'envie de faire demi-tour.

Un peu choquée par cet état d'esprit, elle refoula cette pensée. Taylor serait-il choqué aussi ou bien heureux pour elle ? Elle pensait qu'il se réjouirait, mais qu'il aurait un peu peur que Dylan ne lui brise le cœur. Il s'inquiéterait sans doute aussi pour leur fille. Qui tombait amoureuse au septième mois de grossesse ?

Au moins, elle savait maintenant ce que Rowena cherchait. Mais où était le document, si elle ne l'avait pas trouvé ? Bien sûr, le ranch était immense. Ginny pouvait l'avoir caché n'importe où.

Elle n'avait fait que quelques kilomètres quand elle vit des phares derrière elle. Dylan avait-il décidé de la suivre, même si elle lui avait dit que c'était inutile ? Cette pensée la fit sourire... jusqu'à ce qu'elle s'aperçoive que la voiture la rattrapait vite et qu'elle gardait ses feux de route.

16

Dylan n'arrivait pas à contrôler sa nervosité. Quand il avait vu Cat disparaître dans la nuit, il avait eu le pressentiment qu'elle n'était pas en sécurité. La route qui menait à Fortune Creek était étroite, sinueuse et peu fréquentée. Si elle tombait en panne sur le trajet, elle risquait de se retrouver coincée dans le noir et le froid jusqu'au lever du jour.

Il ramassa ses clés et fonça vers son pick-up. Même si elle avait refusé, il allait la suivre jusque chez elle. Il ne serait pas capable de dormir sinon. Il roula le plus vite possible, obéissant à son instinct, qui lui ordonnait de la rattraper.

Après avoir franchi une bosse, il repéra des feux et essaya de se détendre. Mais la confusion le gagna à mesure qu'il s'approchait du véhicule. Ce n'était pas la voiture de patrouille de Cat. C'était un vieux camion de ferme avec un coffrage en bois à l'arrière. Il fronça les sourcils. Il avait déjà vu ce camion… garé près d'une grange de son ranch.

Que se passait-il donc ? Il écrasa l'accélérateur, bien décidé à découvrir qui conduisait ce véhicule qui lui appartenait.

Il le rattrapa et entreprit de le dépasser pour voir le conducteur. Alors qu'il était presque à son niveau, le conducteur fit un écart pour le percuter et lui faire quitter la route.

Cat crut un instant voir d'autres phares derrière elle, mais elle les perdit tous de vue au détour d'un virage. Il ne lui était pas possible de se garer sur cette route étroite et bordée de fossés. Quelques secondes plus tard, les phares réapparurent dans son rétroviseur. Le véhicule s'était encore rapproché.

Elle songea au chauffard qui avait tué son mari sur cette même route, même si c'était plus au nord, près de la frontière canadienne. Comme le conducteur ne l'avait peut-être pas vue, elle freina et roula le plus à droite possible pour le laisser la doubler.

Sauf qu'il ne la doubla pas. Aveuglée par les phares, elle accéléra. Elle ne voyait pas le conducteur, mais elle avait compris ce qu'il comptait faire. Elle songea à l'avertissement de Fuller. Elle était devenue un problème. Dylan aussi.

D'un instant à l'autre, le camion allait la percuter. Elle s'agrippa au volant en ne songeant plus qu'à son bébé. Si elle quittait la route et fonçait dans un arbre...

La vitre arrière explosa quand le camion la percuta et sa voiture commença à déraper. Paniquée, elle évita le fossé de justesse. Quand elle eut repris le contrôle de son véhicule, elle jeta un coup d'œil dans le rétroviseur.

Le camion s'était éloigné. Que faisait-il ? Elle comprit presque aussitôt qu'il prenait de l'élan pour la percuter plus brutalement.

Elle avait le pied au plancher. Elle ne pouvait pas rouler plus vite et il n'y avait aucun endroit où elle aurait pu se ranger avant le prochain choc.

Mon bébé..., songea-t-elle.

Elle ne devait pas quitter la route. Elle ne pouvait pas perdre son bébé. Elle ne pouvait pas mourir alors qu'elle entrapercevait un avenir radieux dont elle n'avait pas osé rêver.

Le camion avait pris beaucoup d'élan et le choc était imminent.

Dylan quitta la route et vola par-dessus le fossé avant d'atterrir brutalement dans un champ. Il roulait toujours vite et il distinguait des arbres à quelques dizaines de mètres. Il s'empressa de tourner et sentit ses roues déraper sur un chemin de terre. Il eut du mal à s'y maintenir, mais il avait trouvé comment retourner sur la route. Il avait si peu ralenti qu'il faillit déraper encore en retrouvant le bitume.

Même s'il avait affronté de nombreux dangers, il n'avait jamais eu aussi peur de sa vie. Cette fois, c'était personnel. Il se sentait responsable de la vie de Cat et de son bébé. Il fallait absolument qu'il rattrape et arrête ce camion.

Il repéra ses phares arrière au loin. Il n'y avait aucune chance que le conducteur l'ait percuté par accident. Où était Cat ? C'était forcément elle, la cible.

Parvenu au sommet d'une colline, il vit les deux véhicules. Le camion était juste derrière Cat et Dylan savait très bien ce que le conducteur avait en tête. Il écrasa l'accélérateur. À part que sa roue avant droite frottait contre du métal à l'endroit où le camion l'avait percuté, son pick-up roulait encore très bien.

Il dégaina son arme et sa main trembla pendant quelques secondes. C'était un bon tireur, à la fois de la main droite et de la main gauche, mais il ne s'était pas entraîné depuis des mois.

Il baissa sa vitre et tâcha de se calmer. Il devait s'approcher suffisamment pour ne pas risquer de manquer sa cible.

Il visa. Ils avaient atteint une portion de la route où la pente était raide sur la droite, avec un ruisseau qui serpentait au fond du ravin. S'il ne neutralisait pas ce camion au plus vite…

Cat retenait son souffle, agrippée au volant. Ce qui se produirait si elle quittait la route à cette vitesse la terrifiait. Le seul jaillissement de l'airbag risquait de faire du mal à sa fille.

Elle recula son siège autant qu'elle pouvait le faire tout en touchant encore les pédales. Ne s'inquiétant que pour sa fille, elle aurait volontiers désactivé l'airbag.

Dans le rétroviseur, elle ne voyait plus que les phares du camion qui s'apprêtait à tout lui prendre. Alors qu'elle se préparait à l'impact, le camion se mit à zigzaguer derrière elle. Elle entendit des freins grincer. Deux secondes plus tard, le camion obliqua vers la droite, quitta la route et disparut dans le ravin.

Alors, elle vit qu'il y avait un autre véhicule derrière. Elle ralentit, puis s'arrêta. Ses émotions la submergèrent aussitôt. Elle se mit à sangloter, les bras enroulés autour de son ventre. Elle croyait connaître les dangers de son métier, mais elle se trompait. Elle venait seulement de prendre conscience des risques qu'elle courait. Elle aurait pu perdre sa fille ce soir. Elle aurait pu tout perdre.

Étourdi de soulagement, Dylan sauta de son pick-up et courut vers la voiture de Cat. Quand il s'en approcha, une lampe torche dans une main et son arme dans l'autre, il vit que Cat pleurait en se tenant le ventre. Il comprit tout de suite qu'elle avait eu horriblement peur pour sa fille. Elle ouvrit sa portière et vint se blottir dans ses bras.

— Quoi que tu aies fait, merci, dit-elle d'une voix tremblante.

— J'ai crevé un pneu arrière. Que je suis content que tu n'aies rien ! Il faut que j'aille inspecter le camion. Reste ici. Si le conducteur revient sur la route, ne prends aucun risque. Tire sur ce salaud.

Cat hocha la tête en essuyant ses larmes.

— D'accord.

— Je reviens, promit-il.

Quand il la vit dégainer son arme de service, il sut qu'elle s'était remise de sa frayeur.

Sa lampe torche à la main, il se laissa glisser dans le ravin. Celui-ci était très escarpé et descendait jusqu'à un ruisseau bordé de sapins. Les feux arrière du camion luisaient tout en bas, et une odeur d'huile brûlée et de liquide de refroidissement flottait dans l'air.

En s'approchant, il vit que la portière du conducteur était

ouverte. Il éteignit sa lampe et se tint prêt à tirer. Il entendait le son du ruisseau, mais aucun bruit venant du camion. Il le longea prudemment puis, retenant son souffle, il jeta un coup d'œil par la portière ouverte.

Comme il s'y attendait, il n'y avait personne dans l'habitacle. À en juger par le sang sur le pare-brise fendu et sur le volant, le conducteur avait été blessé. Le moteur, qui tournait encore, rendit son dernier soupir et les phares moururent avec lui.

Un silence glaçant enveloppa Dylan. Il tendit l'oreille, mais n'entendit aucun bruit de pas. Alors, il ralluma sa lampe pour inspecter l'intérieur du camion.

Il n'avait aucune idée de l'identité du conducteur et de la gravité de ses blessures. Malgré tout le sang qu'il avait perdu, il avait réussi à s'enfuir.

Devant le camion, Dylan trouva des empreintes qui menaient vers le ruisseau. Il y avait du sang sur une grosse pierre au bord de l'eau. Dylan éclaira les bords du cours d'eau dans les deux sens sans voir personne.

Lorsqu'il fut convaincu que le conducteur lui avait échappé, Dylan s'empressa de rejoindre Cat. Il avait bien failli la perdre et il en était encore secoué. Elle n'était pas sa compagne, bien sûr... mais ce n'était pas l'avis de son cœur.

Dès leur rencontre, elle l'avait intrigué. Ce qu'elle lui inspirait allait maintenant bien au-delà. Il la désirait plus qu'il n'avait jamais désiré personne. Mais il n'était pas sûr qu'elle soit réellement disponible. Elle pleurait peut-être encore son mari comme tout le monde croyait que lui-même pleurait sa femme.

Quand il regagna la route, il fut soulagé de voir Cat prendre des photos des dégâts que sa voiture avait subis. Elle avait retrouvé son rôle de shérif et tirait de la force des réflexes qu'on lui avait inculqués. Il connaissait bien cette stratégie. Néanmoins, il était sûr qu'elle avait été profondément ébranlée par l'incident. Elle avait failli mourir ce soir et cela avait dû lui faire mesurer la gravité de la situation.

La voiture de Cat aurait très bien pu s'écraser au fond du ravin à la place du camion. La tragédie à laquelle ils avaient échappé de justesse le faisait encore trembler.

Par ailleurs, ce qu'il craignait par-dessus tout était en train de se produire. Les événements des derniers jours allaient réveiller l'intérêt des médias et tout le monde allait se remettre à parler de la mort de Ginny et de son frère. Les spéculations folles allaient reprendre.

— J'ai déjà appelé la Criminelle, lui dit Cat. Une équipe est en chemin.

Il acquiesça.

— On devrait ranger nos voitures au bord de la route pour ne pas risquer de provoquer un accident.

Cat plongea son regard dans le sien.

— Tu nous as sauvées, ma fille et moi. Mais qu'est-ce qui t'a incité à me suivre ?

— Un pressentiment, répondit-il. J'avais l'impression que tu avais besoin de moi.

Quand elle lui sourit, il se sentit libéré d'un poids, même s'il redoutait ce qui les attendait. La frénésie médiatique, une nouvelle fois – en pire, parce que Cat se retrouverait au milieu du maelström avec lui. Il fallait l'avoir vécu pour comprendre à quel point c'était pénible. Cat le découvrirait bientôt. Et il y avait encore plus grave : elle était maintenant une cible.

— Je connais ce camion, lui dit-il. Il vient de mon ranch.

— C'était Rowena ?

— Je ne sais pas, mais le conducteur s'est méchamment cogné contre le pare-brise et saigne beaucoup.

— Pourquoi ferait-elle une chose pareille ? murmura Cat.

— Soit elle trouve que tu t'approches trop de la vérité, soit elle veut montrer à ceux qui l'emploient qu'elle fait tout ce qu'elle peut pour nous empêcher de trouver la liste avant elle.

17

Dylan n'avait pas fermé l'œil de la nuit. Comme la voiture de Rowena n'était plus là à son retour, il avait changé le code du portail immédiatement. Ce n'était donc sans doute pas elle qui conduisait le camion, sauf si elle avait un complice qui avait récupéré sa voiture.

Qui connaissait-elle ? Cat l'avait vue parler à l'un des faux agents du FBI près de l'hôtel, mais cet homme était mort.

Qui restait-il ? Patty, Sharese et son frère Luca. N'importe lequel d'entre eux pouvait avoir été au volant du camion. Il aurait suffi que Rowena leur ouvre le portail. Il voulait croire, comme Cat, que Patty avait aidé Athena à accoucher et emporté le bébé pour le protéger. Mais alors qui avait tué Athena ? Si c'était elle, l'idée qu'elle avait tué une femme quelques heures après l'avoir aidée à accoucher faisait froid dans le dos.

Mais, puisque Ginny et son frère étaient morts dans une voiture piégée, Cat et lui avaient clairement affaire à des gens impitoyables. Le fait qu'on ait essayé de les tuer la veille au soir le confirmait.

Ce qu'il craignait le plus, c'était que la vie des membres du groupe soit en jeu. S'ils risquaient de se faire tuer en échouant à trouver le document, ils devaient être désespérés. Or les gens désespérés prenaient des décisions désespérées.

Il s'inquiétait de plus en plus pour Cat. Elle avait confié

l'enquête à d'autres, mais cela ne la protégeait en rien. Surtout, la connaissant, elle ne pourrait pas s'empêcher de suivre une piste si elle en trouvait une.

Voilà pourquoi il devait l'occuper, songea-t-il après avoir parlé au gérant de la casse d'Eureka. Le camion y avait été remorqué et les experts de la police avaient fini de l'inspecter. Dylan n'avait guère d'espoir qu'on y relève les empreintes du conducteur. En revanche, il y avait bien assez de sang pour faire un prélèvement.

Dans la matinée, il avait fouillé le chalet à la recherche du document. Il se trouvait soit sur une clé USB, soit sur une feuille de papier, s'il avait été imprimé à l'ancienne. Malheureusement, Dylan n'avait rien trouvé.

Si Ginny avait bien caché la liste quelque part dans le ranch, pourquoi ? Pourquoi ne l'avait-elle pas livrée à son superviseur dès qu'elle avait mis la main dessus ? Elle voulait peut-être la vendre. Était-ce pour cela qu'elle s'était adressée à son frère ? Beau avait des contacts dans le monde entier. Avait-il accepté de jouer les intermédiaires ?

Une idée vint subitement à l'esprit de Dylan. Et si Ginny n'avait jamais été en possession de la liste ? Il était possible que celle-ci ait été entre les mains de Beau et qu'il ait proposé à Ginny de la lui fournir. Dylan n'avait pas envie de croire Beau capable de trahir son pays, mais il ne pouvait plus exclure aucune hypothèse. C'était ce qui l'avait empêché de dormir, en plus du souci qu'il se faisait pour Cat. Le fait d'être tombé si vite amoureux d'elle le terrifiait. Il n'avait jamais rien vécu d'aussi intense.

Il composa son numéro. Il avait besoin de la voir. D'abord, il devait tout faire pour qu'ils survivent. Ensuite, il essaierait de la convaincre de rester dans sa vie.

Cat ne cessait de songer à Athena, enceinte et terrifiée. Cat savait qu'Athena était prête à tout, dans cette situation, pour sauver son bébé, même à appeler quelqu'un à qui elle ne pouvait pas se fier et qui allait probablement la tuer.

Maintenant qu'elle était elle-même enceinte, Cat comprenait parfaitement qu'une femme puisse se sacrifier pour son enfant.

Elle avait reçu le coup de fil auquel elle s'attendait en début de matinée. Elle n'était plus censée quitter son bureau jusqu'à la fin de son remplacement. Elle devait encore occuper le poste de shérif par intérim de Fortune Creek pendant six semaines. Si elle avait confié l'enquête à la Criminelle et au FBI, elle n'était pas capable de se tourner les pouces pour autant. Elle voulait neutraliser ceux qui avaient essayé de les tuer, Dylan et elle.

Cela signifiait qu'elle devait faire tout ce qu'elle pourrait par ordinateur et téléphone, tout en regardant Helen tricoter dans la pièce voisine et en évitant de piquer du nez.

Un coup de pied de sa fille la tira de sa torpeur et lui rappela la terreur qu'elle avait éprouvée la veille au soir. Maintenant qu'elle avait failli mourir, elle n'était pas sûre de pouvoir continuer à faire ce métier. Même après l'accouchement, pourrait-elle risquer sa vie alors qu'il n'y avait personne d'autre qu'elle pour prendre soin de sa fille ?

Elle vit Helen prendre un appel, puis jeter un coup d'œil dans sa direction. Quand son téléphone sonna, deux secondes plus tard, elle fut ravie d'entendre la voix de Dylan.

— Je suis à la casse d'Eureka, lui dit-il. Mon pick-up roule encore. Et ta voiture ?

— Elle aussi.

— Est-ce que je peux t'inviter à déjeuner ?

— Excellente idée. Je te rejoins. Je veux voir le camion.

Un peu plus tôt, elle avait appelé tous les hôpitaux des environs pour savoir si quelqu'un s'était présenté avec une blessure à la tête. Cela n'avait rien donné. Soit la blessure du conducteur n'était pas aussi grave que Dylan le croyait, soit on le retrouverait mort au bord du ruisseau à un moment ou un autre.

La veille, Dylan et elle avaient longuement parlé aux agents qui les avaient rejoints sur le lieu de l'accident. Ensuite, de retour chez lui, Dylan l'avait appelée pour l'informer que Rowena avait quitté le ranch. Elle était désormais activement recherchée.

Cat avait hâte d'inspecter le camion. Quand elle arriva à la casse d'Eureka, Dylan se tenait à côté du véhicule. Même s'il ne pouvait plus lui faire aucun mal, la vue du vieux tas de ferraille la mit mal à l'aise.

Tout l'avant était enfoncé et le pare-brise était fendu. Cat ne savait pas de quelle marque ni de quelle année il était, juste qu'il datait d'avant l'invention des ceintures de sécurité.

Son malaise ne fit que grandir à mesure qu'elle s'en approchait. C'était un vieux camion de ferme exactement semblable à celui que son mari avait décrit aux policiers avant de mourir à l'hôpital. La portière rouillée. La peinture verte écaillée et le capot jaune, qui avait dû être remplacé sans que personne se soucie de le repeindre. Jusqu'à l'autocollant d'un ancien café des environs au dos de l'un des rétroviseurs.

C'était le camion qui avait tué son mari.

— Tu es sûr que ce camion t'appartient ? demanda-t-elle à Dylan, le cœur affolé.

— Oui. Il était près d'une grange quand j'ai acheté le ranch.

La nausée gagna Cat. Elle avait du mal à le croire, mais c'était bien le camion qui lui avait pris Taylor. Il ne pouvait pas y en avoir deux semblables à ce point.

Elle contourna le véhicule pour examiner son côté gauche. Il était bien cabossé et il y avait une trace de peinture blanche qui provenait de la voiture de Taylor. Elle comprenait pourquoi on n'avait jamais retrouvé ce camion, à présent. Il était bien caché dans le ranch de Dylan.

— Il est si vieux..., dit-elle. C'était un miracle qu'il roule encore.

Elle commençait à paniquer. Il fallait que Dylan lui dise quelque chose, qu'il l'empêche de tirer la pire des conclusions.

— Étonnamment, il marchait encore très bien.

— Quand l'as-tu conduit pour la dernière fois ? demanda-t-elle d'une voix tremblante.

Dylan prit un air méfiant et répondit :

— Je ne savais pas que tu t'intéressais aux vieux camions. Je ne l'ai pas fait tourner depuis des mois.

Elle recula instinctivement.

— Cat ? s'écria Dylan en la retenant par le bras.

Comme ses jambes menaçaient de la trahir, elle n'eut pas la force de le repousser.

Depuis qu'elle avait pris son poste à Fortune Creek, elle cherchait ce camion sans en avoir bien conscience. Elle ne l'avait jamais vu. Elle avait fini par croire qu'elle ne retrouverait jamais le véhicule qui avait fait d'elle une veuve.

— C'est le camion qui a tué mon mari il y a six mois, dit-elle.

Dylan blêmit et secoua la tête.

— Tu ne crois quand même pas que…

Il la lâcha et fit un pas en arrière avant d'ajouter :

— Cat, je te jure que je n'ai jamais conduit ce camion en dehors du ranch.

C'était ce qu'elle voulait entendre, ce qu'elle voulait désespérément croire. Elle voulait continuer à avoir confiance en Dylan.

— Qui était-ce, alors ? demanda-t-elle, les larmes aux yeux.

— Je n'en sais rien, dit Dylan, qui semblait complètement abasourdi. La clé était sur le contact. Je suppose que quelqu'un a pu le prendre et…

— Pour le prendre et le rapporter, il fallait que cette personne connaisse le code du portail, lui fit-elle remarquer.

— Quand est-ce que ton mari…

Elle lui donna la date de l'accident et Dylan soupira de soulagement.

— Je ne suis arrivé au ranch que trois semaines plus tard,

dit-il. Je me souviens de la date exacte parce que c'était mon anniversaire. Je peux te prouver que je n'étais pas dans le Montana.

— Si ce n'était pas toi… Ne m'as-tu pas dit que ta femme était arrivée avant toi pour aménager la maison ? demanda-t-elle en le regardant droit dans les yeux.

Il hocha lentement la tête.

— Mais pourquoi Ginny aurait-elle pris le camion ?

Cat regarda l'énorme coffre du véhicule.

— Pour transporter quelque chose, peut-être.

Comme un corps. Ou des meubles. Ou des pièces détachées à emporter au Canada pour revenir avec de la drogue. Cela pouvait être n'importe quoi.

— Je vais demander aux experts d'inspecter l'arrière du camion, Dylan, annonça-t-elle.

— Excellente idée. Il faut qu'on découvre qui le conduisait, non seulement hier soir, mais aussi il y a six mois.

Alors qu'elle sortait son téléphone, il l'attira dans ses bras et ajouta :

— Je suis vraiment désolé, Cat.

Elle hocha la tête au creux de son épaule. La vie était décidément bien ironique.

Après l'arrivée des experts, Dylan insista pour emmener Cat déjeuner.

— Je sais que tu n'as pas faim, mais ta fille a sûrement besoin de calories, lui dit-il.

Cela la fit sourire.

— Je suis désolée de t'avoir suspecté une fois de plus, dit-elle sur le chemin du restaurant.

Il haussa les épaules.

— Il était logique que tu le fasses. Tout tourne autour de moi et de mon ranch. Ce ne sont pas des coïncidences. Mon frère, ma femme, ses amies… Je suis au cœur de ce bazar.

Il trouva une place juste devant le restaurant.

— Je n'arrive toujours pas à imaginer Ginny au volant le jour de l'accident, avoua-t-il en se garant. Notre mariage a été de courte durée et j'ai découvert après sa mort que c'était une menteuse, mais provoquer un accident et ne pas s'arrêter pour aider la victime…

Ils sortirent de la voiture.

— Je suppose que ça dépend de la raison pour laquelle elle conduisait le camion, répondit Cat. Elle ne devait pas vouloir qu'on découvre ce qu'elle faisait ce jour-là si près de la frontière canadienne. Au moins, Taylor a réussi à appeler les secours. Sans ça, je n'aurais même pas pu lui dire adieu.

— Et tu n'aurais pas su à quoi ressemblait le véhicule qui l'avait percuté.

Ils entrèrent dans le restaurant. Quand ils furent assis, il ajouta :

— Je suis désolé. Si je n'avais pas épousé Ginny…

Cat posa la main sur la sienne et secoua la tête.

— Ce n'est pas ta faute, lui assura-t-elle. Personne ne peut contrôler le destin.

— C'est vrai.

Cat fronça les sourcils quelques instants, puis demanda :

— Es-tu sûr que Ginny était seule au ranch à cette période ?

— Tu crois que Rowena ou l'un des autres était avec elle ?

— Je pensais plutôt à ton frère.

Il tressaillit. De fait, il ne s'était jamais demandé depuis combien de temps Ginny et Beau… quoi ? Conspiraient ? Couchaient ensemble dans son dos ? Il aurait sans doute laissé échapper un juron si la serveuse n'était pas arrivée à cet instant pour prendre leur commande.

— Tu crois que mon frère conduisait le camion ? demanda-t-il quand la serveuse s'éloigna.

— Pas nécessairement. Mais s'il était avec elle et s'ils manigançaient quelque chose…

— Pas nécessairement, mais c'est possible, répondit-il. Je vais essayer de découvrir s'il était aux États-Unis à cette époque.

Il appela aussitôt son ami, lui expliqua ce qu'il attendait de lui en quelques mots et raccrocha.

— Je suis désolée, dit Cat comme si le résultat de cette recherche lui semblait déjà évident.

— Tu n'as aucune raison de l'être, lui assura-t-il. Je n'ai pas cherché à comprendre la nature de la relation entre Ginny et Beau, sûrement parce que je craignais que la vérité me blesse, mais j'ai eu tort.

— C'est pour ça que je suis navrée de déterrer tout ça.

— C'est l'enquête qui déterre tout ça. Rowena, la mort d'Athena, l'enlèvement du bébé… En un sens, je me suis réfugié dans le Montana pour fuir la vérité, mais elle me rattrapera, quoi que je fasse. Il est temps que je l'affronte.

Son téléphone sonna et il s'empressa de décrocher. Il écouta son ami sous le regard attentif de Cat, certain que son expression trahissait sa déception.

— Merci d'avoir fait aussi vite, conclut-il avant de raccrocher.

Il prit une grande inspiration avant d'annoncer à Cat :

— Beau était aux États-Unis. Tu paries qu'il était dans le Montana ?

Ils mangèrent en silence pendant un long moment, tous deux perdus dans leurs pensées.

— Ça ne prouve pas que Beau conduisait le camion, finit par dire Cat. Ni que c'était un traître. J'aimerais qu'on aille jeter un coup d'œil dans sa maison.

— Pas de problème.

Dylan paya l'addition.

— Tu veux récupérer ta voiture ou on prend mon pick-up ? demanda-t-il sur le trottoir.

— Je te laisse conduire.

— Tu veux chercher quelque chose de précis ? demanda-t-il une fois au volant.

— J'ai juste songé à une hypothèse, répondit-elle. Mettons que Beau, au lieu de devenir le complice de Ginny, ait voulu l'aider à changer de vie. On sait que tu n'as pas donné la liste à Ginny. Et si elle l'avait prise à Rowena avant de rejoindre Beau ici pour qu'il l'aide ?

— Ça fait beaucoup de suppositions, commenta-t-il.

— Admettons que Ginny et Beau n'avaient pas la liste sur eux quand ils sont morts, poursuivit-elle. On sait que Rowena cherche quelque chose. Je me dis que Beau et Ginny ont peut-être caché la liste dans la maison de Beau en espérant que tu la trouverais et que tu la remettrais aux bonnes personnes.

— C'est une hypothèse bien hasardeuse, lui fit remarquer Dylan.

Mais elle sentit qu'il avait envie d'y croire. Il avait envie de découvrir que son frère était innocent – et peut-être qu'il y avait du bon en sa femme.

— Dans ce cas, qui conduisait le camion il y a six mois ? demanda-t-il.

Elle haussa les épaules.

— On ne manque pas de suspects. J'ai envie de mettre Rowena en tête de liste, mais je serais surprise qu'elle sache se servir d'une boîte de vitesses manuelle.

— Je suis sûr que tu en es capable, pour ta part, répondit-il, le sourire aux lèvres.

— Je suis une fille du Montana. Je sais mettre un asticot sur un hameçon, vider le poisson que j'ai attrapé et le faire cuire sur un feu de bois.

Il éclata de rire.

— Tout à fait mon genre de femme, répondit-il, ce qui la fit rougir. Et tout le contraire de Rowena.

— Il y a aussi Sharese et son frère parmi nos suspects, lui rappela-t-elle.

— Sharese, que Rowena est allée voir à Libby.

— À tout hasard, sais-tu si Ginny était capable de se servir d'une boîte manuelle ?

Non, Dylan n'en avait aucune idée. Il n'en revenait pas de savoir si peu de choses sur la femme qu'il avait épousée, songea-t-il en se garant devant la maison de son frère.

Quand ils y entrèrent, elle lui parut plus froide que la fois précédente, sans doute parce qu'il ne songeait qu'à faire l'amour à Cat, ce jour-là. Bien sûr, il en avait encore envie à cet instant. Il soupçonnait qu'il ne cesserait jamais d'en avoir envie.

Redoutant la direction que prenaient ses pensées, il se rappela à l'ordre. Ce n'était pas la première fois qu'il tombait sous le charme d'une femme en un rien de temps et l'expérience précédente ne lui avait pas réussi.

— Savais-tu que ton frère avait l'intention d'acheter cette maison ? demanda-t-elle alors qu'il allumait.

— Non. Il m'a invité à venir la voir après l'avoir achetée.

Ils se séparèrent pour fouiller la maison, qui n'était pas bien grande. En voyant toutes les affaires de son frère, il se prit à espérer que Cat avait raison. Même s'il connaissait l'imprudence de Beau, il avait envie de le croire incapable de trahir son pays.

Mais Beau semblait jouer un rôle dans cette histoire et Dylan n'arrivait décidément pas à comprendre lequel. Était-il tombé amoureux de Ginny ? Vouloir sauver la femme fatale en détresse, c'était bien son genre.

Après avoir fouillé sa moitié de la maison, Dylan rejoignit Cat dans le salon.

— Il y a un truc qui m'échappe, lui dit-elle. Si ton frère avait mis la main sur le document, pourquoi ne te l'a-t-il pas donné, tout simplement ?

Dylan secoua la tête.

— On s'était beaucoup éloignés l'un de l'autre avant sa mort.

Je n'aimais pas son mode de vie et il trouvait que je gérais mal la mienne. On n'est pas toujours sur la même longueur d'onde entre frères.

— Mais il est venu à ton mariage, lui rappela Cat.

— Où il a trouvé de quoi s'occuper avec Athena, apparemment, grommela-t-il.

— Que pensait-il de Ginny ?

— Il semblait se méfier d'elle, à ce moment-là. Il trouvait que je m'étais engagé trop vite dans cette relation.

Cat hocha la tête, puis demanda :

— Avez-vous passé du temps ensemble ici ?

— Je lui ai rendu visite quand il venait d'acheter la maison.

Cat s'approcha d'une étagère remplie de jeux de société.

— Avez-vous joué à l'un de ces jeux ?

— Au Monopoly, répondit-il après quelques secondes de réflexion. Beau adorait me plumer.

— Jetons un coup d'œil dans la boîte, suggéra Cat. On a déjà regardé partout ailleurs.

Elle tendit le bras. Voyant qu'elle était trop petite pour atteindre la boîte, Dylan la prit sur l'étagère et la posa sur la table basse.

— Elle a toujours été rangée à cet endroit ? demanda Cat.

Il fronça les sourcils.

— Je n'ai jamais fait attention à ça, avoua-t-il.

En ouvrant la boîte, Dylan se souvint de sa dernière partie contre Beau. Elle avait été âprement disputée.

— Il voulait toujours le chapeau, dit-il en prenant le pion pour le faire tourner entre ses doigts.

— Et toi ?

— Je prenais le chien, en général. Il est plus sympathique que la brouette et le fer à repasser.

Elle pouffa.

— Moi, j'aime bien la voiture, lui confia-t-elle en commençant à examiner les liasses de billets.

Dylan se chargea des piles de cartes. Alors qu'il était sur le point de renoncer, Cat souleva le plateau et poussa un petit cri. Il y avait une enveloppe scotchée au fond de la boîte.

18

Dylan récupéra l'enveloppe. Alors qu'il s'apprêtait à l'ouvrir, le bruit de moteur de bateau qu'il entendait depuis quelque temps s'arrêta subitement. Inquiet, Dylan jeta un coup d'œil par la fenêtre et vit un hors-bord près du ponton de Beau. Un homme et une femme en descendirent. L'homme s'approcha de la maison à grands pas pendant que la femme attachait le bateau.

— Allons-nous-en !

Il rangea l'enveloppe dans la poche de sa veste et prit la main de Cat. Ils coururent jusqu'à son pick-up. Il était en train de reculer quand l'homme apparut au coin de la maison. Dylan s'empressa de finir son demi-tour et écrasa l'accélérateur.

— L'as-tu reconnu ? demanda Cat.

— Non, et toi ?

— Je crois que c'est Luca Harmon, le frère de Sharese. Je n'ai trouvé qu'une photo de lycée de lui, mais j'en suis presque sûre.

— Si cette enveloppe contient bien la liste, je n'aime vraiment pas l'avoir dans ma poche, même si Fuller ne veut pas que je la détruise.

— Parce que ça me met en danger, dit Cat. Moi aussi, j'ai reçu une formation, tu sais.

— Je sais. Mais je ne supporterais pas qu'il t'arrive malheur.

Il sortit son téléphone et composa le numéro de Fuller.

— Je l'ai, dit-il sans préambule quand Fuller décrocha. Comment je vous la remets ?

Il écouta les directives de l'agent, puis répondit :

— Très bien. Je fais un crochet et je vous rejoins.

— Tu as confiance en Fuller ? demanda Cat quand il eut raccroché.

— Non. Je n'ai confiance qu'en toi.

Alors que Dylan sortait de la casse derrière la voiture de Cat, son téléphone sonna.

— Je t'écoute, Ike, dit-il à son ami.

— Il semble qu'il y ait un problème avec les prélèvements d'ADN de l'attentat, annonça Ike. Il est possible qu'ils aient été confondus avec d'autres. Ils ont été retestés et il n'y a pas de correspondance.

— Comment ça ? La police avait confirmé que Beau et Ginny étaient dans la voiture.

Personnellement, il avait seulement vu Ginny monter dans la voiture. On lui avait appris ensuite que Beau était au volant.

— Tu veux dire que ce n'était pas Beau qui conduisait ? demanda-t-il.

— Tout ce que je sais, c'est qu'ils vont refaire le test une nouvelle fois. Ce n'est sûrement qu'une erreur du labo.

C'était possible, mais Dylan commençait à douter de tout.

— Quelqu'un d'autre est mort récemment, dit-il, réfléchissant à voix haute.

— Allen Zimmerman ?

— Si quelqu'un était en mesure de livrer cette liste..., poursuivit-il, abasourdi par la direction que prenaient ses pensées.

— Quand même pas notre patron ! s'écria Ike. Mais je vais me renseigner.

— Merci.

S'il découvrait qu'il avait vu juste, il en serait horrifié. Sa vie avait dépendu de Zimmerman d'innombrables fois. Mais il savait que les gens et les situations dans lesquelles ils se trouvaient changeaient.

Il sortit l'enveloppe de sa poche et l'ouvrit en conduisant. Elle contenait une clé USB et un mot de son frère :

Ne remets ça qu'à quelqu'un en qui tu as entièrement confiance.

Il rangea le mot dans l'enveloppe et suivit Cat jusqu'à Fortune Creek. Quand elle rentra saine et sauve dans son bureau, il songea à faire un détour par le ranch pour vérifier le contenu de la clé, mais il n'était sans doute pas prudent qu'il retourne chez lui. Pour l'instant, seul Fuller connaissait sa destination. Mieux valait qu'il ne risque pas d'être pris en filature.

Cette pensée le mit brusquement mal à l'aise.

Ne remets ça qu'à quelqu'un en qui tu as entièrement confiance.

Il jura. Il ne savait pas à qui se fier. Au moins, Cat était en sécurité dans son bureau et cette affaire serait bientôt terminée. Mais retrouveraient-ils son neveu ?

Il essayait d'éviter de penser au bébé. L'idée qu'il ne tiendrait peut-être jamais cet enfant dans ses bras était bien trop triste.

Il devait en finir. Mais commettrait-il une erreur en livrant la clé à Fuller ?

Il jeta un coup d'œil dans le rétroviseur. Il était sûr que personne ne les avait filés sur le trajet entre Eureka et Fortune Creek. Il était difficile de suivre quelqu'un sur des routes aussi peu fréquentées – sauf si l'on se moquait de se faire repérer, songea-t-il en repensant au camion.

Dylan avait tenu à suivre Cat jusqu'à Fortune Creek et il attendit de la voir entrer dans son bureau. Elle lui fit un signe de la main avant de pousser la porte. Helen leva les yeux quand elle entra, pinça les lèvres et se remit à tricoter.

Le cœur serré, Cat se retourna pour regarder la voiture de Dylan s'éloigner. Avait-il raison de livrer le document à Fuller ?

— Des messages ? demanda-t-elle à Helen.

— Sur votre bureau.

— Le bébé a-t-il été retrouvé ?

— Je vous l'aurais dit tout de suite, si ça avait été le cas.

Peut-être. Cat n'en était pas tout à fait sûre.

— Et j'aurais apprécié, répliqua-t-elle.

Elle s'aperçut que Helen tricotait avec de la laine rose, à présent.

Cat s'éloigna de la standardiste. Dylan avait le document, mais l'enquête ne serait toujours pas terminée quand il l'aurait remis entre de bonnes mains. Il leur restait encore à retrouver le fils de Beau et d'Athena.

Une fois dans son bureau, elle se laissa tomber dans son fauteuil. Sa fille s'était agitée toute la journée, surtout au moment où Cat avait reconnu le camion qui avait tué Taylor. Dans le Montana, les délits routiers étaient prescrits au bout de trois ans. La personne qui conduisait ce camion six mois plus tôt pouvait encore être arrêtée et poursuivie. Était-ce la même personne qui l'avait pourchassée la veille ?

Elle lut ses messages. La plupart la tenaient informée des développements de l'enquête. D'après les prélèvements d'ADN, le bébé s'était trouvé dans la voiture de Patty Cooper. Mais on n'avait toujours pas localisé Patty ni le nourrisson.

Pareil pour Rowena.

Dylan allait sans doute dire à Fuller qu'ils avaient vu Luca Harmon quand ils étaient chez Beau, avec une femme qui était sans doute sa sœur, Sharese.

Le labo n'avait pas encore fini d'analyser le sang trouvé dans le camion. Des mandats d'arrêt avaient été émis contre Rowena et Patty. Beaucoup de gens avaient appelé pour signaler des femmes accompagnées de bébés. Après vérification, aucune d'elles n'était Patty Cooper.

Cat archiva les messages, passa quelques coups de fil et rangea son bureau. Quand elle eut terminé, la journée était déjà presque finie. Helen était en train de plier bagage.

— Vous avez l'air fatiguée, lui dit celle-ci quelques secondes plus tard en apparaissant à la porte de son bureau. Vous devriez monter vous reposer.

Surprise par les égards de Helen, Cat ne trouva rien à répondre. Helen ne lui en laissa pas vraiment le temps, d'ailleurs. Elle s'éloigna et sortit en verrouillant derrière elle. Cat se surprit à sourire. Helen n'avait jamais été aussi gentille avec elle. Commençait-elle à accepter sa présence ?

Cat se réjouit de cette petite victoire. Elle ramassa ses affaires, éteignit et se dirigea vers l'escalier qui menait à son appartement.

Elle songea à Dylan, comme cela lui arrivait souvent depuis qu'elle l'avait rencontré. Elle était stupéfiée par la vitesse à laquelle elle avait baissé la garde face à lui. Elle avait plus qu'un faible pour lui et ses sentiments semblaient être réciproques. Mais ils avaient tous les deux un lourd passé. Sans parler du timing, qui était calamiteux, songea-t-elle en touchant son ventre. Elle ne voulait surtout pas que Dylan s'en veuille pour ce qui était arrivé à Taylor et se dise qu'il pouvait tout arranger en... quoi ? En devenant son petit ami ?

Elle était toujours troublée par ce qui s'était passé dans la maison de Beau. Il ne s'était préoccupé que de la satisfaire. Mais son propre plaisir ? Il avait parlé d'une fois suivante, qui ne s'était pas encore produite. Parce qu'il pensait que leurs ébats étaient une erreur ?

Elle ouvrit la porte de son appartement et alluma. Pendant deux secondes, elle fut aveuglée par la lumière et ne vit pas la personne qui se tenait près de la fenêtre. Pendant deux secondes supplémentaires, elle ne reconnut pas la femme dont elle avait vu des photos.

Elle tressaillit quand elle l'identifia et dit d'une voix tremblante :

— Je vous croyais morte.

19

Dylan rappela son ami Ike.

— Je suis en possession d'informations classifiées extrêmement délicates, lui dit-il. Je ne sais pas à qui les donner. Peux-tu faire une recherche sur un certain Brian Fuller ? Il s'est présenté à moi comme un agent de la CIA et m'a montré un badge qui m'a paru authentique. Mais la vraie question, c'est : puis-je lui faire confiance ?

— Je te rappelle dès que possible, lui promit Ike.

Après avoir raccroché, Dylan s'engagea sur un chemin de terre pour monter dans les collines jusqu'à un endroit d'où il verrait bien la route. Celle-ci était déserte. Il attendit en se demandant combien de temps Fuller mettrait à l'appeler. À quel point était-il impatient de mettre la main sur la liste ? S'il l'était trop, Dylan se méfierait encore plus.

Le soleil disparut derrière les montagnes alors que des nuages s'amoncelaient dans le ciel et que la température chutait. Le printemps du Montana..., songea-t-il. La météo pouvait changer du tout au tout en un rien de temps. Il pensa à son neveu en espérant qu'il était au chaud et en sécurité. Puis il se mit à penser à Cat quelques secondes avant qu'elle ne l'appelle.

— Je pensais à toi, justement, dit-il en décrochant.

L'absence de réponse l'inquiéta tant qu'il lui sembla que la température avait chuté de plusieurs degrés d'un coup.

— Cat ? demanda-t-il, le cœur affolé.

— Et j'espérais bien que tu pensais à moi, répondit sa femme.

Les doigts de Dylan se crispèrent sur son téléphone. Ike avait parlé d'un cafouillage dans les prélèvements d'ADN. Il avait cru que la police doutait de l'identité du conducteur. Il songea aux quelques secondes pendant lesquelles il avait perdu la voiture de vue. Avaient-elles permis à Ginny de sortir ? Et alors quoi ? Quelqu'un d'autre était monté dans la voiture ?

— Ginny ? dit-il assez calmement malgré sa panique.

Il n'y avait aucun trucage. C'était bien Ginny et elle appelait depuis le téléphone de Cat.

— Que se passe-t-il ? demanda-t-il.

Le rire de sa femme lui glaça le sang.

— Je viens de rencontrer ta… Cat. Allons, Dylan !

— Catherine Jameson est le shérif par intérim de Fortune Creek, Ginny.

— Je le sais bien. Tout comme je suis au courant de ta relation avec elle et comme je sais que son bébé n'est pas de toi.

— J'aimerais bien, mais il n'est effectivement pas de moi. Je ne l'ai rencontrée que récemment, quand elle est venue m'interroger parce qu'elle me suspectait d'avoir commis un meurtre. Mais tu n'es pas au courant de cette affaire, j'imagine ? Tu étais trop occupée à faire semblant d'être morte.

— J'entends de l'amertume dans ta voix, ironisa Ginny. J'espérais vraiment que tu t'étais remis de mon décès et que tu avais trouvé le bonheur dans la cambrousse.

— Passe-moi Cat.

— Elle est occupée.

Il serra les dents et répondit :

— Pour ma part, j'espérais vraiment que tu avais doublé tes complices pour passer du bon côté de la barrière et que tu l'avais payé de ta vie.

— Tu ne m'as jamais comprise, Dylan.

— Je commence.

— Tant mieux, parce qu'il faut qu'on se voie. Je serai avec le shérif. Rejoins-moi au ranch et n'oublie pas d'apporter la clé USB, chéri. Viens seul, bien sûr. Si je vois le moindre agent, il risque d'arriver malheur à ta Cat et ce serait bien dommage.

Elle raccrocha sur ces mots. Dylan jura. Ginny était en vie. Pourquoi n'était-il pas plus surpris ? Parce que c'était une menteuse, une espionne et une meurtrière – au moins parce qu'une femme était morte à sa place. Était-ce un membre de sa famille pour que le premier test ADN n'ait éveillé aucun soupçon ?

Il inspira profondément pour tenter de se calmer. Il ne devait pas sous-estimer Ginny. Elle était capable de tout. Rowena devait lui avoir dit qu'il était tombé amoureux de Cat. C'était lui qui avait mis Cat en danger et il devait agir très prudemment, à présent. Il démarra et prit la direction du ranch.

Il ne passa qu'un coup de fil sur le trajet.

— Ike, Ginny est en vie et elle a pris en otage le shérif par intérim de Fortune Creek, qui est enceinte de sept mois. Je vais au ranch. Préviens les fédéraux, mais dis-leur de ne pas se montrer avant mon signal.

— Quel signal ?

— Ils ne le rateront pas s'ils sont près du ranch.

— D'accord. Bonne chance.

Cat monta dans le van qui était garé derrière le bureau du shérif sans faire de manières. Elle n'avait aucune envie de mettre sa fille en danger en se faisant bousculer. Elle reconnut aussitôt le chauffeur, Luca Harmon, qu'elle avait vu quelques heures plus tôt. Elle se retrouva à l'arrière avec sa sœur, Sharese. Celle-ci ne semblait pas apprécier sa situation plus que Cat. Sans que Cat comprenne pourquoi, Ginny les tenait toutes les deux en joue.

— Alors ? Comment avez-vous fait ? demanda Cat à Ginny. Vous êtes montée dans la voiture, mais vous en êtes descendue pour laisser votre place à quelqu'un d'autre avant l'explosion ? Ou Dylan s'est-il trompé en croyant vous voir y monter ? Était-ce une doublure, quelqu'un avec la même robe et la même coiffure ?

Ginny pinça les lèvres.

— Quelle importance ? Je suis vivante et je suis ici.

— On connaît la victime ? demanda Sharese sur un ton sarcastique. Ou as-tu juste choisi une femme au hasard pour qu'elle meure à ta place ?

Ginny ne lui accorda aucune attention.

— Mais quel est le rôle de Beau Walker dans tout ça ? demanda Cat.

Cette question fit sourire Ginny.

— Il a été très utile.

— Et il l'a payé très cher, apparemment, répliqua Cat. À moins qu'il ne soit sorti de la voiture, lui aussi ?

Ginny secoua la tête.

— Certains doivent mourir pour la bonne cause.

— Mais pas toi, ironisa Sharese.

— Quand devez-vous accoucher ? demanda Ginny.

— Dans six semaines environ, répondit Cat, songeant que cela se voyait, de toute façon. Et Rowena ? C'est un pion qui peut être éliminé en cas de besoin, comme Athena ? Et le bébé d'Athena ?

Ginny soupira et lança à Luca :

— On arrive bientôt ? Je commence à me lasser de cet interrogatoire.

— Rowena est un fantassin, dit Sharese. Elle n'est simplement pas assez maligne pour savoir ce qui arrive aux fantassins quand on n'a plus besoin d'eux. Comme Athena.

— Athena nous a trahis et elle savait ce qu'il lui en coûterait ! aboya Ginny.

— Son bébé aussi ? demanda Cat.

Elle se mit à grimacer et posa la main sur son ventre.

Comme elle l'espérait, cela parut inquiéter Ginny.

— Où est le bébé ? demanda Sharese. Si je découvre que tu l'as tué...

La femme bien vivante de Dylan la fusilla du regard.

— On n'est pas des monstres, se défendit-elle. On n'est pas si différents que ça des gens de ce pays. On a juste d'autres convictions et on aimerait que l'ordre mondial change.

Cat continuait à faire semblant d'avoir des contractions pour déconcentrer Ginny. Visiblement, un second accouchement ne faisait pas partie de son plan.

— Étiez-vous au volant du camion il y a six mois ? demanda-t-elle. Avez-vous tué mon mari ou était-ce Luca ?

Cette question désarçonna complètement Ginny. Pour la première fois, Cat vit l'arme trembler dans sa main. Bien sûr, elle n'avait pas l'intention d'essayer de la désarmer dans le van. Ils se rendaient au ranch. Elle espérait juste avoir une occasion d'agir quand ils y seraient.

— Je ne sais pas de quoi vous...

— Bien sûr que si ! la coupa Cat entre deux grimaces. Vous avez pris le vieux camion du ranch pour rouler vers le Canada, sans doute en emportant de la marchandise de contrebande. En chemin, vous avez percuté une voiture blanche, celle de mon mari, qui revenait d'une partie de pêche. Il a vécu assez longtemps pour décrire le camion. Malheureusement, pas le conducteur.

— C'était votre mari ? demanda Luca. Je t'avais dit de ralentir, Ginny !

— La ferme ! s'écria Ginny sans quitter Cat des yeux.

— Alors, c'était bien vous, dit Cat. Je m'en suis doutée quand j'ai vu le camion.

— Elle est connue pour son imprudence, intervint Sharese. Seuls les résultats l'intéressent.

— Tu devrais vraiment la boucler, Sharese, grommela Ginny. C'est le bébé de votre mari ?

— Je n'ai pas eu l'occasion de lui dire que j'étais enceinte, répondit Cat en grimaçant comme si elle souffrait le martyre.

Ginny semblait maintenant mal à l'aise en plus d'être inquiète.

— J'ai toujours voulu avoir un bébé, murmura-t-elle.

— Ce n'est pas ce que Dylan m'a dit.

Ginny haussa les épaules.

— Dylan me connaît très mal. Par contre, on dirait qu'il a appris beaucoup de choses sur vous en très peu de temps. Sauf qu'il n'a tiré aucune leçon de notre mariage concernant les coups de foudre.

— Il n'était pas amoureux de toi, dit Sharese. Tu l'as ébloui par tes mensonges et tes promesses. Il n'a pas vu que tu étais cruelle et narcissique.

L'atmosphère était de plus en plus tendue dans le van, au point que Cat commençait à craindre de voir Ginny tirer sur Sharese.

— Ce que je fais, c'est pour la cause, se justifia Ginny.

Sharese pouffa.

— Tu te fiches de la cause. Tu ne participes que parce que ça te fournit une excuse pour faire du mal à des gens au nom d'un idéal que tu ne comprends sûrement pas.

— Ça suffit ! ordonna Luca à sa sœur alors qu'il tournait sur le chemin qui menait au ranch.

Cat se demanda si Dylan était déjà là. Puisqu'il avait changé le code du portail, même Rowena n'aurait pas pu entrer.

Mais le portail était grand ouvert. Le cœur de Cat se serra. Il n'y avait plus grand espoir que cette affaire se termine bien.

Dylan attendait sous le porche du chalet. Ginny détenait Cat. Il avait la clé dans une poche de son jean et son téléphone dans l'autre, prêt à appeler la cavalerie.

Son arme était glissée au creux de ses reins, cachée sous sa chemise. Il risquait de n'y avoir que des perdants si cela dégénérait en fusillade, mais il était prêt à tout tenter pour que Cat et son bébé s'en sortent.

Enfin, il vit un van apparaître entre les arbres. Il serra les poings quelques secondes, puis essaya de se détendre. Il ne savait pas combien de personnes il y avait dans le van ni ce que Ginny ferait quand elle aurait la clé. Trois de ses complices étaient déjà morts – sans doute tués par leurs propres alliés.

Ginny comptait-elle éliminer tous ceux qui connaissaient l'existence de la liste ? Il avait le pressentiment qu'elle ne voulait la livrer ni aux États-Unis ni à la Russie. Elle devait l'avoir mise aux enchères, ce qui revenait à trahir son pays d'origine, son pays adoptif et tous ses camarades.

Dylan ne bougea pas quand le van se gara devant le chalet. C'était Ginny qui contrôlait la situation – pour le moment.

La portière latérale s'ouvrit et Ginny apparut. Si elle était inquiète, elle n'en montrait rien. Elle n'avait pas beaucoup changé depuis la dernière fois qu'il l'avait vue. La principale différence était qu'elle portait un treillis, des bottes de combat, et qu'elle tenait une arme.

Elle lui décocha un sourire avant de tirer Cat hors du van pour l'employer comme bouclier humain. Le canon de son arme était pressé contre les reins de Cat.

Quelques secondes plus tard, le conducteur du van coupa le moteur et sortit du véhicule. Luca Harmon. Ginny donna un ordre à une autre personne encore invisible. Quand elle sortit du van à son tour, Dylan reconnut Sharese Harmon, dont il avait vu la photo sur le prospectus du salon de massage.

Tout le monde semblait attendre les ordres de Ginny.

— Tu sais ce que je veux, lui lança son épouse moins morte qu'il ne le croyait. Donne-le-moi ou je tue ta... Cat.

— C'était mignon la première fois, Ginny, mais ça commence à être lassant. Je veux savoir où est mon neveu.

Elle le regarda en ayant l'air surprise de ne pas le trouver effrayé ni nerveux. Elle jeta des coups d'œil autour d'elle comme si elle commençait à se demander si elle était tombée dans un piège. Après une belle journée de printemps, la soirée était glaciale. Il allait se mettre à neiger d'un instant à l'autre.

— Si on allait discuter à l'intérieur, où il fait plus chaud ? proposa-t-il.

Il se retourna. Du coin de l'œil, il vit Sharese et son frère commencer à s'approcher du perron. Ils s'arrêtèrent net quand Ginny répondit :

— Ce n'est pas une visite de courtoisie. Donne-moi ce que je suis venue chercher et on s'en va.

— Tu ne partiras pas avec Cat, dit-il.

Cela fit ricaner Ginny.

— J'attends toujours, ajouta-t-il. Où est mon neveu ?

Ginny secoua la tête.

— Je ne sais pas pourquoi tu essaies de gagner du temps, mais ça me rend nerveuse. J'espère que je n'appuierai pas sur la détente par accident. La clé, Dylan. Tout de suite !

20

Dylan croyait-il que Ginny les laisserait en vie quand elle aurait obtenu la clé ? se demanda Cat. Elle-même en doutait fortement. D'un autre côté, il y avait de grandes chances pour que Ginny se mette à tirer si Dylan n'obtempérait pas.

Cat n'avait pas repéré d'arme sur Luca ni sur Sharese, mais cette dernière était assez fougueuse pour en porter une bien dissimulée. Ginny les avait sûrement fouillés tous les deux quand ils s'étaient retrouvés.

Il était évident que Ginny se méfiait de tout le monde, même de ses complices. Cat rencontra le regard de Dylan. Elle lui fit un clin d'œil, puis cria en se tenant le ventre comme si elle avait une grosse contraction. Un coup de feu retentit. Un instant, Cat craignit que Ginny n'ait appuyé sur la détente mais, non, elle n'était pas blessée. Elle s'aperçut que c'était Ginny qui avait été touchée lorsque celle-ci l'attrapa par les cheveux pour battre en retraite vers le van en se servant d'elle comme bouclier humain.

Cat se pencha en avant et se détendit pour peser de tout son poids et ralentir leur progression. Ginny ordonna à Luca et à Sharese de l'aider. Du coin de l'œil, Cat vit Dylan s'élancer vers elles.

En revanche, elle n'avait pas vu Luca, qui arriva par le côté et intercepta Dylan. Sharese courut se mettre au volant et démarra.

Ginny avait presque atteint la porte du van. Cat savait qu'elle n'aurait aucune chance de s'en sortir si elle se laissait entraîner à l'intérieur. Elle donna un coup de pied dans la cheville de Ginny de toutes ses forces. Celle-ci cria, mais elle ne lâcha pas prise. Au contraire, elle tira encore plus fort sur ses cheveux.

Dylan s'élança. Il n'était pas question qu'il laisse Ginny entraîner Cat dans le van. Il avait presque atteint sa cible quand Luca se jeta sur lui et le plaqua au sol. Un corps-à-corps s'ensuivit. Dylan était bien entraîné, mais il n'avait pas eu à se battre depuis longtemps. Luca, pour sa part, semblait aussi bien entraîné que lui et en pleine forme.

Tout en luttant, Dylan surveilla Cat et Ginny du coin de l'œil. Il vit Cat mettre un coup de pied dans la cheville de Ginny, puis un coup de coude dans ses côtes. Il redoubla de férocité lorsqu'il vit Cat se retourner pour essayer de désarmer Ginny.

Cat poussa Ginny de toutes ses forces contre le van, mais Ginny tenait encore fermement le revolver. Elle était plus grande et plus musclée que Cat.

Dylan entendit le moteur du van se mettre en route. Sharese cria à son frère de monter dans le véhicule. Deux secondes plus tard, un coup partit de l'arme que Cat et Ginny se disputaient. Le van cala, se mit à reculer lentement, puis le klaxon retentit quand Sharese s'effondra sur le volant.

Luca cria et abattit son poing sur la mâchoire de Dylan avant de courir vers sa sœur. Dylan s'empressa de se relever et se jeta sur Ginny, que la scène avait distraite.

Il lui arracha le revolver et le pointa sur elle.

— Ne bouge plus, lui ordonna-t-il. Je n'hésiterai pas à tirer.

Les yeux de Ginny étincelèrent de haine. Dylan attira Cat vers lui. Elle avait le souffle court, mais elle ne semblait pas blessée. Il demanda néanmoins :

— Ça va ?

— Bien, grommela Ginny.

— Je parlais à Cat.

— Bien, répondit Cat, même si elle avait posé une main sur son ventre comme si elle s'inquiétait pour sa fille.

Cat entendit l'inquiétude de Dylan dans sa voix et la lut sur son visage. Un instant plus tard, des agents du FBI lancèrent l'assaut. Ils eurent vite fait de neutraliser Luca et Ginny.

Cat resta blottie dans les bras de Dylan, l'un et l'autre une main posée sur son ventre. Elle attendait de sentir sa fille bouger. Le temps lui parut s'éterniser et ses yeux s'emplirent de larmes quand sa fille donna enfin un coup de pied. Elle allait bien. Son bébé allait bien.

Dylan exigea quand même que le FBI envoie un hélicoptère pour la conduire à l'hôpital. Il l'entraîna sous le porche et la fit asseoir avant de permettre à un agent de prendre leur déposition. Cat fut émue et rassurée de le voir aussi attentionné.

Ginny et Luca étaient maintenant menottés et enfermés à l'arrière d'une voiture de patrouille. Les agents avaient entrepris de fouiller le ranch à la recherche de complices éventuels. On ignorait encore où se trouvaient Rowena, Patty et le bébé. J. P. avait été appelé pour Sharese. Les agents avaient dû arracher Luca au cadavre de sa sœur. Fou de chagrin, il sanglotait maintenant dans la voiture de police.

Dylan demanda à parler à Ginny et à Luca avant qu'on ne les emmène. Cat écouta leur conversation le cœur serré.

— Je te trouvais belle, dit-il à sa femme. Ce n'est plus le cas. Tu es bien trop cruelle et calculatrice pour qu'il reste la moindre beauté en toi. Je ne comprends pas comment tu as pu faire du mal à tant de gens. S'il te plaît, Ginny, dis-moi au moins où se trouve mon neveu.

Ginny le fixa un long moment, puis répondit en souriant :

— Tu ne le récupéreras jamais. Il nous appartient, maintenant.

Les mâchoires de Dylan se crispèrent. Cat sentit qu'il luttait contre l'envie de secouer Ginny jusqu'à ce qu'elle crache le morceau. De manière bien peu professionnelle, Cat en avait autant envie que lui.

Alors, Luca releva la tête.

— C'est Patty qui a le bébé, dit-il entre deux sanglots.

— La ferme ! cria Ginny. Si tu dis un mot de plus…

— Tu as tué ma sœur ! rugit Luca.

— C'était un accident, crétin.

Luca secoua la tête.

— Ma sœur et moi, on ne voulait pas participer à ton plan et tu le savais. Tu nous as forcé la main.

Il se tourna vers l'un des agents qui se trouvaient près de la voiture et déclara :

— Je vous dirai tout ce que je sais.

— Où est Patty ? demanda Dylan.

Luca lui donna une adresse.

— On s'en occupe, dit un agent.

— Et Rowena ? demanda Dylan.

— Elle a disparu, répondit Luca.

— Elle est morte ?

Luca jeta un coup d'œil à Ginny et haussa les épaules.

— Sans doute.

Des agents montèrent dans une voiture pour se rendre à l'adresse fournie par Luca. Cat soupira de soulagement et sourit à Dylan. Celui-ci passa un bras autour de ses épaules pour l'entraîner vers l'hélicoptère qui venait d'atterrir.

Elle lut dans son regard qu'il ne se souciait plus que d'elle et de son bébé, maintenant qu'ils avaient obtenu toutes les informations qu'ils pouvaient.

Cat monta dans l'appareil en se répétant que sa fille allait bien. Elle était plus agitée que d'habitude, mais à part cela…

Quand ils furent installés, elle posa la tête sur l'épaule de Dylan et ferma les yeux. Celui-ci lui prit la main et lui pressa doucement les doigts comme pour lui promettre que tout irait bien. Elle avait envie de le croire et elle s'efforça d'être optimiste.

Elle songea à J. P. Avant d'emporter le corps de Sharese, il était venu la voir et l'avait brièvement examinée. Son hochement de tête l'avait rassurée. Elle commençait à le voir comme un grand-père bourru mais cool, en un sens, parce qu'il savait plein de choses intéressantes. Surprise par cette idée, elle se demanda si elle n'était pas en état de choc.

L'hélicoptère décolla pour les emmener à l'hôpital de Kalispell. Cat avait envie de se dire que tout était fini, mais cela ne le serait vraiment que lorsque Dylan tiendrait son neveu dans ses bras. Elle n'en revenait pas de la tournure que son poste ennuyeux à Fortune Creek avait prise.

Quand ils arrivèrent à l'hôpital, au lever du jour, Dylan resta auprès d'elle jusqu'à ce qu'un médecin lui ait assuré que sa fille allait parfaitement bien.

— Mais arrêtez de jouer aux gendarmes et aux voleurs, lui dit celui-ci. Ménagez-vous pendant les dernières semaines.

Profondément soulagée, elle hocha la tête. Oui, elle se ménagerait, songea-t-elle alors que Dylan appelait le pilote de l'hélicoptère.

— Il va nous ramener, annonça-t-il quand il eut raccroché. Tu es prête ?

Elle posa une main sur son ventre pour sentir sa fille changer de position. Celle-ci commençait à avoir hâte de sortir de cet espace confiné autant que Cat avait hâte de la rencontrer.

Quand elle leva les yeux vers Dylan, il avait les sourcils froncés.

— Je vais bien, lui assura-t-elle.

— Je sais.

— Ce n'est pas ce qui t'inquiète, n'est-ce pas ? Ont-ils trouvé Patty et le bébé ?

Il secoua la tête.

— Elle n'était plus là. Les agents ont trouvé de la layette, des couches et des biberons. Patty s'occupe bien du bébé, apparemment.

Un témoin qui les a vus ensemble a dit qu'elle le câlinait avec tant de tendresse qu'il n'avait pas douté un instant du fait qu'elle était sa mère. On les retrouvera. Il le faut.

Cat posa la main sur le bras de Dylan. Soulagée que sa fille n'ait rien, elle s'était laissé emporter par l'optimisme et s'était convaincue que les agents trouveraient Patty.

Mais rien n'était terminé pour Dylan. Sa femme, qui avait simulé sa mort, venait d'être arrêtée et il ne savait toujours pas quel rôle son frère avait joué dans toute cette histoire. Surtout, rien ne serait terminé pour Dylan tant qu'il n'aurait pas retrouvé son neveu.

L'hélicoptère se posa dans le ranch. Le van dans lequel Sharese avait trouvé la mort avait été emmené ailleurs. Il n'y avait plus aucune trace des événements de la veille.

Néanmoins, un frisson parcourut Dylan quand Cat et lui sortirent de l'appareil pour se diriger vers le chalet. Instinctivement, il était aux aguets. Il s'aperçut qu'il y avait une lumière allumée au premier étage de la grande maison. Rowena avait dû oublier de l'éteindre en partant.

Il comprit que Cat avait senti son malaise quand elle ralentit et s'approcha de lui. Il inspira profondément l'air froid, qui annonçait de nouvelles chutes de neige. Ils étaient presque arrivés au chalet quand ils entendirent un bébé pleurer.

Ils se figèrent tous les deux.

— Tu vas prendre mon pick-up et partir, dit-il à Cat en sortant les clés de sa poche pour les lui tendre.

Elle prit les clés, mais répondit :

— Je ne pars pas sans toi.

— Pense à ton bébé, Cat ! insista-t-il.

— Je pense à ma fille, mais je pense aussi à ton bébé.

Ils entendirent de nouveaux pleurs et tournèrent la tête vers le chalet. Ils n'étaient armés ni l'un ni l'autre. Les fédéraux avaient récupéré leur revolver pour les besoins de l'enquête. Quand Cat voulut monter les marches du perron, il la retint par le bras.

— Laisse-moi récupérer une arme dans le pick-up, lui dit-il.

Il s'approcha de son véhicule, qui était déverrouillé. Il glissa la main sous le siège du conducteur, mais l'arme qu'il cachait là avait disparu. Il comprit tout de suite qu'il était inutile d'ouvrir la boîte à gants. Son pick-up avait été fouillé.

Alors qu'il fermait doucement la portière, il s'aperçut que son pick-up penchait. Son pneu avant droit avait été crevé. Il n'était plus envisageable que Cat s'en aille. Ils étaient coincés au ranch et ne pouvaient compter que sur eux-mêmes.

Quand les pleurs du bébé redoublèrent, Cat fonça vers le porche. Sachant qu'il ne pourrait pas la retenir, Dylan la suivit à grands pas. Il la rattrapa près de la porte et insista pour entrer le premier, bien décidé à la protéger jusqu'au bout.

Une fois à l'intérieur, il se figea pour tendre l'oreille. Il n'y avait qu'une lumière allumée tout au fond du chalet. Il attendit que ses yeux s'habituent à l'obscurité. Les pleurs venaient de la chambre du fond. Comme il ne voyait rien bouger, il entra dans la cuisine pour s'armer d'un couteau avant d'avancer prudemment vers la chambre. Cat le suivait, une poêle à la main. Si la situation n'avait pas été si grave, il aurait trouvé comique de les voir progresser lentement avec cet arsenal de fortune.

Dylan hésita quand ils atteignirent la porte de la chambre. Les pleurs pouvaient avoir été enregistrés pour les attirer dans cette pièce. Quand ils s'arrêtèrent subitement, il pensa que c'était bien un piège.

Il jeta un coup d'œil dans la chambre et recula vivement, choqué par ce qu'il avait vu.

Ce que Dylan avait aperçu l'avait clairement effrayé.

— Vous pouvez entrer, dit une femme d'une voix faible. Je ne vous ferai pas de mal.

Un frisson parcourut Cat. Elle contourna Dylan et s'arrêta net dans l'embrasure de la porte. La femme qui était assise près de la fenêtre, le bébé dans les bras, ressemblait à un fantôme. Elle était blafarde et elle avait une énorme bosse sur le front. Ses deux yeux étaient cerclés de noir, son nez était tordu et il y avait du sang séché sur ses lèvres.

Terrifiée, Cat regarda le bébé. Il se remit à pleurer, mais il ne semblait pas être blessé. Patty Cooper ne ressemblait plus du tout à la femme que Cat avait vue en photo, mais c'était bien elle. Cat posa sa poêle et s'approcha de Patty.

— Je peux le tenir ? demanda-t-elle.

Pendant quelques secondes, elle crut que Patty refuserait de lâcher le bébé, qui était enveloppé dans une couverture tachée de sang.

Patty le regarda longuement avec un sourire chargé de tristesse, puis le tendit à Cat.

Dès qu'elle le tint dans ses bras, Cat alla le poser sur le lit pour s'assurer que le sang qu'il y avait sur la couverture ne venait pas de lui. Son cœur battait la chamade. Ils avaient enfin retrouvé le bébé.

Pourvu qu'il soit sain et sauf !

Dylan alluma le plafonnier tandis qu'elle examinait le bébé. Il pleurait toujours, mais elle ne vit aucune blessure.

— J'ai besoin de serviettes, dit-elle à Dylan le plus calmement possible.

Dylan lui en apporta deux grandes. Elle enveloppa le bébé dedans et se mit à le bercer. Il se calma rapidement.

— A-t-il mangé ?

Patty hocha la tête et répondit :

— J'ai pris soin de lui.

— Qui vous a blessée ? demanda Cat alors que Dylan s'approchait de Patty.

— Elle va tous nous tuer, dit Patty en se mettant à pleurer. Le bébé aussi. J'ai essayé de me défendre, mais...

Elle laissa sa phrase en suspens.

— Êtes-vous gravement blessée ?

— Trop gravement. Ne la laissez pas s'en prendre à lui.

Elle écarquilla les yeux. Elle devait avoir entendu la même chose que Cat : quelqu'un venait d'ouvrir la porte d'entrée. Patty se mit à sangloter.

Dylan avait aussi entendu la porte s'ouvrir. Il jeta un coup d'œil à Cat, qui serrait le bébé dans ses bras. Après avoir caché le couteau dans sa manche, il s'approcha de la porte de la chambre.

Il entendit du bruit dans la cuisine. Il sortit dans le couloir à pas de loup en fermant la porte de la chambre derrière lui. Quand il avait acheté le ranch, l'agent immobilier l'avait mis en garde contre les ours qui entraient dans les habitations si on laissait une porte ou une fenêtre ouverte.

Mais il savait que ce n'était pas un ours. Alors qu'il s'apprêtait à jeter un coup d'œil dans la cuisine, il entendit la voix exaspérante de Rowena.

— Pas la peine d'être aussi discret, Dylan, lui lança-t-elle.

Quand il entra dans la pièce, elle tourna le dos à l'évier, où elle venait de se laver les mains. Elle les essuya sur son pantalon ensanglanté. Dylan reconnut une odeur de poudre tandis qu'elle sortait l'un de ses propres revolvers de sa poche. Elle ne le pointa pas vers lui. Elle se contenta de le tenir contre sa cuisse, presque comme si elle le mettait au défi d'essayer de le lui prendre.

— J'ai hâte de savoir à quoi tu joues, dit-il sans cacher le dégoût qu'elle lui inspirait.

— Je règle juste quelques détails, répondit-elle. Tu me sers un verre ?

Il réfréna son envie de l'envoyer se faire voir et entra prudemment dans le salon.

— Il n'y a plus de glaçons, lui lança-t-il.

— Je m'en passerai cette fois-ci.

Elle ne l'abattrait sans doute pas avant qu'il lui ait tendu son verre. Il sortit discrètement le couteau de sa manche et le posa près du seau à glaçons. De toute façon, elle ne le laisserait sans doute pas s'approcher assez pour qu'il puisse s'en servir. Elle était maligne et sûrement bien entraînée. Elle avait récupéré les armes de son pick-up. Elle avait aussi dû fouiller le chalet pour trouver les autres. Elle savait qu'elle était en position de force, que Cat, Patty, le bébé et lui étaient à sa merci.

— C'est fini, Rowena, dit-il en servant un gin tonic. Ginny et Luca ont été arrêtés. Sharese est morte.

— Ce n'est pas une grosse perte.

Dylan tressaillit en s'apercevant qu'elle était plus près de lui qu'il ne le croyait. Malheureusement, elle n'était pas assez près pour qu'il la désarme avant qu'elle ne tire.

Il sentait à quel point elle se réjouissait de faire partie des rescapés. Était-elle la responsable de sa cellule, à présent ? C'était possible et le pouvoir lui montait déjà à la tête. C'était sûrement ce qu'elle avait toujours voulu. Il songea à sa relation avec Ginny. Rowena était sans doute depuis toujours dévorée par la jalousie. Elle voulait sans doute prendre à Ginny tout ce qu'elle avait. Faisait-il partie du lot ? Il commença à se demander si Cat n'avait pas raison de suspecter Rowena d'avoir voulu le séduire.

Il prit tout son temps pour préparer le cocktail. Pour finir, il ajouta une rondelle de citron sortie d'un tupperware. Il savait que Rowena aurait préféré une tranche fraîche, mais elle n'avait certainement pas envie de le voir se servir d'un couteau.

Un reflet attira l'attention de Dylan vers la grande maison. Ce n'était pas la lampe qu'il avait remarquée en arrivant. C'était une lumière de plus en plus intense. Il sourit quand il comprit de quoi il s'agissait et se retourna lentement pour tendre son verre à Rowena.

— Tu as mis le feu à ma maison ? La maison que je déteste et dans laquelle je refuse de vivre ?

— C'était un geste symbolique, grommela-t-elle. Pose le verre sur la table basse.

Il lui obéit, puis retourna près du bar, où il avait au moins une arme à portée de main.

Quand elle alla ramasser le verre, il remarqua qu'elle avait les traits tirés.

— Tu as l'air épuisée, lui dit-il. Provoquer des incendies n'est pas aussi facile que tu le croyais ?

Les yeux étincelants de haine, elle but une gorgée tout en levant le bras pour pointer son arme sur lui.

— Je peux me servir aussi ?

Il sortit un verre sans attendre sa réponse.

— J'avoue que je ne m'attendais pas à te voir revenir, poursuivit-il. Je pensais que tu avais obtenu ce que tu voulais et que tu étais déjà loin.

Elle ricana.

— Tu sais que c'est faux. Tu as tout fait pour que je n'obtienne pas ce que je voulais.

Il entendit encore de l'amertume dans sa voix, le désir de se venger de la femme qu'elle avait appelée sa meilleure amie – et du mari de celle-ci.

— Je ne vois pas pourquoi tu es revenue mettre le feu à ma maison, répliqua-t-il en regardant tour à tour le couteau et le seau à glaçons en argent.

— Ginny s'est crue si maligne en t'épousant… Elle n'avait plus qu'une mission à remplir et elle était libre. Il lui suffisait de livrer les noms des agents américains postés en Russie qui avaient poussé notre célèbre ballerine Giselle à quitter le pays.

— Il s'agit d'une ballerine ?

Décidément, il n'avait jamais compris la politique russe.

— C'était la maîtresse préférée de notre dirigeant, expliqua Rowena.

— Évidemment, ironisa-t-il. Et qu'est-ce qui a mal tourné ?

— Ginny. Elle est tombée amoureuse de toi et elle a voulu abandonner la mission.

Cela n'avait aucun sens, songea-t-il en fixant son verre.

Il s'était retrouvé face à sa femme quelques heures plus tôt et il n'y avait pas le moindre amour dans son regard.

— Je ne te crois pas, répondit-il.

— Comme elle ne pouvait pas s'adresser à toi, elle a demandé à ton frère de l'aider. Elle était sur le point de nous trahir.

Il serra les dents.

— Elle a provoqué la mort de mon frère.

— Il savait dans quoi il mettait les pieds, répliqua Rowena d'un ton méprisant.

Il finit de se servir et prit son verre en le serrant si fort qu'il craignit de le briser. Il n'aspirait qu'à neutraliser cette femme, en finir avec cette histoire et emmener Cat et son neveu en lieu sûr.

Mais Rowena attendait qu'il tente sa chance. Il le sentait. Et il ne pouvait pas l'atteindre avant qu'elle ne l'abatte. Il but une gorgée, posa son verre et mit sa main au bord du seau. S'il le lui lançait à la tête avant d'attaquer, il avait une chance.

— J'espère que je ne vous dérange pas, dit Cat derrière lui.

Il se figea, puis il lâcha le seau et se retourna très lentement. Cat se tenait dans l'embrasure de la porte, le bébé dans les bras. Il ne lui avait jamais vu un air aussi déterminé. Il ne l'avait jamais trouvée aussi belle.

Son cœur manqua un battement quand Rowena se tourna vers Cat. Au lieu du coup de feu auquel il s'attendait, il entendit Rowena pousser un cri de surprise. Cat venait de lui lancer le bébé. Rowena lâcha son verre et leva les bras par réflexe. Les serviettes se déplièrent en vol. Elles ne contenaient rien.

Dylan profita de la surprise de Rowena pour se jeter sur elle par-derrière et lui arracha l'arme. Elle cria comme une furie quand il la plaqua au sol.

— Je n'ai fait qu'obéir à Ginny ! se défendit-elle. Je n'avais pas le choix. C'était son plan. Elle m'a ordonné de trouver la clé USB et de te tuer.

— Ça n'a aucune importance, Rowena, répondit-il. C'est terminé. On sait que tu n'es venue que pour mettre la main sur le document. Tu as échoué.

— Ce n'était pas la seule raison, gémit-elle. Je suis aussi belle que Ginny, plus intelligente, et j'ai de l'argent.

— Je suis désolé, mais tu n'es pas mon genre, répondit-il en secouant la tête.

— Mais elle si ? s'écria Rowena en indiquant Cat d'un signe de tête.

— Oui.

— Tu vas le payer ! Tu sais ce qu'il en a coûté à ton frère de nous doubler. Maintenant, c'est ton tour.

— La mort de Beau ne te suffit pas ? demanda-t-il.

Rowena secoua furieusement la tête, puis fusilla Cat du regard.

— J'aurais aimé que tu meures l'autre soir sur la route. C'est toi qui aurais dû t'écraser dans le ravin !

Elle tourna la tête vers Dylan et ajouta :

— Je savais que c'était en l'éliminant que je te ferais le plus de mal.

— C'est toi qui conduisais le camion ?

— Non. Je ne sais pas me servir d'une boîte manuelle. C'était Patty. Mais elle a raté son coup et je me suis retrouvée à servir de nounou au rejeton d'Athena. Vous devriez me remercier. Si Ginny avait trouvé le bébé...

Ledit bébé se mit à pleurer au bout du couloir et Cat s'empressa de le rejoindre. Quand elle revint deux minutes plus tard, il comprit à son expression que Patty était morte. Des sirènes commencèrent à se faire entendre.

— Patty est morte, dit Cat à Rowena en berçant le bébé. Tout le monde est mort ou en prison.

Rowena ricana.

— C'est vous qui avez tué Patty, dit-elle. Son accident a cassé quelque chose en elle. Elle n'a plus été la même après ça. Je suis surprise qu'elle ait survécu aussi longtemps.

— Pourquoi ne l'as-tu pas emmenée chez le médecin ? s'écria Cat.

— À ton avis ?

— Quoi qu'il en soit, c'est terminé, intervint Dylan.

Rowena le fusilla du regard.

— C'est ce que tu crois ? Ce ne sera jamais terminé. Il y en a d'autres comme nous, beaucoup d'autres.

— Et il y en a d'autres comme nous, répondit Cat. Vous ne gagnerez pas cette bataille.

Des agents du FBI entrèrent dans le chalet. Après leur avoir confié Rowena, Dylan s'empressa d'attirer Cat dans ses bras.

— Veux-tu tenir ton neveu ? lui demanda-t-elle quelques instants plus tard.

Il sentit ses yeux s'emplir de larmes. Le fils de Beau... Il avait craint de ne jamais le rencontrer. Il hocha la tête, la gorge serrée, et Cat mit le bébé dans ses bras. Il eut peur de défaillir quand il contempla son petit visage.

Qu'allait-il faire d'un bébé ? Mais sa panique s'estompa aussitôt. Le petit garçon était le portrait craché de Beau. Subitement, il sut, au fond de son cœur, que tout allait bien se passer. N'avait-il pas toujours voulu une famille ? Il n'avait simplement pas imaginé qu'elle se présenterait de cette façon. Mais il était capable d'élever cet enfant tout seul. C'était ce que son frère aurait voulu. C'était peut-être aussi ce qu'Athena voulait quand elle avait essayé de le contacter.

Les joues inondées de larmes, il sourit à Cat. Elle pleurait aussi.

— Tu ne risques plus rien, murmura-t-il au bébé. Et tu auras une belle vie avec moi, tu verras.

21

Les jours qui suivirent les arrestations furent étonnamment calmes. C'était le printemps du Montana et la nature verdissait au soleil autour de Fortune Creek. L'air était parfumé et le ciel semblait de plus en plus vaste et de plus en plus bleu.

Cat avait repris son travail auprès de Helen. Dylan s'était brièvement occupé de son neveu avant que le tribunal n'ordonne son placement dans une famille d'accueil. Il y avait certains problèmes administratifs à résoudre avant que Dylan ne puisse demander à être son tuteur, puis à l'adopter.

Et Dylan avait dû aller à Washington pour aider les enquêteurs à tirer la situation au clair. Cat savait qu'il tenait à donner la liste à quelqu'un de confiance. Elle se demandait qui l'avait fournie à Ginny. Était-ce Beau ? Elle espérait qu'il n'avait pas commis cette erreur en croyant que Ginny était dans le même camp que lui.

Quoi qu'il en soit, Beau avait fini par découvrir la vérité et il avait caché la clé dans la boîte du Monopoly avec un mot encourageant Dylan à la prudence. Cela prouvait qu'il avait au moins essayé de réparer son erreur, s'il était responsable, et il l'avait payé de sa vie.

Cat espérait que Beau serait innocenté, à la fois pour Dylan et pour le fils de Beau. L'homme dont elle était tombée amoureuse avait déjà subi assez de trahisons. Il l'appelait tous les soirs. Elle sentait qu'il était impatient de regagner son ranch et d'accueillir son neveu sous son toit. Les démarches administratives progressaient et Cat était ravie pour Dylan. Elle savait qu'il serait un père merveilleux.

Elle savait aussi que cette perspective l'angoissait un peu et elle comprenait très bien ce sentiment. Elle-même ignorait encore tout de la maternité. Mais, comme Dylan, elle était folle de joie et prête à faire face à ce qui l'attendait. Jour après jour, elle sentait sa fille de plus en plus impatiente de découvrir le monde.

En attendant, elle avait sa propre enquête à boucler. Elle passa plusieurs jours à rédiger son rapport. Comme tout le monde, elle fut ravie d'apprendre que le shérif Parker s'apprêtait à revenir avec sa femme Molly. D'après la rumeur, Molly était impatiente d'ouvrir une boutique dans l'un des vieux bâtiments abandonnés de Fortune Creek. Cat ne connaissait pas le shérif. Elle ne lui avait même jamais parlé. Il était déjà parti en lune de miel quand on l'avait chargée de le remplacer.

Cat avait autant envie de faire la connaissance de la légende de Fortune Creek que Helen de voir revenir son shérif. Elles étaient toutes les deux sur des charbons ardents quand il entra dans le bureau avec Molly.

Helen poussa un cri et lâcha son tricot pour courir vers lui. Cat crut qu'elle allait se jeter à son cou, mais Helen s'arrêta devant lui et lui dit :

— C'est bon de vous revoir, shérif.

Puis elle se tourna vers la jolie brune qui était aux côtés de Parker.

— Vous aussi, Molly, ajouta-t-elle un peu moins chaleureusement.

Molly lui sourit.

— Moi aussi, je suis ravie de vous revoir, Helen.

Quand Cat rencontra le regard de Brandt Parker, elle se leva péniblement.

— Bonjour, shérif, lui dit-elle.

Elle comprit tout de suite pourquoi il était si populaire. Il était beau et il avait un sourire irrésistible.

— J'ai cru comprendre que vous aviez eu fort à faire, shérif, répondit Parker.

Elle pouffa.

— On a réussi à gérer, Helen et moi.

— Ça ne m'étonne pas, dit-il avant de l'inviter à se rasseoir. Je ne fais que passer. Je reprendrai mes fonctions dans quelques jours. Je voulais juste rencontrer le célèbre shérif Cat Jameson.

— Shérif par intérim, le corrigea-t-elle, touchée par sa gentillesse. Et je crois que vous voulez dire « tristement célèbre ».

Il secoua la tête.

— Non, je vous tire mon chapeau, répondit-il en touchant le bord de son stetson. Félicitations pour tout ce que vous avez fait, shérif.

Il lui tendit la main.

— Merci, mais je serai ravie de vous passer le flambeau, dit-elle en la lui serrant.

Elle entendit Molly parler à Helen de la maison que Brandt leur faisait construire. Apparemment, ils n'avaient pas l'intention de revenir vivre dans le petit appartement.

— On va s'installer à l'hôtel en attendant, dit Brandt à Cat. Vous pouvez garder l'appartement aussi longtemps que vous voulez.

— Je ne sais pas ce que je vais faire ensuite, répondit-elle, une main sur le ventre. Mettre ma fille au monde est mon unique projet dans l'immédiat.

Brandt présenta sa femme à Cat, puis ils parlèrent du fait qu'il ne se passait jamais rien à Fortune Creek, ce qui fit rire tout le monde. Quand le shérif et sa femme les quittèrent, Helen et Cat les regardèrent s'éloigner, le sourire aux lèvres. Cat, qui commençait à ne plus pouvoir faire grand-chose d'autre qu'attendre l'accouchement, était profondément soulagée par le retour du shérif.

Le bureau du shérif retrouva vite son train-train quotidien. Helen s'était lancée dans une grande couverture aux couleurs automnales.

— C'est pour une amie, expliqua-t-elle à Cat. Je commence maintenant parce que ça va me prendre un certain temps.

Cat se rendit compte que ce bureau et Fortune Creek allaient lui manquer. Elle avait dit la vérité au shérif. Elle n'avait fait aucun projet au-delà de l'accouchement. Elle se demanderait ce qu'elle voulait faire et où elle voulait vivre quand sa fille serait là. La vie lui avait réservé trop de surprises pour qu'elle coure le risque d'envisager un avenir lointain. Elle avait au moins retenu cette leçon.

Mais Fortune Creek l'avait progressivement acceptée et elle s'y sentait bien, désormais. Deux ou trois fois par semaine, Ash lui apportait un déjeuner offert par le restaurant local. Ils mangeaient ensemble dans son petit bureau en parlant de la pluie et du beau temps.

Elle avait vite apprécié ces visites, qui brisaient la monotonie de ses journées. Ash lui raconta l'histoire du ventriloque qui avait été assassiné dans son hôtel et lui dit qu'il essayait de faire parler une marionnette depuis lors. Il s'entraînait tous les soirs, mais il ne progressait pas assez vite à son goût.

Elle s'apercevait que de plus en plus de gens lui disaient bonjour dans la rue et il arrivait à Helen de lancer des conversations. Cat commençait à se sentir chez elle à Fortune Creek. On lui avait proposé plusieurs postes, qu'elle avait refusés en expliquant qu'elle ne voulait prendre aucune décision avant la naissance de son bébé.

Elle passa les derniers jours de son remplacement à chercher un prénom pour sa fille, ravie que Fortune Creek soit redevenue un endroit où il ne se passait jamais rien.

Jusqu'à ce qu'elle perde les eaux.

Dylan avait hâte de retourner au ranch et de retrouver Cat. Ils avaient laissé leur relation en suspens, parce qu'il avait dû se rendre à Washington à la demande du procureur, tandis que Cat devait boucler l'affaire de son côté.

Il avait enfin obtenu des réponses concernant son ancien supérieur, Allen Zimmerman.

— J'ai découvert que sa femme avait un cancer depuis plusieurs années, lui avait dit Ike. Il n'en avait parlé à personne. Les soins l'ont ruiné et il était sur le point de perdre sa maison quelques mois avant la mort de sa femme. J'imagine que quelqu'un a appris qu'il était aux abois et en a tiré parti.

Dylan regrettait que Zimmerman ne se soit pas adressé à lui. Il l'aurait aidé sans hésiter. Mais Allen devait avoir trop d'orgueil et cela l'avait poussé à trahir ses subordonnés et son pays.

— Il s'est bien suicidé ? avait demandé Dylan à Ike.

— Oui, avait répondu Ike. Après la mort de sa femme, il a pris la mesure de ce qu'il avait fait. Et il a contacté ton frère Beau avant de se tuer.

— Pourquoi a-t-il fait ça ?

— On a d'abord cru que Beau servait d'intermédiaire entre les deux pays. Maintenant, on pense que Zimmerman l'avait chargé de récupérer la liste.

— Pourquoi ne m'a-t-il pas confié cette mission ?

— Sûrement parce que tu étais marié à Ginny Cooper, avait répondu Ike comme si c'était évident.

Cela avait arraché un juron à Dylan.

— Alors, Beau...

— A récupéré la clé USB et l'a cachée à un endroit où tu pourrais la trouver. Il a dû se rendre compte que cette cellule était puissante et que sa vie était en danger. Il ne pouvait se fier qu'à toi.

— Y a-t-il la moindre chance que Ginny...

Ike avait secoué la tête avant qu'il ne finisse sa phrase.

— Elle voulait juste récupérer la liste. Comme Beau ne la lui a pas rendue, elle l'a fait tuer et a simulé sa propre mort.

Dylan ne réussirait jamais à pardonner à Ginny. Sa réapparition avait autant abasourdi Ike que lui. Cette affaire avait pris une très mauvaise tournure et Dylan savait que Cat et lui avaient de la chance d'être en vie. Ginny avait admis qu'elle était au volant le jour de l'accident qui avait coûté la vie au mari de Cat. Luca et elle emportaient une cargaison de convertisseurs catalytiques volés au Canada. La cellule finançait ses projets grâce à la contrebande. C'était donc bien Ginny qui avait laissé Taylor Jameson agonisant dans le fossé.

Dylan n'était pas près de se pardonner de l'avoir épousée, d'avoir acheté le ranch et d'y avoir laissé ce camion avec les clés sur le contact.

Décidément, l'amour était aveugle. Il n'avait vu que la beauté superficielle de Ginny. S'il avait un peu mieux regardé...

Il songea à la chaleur et à la compassion de Cat, qui lui donnaient envie d'être un homme meilleur pour la mériter. Elle avait volé un morceau de son cœur le jour de leur rencontre et il n'aspirait qu'à lui offrir le reste. Il n'avait jamais ressenti cela. Il ne pouvait plus imaginer sa vie sans elle et cela le terrifiait parce qu'il ne savait pas comment elle envisageait l'avenir.

Dans l'avion qui l'emmenait à Kalispell, il fut surpris de s'apercevoir que le Montana lui avait manqué. Il l'avait toujours considéré comme un endroit où faire profil bas pendant quelque temps. Il ne comptait pas s'y installer définitivement – surtout pas dans la grande maison pleine des rêves qu'il avait nourris, qui ne faisait plus que lui rappeler les tragédies qui avaient suivi. Au fond de lui, il avait toujours pensé qu'il finirait par retourner à Washington.

Mais cela avait changé quand il avait rencontré Cat. À présent, il voulait vivre au ranch avec elle. La grande maison et tout ce que Ginny y avait mis avaient été réduits en cendres et il s'en réjouissait. Pourquoi s'était-elle donné la peine de la décorer ? Espérait-elle qu'ils y vivraient ensemble quand elle aurait accompli sa mission pour son pays natal ?

Il repensa au camion et au jour où Ginny avait tué le mari de Cat en allant livrer du matériel volé au Canada. Non, elle n'avait jamais eu l'intention de vivre là. Comme tout le reste, le ranch n'était qu'un moyen de parvenir à ses fins.

L'herbe allait pousser sur le lieu de l'incendie, recouvrant pour toujours ses souvenirs de Ginny et de la maison. Il reconstruirait. Il songea à la maison dans laquelle il aimerait vivre si ses rêves se réalisaient, ce qui dépendait de Cat. Il essayait de s'interdire de faire trop de projets tant qu'il n'était sûr de rien.

Pour commencer, il devait demander Cat en mariage. Il ne lui avait même pas encore proposé un rancard digne de ce nom... Il devait aussi adopter son neveu et organiser leur vie commune. Néanmoins, il envisageait l'avenir avec optimisme.

Il n'en revenait toujours pas de la tournure que son mariage avec Ginny avait prise et de ce qui en avait résulté. Il essayait de se convaincre qu'il n'était pas responsable des actions de Ginny, mais s'il ne l'avait pas épousée... il n'aurait pas rencontré Cat, songea-t-il, se ressaisissant. Bientôt, il se verrait confier la garde de son neveu. Il avait commencé à lui chercher un prénom, puisqu'il était largement temps qu'il en ait un, mais il voulait consulter Cat avant de prendre une décision.

Il se réjouissait aussi que l'enquête ait innocenté Beau. Ginny avait manipulé son frère. Elle avait menacé ses proches pour le forcer à l'aider. Fidèle à sa nature chevaleresque, Beau avait cru qu'elle cherchait à échapper à la pression de ses superviseurs pour commencer une nouvelle vie.

En réalité, Ginny avait joué les agents doubles d'un bout à l'autre. Elle avait trahi à la fois son pays de naissance, son pays d'adoption et Beau.

Il chassa ces pensées pour ne plus songer qu'à Cat. Il espérait tant qu'elle avait envie de faire des projets avec lui...

Il ralluma son téléphone juste après l'atterrissage et vit qu'il avait un texto d'une certaine Helen Graves.

Cat est sur le point d'accoucher à l'hôpital de Kalispell.

Il récupéra son pick-up sur le parking de l'aéroport et fonça vers l'hôpital. Il ne savait pas si elle voulait qu'il soit présent pour l'accouchement, mais il devait au moins le lui proposer. À l'accueil de l'hôpital, il demanda où se trouvait la maternité.

— Êtes-vous le père ? l'interrogea l'une des infirmières du service.

Nerveux, il lui sourit en cherchant quoi lui dire pour qu'elle le mène jusqu'à Cat. Elle prit son hésitation pour un oui.

— Je suis ravie que vous arriviez à temps, dit-elle. Suivez-moi.

Il lui emboîta le pas dans un couloir en craignant la réaction qu'elle aurait en découvrant la vérité.

L'infirmière le fit entrer dans une chambre où Cat était visiblement en travail. Celle-ci écarquilla les yeux avant qu'une nouvelle contraction ne la fasse grimacer.

— Votre mari est arrivé, annonça l'infirmière.

Cat jeta un regard interrogateur à Dylan, qui haussa timidement les épaules. Quand elle lui tendit une main, il s'approcha du lit pour la prendre. Elle ferma les yeux et sa respiration s'apaisa pendant quelques secondes, jusqu'à la contraction suivante.

— Je crois qu'il est temps d'appeler le médecin, dit l'infirmière.

— Qu'est-ce que je peux faire ? demanda Dylan.

Comme une nouvelle contraction empêchait Cat de répondre, il se contenta de lui tenir la main.

Un médecin les rejoignit deux minutes plus tard.

— On dirait que vous y êtes presque, dit-il. C'est votre mari ?

Cat, qui était concentrée sur sa respiration, ne répondit pas.

— Je m'appelle Dylan, se présenta Dylan. Comment puis-je l'aider ?

Le médecin éclata de rire.

— Vous faites déjà ce qu'il faut, répondit-il. C'est votre premier, n'est-ce pas ? Préparez-vous. Vous êtes sur le point de devenir père.

Les larmes aux yeux, Dylan tourna la tête vers Cat et serra sa main plus fort.

D'autres infirmières arrivèrent et tout devint chaotique. Dylan garda les yeux rivés sur Cat en regrettant de ne pas pouvoir l'aider davantage.

Finalement, il entendit le bébé se mettre à crier.

— Félicitations, dit le médecin. Vous voici les parents d'une petite fille en parfaite santé. Elle a de très bons poumons.

Une infirmière coupa le cordon et emporta le bébé pendant quelques minutes avant de le ramener enveloppé dans une couverture.

Le médecin le prit pour le déposer dans les bras de sa mère.

— Félicitations, répéta-t-il. Vous avez choisi son prénom ?

Cat secoua la tête, les joues inondées de larmes. Dylan avait la gorge si serrée qu'il aurait été incapable de prononcer un mot. Alors, Cat tourna la tête vers lui et lui demanda :

— Tu veux la tenir ?

Elle n'attendit pas sa réponse pour lui tendre le bébé.

— Elle est magnifique, réussit-il à murmurer. Comme sa maman.

À son réveil, Cat découvrit à ses côtés Dylan endormi sur un lit d'appoint trop petit pour lui.

Sa fille dormait dans un berceau entre eux deux. Cat eut envie de la prendre dans ses bras, mais elle ne voulut pas courir le risque de la réveiller. Des sentiments ambivalents l'envahirent. Même si elle était ravie de rencontrer sa fille, le fait de la sentir grandir en elle, bien en sécurité dans son ventre, allait lui manquer.

Désormais, elle la regarderait évoluer de l'extérieur.

— Elle va te ressembler.

Cat tourna la tête vers Dylan.

— Je ne m'étais pas rendu compte que tu t'étais réveillé, répondit-elle. Merci d'avoir été là.

— Merci de m'avoir permis d'être là, répliqua-t-il. C'était extraordinaire. Je t'admirais déjà avant, mais maintenant...

Cat se sentit rougir.

— Des femmes accouchent tous les jours, tu sais.

Dylan sourit.

— Tu n'es vraiment pas douée pour recevoir des compliments. Je respecte toutes ces femmes, mais surtout toi.

Il baissa les yeux vers le berceau et demanda :

— Lui as-tu choisi un prénom ?

— Pas encore. Comment ça s'est passé à Washington ?

— Je t'en parlerai plus tard. Ton shérif a repris son poste ?

Elle hocha la tête.

— J'ai fourni tous les documents nécessaires pour obtenir la garde de mon neveu, annonça-t-il. Maintenant, je vais attendre et lire des tas de bouquins sur les bébés. Je suis terrifié.

— Moi aussi, admit-elle en regardant sa fille dormir. Je croyais être prête, mais il n'est peut-être pas possible de vraiment se préparer à avoir son premier enfant.

— Surtout quand on ne l'attendait pas, lui fit-il remarquer.

— C'est vrai. Au moins, j'ai eu neuf mois pour me faire à l'idée. Mais je sais que tu seras un père formidable.

Dylan se redressa.

— Tu t'en sortiras très bien aussi, répondit-il. Quand tu sortiras d'ici, si tu as besoin que je vienne te chercher ou que je t'héberge...

— Le shérif m'a conseillé de rester dans l'appartement du bureau pendant au moins un mois avant de prendre une décision. Sa femme et lui se font construire un ranch et séjourneront à l'hôtel jusqu'à ce qu'il soit fini.

— Tu vas rester dans les forces de l'ordre ?

— Aucune idée. Tout ce que je sais, c'est que je veux passer un peu de temps avec ma fille avant de songer à l'avenir.

Dylan hocha la tête et se leva.

— Appelle-moi si tu as besoin de quoi que ce soit. Veux-tu que je vienne te chercher demain ?

— Ash tient à venir nous chercher, mais c'est gentil de le proposer. Et merci encore d'avoir été là. Tiens-moi au courant pour ton neveu.

— C'est promis. À bientôt.

Elle sentit que, comme elle, il voulait dire d'autres choses, mais il était trop tôt, alors elle le laissa s'en aller.

22

— Vous avez de la visite, annonça une infirmière à Cat quelques heures plus tard.

Helen entra dans sa chambre, suivie par le shérif, sa femme Molly et quelques habitants de Fortune Creek, dont Ash. Ils lui offrirent des fleurs, des chocolats et des vêtements de bébé adorables.

Ce furent le pull et les petites chaussettes roses que Helen lui offrit qui touchèrent le plus Cat.

— Ils sont très mignons, lui dit Cat, les larmes aux yeux. Merci, Helen.

La standardiste eut l'air embarrassée.

— Elle avait besoin de quelque chose de chaud en attendant l'été, répondit-elle. Et ça, c'est pour vous.

Helen lui tendit la couverture qu'elle tricotait ces dernières semaines.

— Qu'elle est douce ! dit Cat en la caressant. Merci beaucoup.

Helen hocha la tête et annonça qu'elle devait retourner au bureau.

— Il faut bien que quelqu'un travaille, lança-t-elle au shérif avant de partir.

Brandt pouffa.

— On dirait que vous êtes devenues copines, Helen et vous, commenta-t-il.

— Je vais peut-être lui demander de m'apprendre à tricoter, répondit Cat, le sourire aux lèvres.

— Vous êtes plus courageuse que moi, intervint Molly. Elle estime que je lui ai volé Brandt et je crois qu'elle ne me le pardonnera jamais.

Ils éclatèrent tous de rire.

Ash lui avait apporté ses donuts préférés et il resta un moment après le départ des autres. Cat pensait qu'il avait vraiment besoin de trouver une compagne qui le méritait et elle le lui dit.

— Il y a peu de femmes qui ont envie de venir vivre à Fortune Creek dans un hôtel hanté, répondit-il.

— Est-il vraiment hanté ?

— C'est ce que prétend la rumeur.

Ash revint le lendemain pour les ramener à l'appartement, sa fille et elle. En chemin, Cat reçut un coup de fil de Dylan. Il était allé à Helena, la capitale de l'État, pour remplir de nouveaux formulaires pour son neveu. Il en avait profité pour acheter d'autres livres.

— Tout va bien se passer, lui assura-t-elle, trouvant son stress aussi adorable que comique.

Elle avait vu de quoi il était capable sous pression et elle était sûre qu'il réussirait à élever un enfant. Elle avait aussi senti tout l'amour qu'il y avait en lui. Son neveu serait entre de bonnes mains.

En arrivant dans l'appartement, elle trouva un joli berceau rempli de fleurs et d'affaires pour bébés. C'était un cadeau de Dylan. Il avait posé un mot dessus.

> *D'après les livres que j'ai lus, tu vas vraiment avoir besoin de tout ça.*

Cat sourit. Il avait raison. Elle pensait dormir avec sa fille les premiers temps, mais son séjour dans l'appartement serait finalement plus long qu'elle ne l'avait imaginé. Le berceau que Dylan lui avait offert était parfait.

Elle lui envoya un texto pour le remercier.

Tu as raison ! J'avais besoin de tout ça et je ne m'en étais pas rendu compte. Merci d'être aussi attentionné.

Les soins des premiers jours l'accaparèrent et le temps passa très vite. Il fallait vraiment qu'elle donne un prénom à sa fille. Elle voulait attendre que sa fille soit née. Maintenant que c'était fait, elle devait se décider. L'hôpital l'avait déjà appelée deux fois pour le certificat de naissance.

Elle finit par choisir Lizzie Taylor, lui donnant le prénom de son père et celui de sa propre mère, Elizabeth.

Dylan l'appela tous les soirs et lui parla des travaux du ranch. Les débris de l'incendie avaient été déblayés et les fondations de la nouvelle maison seraient bientôt posées.

Ils passèrent des heures à élaborer les plans de cette nouvelle maison, à discuter de son apparence et de son aménagement. Pour Cat, c'était comme un jeu qui lui permettait de concevoir la maison de ses rêves. Elle ne savait pas du tout si Dylan prenait ses suggestions au sérieux.

Ils parlèrent aussi de la progression de l'adoption. Comme il avait été autorisé à passer du temps avec son neveu, ils échangèrent des tuyaux. Il avait lu d'innombrables livres. Quand il découvrait l'existence d'un objet qui lui semblait utile, il l'achetait en double, pour elle et pour lui-même. L'appartement de Cat était maintenant plein à craquer.

— Les bébés ont-ils vraiment besoin de tout ça ? demandait-elle à chaque fois.

— Apparemment, répondait-il. Qui s'en serait douté ?

Il arrivait souvent à Cat de s'endormir alors que Dylan et elle discutaient de cuisine ou d'avions non identifiés qu'il avait vus lors de ses missions. Elle connaissait sa couleur préférée et il connaissait la sienne. Il savait quel genre de draps elle aimait et pourquoi. Elle connaissait son café préféré et savait qu'il était allergique aux fruits de mer.

Quand il était autorisé à garder son neveu, il l'appelait au moment où il lui donnait le biberon, ce qui tombait presque toujours en même temps que le biberon de Lizzie. Cat adorait ces moments d'intimité partagée.

Les jours passant, elle se sentait aussi de plus en plus chez elle à Fortune Creek. Il n'avait pas été facile de remplacer le shérif Parker au début, mais elle s'en était bien sortie, finalement.

Quand vint l'été, elle se mit à promener souvent sa fille en ville dans la poussette hors de prix que Dylan lui avait offerte. Tout le monde la saluait dans la rue et elle fit la connaissance d'autres habitants de Fortune Creek. Il arrivait que sa fille et elle aillent déjeuner au restaurant. Lizzie Taylor adorait se retrouver au centre de l'attention.

Un jour, Dylan l'appela alors qu'elle était sur le canapé en train de regarder sa fille dormir dans son berceau.

— Je suis en bas, lui dit-il. Est-ce que je te dérange ?

— Non. Tu arrives au bon moment. Monte.

Elle lui ouvrit la porte de l'appartement quelques secondes plus tard.

Il lui tendit un bouquet de marguerites. De l'autre main, il tenait un cosy.

— L'adoption est faite ! lui annonça-t-il.

— Oh ! Dylan ! C'est merveilleux. Entre.

Elle alla mettre les fleurs dans un vase pendant que Dylan sortait son neveu du cosy.

— Ta fille et lui pourraient être frère et sœur, dit-il. Il a déjà tellement grandi depuis le jour où on l'a retrouvé…

— Comment l'as-tu appelé ? demanda-t-elle.

— Je voulais te consulter d'abord, mais il a fallu que je mette un nom sur la demande d'adoption. Je te présente Beauregard James Walker, qui porte les prénoms de son père et de son grand-père.

— C'est un nom impressionnant, lui fit-elle remarquer.

— C'est pour ça que je l'ai surnommé B. J.

— Ça me plaît, dit-elle avant de prendre sa fille dans ses bras. B. J., je te présente Lizzie Taylor Jameson.

Dylan et elle se turent pendant de longues secondes, un peu gênés. Toutes les heures qu'ils avaient passées ensemble au téléphone les avaient rapprochés, mais ils s'étaient peu vus et Cat se sentait brusquement timide face à lui.

— Serais-tu libre pour le dîner, par chance ? finit par demander Dylan. B. J. et moi fêtons ses six mois au ranch ce soir. Je sais que je te préviens au dernier moment. Je viens juste de m'apercevoir que c'était aujourd'hui. Je mangerai un steak et une salade, il boira un biberon, mais je sais qu'il va vite passer aux aliments solides. Regarde ses deux dents ! On adorerait vous avoir pour invitées.

Cat lui sourit.

— Avec plaisir. Lizzie aura son propre biberon, mais je mangerai volontiers un steak et une salade avec toi. Que veux-tu que j'apporte ?

— Juste Lizzie et toi, répondit Dylan, le regard plein de tendresse.

Épilogue

Cat fut attirée sous le porche par des rires. La scène qu'elle découvrit la fit sourire, même si elle n'était pas complètement rassurée.

— Tu es certain qu'ils ne risquent rien ? demanda-t-elle à son mari.

Dylan pouffa, puis tapota les cuisses des deux enfants qu'il avait hissés sur un cheval. B. J. avait les bras enroulés autour de la taille de sa sœur, qui tenait le pommeau de la selle. Tous deux avaient de grands sourires. Ils portaient leur tenue de cow-boy : une chemise à carreaux, un jean, des bottes et un chapeau.

— Je suis monté sur un cheval pour la première fois à deux ans, dit Dylan.

— On a bientôt trois ans ! s'écrièrent les deux enfants presque à l'unisson.

Il leur arrivait souvent de finir les phrases l'un de l'autre. Quiconque ne connaîtrait pas leur histoire aurait juré qu'ils étaient les enfants biologiques de Dylan et de Cat. B. J. et Lizzie étaient inséparables. Ils grandissaient à vue d'œil et ils ignoraient les détails de leur venue au monde. Cat savait qu'elle devrait un jour leur raconter tous les événements qui s'étaient déroulés autour de leur naissance, mais, pour l'instant, ils étaient juste des membres de la famille unie que Dylan et elle avaient fondée.

Cat s'émerveillait souvent qu'ils en soient arrivés là. Le jour des six mois de B. J., Dylan l'avait invitée au ranch avec Lizzie. Ils s'étaient revus de plus en plus souvent, toujours avec leurs bébés. À l'époque, elle se demandait parfois ce que les gens pensaient de leur relation, mais elle s'en fichait, au fond. Elle était trop heureuse de passer du temps avec Dylan et B. J. pour s'en soucier. B. J. et Lizzie avaient été très proches dès le début. Ils s'étaient coursés en rampant et avaient appris à parler ensemble. À présent, ils essayaient de se battre l'un l'autre à tous les jeux possibles.

Le jour du premier anniversaire de Beau, Dylan l'avait demandée en mariage. Elle n'oublierait jamais son expression, à la lumière de l'unique bougie du gâteau, quand il avait mis un genou à terre pour lui tendre une bague magnifique ornée d'un diamant. Elle avait dit oui.

Ils s'étaient mariés au ranch. Dylan et elle avaient invité quelques personnes de leur passé, mais peu. Tous les habitants de Fortune Creek étaient venus. Ils avaient organisé un barbecue géant et avaient mis fin aux festivités quand était venue l'heure de coucher les enfants. Cette journée avait été parfaite.

Depuis, la vie était plus belle de jour en jour, songea-t-elle en posant une main sur son ventre pour sentir les deux bébés qui y grandissaient. Un autre garçon et une autre fille. Elle pouffa en repensant à la surprise de Dylan quand ils avaient appris la nouvelle.

— Mais je suis stérile ! avait-il dit au médecin.

— Visiblement pas, avait répondu le médecin en riant. Je vous suggère de faire d'autres tests.

La nouvelle avait ravi Dylan. En réalité, Ginny n'avait pas pris la pilule par simple précaution. Elle savait que Dylan n'était pas stérile. En comparant les nouveaux tests aux précédents, ils avaient découvert que les résultats des premiers étaient bidon. Elle avait dû soudoyer le médecin pour qu'il fasse croire à Dylan qu'il n'aurait jamais d'enfants.

— Comment peut-on avoir autant de chance ? lui avait demandé Dylan.

Était-ce de la chance ? Le destin ? Elle avait envie de croire que c'était la magie de l'amour. Ils avaient eu le coup de foudre l'un pour l'autre et les dangers qu'ils avaient affrontés ensemble les avaient rapprochés.

Ils parlaient rarement de ce qu'ils avaient vécu avant de devenir une famille. Cat avait vite compris qu'elle ne poursuivrait pas sa carrière dans les forces de l'ordre. Elle avait des enfants à élever avec son mari.

Ils plaisantaient souvent sur ce qu'ils raconteraient aux enfants quand ceux-ci leur demanderaient comment ils s'étaient rencontrés.

— Que dis-tu de ça ? avait suggéré Dylan un soir, dans leur grand lit, alors que la maison venait juste d'être finie. « Maman est venue au ranch pour arrêter papa. »

Elle avait ri et répondu :

— Je préfère : « Papa a sauvé maman de son invitée diabolique qui en pinçait pour lui. »

— Ce n'est pas drôle, avait-il dit avant de rouler sur elle pour la couvrir de baisers.

Ils avaient ensuite discuté du nombre d'enfants qu'ils voulaient.

— Le plus possible, avait suggéré Dylan.

— Pas question ! avait-elle répliqué. Allons-y pas à pas et voyons comment ça se passe.

Ils venaient juste d'apprendre qu'elle était enceinte de jumeaux. Elle trouvait que quatre était un bon chiffre, mais elle connaissait son mari. Ils en auraient d'autres. B. J. et Lizzie avaient déjà hâte de rencontrer leur petit frère et leur petite sœur. B. J., qui était joyeux et insouciant, ne semblait pas avoir été affecté par ce qu'il avait vécu au cours des premiers jours de son existence. Dylan avait dit à Cat que Beau avait toujours été tout aussi joyeux et insouciant. C'était sans doute ce qui lui avait attiré des ennuis. Lizzie, quant à elle, avait autant de caractère que sa mère.

— Tu voulais qu'elle me ressemble, rappelait souvent Cat à Dylan quand il se sentait dépassé.

— C'est vrai, répondait-il. Il faut se méfier de ce qu'on souhaite.

Leur emménagement dans leur nouvelle maison, conçue en songeant au bien-être de leurs enfants, avait été un grand événement. C'était un endroit chaleureux et accueillant où les habitants de Fortune Creek leur rendaient souvent visite. Dylan et le shérif étaient rapidement devenus amis. Ils faisaient de longues promenades à cheval et passaient des heures à parler de leur ranch.

Brandt et Molly avaient fini de construire leur maison juste à temps, parce que Molly était tombée enceinte. Ils se voyaient souvent tous les quatre et allaient dîner les uns chez les autres. Brandt et Molly se montraient tendres et farceurs avec B. J. et Lizzie – ce qui n'empêchait pas Cat de les sentir terrifiés à l'idée d'avoir leur propre enfant.

Quand Molly avait annoncé qu'elle attendait une petite fille, Cat lui avait assuré que toutes les fillettes n'avaient pas le caractère bien affirmé de Lizzie, dont Dylan se plaignait souvent, tout en l'en aimant davantage.

Cat se considérait comme la mère de B. J., ce bébé qui avait bien failli naître dans son bureau, qu'elle avait cherché avec angoisse pendant des jours et qu'elle avait tenu dans ses bras avant Dylan. B. J. était son fils, tout comme Lizzie était la fille de Dylan. Dylan avait assisté à la naissance de Lizzie, il lui avait offert son premier berceau et il avait sauvé la vie de sa mère.

Helen venait les voir au ranch et leur avait souvent proposé ses services comme baby-sitter. Un samedi soir, ils finirent par accepter avec un peu d'appréhension et ils allèrent dîner à Kalispell.

À leur retour, les deux enfants dormaient à poings fermés et Helen tricotait près de la cheminée.

— Des difficultés ? demanda Cat avec méfiance.

— Aucune.

— Pas même avec Lizzie ? insista Cat. Elle fait souvent des scènes au moment de se coucher.

— Peut-être parce que vous vous y prenez mal, répondit Helen en haussant les épaules.

Cat n'osa pas lui demander quelle méthode elle avait employée. Helen sourit et ajouta :

— C'est peut-être mon ton, mais les enfants ont tendance à écouter quand je leur parle.

Dylan et Cat éclatèrent de rire.

— Merci beaucoup, lui dit Cat.

Quand elle voulut payer Helen, celle-ci refusa.

— Ça m'a fait plaisir, dit-elle. J'ai passé un très bon moment avec eux. Ce sont des enfants intelligents, comme leurs parents.

— Restez dormir ici, proposa Dylan quand Helen se leva.

Elle refusa encore.

— Je connais la route comme le fond de ma poche, répondit-elle. Tout ira bien et j'apprécierai la balade.

— Alors, je compte sur vous pour venir dîner dimanche prochain, répliqua Cat.

— Avec plaisir.

— Ash viendra avec sa petite amie, précisa Cat.

Helen pinça les lèvres et déclara :

— Je ne comprends absolument pas ce qu'une fille de l'est du Montana vient faire ici.

Décidément, Helen avait du mal à accepter les nouveaux venus, même s'ils n'étaient pas originaires d'un autre État.

— Il paraît qu'elle est charmante, répondit Cat.

Helen haussa les épaules et ramassa ses affaires pour partir.

— Merci encore, Helen, dit Dylan tandis qu'ils raccompagnaient la standardiste du shérif à sa voiture.

Helen ne répondit que par un grognement.

Ils remontèrent les marches du perron et regardèrent Helen s'éloigner depuis le porche.

— Comment as-tu fait pour l'amadouer ? demanda Dylan.

Cat pouffa.

— Je n'en ai aucune idée. Et comment ai-je fait pour te séduire ?

— C'est l'étoile argentée sur ton uniforme qui a tout fait, dit-il en l'attirant dans ses bras. Comment aurais-je pu ne pas tomber amoureux d'une femme qui a plus de taches de rousseur qu'il n'y a d'étoiles dans le ciel et dont les yeux sont plus bleus que le ciel du Montana ?

Elle pouffa. Ils restèrent un long moment enlacés, à regarder les étoiles briller au-dessus des montagnes. Cat ne s'était jamais sentie aussi heureuse et elle savait que Dylan éprouvait la même chose.

Elle se demanda ce que Taylor et Beau auraient pensé de la famille que Dylan et elle avaient fondée. Alors que les étoiles scintillaient au-dessus d'eux, elle se blottit davantage dans les bras de son mari et sourit. Elle était sûre que Taylor et Beau se seraient réjouis de ce nouveau chapitre de leur histoire.

Vous avez aimé ce roman ?
Retrouvez en numérique l'ambiance du Montana :
1. Troublante conspiration
2. Deux bébés dans la tourmente